傾城一諾

5

目次

第一章　死門絕命

余家大宅主宅二樓的陽臺上，一道人影躍下，快速閃進黑暗中的房間。

那人進入的房間，正是余家主人余九志的臥室。

那個人影的動作極其迅捷，幾個轉身便摸向後面的小閣樓。

行進路線看起來像是將余家大宅的格局早已摸清一般，熟門熟路的。來到閣樓下方後，無聲無息地退到樓側的黑暗裡隱身不動。

沒一會兒，有人朝這邊跑來，手上拿著樣東西。

天色早就黑了，賓客們都在客廳，司機和陪同人員在偏廳閒聊，後院連個傭人也看不見。那人奔跑的時候壓根兒不往四周看，直向小閣樓跑來。哪知到了樓下，經過樓側的時候，黑暗裡忽然伸出一隻手來。

那人一驚，剛睜大眼睛，嘴巴已被後面伸來的手捂住，然後連掙扎都沒有就軟倒在地。

先前闖入的人撿起他手上握著的東西，拿在手裡一看，原來是個木盒。

他將木盒打開，裡面放著兩根女子的頭髮。在觸及髮絲時，他的目光頓時變得冷冽。他將兩根長髮拿出來，塞進襯衫口袋，貼著胸口放好。接著從身上拿出一方帕子，裡面包著幾根黑色短髮，放進木盒中，再跳到樓上，把木盒放在門口，輕輕敲了兩下房門便躍下樓去。

過了一會兒，閣樓上傳來開門的聲音，一名白衣藍褲的年輕男子出來，先朝周圍看了看，才看到地上的木盒。他陰鬱地笑笑，拿起木盒，關上了房門。

房間裡鋪著木地板，上面放著一張矮木桌，桌上燃著兩根蠟燭，那兩根蠟燭上面畫著奇怪的符，蠟燭的顏色發黃，看起來很舊了。若是夏芍在這裡，一定知道這不是普通蠟燭，而是用人體脂肪提煉出的，是降頭師很喜歡用來作法的屍蠟。

桌上的兩根蠟燭火燒很旺，但相對於低矮的閣樓來說，這點光線並算不上明亮。在蠟燭火苗躍動的光影裡，桌上還放著兩個小瓶子。看起來像花瓶，裡面插著像乾草一樣的東西。

那東西看著像草，但若定睛細看，草像是活著的，在瓶子裡不停扭動著。

木地板上還擺著一圈古怪的盒子，地上撒著紅的白的黃的像顏料又像是紙屑的東西，桌上和地上都畫著血淋淋的符。

薩克拿著木盒走進去，盤腿坐在古怪的盒子後面。在他面前的是一個香爐般的器皿，裡面是屍油燃燒著的火苗。他將瓶子裡的乾草拿出來，平鋪在桌上，只見那些乾草竟然蠕動起來。

細看那些乾草，形態生得也古怪，一頭粗一頭細，蠕動的正是這一粗一細的草葉，它們看起來似乎像是要結在一起的樣子。薩克在將乾草拿出來以後就不管了，而是對著面前的火爐唸唸有詞，再從身旁的盒子裡抓出東西來往火爐裡投擲。

每投擲一次，火苗就燒得越旺，直到把盒子裡的東西都投進火爐，薩克還在念叨著。

不一會兒，他似全身痙攣般，嘴裡念著的調子發音越來越詭異。火爐裡的火苗忽然變色，他一把抓起拿進來的木盒，看也沒看，將手帕連同裡面包著東西丟了進去。

東西丟進去後，火苗轟地噴高，薩克又將自動結成結的乾草擲進火爐。

同一時間，余家大宅的客廳裡，余九志已經在弟子們的攙扶下坐到沙發上。他看起來傷得不輕，一直在閉目調息。半晌就被弟子們扶著躺在沙發上，看起來是昏過去了。

賓客們不懂余九志為什麼吐血，看他傷得很重，眾人叫來余家的人，提議把余九志送到醫院。余家人不同意，外面都是記者，現在把余九志送去醫院，明天不知會被媒體傳成什麼樣。

誰能想到余九志的天眼在被當成殺手鐧，被認為一定會贏的情況下，竟慘遭滑鐵盧。

原本余家是打算在贏了夏芍之後，先讓賓客回去。記者們等在大門外頭，他們一出去，余家這些天來損失的聲譽自然就救回來了。不料盛宴才剛開場，形勢就大逆轉。

余家人一時沒了主意，更不知道怎麼跟這些賓客交代。

請他們先回去？他們出去後會怎麼跟記者說？余家的名聲怎麼辦？

暫時留住他們？用什麼理由呢？就算留了今晚，明天呢？後天呢？

余九志的兩名親傳弟子討論很久，最後決定不管，先把賓客留住再說，反正那名姓夏的少女也走不出余家大門。到時候香港四大風水世家一夜絕了三脈，只剩余家一脈，諒這些人也不敢出去胡說。到時候記者們的目光自動轉向，誰還會在意今晚小小的比試呢？

余九志的兩名親傳弟子達成共識，由大弟子盧海出來發話打圓場：「諸位，我們已經打電話給家庭醫生了，請大家不要擔心。我師父在島上受的傷至今未好，現在只是舊傷復發。等醫生來了，我師父醒來，自會對今晚的事給諸位一個交代。」

余家是在拖延時間，可惜在場的除了夏芍，其他人並不知情。這個「舊傷復發」的說法，倒是合情合理。余九志傷了手臂，尋常人說不定還在住院，他今晚就為了余家的聲譽提出跟人比試。若說勉強也不為過，更何況他年紀也大了。

眾人安靜下來，大家都很精明，余家既然說要給他們交代，意思就是不希望他們現在告辭，於是便都坐下來，吃著茶點，等余九志醒來再走。

冷長老的目光沒從夏芍身上收回來過，對於擅長占卜的冷家來說，沒人比他更震驚夏芍解籤時的神速。至少他活了這麼大把歲數，還不知道天下有哪一種方法可以如神通般卜算。

占算之法中，拿六壬神課來說，是一種式子複雜的概率學。既然是概率學，那就表示準確率不會百分百，可夏芍解籤不僅神速，而且沒有出錯過。

就算夏芍的修為到了煉神還虛的境界，比他這個冷家的當家人還高，也還不到隨意拔根草、撿塊小石子就能成象卜算的境界。就是到了這境界，也得有草有石子，但她什麼都沒用。

這點連余九志的天眼也沒辦法做到，她究竟是怎麼辦到的？

李伯元的視線也落在夏芍身上，不過他考慮的不是她如何解籤的問題，而是眼下的情況，余家明顯在打同情牌。最後可能是夏芍贏了比試，余九志反而更得人心，畢竟眾人都覺得是夏芍傷余九志在先，他們根本就不知道余九志這些年來做了什麼。

對於今晚夏芍的打算，李伯元是不清楚的，他有點為她著急。

李卿宇也一直凝視著夏芍，經過剛才那番卜算，他已經可以確定眼前的她就是那個「她」。她們的容貌雖然不一樣，但一顰一笑，連聲音都是一樣的。

他的目光有些複雜，想起她走之前所說的話，兩人果然是很快就見面了。

然而，她居然換了模樣，換了身分。他怎麼也沒想到，這段時間在香港攪動風雨的人竟然是她。美國黑手黨那邊至今沒有查到她的身分，他很少見到傑諾抓狂，她到底是什麼人？

受邀前來的賓客們隨意吃著茶點，視線也是時不時往夏芍身上飄。

有人覺得她年輕氣盛，傷余九志有點不道地；有人想起八年前余氏和張氏的爭鬥，倒覺得理解夏芍對余九志的復仇心理；有人想起夏芍進客廳時對余九志說的話，覺得她跟余九志之間應該有什麼眾人不知道的仇恨，所以不急著下結論。

這時，身為眾人矚目焦點的夏芍開口了。

夏芍看向沙發上躺著的余九志，說道：「余大師睡夠了沒？再睡下去，可就真睡著了。」

在場的人都錯愕，她這是在說……余九志裝睡？

余氏一脈的弟子憤怒了。

「妳說什麼？」盧海沉著臉，怒斥道：「妳好歹也是玄門的弟子，論輩分，妳該叫我師父一聲師叔祖。妳打傷師叔祖，他現在這樣全是被妳害的，妳還在這裡說風涼話！」

夏芍笑道：「小聲點，你師父要是真睡著了，你就不怕吵著他嗎？」

一句話堵得盧海臉色變了變，想發怒又不得不憋著。其他余氏弟子本來要群起而攻之，聽了這麼一句話，也覺得堵得慌。發作也不是，不發作又難受，最後只好用眼睛瞪夏芍。

夏芍用聊天的語氣問道：「你師父真的睡著了嗎？」

盧海氣得呼吸都沉沉的，半天只憋出兩個字：「當然。」

「家庭醫生來了，他就會醒了？」

「當然。」

「醒了他就會對今晚的比試結果做出交代？」

「當然。」

「哦。」

兩邊一問一答的情景，說彆扭就有多彆扭。

夏芍就站起來，「既然這樣，不用等家庭醫生了，我來弄醒余大師就好。」

余氏一脈的弟子一聽，頓時如臨大敵，「妳想幹什麼？」

盧海帶著幾名弟子護住沙發，氣氛頓時緊張起來。

夏芍從容地走上前，「別這麼緊張，我只是幫個忙而已。這裡你們誰的修為也沒我高，既然你們說余九志是我傷的，那就當我賠罪好了。他現在身體不適，我幫他調整一下元氣。」

「誰要妳幫忙？黃鼠狼給雞拜年，沒安好心！」一名弟子忍不住出言怒罵。

夏芍沒忍住笑出聲來，「你的意思我聽懂了，你說我是黃鼠狼，你師叔祖是……」

那弟子刷地臉色漲紅，盧海橫了他一眼，那弟子恨不得縮到沙發後頭。

「站住，不准再往前走了！等家庭醫生來了，我師父自然會給妳一個交代！」盧海瞪著夏芍，內心卻冷哼。壓根兒就沒有家庭醫生，等後面閣樓上的那位要妳的命還差不多！只要那邊一得手，任妳修為再高，一個煉精化氣的弟子都能制服妳！

「我可以等的，反正時間也不算太晚，但是你弄錯了一件事，那就是……」夏芍慢悠悠地笑了，「我憑什麼要聽你的？」

說完最後一句話，夏芍周身元氣振開，離得最近的一名弟子被撞飛，在場的賓客們驚嚇地紛紛站起來向後退去。

夏芍抓住迎面撲來的一名弟子往前拽去，將擋在余九志身前的弟子們掃開一大片。盧海和他的師弟上前阻止，夏芍拔開龍鱗的刀鞘，陰煞之氣洩出，余氏子弟和冷家人頓時變了臉色。他們在漁村小島見識過夏芍的金蟒陰靈，對其頗為忌憚，今晚本就對此很是提防，一感覺到陰煞湧出，眾人直覺就是夏芍把金蟒放了出來。

於是乎，一群人本能地往天花板上看，可是夏芍變換指訣，洩出的陰煞定住了正驚駭抬頭的盧海和他的師弟，然後使出氣勁，將兩人掃到一旁。

夏芍伸出手，將余九志從沙發上提起來，在他耳旁喝道：「余九志，醒來！」這一喝，透著內家勁力，眾人都聽得耳膜發顫，隱隱作痛。

余九志身體倏地一顫。他當然是醒著的，或者說，他壓根兒就沒昏過去。夏芍早就知道了，她可沒見過昏了的人會自動調節元氣。不過，這個老傢伙真是死要面子，明知她動了陰煞，竟然還死撐著裝昏。

不過，現在余九志想裝也裝不下去了。這麼近距離被她一喝，連遠處的人都受不了了，何況近處的他？尤其他渾身這麼一顫，明眼人都知道他醒了，再裝就假了。

余九志皺了皺眉頭，眼皮抖了抖，故作剛醒來的樣子。

在看到夏芍的瞬間，氣息起伏很強烈，似是震怒。

可惜夏芍不給他更多表演的機會，她把余九志丟到沙發上，自己轉去沙發後頭，雙手按住了余九志的肩膀。

「余大師醒了？」夏芍笑著掃了一眼躲在牆角的賓客們和錯愕的冷家人，笑著說道：「醒了就交代一下吧，這麼多人等著你呢！今晚的比試結果，到底誰輸誰贏？」

余九志面如鍋底，他不能不裝昏，他苦心留下的最後一次開天眼的機會付諸流水，這讓他拿什麼臉跟這些請來的政商名流交代？他只能等，等後面閣樓的動靜，然後再度掌控一切。

余九志想拖延，夏芍卻笑了，她壓著受傷的余九志，說道：「不想說？沒關係。誰輸誰贏大家自有公論，倒是余大師裝昏耽誤這麼長的時間，這張輸不起的老臉就當是給大家賠罪了。」

「妳——」余九志氣得胸口悶疼，余氏一脈的弟子卻怒了。

被夏芍打傷的一些弟子，爬起來怒指夏芍，還想打同情牌，「還不是因為妳，師公才受傷的！妳現在還侮辱他，到底懂不懂尊敬前輩？一個欺師滅祖的人，再厲害也叫人不齒！」

還真有被這話說動的賓客，他們本來就同情余九志，看見夏芍這樣對待一個老人就有點看不慣了，頓時就要出來端出樣子來說兩句。

但是這些人還沒開口，夏芍就瞇眼喝道：「閉嘴！」她斂起悠哉的態度，氣勢逼人，「不知道事情的前因後果，沒有發言權。收起你們那套大仁大義的道理，留著跟這個老頭子說。」

夏芍又看向剛才說話的弟子，「一個欺師滅祖的人，再厲害也叫人不齒，這話還給你們。」她低頭看著余九志，聲音清晰得讓在場每一個人都能聽到，「余大師？余九志，你敢不敢跟今天在場的人說說，十多年前，香港第一風水大師，玄門的掌門人唐宗伯唐大師是怎麼失蹤的？」

余九志陡然瞪大眼，他不是不想動，不是不想掙脫開，但是身後那丫頭看似輕按著他的肩膀，其實一點也沒留情。他右臂重傷未癒，今晚又元氣倒流，噴了口血出來，至今沒能調理好，被她制住，一時竟掙脫不開。

在場的人聽見夏芍的話，臉色都變了。

唐宗伯，這個名字很多年沒聽到了，但是香港上層圈子裡的人乃至香港的民眾，都不可能忘記有這麼一個人。他少年成名，三十歲接手玄門，是香港風水堂的第一風水大師。

唐宗伯的事蹟至今還被一些老政商名流津津樂道。據說他年輕時隻身闖蕩華爾街，在當時歧視華人的政策下，連幫著華人企業端了幾家大企業，闖出盛名。聽說他曾被美國總統接見，歐洲某國要授予他勳爵之位還被他婉言謝絕。

後來，唐宗伯懷揣盛名回到香港坐鎮風水堂，每天拜望他的權貴絡繹不絕。凡是有求於他的，他不看身分地位，有求必應。遇到家境普通或貧寒的人，時常不收酬勞，只要求對方行善相抵。他不僅是風水大師，還是很有名的慈善家，擁有很高的聲譽和支持者。

當年的風水堂，現在已經更名為玄學會，但唐宗伯在民眾的記憶裡卻如同老照片一般，懷舊而難以磨滅。

當年他失蹤的事在香港掀起一番波瀾，很多人要求政府去大陸報案查找，事實上也確實有些人利用職務之便幫忙找尋過，但是一直無果。

這麼多年過去了，香港第一風水大師已經換了個人，但唐宗伯的名字卻在老一輩的人心中沒有丟失過，沒想到今晚竟然從一名少女口中聽到了這個名字。

她說余九志知道唐大師是怎麼失蹤的，還說余九志欺師滅祖？

這到底是怎麼一回事？

剛才還張嘴想教訓夏芍的人不說話了，冷老爺子自從夏芍動了龍鱗的陰煞開始就沒坐下過，聽見夏芍的話，好半天沒回過神，身子甚至晃了晃，幸虧冷以欣在旁邊扶住他。

他抓住孫女的手，顫抖地道：「欣兒，妳、妳說……她會不會是……」

冷以欣看向夏芍，目光閃爍。

余氏一脈的弟子們，也面色複雜地看著夏芍和余九志。

這麼大的事，余九志誰也沒說，連他的親傳弟子都不知道當年的真相。

余九志臉色一變再變，心裡不住地想：閣樓那邊怎麼還沒有動靜？

「你是不是在想閣樓為什麼還沒有動靜？」夏芍像是會讀心術，俯身在余九志耳邊說道：「已經有動靜了，你沒感覺到嗎？」

余九志抬頭，含著血絲的雙眼望向夏芍——她怎麼知道？

余氏一脈的弟子跟余九志一樣震驚了。

她怎麼會知道閣樓的事？她什麼時候知道的？

「哦，看來你還沒感覺到，可能是閣樓上那名降頭師的手藝欠點火候吧。」夏芍微微一笑，「不要緊，我們再拖延點時間就好。這是你最拿手的，其實我也很拿手。」

余九志恨不得再嘔出一口血來。

她說降頭師？她竟然知道了？她是怎麼知道的？

「你在想我是怎麼知道的嗎？」夏芍彷彿突然愛上讀心的感覺，很享受為人解惑的過程，不管聽到降頭師三個字的人有多麼驚訝，她用低到只有余九志能聽見的聲音說道：「今晚是不是輸得很莫名其妙，很不服氣？其實我一點也不在意你服不服，不過你總是要服的。因為這個世界上，除了你的天眼，還有一種叫做天眼通的能力，而很不幸的是，我就有天眼通。」

夏芍說了什麼，在場的人都沒能聽見，只看到她說了幾句話後，余九志突然兩眼瞪直。

就在眾人以為余九志是不是出了什麼事的時候，他猛然向前趴去，吐了一口鮮血。

「師父！」

「師公！」

弟子們驚喊一聲，急著想要上前，卻十分忌憚夏芍，知道她正以元氣壓制著受傷的余九志。他們一直在等她元氣耗盡，怪異的是她始終神態悠閒，始終沒有出現疲累的模樣。

就在這時，余九志忽然開始喘起氣來，而且臉色越來越紅，彷彿要燒起來似的。如果此時觸碰他，定會發現他的體溫高得不像尋常人。

夏芍嘴角勾起嘲諷的弧度，然後鬆開余九志，退開了幾步。

不知道她為什麼會退後的弟子們立刻湧向余九志，一開始他們還以為他是像解籤時那樣元氣逆衝傷到了，但是一碰他就有人喊了出來。

「好燙！怎麼這麼燙？」

「師公，你是不是發燒了？」

「快，快叫醫生來！」

一群人手忙腳亂，夏芍笑道：「你們不是早就打電話叫醫生了嗎？怎麼，沒叫嗎？」

弟子們這才發覺露了馬腳，但這時候誰也沒心情圓謊，只想知道余九志怎麼了。

「不用叫醫生了，醫生幫不了他的。人在做，天在看，這就叫惡有惡報，自食惡果。他是中降頭了。」夏芍好心地解釋。

夏芍確定余九志是中降頭了，但中的是什麼降頭術，現在還不確定。

降頭分降術和蠱毒兩種，降頭兩個字是泰語的發音，但降頭術其實是來自於中國的苗疆。苗疆氣候潮濕，蜈蚣等毒蟲多，草藥也多，因此出現了蠱降、藥降一類的術法。後來傳去泰國，經由降頭師們修煉和發展，衍生出了各種降術。

例如聲降、符降、情降、飛降、鬼降，多不勝數，所以夏芍僅僅根據余九志的初期症狀，很難判斷他中的是什麼降。

反正今晚她跟師兄兩人以龍鱗和將軍的煞氣為信號，完成了一場偷龍轉鳳的好戲。

夏芍早就在進入余家大宅前就開天眼看清楚了余九志臥室和降頭師薩克所在的位置，徐天胤在余九志房裡找到他身上的東西，送去薩克的房間，進而令余九志中了降頭術。

余九志中降術是自食惡果，這也是夏芍今晚制住他卻不急著殺他的原因。這個老頭就這麼死了太便宜他了，他必須償還師父這十多年來受的腿傷之苦，她要余九志身敗名裂。

夏芍不知道的是，薩克還真的下了極凶戾的降術。

夏芍和冷以欣是要帶回泰國獻給他師父的禮物，但通密要的不過是童女的血，跟中不中降頭術沒關係，只要回泰國的時候她們還活著就好，故而薩克是打算拿她們來練習降頭術的。

趁著師父不在，他大膽地下了以前從未有機會下過的降頭術——陰陽絕降。

這種降頭術用到的關鍵物便是陰陽草。陰陽草被製成乾草後，還會不可思議地蠕動。

陰陽草粗為陽，細為陰，通常會伴生生長的。據說這種草生長在熱帶叢林和雨林，是婆羅洲群島的植物，當地人稱之為「陰陽降頭草」。

這種草會在中降者肉體內慢慢生長，中降者先會莫名其妙發高燒，然後發狂而死。死時陰陽草會透體而出，讓死者看起來有如稻草人一般。

最可怕的是，這類降頭在降頭界屬於最難解的「絕降」，中降者只有死路一條。

夏芍說出余九志是中了降頭後，在場的賓客就慌張起來了。

眾人紛紛退避，恨不得馬上逃出余家大宅，他們忍不住看向夏芍，她怎麼知道余九志中了降頭？莫非……降頭術是她下的？

「我可不會降頭術，他中降頭只是自食惡果。」夏芍的視線落在余九志痛苦的表情上，「余家大宅後院的閣樓裡來了一位泰國的降頭師，這個降頭師是余大師暗中請來對付我的，只不過現在我沒中招，中招的人是他。」

「什麼？」賓客們震驚地看向余九志。

冷家人也望向余九志，他請了降頭師來？那天聚會的時候他可沒說。

夏芍笑笑，「不僅如此，這個讓余大師下降的降頭師，是泰國降頭宗師通密的弟子，名叫薩克，而通密正是十多年前與余九志勾結暗害唐大師的凶手之一。呵，這就叫做自食惡果！」

「什麼？余大師暗害唐大師？」眾人一臉的不可置信。

李伯元、李卿宇和李正泰也齊齊看向夏芍。

薩克？不就是那個幫李正譽養小鬼的降頭師嗎？他怎麼會在余家？

李卿宇盯著夏芍，眸光難辨——果然是她！

余九志的心緒早就亂了，他現在陷入前所未有的窘境之中，維持多年的聲譽不復從前。

余氏一脈的弟子們也震驚地望著他，可余九志不想也不可能就這麼承認，反正沒證據。

他顫巍巍地指著夏芍，「別聽她胡言亂語！她有什麼證據？她不過是義字輩的弟子……」

「她可不是義字輩的弟子！」

余九志的話還沒說完，一道洪亮的聲音從外面傳來。

眾人循聲向門口看去，只見一名面無表情的男人推著一個坐著輪椅的老人緩緩進來。

老人繼續說道：「她不是義字輩的弟子，她是我八年前收的徒弟，在玄門，她是嫡傳。」

余九志沒有第一時間看向老人，而是先聽見一陣「劈里啪啦」的聲音，眼睛被門口此起彼落的閃光燈閃得幾乎睜不開眼睛。

記者？這是怎麼回事？

媒體記者們跟在老人後面，朝客廳裡拚命拍照。

老人的目光有一種威嚴和壓迫感，周身透出的氣勢讓大家即使被閃光燈閃得看不清楚老人的形貌，也能實實在在感受到他就在那裡。

老人說道：「余九志，你有想到我還會回來嗎？」

老人一說這話，閃光燈都停了下來。

老人鬍鬚雖白，但面色紅潤，眼神炯亮，且一副仙風道骨的模樣，頗有世外高人的感覺。

李伯元一眼就認出了唐宗伯。

三年前一別，今晚再見，讓他相當激動。他知道唐宗伯要來香港，直到他今天終於現身，他才鬆了一口氣，看來一切總算要真相大白了。

李伯元興奮地走過去，李卿宇和李正泰一左一右扶著他，「唐老，你總算回來了！」

「是啊，我回來了。」唐宗伯的笑容裡透著些滄桑，更多的是歷經磨礪後的沉靜。

「回來就好，回來就好！」李伯元握著唐宗伯的手，眼眶有些泛紅。

「唐大師？真的是您？」幾名頭髮半白的企業家也跟著圍了上來。他們的年紀跟唐宗伯差不多，唐宗伯失蹤的時候，正是他們事業鼎盛、意氣風發的時候，如今他們大多退居二線，將公司交給下一代打理。

「唐老？真的是唐老！真沒想到有生之年還能再見到您……您這腿是怎麼了？」

「唐老，您……您不是失蹤了？我們以為您老已經……」

「這麼多年了，一直沒有您的消息，這到底是怎麼回事？」

其他稍年輕的政商名流也聚了過來。唐宗伯失蹤的時候，他們都還是二十來歲的小夥子，對唐宗伯的感情沒有父輩們那麼深，但有些人因為父輩跟唐宗伯交好，小時候是見過唐宗伯的。相隔十幾年，唐宗伯的音容笑貌在腦海裡已經模糊，名字卻是不曾忘的。

「唐伯，沒想到今晚能見到您，您的腿是……」

「您這些年都在哪裡？我們家老爺子沒少念叨您啊！」

「是啊，我家老爺子要知道您老回來了，那不知得多高興！」

眾人圍著唐宗伯說話，李卿宇卻一直沒出聲，他看著面帶微笑地瞅著唐宗伯的夏芍，向來平靜的心湖起了波瀾。

什麼保鏢？什麼內地請來的風水師？

她根本是唐大師的弟子！

怪不得爺爺稱呼她為「世侄女」！怪不得爺爺如此信任她！

李卿宇沉浸在自己的思緒裡，夏芍則是看相認的場面差不多了，這才出聲喚道：「師父。」

師父？

閃光燈再次啪啪啪亮起，記者們對著夏芍拚命按快門。

就是她，這段日子在香港風水界攪動風雨的少女風水師。據說她是玄門張老一脈的弟子，原來是謠傳，原來她真正的身分是唐宗伯唐大師的弟子。

剛才唐大師親口說的，她是他親收的嫡傳弟子，是有資格傳承唐大師衣缽的。

怪不得她敢開口指點余王曲冷四家的運程書。

怪不得她敢接余九志的約戰。

「唐大師，聽說是您的高徒打傷余大師的，到底是不是真的？」

「您跟余大師之間是不是有什麼恩怨？」

「您既然回來了，能不能跟我們說一說您當年失蹤所發生的事？」

記者們等不及地發問，反正他們知道今晚被放進來肯定是唐大師希望揭露這件事的真相。所有人都圍在唐宗伯身邊，沒有過來的，只有余氏一脈的弟子和冷家人。整個客廳忽然顯得很空蕩，被眾人盯著的余氏弟子和冷家人，忽然有種眾矢之的的感覺。

冷老爺子僵著身子，手不自覺收緊，握得扶住他的冷以欣的手都快要變形了。冷以欣沒有喊疼，她只是靜靜地站著，眼睛始終看著唐宗伯身後的人。

閃光燈劈啪響，那人的眉眼被閃得不甚清晰，卻能感受到他冷厲的氣質。

她只記得少年時候的他，雖然僅僅是一面之緣。

徐師叔……

「欣兒……欣兒！」冷老爺子疑惑地看著孫女。

冷以欣笑了笑，說道：「爺爺，稍安。」

稍安？這個時候誰安得下來？

余氏一脈的弟子們就不能，他們已經不知道該如何應付眼前的狀況。

不是說掌門師祖已經死在內地了嗎？

「余九志，你是不是告訴玄門的弟子我死在內地了？」唐宗伯重新看向余九志，看著那個中了降術，滿面通紅，氣息大亂的人。

一別多年，兩人的相貌都有所改變，但有些仇恨是無法被時間沖淡的。

余九志不說話，他此時渾身奇癢，血液好似都衝到了頭頂，腦脹發熱。他本想去閣樓看看到底發生什麼事，為什麼降術會下在他身上。他被下的是什麼降，有沒有得解？但是唐宗伯竟然在這時候出現了。

唐宗伯不是應該在張家小樓嗎？

唐宗伯冷笑一聲，「余九志，余師弟，這幾年你這個香港第一風水大師的日子過得很好啊！聽說余師弟徒孫滿堂，信眾頗多。這風水堂第一把交椅你坐得可風光？坐得可安穩？午夜夢迴時，可有想起十幾年前在內地鬥法時被你暗算的人？」

余九志身體緊繃，所有人都驚愕地看向余九志。

記者們愣了一下，反應過來，閃光燈紛紛對準余九志打了過去。

暗算？暗算誰？唐大師？

「唐大師，這到底是怎麼一回事？」

「十幾年前發生了什麼事？」

唐宗伯嘲諷地說道：「當年我們同赴內地，各自為安親集團和三合集團選風水地，余九志以鬥法之名約我，言明輸了的人要退出，另覓他處。我們宗門有規定，不可對同門下死手，只能點到為止，誰知道等著我的卻是一場死局。泰國的降頭師通密、歐洲奧比克里斯家族的人，還有余九志，我以一敵三，堪堪保住性命，這雙腿卻廢在他們手中。我被迫隱姓埋名遠走他鄉，調養了這麼些年，如今才得以回來……」

說到這裡，唐宗伯的語氣驟變，猛地怒喝道：「余九志，你說，我唐宗伯身為玄門掌門，可有對不住你余氏一脈？我身為你的師兄，可有對不住你？從你入門那天起，我可有對不住你？你給我說！」

「暗害掌門，打壓同門，剷除異己，張氏一脈死在你手上的有多少人，你給我說！」

「你明知我來了香港，卻騙王曲兩家圍攻張家小樓，欲置我於死地，你給我說！」

「你明明猜出小芍子是我徒兒，卻以約戰為名，勾結降頭師，欲害我徒兒，你給我說！」
「玄門准你入門，教你術數，成就你一代風水大師之名，可有對不住你的地方？你要做下這些欺師滅祖、殘殺後輩的事？你給我說！一件一件地掰開來，說！」
唐宗伯的一字一句鏗鏘有力，氣勁雄渾，喝問得余九志踉蹌後退，一屁股坐到沙發上。他捂著胸口，嘴角溢出血絲，臉色漲紅。
他知道了？他什麼都知道了！
不，不可能！
許是中降發燒，余九志的思緒混亂，兩耳嗡嗡地響，眼前的景物像是在搖晃，但他拚命告訴自己，不能承認，打死都不能認。
「呵呵，你是不是看見我取代你這麼多年，成為香港第一風水大師，你不服，你嫉妒，所以說我害你，可是，你有證據嗎？有嗎？」
「你——」唐宗伯大怒。這麼多年了，夏芍都沒見他發過這麼大的脾氣，當即蹲下身子幫他撫平氣息。唐宗伯慘笑地點頭，「好，好，你不承認！事到如今了，你竟然還不承認！你是要我把你藏在後院閣樓上的降頭師和王曲兩家的人都帶來，你才肯認罪，是不是？」
唐宗伯看了徐天胤一眼，徐天胤點頭，轉身就走。看他離去的方向，正是往後院走的路。
余九志霍然抬頭。
什麼？人落在他手上了？
不，不可能，薩克沒那麼容易對付！
「有本事你就帶來，我還想問問是不是你找了個降頭師來害我。」

「這降頭師就在你家裡，你還敢狡辯！」唐宗伯怒斥，「那王曲兩家呢？」

王曲兩家也落在他手上了？怎麼可能？戚家小子在做什麼？

這一定是唐宗伯在詐他。

他說不定根本沒住在張家小樓，今晚才會出現在這裡。

「王曲兩家？有本事你叫他們來！呵呵……他們已經死了吧？」余九志仰頭癲狂地笑，心裡卻極為驚駭：你到底在說什麼？這麼一說不就等於承認了嗎？快住口！

詭異的是，余九志發現他無法自制，頭腦暈眩，恍恍惚惚的。身體裡好像有許多靈魂，喜的怒的，冷靜的發狂的，不過他還保持著一分清醒，卻不知道自己是用哪個聲音在說話。

該死的薩克，到底給他下了什麼降術？

「說不定張家人也死絕了……哈哈，死吧死吧！」余九志瘋狂大笑。

賓客們震驚了，記者們震驚了，冷老爺子看著余九志，余氏一脈的弟子感覺天快塌了。

他承認了，事情真的是他做的！

香港第一風水大師余九志，竟然是暗害掌門和同門，欺師滅祖的陰毒之輩？

唐大師失蹤多年，竟然是被同門所害！

記者們最先反應過來，相機的鏡頭紛紛對準余九志的臉猛拍。

這時，有個聲音從門外傳來：「你說誰死了？」

這人許久不曾出現在媒體版面上，但還有人記得他。

「張中先？」余九志恍惚的視線慢慢聚焦。張中先沒死，他居然沒死……

「余大師，沒想到吧？」

緊接在張中先後面，有個穿著黑西裝、白襯衫，衣襟半敞，露出胸口黑龍刺青的男人大步邁進來。他的笑容狂妄，眼神卻是冷的。

在香港，沒有人不認識他。

他以狠絕霸道的作風聞名，正是三合會的當家，戚宸。

進來的不僅是戚宸一個人，他身後跟著兩名幫派成員，推搡兩個被五花大綁、用槍指著頭的老人。兩個老人都被挑斷了手筋，手腕淌著血，甚是怵目驚心。

記者們一看見戚宸，就像是躲避瘟神般往外退去，卻看到門外已經被一群穿著黑西裝的人圍起來了。他們個個拿著手槍，阻擋任何人進去。

王懷和曲志成不約而同破口大罵。

「余九志，你真陰毒！我曲志成這些年對你言聽計從，就換得你今晚要滅我的口？」

「惡有惡報，這話一點也不錯！我們被抓了，你的下場只會比我們更慘！」

余九志卻不理兩人，用布滿血絲的雙眼緊盯戚宸，「戚家小子。」

戚宸挑眉一笑，「余大師，恩是恩仇是仇，我戚宸向來分得清。十多年前你在內地跟唐老比試，你分明是贏了，卻騙我們說你輸了。你可知道從那時候起，新市以北就屬於安親會的？你可知道你害我們三合會損失了多少？我這人向來記仇，這兩個人今晚就當是給你的回禮吧。」

「你——」余九志氣得又咳出血來。

戚宸不理他，轉頭看向唐宗伯，「唐伯父，多年不見了。」

戚宸按江湖規矩對唐宗伯行了個晚輩禮。他從來不叫余九志伯父，就算是余九志再親近三合會，他跟戚宸的爺爺也不是拜把子的關係。從江湖輩分來說，他當不起戚宸叫一聲伯父。

唐宗伯不一樣，他立場再中立，也是三合會和安親會老當家的結拜兄弟，這就是地位的不同。余九志無法堂堂正正成為玄門的掌門，很多待遇他都享受不到。

「戚家小子？好啊，你也長大了。等處理了這裡的事，帶我去見見你爺爺。」唐宗伯道。

「成。」戚宸爽快地應下，接著看向夏芍，他已經得知她是唐宗伯嫡傳弟子的事了。

這女人說要知道她的身分得拿出誠意來，好吧，他拿出誠意來了，這答案……還不錯！

「妳的救命之恩我可是還了，下回別再差遣我。」戚宸這話讓各家媒體記者震驚了。

什麼意思？戚宸是這女孩請來的？

可戚宸押著王大師和曲大師，難不成……這一切都是她布的局？

這時，三合會的人忽然舉槍轉身，對著宅子大門的方向喝問：「什麼人？站住！」

戚宸皺眉，夏芍卻是露出意味深長的笑容。

只見一名身穿月白唐衫的俊美男子，優雅地踏著夜色緩緩走了進來。

「真是熱鬧，我是不是來晚了？」

一看清他如畫般面容，所有人都愣住了。

安親會的當家龔沐雲？他怎麼會出現在香港？香港可是三合會的地盤啊！

其中一個三合會的成員突然進來回報道：「當家的，余家大宅被安親會的人圍起來了！」

戚宸何等聰明，一聽就想明白了罪魁禍首。

他霍然轉頭，盯著夏芍，瞇眼道：「女人，妳耍我？」

夏芍笑了笑，笑容很是無辜，「話不能這麼說。我沒跟戚當家合作過，對你的人品還不了解，自然得要做點防範措施。」

防範措施？好個防範措施！

她叫他去張家小樓對付王曲兩派的人，到頭來卻不信任他，怕他留什麼後手，故意安排了安親會的人來這裡上一道保險？

戚宸笑了，笑得很危險，這個女人成功挑起了他的火氣。

龔沐雲卻對戚宸視而不見，先跟唐宗伯打了招呼，才看向夏芍，笑道：「這不公平。妳給我安排的差事最後才能現身，我都沒看到精采處，妳要如何賠我？」

夏芍頗是無奈。現在不是說這個的時候吧？他沒看見客廳裡現在正亂著嗎？

彷彿還嫌不夠亂，戚宸嗤笑一聲，同樣當作沒看見龔沐雲，森然看著夏芍，「現在是我答應妳的事辦到了，妳卻擺我一道，是不是該妳欠我了？妳打算怎麼還？」

夏芍開始鬱悶了。

「把妳臉上的面具摘了，讓我看看妳的真容先。」到頭來，戚宸對這件事最上心。

李卿宇的視線落在夏芍臉上，插口問道：「妳還有一張臉？」

夏芍是真的鬱悶了。她沒想到李卿宇也會出聲，但他說出這句話來就表示認出她來了。

幸好有驚呼聲響起，將眾人的注意力又拉回原有的軌道上。

徐天胤提著一個人走了進來，這人夏芍在天眼裡見過，正是通密的弟子，降頭師薩克。薩克此時手腳不自然地彎曲，顯然是被人擰斷了。他尚有一息存著，應該是徐天胤留著他的命以便盤問事情的來龍去脈。

其他人看不出薩克還活著，以為徐天胤提了個死人過來，臉色紛紛變得慘白。

不過，夏芍見徐天胤赤手空拳抓著薩克，也變了臉色。降頭師的術法很邪門，就算是只剩下一口氣，也不知道還能不能傷人。

「師兄，鬆手！」夏芍幾乎一步奔過去，二話不說，朝徐天胤手上拍去。

她說鬆手的時候，徐天胤便已鬆了手。夏芍趁勢抬起腳尖，以勁力將半死不活的薩克震出了老遠。薩克滾了出去，旁人連忙驚得退避。

這個死人就是泰國的降頭師？

徐天胤不在意薩克，他的目光掃過龔沐雲、戚宸和李卿宇，薄唇抿了抿。

夏芍虛空製了一道符，拍在薩克身上，這才將他提起來，朝余九志的方向丟過去。

誰知余九志忽然暴起，從窗戶跳了出去。

徐天胤氣息霎時冷厲，迅速追了過去。

余九志傷得很重，誰也沒想到他竟然還有力氣逃走。

夏芍見徐天胤去追人，當即跟了上去，同時邊開天眼邊對張中先道：「張老，我師父交給您了。余九志他跑不遠的，先讓這裡的人散了。」

真相已經揭開，記者和賓客不適合再留在這裡，這裡很快就會變成戰場。未免傷及無辜，還是盡快把閒雜人等送走比較好。

唐宗伯和張中先在後頭喊道：「丫頭，宅子裡佈了法陣，妳自己小心！」

龔沐雲和戚宸也望向夏芍離開的方向，這時又一道影子竄出窗外，緊接著便聽見三合會和安親會的人此起彼伏的開槍聲音。

冷老爺子朝著窗外大叫：「欣兒！」

張中先搶先一步奔過去，突發暗勁，冷老爺子被震得踉蹌，接著被張中先制住。

又有兩個人動了，正是余九志的親傳弟子盧海和越向文。

他們並不知道當年的真相，也不知夏芍的真實身分是唐宗伯的嫡傳弟子，但他們知道今晚余九志要害她，有了殘害同門的罪名。

按照玄門的規矩，殘害同門者，自斷筋脈，廢除功法，逐出門派。如果將同門害死，更是要以死謝罪。雖然現在是法治社會，但玄門還是保留著江湖事江湖了的老規矩。

像玄門這種老門派，跟三合會和安親會關係如此親近，清理門派，死一批人，連水花也激不起來，王老和曲老就是很好的例子。兩人被斷了手筋，記者沒一個敢拍照，他們可不會拿自己的身家性命跟黑道強碰。

因此，盧海和越向文自師父的陰謀敗露後就互相打眼色，眼看現在有空隙，此時不逃，更待何時？於是，兩人忍著身上的疼痛，也跳窗逃命去了。

張中先反應過來，自己追了上去。

夏芍今晚說王曲兩家人會去圍攻張家小樓，雖然不知道她是從哪裡得來的消息，但眾人覺得余九志很有可能使出這種調虎離山的計策來。他們便早早地從小樓撤去對面養屍地後面的山上，之後與三合會一起合圍了兩派的弟子。

王懷和曲志成被當場按門規斷了筋脈，其他弟子，尤其是義字輩的弟子，很多不知當年內情，他們只是以為來奪回王洛川和曲峰而已，罪不至死，況且他們只是聽從師命行事。

張氏一脈的弟子便都留在張家小樓看管王曲兩脈的弟子，由張中先陪著唐宗伯、戚宸，重新調集了一批人，跟著來到了余家大宅。徐天胤從中接應，打開余家大門，放記者們進來，然後當眾揭露當年的真相……

也因為這樣，張中先沒人可用，見盧海和越向文逃跑，只能自己追過去。

「臭小子，跑得了嗎？」張中先看到跑得慢些的越向文，如鋼鐵般的大手抓向他的後背。越向文的肩膀被扣住，下一秒分筋錯骨，整條手臂軟了下來，肩頭更是多了五個血窟窿。劇痛之下，越向文步伐慢了下來，跟著追上來的三合會的人二話不說往他腿上開了一槍。越向文單膝跪地，盧海卻跑得遠了。

三合會的人還要去追，張中先喝止：「算了，都回來。這宅子裡佈了法陣，你們別去追了之後回不來，先跟我回去吧。」

說罷，張中先提了越向文往回走。他不是不能將越向文交給三合會，然後去追盧海，但是客廳裡如今只有唐宗伯一人在，他雙腿不便，張中先怕他出事，只能先回去再說。

現在只寄望夏芍和徐天胤能解決他，或者他和唐宗伯一起啟動法陣，將他困住。

張中先帶越向文回到客廳，正好外頭一名安親會的人進來稟報道：「當家的，那女人跑出去了，兄弟們去追了。」

戚宸嗤笑道：「廢物，連個女人都攔不住！」

龔沐雲挑眉，「她從這裡出去，要先經過你們三合會的包圍圈，你們也沒攔住。」

受傷躺在沙發上的冷老爺子一聽冷以欣沒事，頓時鬆了一口氣，再次癱倒下來。

唐宗伯看了冷老爺子一眼，幽幽地嘆了口氣。

余氏一脈的徒孫們見張中先提了越向文回來，已經不知如何是好了。

余九志逃了，他們的師父也逃了，雖然被抓回來一人，但……他們這一脈的人會怎麼樣？

見到唐宗伯望來，大家無一不眼神閃躲。他們並不是所有人都知道師父要害夏芍，在暗中幫忙的人是有，但都是比較得寵的弟子，很多人是真的不知情。

看王老和曲老都被挑斷了手筋，難不成掌門師祖這次回來是要清理門戶？

那他們會怎麼樣呢？

不是沒人想過跟著盧海和越向文一起逃，但是逃了之後呢？若是逃不掉，處置必然不輕；若是逃了，日後也不再是玄門的人了吧？難不成要偷偷摸摸找個小地方當風水先生？

大家跟著余九志呼風喚雨慣了，向來都是別人求他們，哪能過得慣自己找活計的日子？

這一猶豫，便有不少人剛才沒能把握機會逃走，但此時看見越向文的下場，卻都慶幸自己沒逃。被清理出宗門，也比被廢了強。

賓客們還沒走，記者們也還在，很多人白了臉，但見了也只能當沒看見。

唐宗伯見亂子暫時平息，便說道：「諸位，今晚我回來是要清理門戶的，你們留在這裡不安全，請先回吧，日後我再登門拜訪。」

政商名流們見事情發展到這個地步，確實沒必要再待下去。余家有降頭師且不說，有黑道在這裡，哪個人都不願意公然與這些人有接觸。

記者們也是一樣，自三合會的人到了之後，他們就不敢再亂拍了。留在這裡，即便有第一手消息，不敢報導也是沒用。不如回去整理剛才發生的事，光唐宗伯歸來就可以做頭條了。

當下，眾人陸續辭行，離開余家大宅。

李伯元卻想留下來，唐宗伯只得說道：「伯元，我知道你擔心我，可是你看看我身邊這麼多人，有什麼好怕的？你身體不太好，還是先回去休息。等事情處理完了，咱們改天再聚。」

李卿宇也勸道：「爺爺，讓二伯父陪您回去休息，我留在這裡等消息。」

李正泰幫腔道：「是啊，爸，唐老肯定有很多事要忙，您在這裡，萬一熬不住，唐老還得顧及您。不如我陪您先回去，您就聽卿宇的吧。」

大家都這麼說了，李伯元只好嘆口氣，跟唐宗伯告別。

李伯元走了之後，人一下子少了很多，客廳變得頗安靜。

戚宸和龔沐雲都沒走，兩個人原本當誰也沒看見誰，但剛才冷以欣逃走時，兩人嗆了幾句。一旦開了口，戚宸便不再忍耐，隨即哼了一聲，「龔當家真是好魄力，香港是我三合會的大本營，你也敢來這裡逞威風？你外面那點人，隨時會被我的人給圍了，你難道不清楚？」

「我跟戚當家打交道這麼多年了，你認為我是這麼魯莽的人嗎？」龔沐雲悠然淺笑。

戚宸嘲諷一笑。他當然了解龔沐雲，但他也不是直來直去的人。做事永遠虛虛實實，龔沐雲這麼反問，八成是煙霧彈。

戚宸冷哼，「你就算有後手，這裡也是我的地盤，你能招多少人來？」

「能來多少人不重要，重要的是，戚當家在這裡。」龔沐雲笑得意有所指。

戚宸眼睛微瞇，「你的意思是，我在你手上？呵，誰在誰手上，我不介意試試看……」

話音未落，戚宸手中忽然多了把手槍。龔沐雲的反應也不慢，同時間舉起銀色手槍。

兩人這一對峙，三合會的人和跟著龔沐雲來的人全都不約而同掏槍，場面劍拔弩張。

「你們都給我住手！」唐宗伯喝了一聲，兩幫人馬看向各自的當家。

唐宗伯掃了兩人一眼，斥道：「也不看看現在是什麼時候，一點都不省心！我跟你們的爺爺是八拜之交，你們在我面前開槍，有沒有把我這個伯父放在眼裡？」

唐宗伯一怒，龔沐雲和戚宸同時收手。

龔沐雲笑著欠了欠身，「伯父，抱歉，晚輩唐突了。」

戚宸看了龔沐雲一眼，「看在伯父的面子上，安親會今晚出現在這裡的事，咱們日後再算。」說完，他對三合會的成員擺手，他們才放下了槍。

唐宗伯無奈嘆氣。黑道恩怨，血越多，仇越深。他也知道這些恩怨不是說說就能解的，可他畢竟跟這兩家的老爺子有交情，要是這兩個孩子在他面前出了事，他怎麼對他們交代？

「好了，你們最好叫你們的人都退出去，這宅子裡面佈了法陣，一會兒要是有事，傷了你們的人就不好了。」唐宗伯吩咐道。

龔沐雲笑了，「伯父，我們退出去，這裡面的人怎麼辦？就交給我們吧！」

龔沐雲指的是客廳裡剩下的余氏一脈弟子和冷老爺子，安親會的人除了圍在宅子外的，其餘人都進來了，正用槍指著余氏弟子們。三合會的人也在戚宸的示意下，幫忙看著這些人。

唐宗伯對張中先說道：「把我的羅盤拿來。」

唐宗伯今天來是帶著法器的，東西就在輪椅後面的包裡。張中先將羅盤拿出來遞給唐宗伯，余氏一脈的弟子看見唐宗伯手中的大羅盤，臉色都變了，這可是玄門掌門的傳承法器。

那是一個古老的大羅盤，採用的是羅盤裡訊息量最大的五十二層，最多的一層足有三百八十四格。天上星宿、地上五行、八卦、奇門等訊息，都在這一面大羅盤中。

這個羅盤不知是多少代掌門用過的，上面凝聚了歷代高人的元氣，金吉之氣十分濃郁，其準確性和辟邪的功能，不是一般市售的羅盤可以比的。

除了冷老爺子和張中先，弟子們都是第一次看見門派傳承法器。

正是這面羅盤，余九志幾尋未得，始終無法堂堂正正坐上玄門掌門的位子，而他如今別說坐不上了，連名聲都要毀於一旦。

因為站得遠，羅盤上的格子又太密，很多弟子無法看清指標的具體指向，只看見指針跳動激烈。龔沐雲和戚宸一左一右站在唐宗伯身旁，好奇地望著，李卿宇則站在唐宗伯身後看。

他們看不懂，只是見唐宗伯的目光隨著羅盤的指針跳動細看，似乎能看出很多訊息來。片刻後，唐宗伯抬頭望向在場的余氏徒孫們，「你們師叔祖在宅子裡佈了八門金鎖陣？」

有些人茫然，有些人臉色一變，明顯驚到了。

那些變臉的就是知道今晚的計畫，幫著余九志暗算夏芍的得寵弟子。唐宗伯的目光掃過這些人的臉，看得他們心頭一涼，暗叫不妙。

著了唐宗伯的道了！

唐宗伯既然是掌門，斷法陣自然有一套，何須多此一舉，再問一遍？

他是在試探哪些人參與了今晚的事，為清理門戶做準備。

那幾名變臉的弟子心涼了半截，有的人生出逃跑的想法來，但看看四周對準他們的槍，雖說可以引陰煞暫時控制這些人的行動，但是有唐宗伯和張中先在，他們的小伎倆絕對不夠看。

唐宗伯問了一句便沒再理會這些人，而是給張中先看羅盤，說道：「我們在陣中，杜門已開，余九志應該在那邊。這個陣現在半死不活，我把它開啟，你幫我護持。」

張中先點頭，冷笑一聲，「好，余老頭大概怎麼也想不到，他辛苦佈的陣，叫咱們坐了陣中。這陣開了，他一時半刻就別想出去了。師兄，你先開陣，一會兒我把我那五隻陰人符使送出去。今晚余老頭的命必須留在這陣裡，讓他知道什麼叫做自食惡果。」

兩人一點也不擔心法陣開啟後，夏芍和徐天胤會困在裡面。夏芍有龍鱗有金蟒，還有天眼通。徐天胤有將軍，且他精通陣法，再加上兩人的修為都已經煉神還虛。有這麼多的優勢在，還能對付不了一個余九志？

余九志全盛時期，唐宗伯或許還會擔心一下，但他現在右臂廢了，又中了降術，已是強弩之末。法陣一開，他既要破陣，又要應付夏芍和徐天胤，勢必無心也無力。

唐宗伯將羅盤放置在腿上，手中指訣翻轉，周身精氣暴漲。

即便是龔沐雲、戚宸和李卿宇看不見人身上的元氣，也能感覺到唐宗伯氣勢陡然一變，難以言說的壓迫感，令三人不得不往後稍退。

唐宗伯的術法在三人看來是神祕而詭異的，但龔沐雲和戚宸在島上曾親眼見過夏芍收服金蟒，因此比較鎮定，李卿宇則是素來喜怒不顯，只目光未曾從唐宗伯的動作上離開過。

在弟子們眼中，掌門師祖周身的元氣是他們生平僅見，縱然他雙腿已殘，元氣還是比余九志高一籌。許多人從來沒見過唐宗伯，更別說看他作法了。

唐宗伯在結了幾道手印後，眼中迸射精芒，沉喝一聲：「啟！」

霎時間，宅子外面的陰陽二氣湧動，似有什麼東西默默開啟了……

張中先走到窗邊，手一揚，也大喝道：「去！」

眾人都沒看見他扔出什麼，卻能感受到五道煞氣隨著法陣的啟動飛了出去。

張中先回到唐宗伯身邊，說道：「掌門師兄，那五隻符使就勞煩你了。」

他雖然可以自己操控符使，但是他得幫唐宗伯護持，並且監看冷老爺子和剩下的弟子，所以符使就只能交給唐宗伯了。

八門金鎖陣是一種結合了占星術方位的奇門遁甲，傳說諸葛亮曾將此法陣進行改良，繪製出了著名的八陣圖。而八門者，即休、生、傷、杜、景、死、驚、開。從生門、景門、開門而入則吉；從傷門、驚門、休門而入則傷；從杜門、死門而入則亡。

經歷了千年，後人對這法陣自有研究，唐宗伯坐鎮陣眼，可以隨時變幻八門。

當初夏芍在破壞夏志濤的店鋪風水時就用了這種祕法翻轉吉凶，將一間帝向的風水旺鋪改成了破財之局。現在唐宗伯要做的比夏芍當初做的要難，因為他控制的是整盤八門金鎖陣。之前唐宗伯感覺到法陣開啟了一角，正是杜門所在，定是余九志逃到那裡，強行開啟殺傷極大的杜門。他強行破陣，所耗必然不淺，加上他身受重傷，目前十有八九是動不了了。

唐宗伯哼了一聲，改變手印，轉動八門，將張中先的五隻陰人符使送去了原杜門所在。

唐宗伯的舉動令余氏一脈的弟子們震驚了。

為什麼他們感覺陣的八門在變換？這是什麼術法？

如果八門能改變，豈不是說，坐鎮陣中的人可以隨意操控八門，而在陣中的人要不斷解陣，即便是破陣而出，也有可能會再次走入死地？

弟子們駭然地看著唐宗伯變動八門，而此時此刻在陣中的夏芍和徐天胤兩人停了下來。

夏芍有天眼在，看得清楚方向，所以法陣剛啟動時便追上了徐天胤。

徐天胤見追來，就先放棄追余九志，停下來等她，還叮囑道：「小心點。」

夏芍抿嘴一笑，「小心什麼？我們兩人還對付不了一個中了降頭術的人？他在那邊的閣樓上。想必他強行破陣受了不小的傷，現在應該動不了了。走，我們去看看！」

徐天胤點頭，默默牽起她的手，另一手拿著將軍，將她護在身後，這才帶著她摸向閣樓。

夏芍其實不需要這樣被保護，但她卻由著徐天胤，笑著跟在後面，充當他的眼睛。

「師兄，余老頭在閣樓右手邊角落。他在盤膝打坐，門後有一排瓶瓶罐罐，看起來有古怪，要注意。」夏芍壓低聲音道。

徐天胤不說話，她卻感覺他握著她的手的力道緊了緊，又移動腳步，將她全部身體擋在身後。夏芍得要使勁探出頭，才能看得見前方的情況。

兩人悄無聲息地很快摸到了閣樓下。

剛停下來，還沒上樓，八門金鎖陣便全盤啟動了。

夏芍和徐天胤知道唐宗伯動手了。兩人所在的位置是杜門，乃是法陣大凶之處，余九志強行突破，宅子裡的陰煞之氣都被吸引過來，但這點陰煞之氣對兩人壓根兒沒有壓力。不過，陣法全盤開啟就不一樣了，不僅僅是宅子裡，宅字附近的陰煞也全湧了過來。

夏芍打開天眼，頓時感到驚異，只見豈止是附近的陰煞，她目力所及的方向，幾乎大半個香港的陰煞之氣全都向此地湧來。

這煞力之強，不亞於她當初收服金蟒的時候。她立刻拔出龍鱗，本想以龍鱗的陰煞護衛周身，身上便已傳來暖意。原來是徐天胤已用自身元氣為她護持，並驅動將軍的煞氣在身前形成一道防護罩。

兩人有攻擊法器傍身，足以應付杜門的陰煞之力，余九志卻是心驚地睜開眼睛。

他重傷在身，否則也不願意躲到大凶的陣位處療傷。陰煞之力對他影響不大，這裡又有薩克留下的東西護身，這才選擇了這裡暫歇。如今陣全法開，這裡的陰煞已不是此時的他可以承受，除非他想死在這裡，否則必須盡快移動到他處。

就在這時，他心中微凜，明顯感覺到有不太一樣的陰煞波動，當即知曉是有追兵到了。

余九志漲紅的臉色在閣樓裡兩支蠟燭躍動的火苗下看起來可怖駭人，眼神渾濁卻泛著紅光，像尊活了的老鬼。他立刻抓起自己的外套，將面前的瓶瓶罐罐捲起掃下樓。

一起被掃下樓的還有兩根蠟燭，那兩根蠟燭被元氣包裹著，從閣樓頂上落下來。

夏芍和徐天胤抬頭看見突來的亮光，徐天胤掌心發勁，將夏芍向後推了出去。同時間，將軍的煞氣竄出，把落下的屍油蠟燭吞沒。隨之落下來的瓶瓶罐罐則被將軍的刀刃斬開，裡面的東西炸開般彈出來，向徐天胤飛濺而來。

「師兄！」夏芍臉色驟變，接著喝道：「大黃！」

四周霎時鬼哭狼嚎，金鱗大蟒陡然現身，躍向高空，朝著那些東西撲去。

徐天胤面不改色，躲也沒躲，纏在手臂上的將軍陰煞瞬間變強鋪展開。

那些東西被彈了出去，金蟒剛好當空一口將它們吞下。

那些東西在金蟒黑乎乎的陰煞之氣裡蠕動，一會兒便全都僵直不動，然後啪啦啪啦掉下落在地上。定睛一瞧，竟是一群蠍子、蜈蚣等等的毒蟲。

夏芍雖知這些毒蟲已死，但剛才看見徐天胤險些被這些毒蟲黏上的心悸還沒緩過來，下意識將他拉了回來，並迅速打量他身上有沒有漏掉的蟲子。

看著急切擔憂的神色，徐天胤的目光變得柔和，隨後微微抬頭，看著黑漆漆的夜空，不知道在想什麼。過了一會兒，才伸手將夏芍擁到懷裡，大手輕輕拍撫她的後背。

夏芍回抱住他的腰，臉埋在他的胸膛上，似在感受他的氣息，又似在平復自己的情緒。

「下回一定要躲開，聽見了嗎？」她的聲音微顫，卻軟軟的。

「嗯。」徐天胤低沉著應了一聲。回想起上次在私人會館她情緒失控，他不知怎麼哄她，後來發現抱她拍她有安撫的效果，現在再試，果然是這樣。

夏芍恢復了心情，不允許他再走前面，自己移動到他前方，說道：「老頭跑了，追。」

兩人前腳剛走，後面有人踉蹌著撞進來。這人肩膀有槍傷，一路淌著血，正是逃出來的盧海。他發現八門竟然在變動，害他幾次遇險。逃到這裡，本想歇口氣，身後忽然有陰風襲來。只見黑暗中有五名厲鬼模樣的陰人朝他撲了過來。

夏芍和徐天胤走出沒多遠，突然聽後頭有慘叫聲傳來。夏芍一直開著天眼，遠遠望去，發現有人正被五名陰人纏著，快要支撐不住。

咦，他不是應該在宅子裡嗎？怎麼逃出來了？

夏芍掃視了整個院子，發現只有盧海和余九志困在陣中，便稍稍釋然，然後不再管盧海。那五隻陰人夠他受的，憑他的修為決計走不出法陣，困在其中無異於找死。

夏芍剛想繼續追擊余九志，徐天胤反而又走到她前頭，說道：「那邊。」

夏芍用天眼看去，確實是那邊沒錯，但……師兄怎麼知道的？

徐天胤不說話，拉著夏芍往余九志的方向走，彷彿熟門熟路似的。

八門的位置一直在變換，前一刻是生門，下一刻可能是死門。夏芍本想憑藉天眼，觀明陰陽之氣八卦方位，充當徐天胤的眼睛，帶他避開大凶的陣位，沒想到他居然完全不需要她指路。陣位一變，他立刻就知道了。

沒有天眼，不看羅盤，卻能在不停變化的法陣中行走，實在是不可思議。

徐天胤帶著夏芍避著杜門和死門，連傷、驚、休三處次凶之位也被他避開，並且繞著生、景、開的吉門走，哪裡安全往哪裡去，讓她傻眼，甚至開始懷疑他是不是也有天眼。

正尋思著，腳下的陣位開始鬆動，就在這將變未變的當口，徐天胤握緊她的手，迅速跑離原地。只見剛才那裡已經變成了死門。

夏芍忽然生出一個念頭：師兄該不會是憑第六感吧？

就算是開天眼，也要等陣位變了才能看出來。雖然變換陣位不過是瞬息間的事，但徐天胤竟能在此之前就察覺，這不是第六感是什麼？

夏芍這才想起當初她開天眼時徐天胤便有所感知，明明連師父都沒感應出來。只能說，他的第六感比尋常人敏銳。換句話說，這應該是一種類似於野獸般的直覺，對危險的直覺。

一個人在什麼樣的情況下，才會養成這麼犀利的第六感呢？

怪不得師父會說師兄在陣法方面有奇才。且不說他佈陣如何，就說解陣，對他來說，連方位都不用看，還談什麼破解？

夏芍是真的嘆服了。她自問不開天眼的話，感知能力絕對沒有這麼強，可她同時又覺得很難過，師兄培養出成這樣的能力，得是遭遇了多少危險？

兩人在陣中走了半天，夏芍終於看見余九志的身影。

徐天胤見那處正是生位，帶著夏芍就奔了過去。

余九志身體已經累極，可是感覺到追兵到來，求生意志強烈，起身就想再逃。

夏芍高聲喝道：「大黃，給我咬，咬死為止！」

余九志陡然一驚，頭也沒回便捂著胸口往前狂奔。

他右臂的傷就是拜金蟒所賜，且現在壓根兒再沒有虛空製符的元氣。他已是強弩之末，來回不停躲避凶位，耗盡了他的元氣，連跑都覺得疲憊。

余九志感覺到渾身發燙，血肉裡像要長出什麼東西，既刺痛又奇癢。那些東西遍布他全身，他想撓又沒時間撓。頭更暈眩，看到的東西都是晃動重影的。他能撐到現在，全憑著一股不甘心的意志力。

然而，他知道今晚他的劫數到了。

他在閣樓找到了類似陰陽降頭草的東西，當時心就涼透了。陰陽降，這是絕降。降頭術中無解之降，即便是降頭師死了，也沒辦法化解。

今晚他會死，而且不會死得太好受。只是，他不想坐著等死。死在唐宗伯手上，他不甘心。死在他的弟子手上，他更不甘心。

他都消失這麼多年了，為什麼要回來？

唐宗伯搶了屬於他的人生，現在還要回來毀了他的人生。

他怎能不恨？就算是死，他也要他體會一次什麼都得不到的滋味。

來追他的人，來一個便要死一個。

可惜沒能讓追來的徐天胤和夏芍著了那些毒蟲的道，沒能在死前看到唐宗伯痛失愛徒的老臉。而今他的弟子沒死，要死的人是他了。

余九志慘然一笑，不管吉凶，只一味埋頭往前跑，最終不及身後陰靈的速度。

烏黑的陰煞之氣裹著一條金鱗大蟒追擊而來，他想躲，可感覺變得遲鈍，恍惚間只看見金蟒張大嘴，頭顱當空壓了下來。

余九志被吞了半截，只露出兩條腿在外頭，他被從地上咬到了半空中。夏芍看見他雙腿在外蹬著，整個人在金蟒的口中劇烈扭動掙扎。

就在這時，陰煞忽地變弱，金蟒頭顱驟然痛苦地甩動，忍不住把余九志吐了出來，粗大的蟒尾狠狠往他身砸去。

「大黃？」夏芍原地一蹬，準備踩著樹身凌空躍出，結果手被人拉住。徐天胤快她一步飛身而起，將軍的陰煞暫時將他裹住為他護持。

徐天胤伸手探進金蟒口中，夏芍心中一跳，猛然叫道：「大黃，不許閉嘴！」

金蟒嘴裡被余九志下了陰招，她剛才也是想去它口中探探，誰知徐天胤動作比她快。只是，金蟒是她的符使，它的陰煞對她沒有影響，徐天胤則不一樣，他可不是金蟒的主人。金蟒雖然不認識徐天胤，但它看見夏芍跟他在一起，知道是自己人，故作忍痛張著嘴，任徐天胤將手伸進去，從它上顎抓出一張紙符來。

夏芍見徐天胤無事，眼神驟寒。這個余九志，都要死了還害人！

她釋出龍鱗的陰煞，虛空朝著余九志的左臂斬去。

轉眼間，鮮血四濺，余九志的一條手臂被斬落，而下一秒，他的左肩又滲出血花。原來是徐天胤也拿將軍斷他左臂，可動作比夏芍慢了半拍，於是這一刀便落在了他的左肩上。

徐天胤看也沒看他一眼，走回夏芍身邊，攤開手掌，將傷害金蟒的符紙送到她面前。

金蟒已經又將余九志叼了起來，余九志左臂被斬，右臂已廢，無法再出陰招。金蟒這廝記仇，一口一口地啃咬余九志。

夏芍用天眼去看，果然發現余九志的元氣越來越弱，像是被金蟒吞食了一樣。一名煉神還虛的高手的元氣，彌補了金蟒的傷勢，還令它的煞力有所增強。只是這不明顯，因為它不是一口將余九志的元氣吞光，而是慢慢啃噬。

等金蟒啃完余九志的元氣，把他吐到地上，夏芍才取出玲瓏塔，把金蟒收回去。

余九志身中陰煞之毒，身體僵直，七竅流血，眼珠倒是能動，目光卻散漫沒有焦距。他眼前所見僅一片黑暗，唯有一點點的光亮，裡面卻開始長出密密麻麻的荒草。

他感覺到生命在流逝，看著遠處那一點光亮，只見光亮越來越強，漸漸擴散。他努力想看看那光亮裡除了荒草以外的風景，這是他現在所能看見的最清晰的景色。然而，他什麼也看不見，那光亮裡除了耀眼的亮，一無所有。

一無所有啊……

他的人生就是這樣，到頭來什麼都沒有得到。搶來的一切，到頭來還是要還回去。他這一輩子，到底還是輸給唐宗伯了，可是他到現在也不明白為什麼會輸。

當年師祖要挑選入室弟子，唐宗伯、他和冷師弟三人同年入門。論天賦，他和唐宗伯兩人不相上下，冷師弟稍遜，但貴在用功，師祖便將他們三人喚至跟前。

「我只打算收一名入室弟子，你們三人我都很看重。我會對你們重點考校，贏了的人便是玄門最優秀的弟子。我會收他為徒，並將孫女嫁給他。」

他清楚地記得，當年師祖說完便對他們三人擺擺手，說了一句：「為期一年，各自努力吧。有多少能耐，都拿出來給我看看。」

拿出來看？怎麼拿？

論天賦，他不輸唐宗伯。論能力，他自覺也不輸他。

一年的時間裡，唐宗伯沒什麼變化，照樣練功，照樣喜歡結交朋友，外頭到處都是跟他稱兄道弟的人，他的人脈顯然比他好。上至達官顯貴，下至販夫走卒，黑白兩道，三教九流，沒有不稱他一聲「唐爺」的。

可他就是看不慣唐宗伯這點，走到哪裡都好像很吃得開似的。玄門的風水師，向來都是別人來巴結，何須自己降低格調？像街頭擺攤騙人的神棍，還要自己走關係。

與其這麼做，不如把小師妹抓在手上。師祖不是說了贏了的人收他為徒，還能娶小師妹嗎？說到底只要小師妹願意，嫡傳弟子的位置豈不等於內定了？

唐宗伯不是他的對手，論看透本質，論縱觀大局，唐宗伯都不是他的對手。

至於冷師弟，他根本沒放在心上。冷師弟性子溫吞，做事沒魄力，不足以擔當一派掌門。

從一開始，他的對手就只有唐宗伯。

在接下來的一年內，師祖對他們在術法上的考校果然嚴苛許多，又過了半年，師祖再次將他們三人叫到跟前，問了他們一個問題：「我膝下就這麼一個孫女，本想讓她嫁給我的入室弟子，但你們的意願我還是會考慮，否則將來我不在了，誰對我的孫女不好，我無顏去下面見她父母。今天我叫你們來是想問一問，如果你們成為我的入室弟子，願不願意娶我的孫女為妻？」

師祖沒有說不願意會不會影響到入室弟子的評選，三人的想法各有不同。

唐宗伯說他已有心上人，倘若師祖不在，他定會善待小師妹，將她當成親妹妹對待。

余九志記得他當時聽到這句話時心中嗤笑，他跟師祖說他願意。

冷師弟說兩位師兄的天賦比他高，天賦和能力他都有不及，不敢相比。

師祖聽了他們三人的回答，沒有再說什麼。

半年後到了約定的那一天，余九志記得自己一夜未眠，以為今日必有一場嚴苛的比試，但他錯了，什麼比試也沒有，師祖甚至沒有叫他們過去，而是直接召集門派長老和弟子，當眾宣布收唐宗伯為徒。

余九志懵了，他想不通這是為什麼，他覺得一定是唐宗伯在背後耍了什麼花招。他不服氣，想去找唐宗伯問個清楚，卻被師祖單獨叫到了跟前。

師祖問他是否還願意娶小師妹為妻，如果他還願意，他就對外宣布兩人的婚事。

余九志呆住，不明白師祖葫蘆裡賣的是什麼藥，當初說好的嫡傳弟子會娶小師妹的約定呢？為什麼唐宗伯成了嫡傳弟子，師祖卻要將小師妹嫁給他？

他不懂，只記得當時他沒有立刻回答。他看見師祖嘆了口氣，擺手便叫他下去了。

從這天以後，師祖再也沒有提起婚事。

他很是失意，喝得酩酊大醉，然後在後院看見習武打樁回來的師妹。她的臉蛋在夕陽下紅撲撲，手裡提著小柳葉刀，刀柄懸垂的紅纓隨風飄揚。他看得有些失神，腳步不穩地跌坐在地。她笑著走過來，卻不扶他，只是拿走他手上的酒瓶。

「師兄，你還想不通嗎？」她的笑容很溫柔，聲音很輕，比那天下午吹過的風還輕，但她的話重重地印在了他心裡。

「你根本就不理解玄門是什麼。玄門歷代師祖，有哪一代是將掌門之位傳給至親後輩的？掌門之位，立能不立親。正因為這樣，每一代掌門才是當世高人，門派傳承才能千年不落。」

「我爺爺是真心想為我尋一段好姻緣的。」

「弟子可以有很多，孫女婿卻只有一人。」

「你選擇做他的孫女婿，就只能是他的孫女婿了。」

「看來，你不是真心想娶我。玄門和我之間，你更重視前者。」

……

聽說，人快死了的時候，會想起以前很多的事，原來這是真的。

余九志望著遠處那點光亮，那光亮開始縮小，世界逐漸變得黑暗。他的意識模糊，什麼都感知不到，卻不知為什麼聽見有人道：「師兄，剛才你有沒有被大黃的煞氣傷到？」

少女的聲音軟軟的，話裡滿是緊張和關懷。

男人沒有說話，只是把自己的手臂翻來覆去地給她看。接著，想了想，用另一隻手把她擁入懷裡，安撫地拍了拍她的背。

少女一時哭笑不得。

余九志緩緩閉上眼睛，眼前似炸開了繁花，那裡面是一年的初秋……

啊，就是跟現在的時間差不許多！

風水堂後面的紫荊花開得很美，他們三人初入門派，結伴逛習武堂，在堂前被人用術法定住身體。三名剛入門的菜鳥不慎栽倒，一個小女孩從樹後面跳出來，滿臉的失望。

「什麼嘛，你們就是新入門的弟子啊？還沒我厲害呀！可惜爺爺明年才會准我入門，到時候我得叫你們師兄，真是的！」

「喂，明年我入門時你們要變得比我厲害，不然我就讓爺爺叫你們三個喚我師姊！」

小時候的小辣椒，沒想到長大了性子會變得那麼溫柔。

師妹，妳錯了，當年我對師祖說願意，其實並不僅僅是因為我想當嫡傳弟子……

我想兩者兼得，這有錯嗎？世上有多少魚與熊掌兼得的人，唐宗伯就是其中一個！

可我呢？到頭來一樣都沒得到。

妳遠嫁海外，中年早亡，而我，中年喪妻，唯有一名孫女健全。

我以為搶了唐宗伯的，這輩子魚與熊掌我總能得其一，卻終究要還給他。

師兄，到如今我也不覺得我做錯了，我從來不覺得我不如你！

只是，我終究輸給了你……

……

夏芍和徐天胤一直站在不遠處看著余九志，他們不知道將死之人在想什麼，只看得見地上的殘臂，被鮮血染紅的地面，以及他身上長出來的枯草，七竅流血的可怖面容。

曾經名震香港的風水大師，就這麼去了。

夏芍和徐天胤沒有收拾余九志的屍首，確定他亡故後，徐天胤從地上拔出將軍。在余九志彌留之際，他將匕首插入陣位中，用術法阻止法陣變換，藉此通知師父可以停下了。

兩人最後看了余九志一眼，然後轉身往回走。

他們走後不久，余家大宅的後門被人打開，冷以欣推著余薇進了院子。

余薇坐在輪椅上，冷豔的臉龐消瘦許多，一雙眼睛盛滿焦急和驚慌。

「爺爺？爺爺？」

「妳想把人都喊來嗎？」冷以欣的聲音平靜如水。

「妳說我爺爺逃出來了，妳說後院有法陣，在哪裡？」余薇焦躁問道。

「妳沒有感覺到這裡開啟過法陣嗎？妳只是腿不能動了，感知也退化了嗎？」冷以欣表情不帶任何嘲諷，只像是在陳述事實，「法陣開啟過，要麼妳爺爺逃了，要麼他已經死了。」

「不，不，我爺爺不可能死的！他是我爺爺，他怎麼可能會死？」余薇顧搖頭大喊。

冷以欣輕輕蹙眉，「想找妳爺爺的話就小聲一點，妳以為我帶妳進余家容易嗎？」

余薇方寸大亂，平時驕傲強勢的一個人，現在竟然真的閉了嘴。

「找找吧。」余薇聽見冷以欣這樣說，便任由她推著她四處找人。

余薇思緒很亂，她動手術剛醒來沒幾天。醫生對她說，她的腿需要半年到一年的時間恢復，她的心情很差。這麼長的時間，難道要她坐輪椅？

半年，她要等半年或者一年才有機會報仇？一群廢物！無論是醫生還是門派的事，沒有一個叫她心情能好起來的。李卿宇也是，她住院這段時間，他竟然從未來看過她，她好歹也是他們李家承認的未來主母。

她恨不得立刻站起來，她有太多事想做。她想問問李卿宇為什麼不來看她，她想問問李老究竟想不想為他的孫子化劫，她想問問同門為什麼被人挑釁卻不吭聲，她還想為自己報仇。

她並不知道今晚爺爺會約戰那個賤女人，如果她知道，一定會要求回來觀戰，親手補上兩刀。她更沒想到，爺爺竟然失敗了，而玄門的掌門師祖回來了。

掌門師祖不是已經死了嗎？為什麼冷以欣會告訴她爺爺是罪魁禍首？而她恨不得殺了的賤女人竟然是她們的師叔，掌門師祖的嫡傳弟子？

怎麼會這樣……

最讓她嚇傻的是冷以欣說，爺爺中了降頭術快死了。

余薇不相信爺爺會死，兩人在院子裡晃了大半天，忽然看見不遠處的地上有一條斷了的手臂，夜風傳來血腥味，她的目光緊緊盯著斷臂手腕上的手錶，那是爺爺的手錶。

斷臂旁邊有一具屍體，那屍體渾身長滿枯草。

余薇渾身僵硬，靈魂像是被抽離了。她不知道悲傷，不知道憤怒，甚至沒有撲過去。她只是呆愣地看著，久久沒有回神。

「他已經死了。」身後傳來一句平靜無波的話，沒能將喚回她的神智，直到緊接著又傳來另一句話：「妳也去死吧。」

在余薇反應過來時，一把尖刀從她的胸部後方往前穿透而出。她覺得心口發熱，艱難地動了動眼珠，看向胸口的刀子，再艱難地抬頭看向俯視著她的冷以欣。

冷以欣在笑，淺淺地笑，她說道：「妳知道嗎？徐師叔回來了。」

徐師叔是誰？

「哦，妳沒見過他。玄門的女弟子裡，只有我一人見過他。我以為掌門師祖死了，他永遠不會再回玄門，我也不會再見到他，但是掌門師祖沒死，他回來了。」

所以？

「他是回來幫掌門師祖報仇的，所以，我總該做點什麼。」

余薇不可思議地看著冷以欣。她的笑容不是假的，這麼多年來，很少見她笑，可這次她真的在笑，眼裡還有著笑意。她是真的覺得，殺了她理所當然。

「妳……」余薇彷彿不認識冷以欣似的。

「不用謝我，我只是看在多年的情分上，讓妳跟妳爺爺死在一起罷了。反正余家要被掌門師祖清理了，妳即便活著，下半生也不會太好過。要知道，妳的腿廢了，永遠不可能站起來了。依妳的性子，肯定會要死要活的。既然如此，不如我送妳一程。」

什麼？

她的腿……

余薇臉色煞白，接著胸口一涼。尖刀從她的身體裡離開，鮮血噴薄而出。明明很燙，她卻開始發冷。她想掙扎，砰一聲，輪椅翻倒在地，她難以置信地望著冷以欣。

在她彌留之際，依稀看見冷以欣淺笑著收起刀子，轉身離開。

與此同時，夏芍正在向唐宗伯回報余九志已死之事。

余氏一脈的弟子全都呆住了，儘管知道會是這樣的結果，但親耳聽到還是不太敢相信。在他們眼裡，師叔祖是高高在上的存在。他有煉神還虛的修為，他是香港第一風水大師，見他的人都要排隊，他是不可逾越的大師，可是他卻死了。

唐宗伯慢慢垂下頭，雙肩微微顫抖，像是在笑。多年死仇今日得報，怎能不笑？

但事實上，他在哭。

直到他開口，眾人才發現他真的是在哭。

「好啊，好……」唐宗伯用手遮住眼睛，聲音明顯哽咽。

眾人不明白他大仇得報為什麼要哭？喜極而泣嗎？

唐宗伯並未解釋，他老淚縱橫，伸手指著冷老爺子。

半個世紀了，他們師兄弟三人從入門至今，已經過去半多世紀，沒想到會是這樣的結局。兩名師弟，一人害他腿殘，逼他遠走他鄉十餘載。一人在他失蹤後對門派的事不聞不問，沒有維護過他，還不如後來入門的張師弟。

這讓他說什麼？當初最親的兩名師兄弟，卻是傷他最深的。

冷老爺子聽到余九志的死訊也是愣了許久，見唐宗伯這樣，他難堪地低下頭，落下淚來。

夏芍蹲下身子，拿出手帕幫師父拭淚。

她對余九志沒有感情，對他只有仇沒有恩。她對他的死不難過，她為師父感到欣慰，玄門總算除了一個禍害，可她多少能夠理解師父的心情。

如今的仇人，曾經的朋友，當這個人死在自己手上的時候，那種感覺難以言喻。

「冷師弟，余師弟死了，你……就不說些什麼嗎？」唐宗伯終於還是問道。這是他今晚到來之後，第一次跟冷老爺子說話。

冷老爺子淚流滿面，竟噗通一聲跪下了，「掌門師兄，我有罪，我一直都知道！我裝聾作啞十幾年，也受了十幾年的煎熬！我們冷家占算問卜，洩露不少天機，可我膝下就只有一個孫女，我不能讓她有事！我知道我沒盡到做長老的責任，你可以用門規處置我，我毫無怨言，我只求留欣兒一條命，她是我們冷氏一脈最後的孩子了！」

冷老爺子泣不成聲，唐宗伯也控制不住情緒。

「掌門師兄，欣兒走了，就讓她走吧。我的命留在這裡，我留在這裡……」冷老爺子開始磕頭，一下重過一下，令人心裡沉悶。

就在這時，門口傳來女人的聲音：「爺爺，我沒走，我只是替冷家去做該做的事。」

冷老爺子抬起頭，看見突然出現的孫女，腦子有些懵。

唐宗伯看著冷以欣，想起他當年走的時候，她還是個十歲的女娃娃，一轉眼已亭亭玉立。

什麼叫做替冷家去做該做的事？

夏芍挑眉，卻發現冷以欣看向了徐天胤，眼中有莫名的神采。

徐天胤正導元氣於手掌，幫唐宗伯調補元陽，壓根兒沒抬頭。

夏芍嘴角翹起，她今晚跟師兄都是易容前來，冷以欣明顯認識師兄。聽師父和張老說過，師兄入玄門跟其他的弟子不一樣，他那時候年紀小，性子孤冷，平時不怎麼出門……

玄門弟子都是去老風水堂，也就是現在的玄學會習武堂練功，由各自的師父帶著學習風水勘輿、占問之道，徐天胤卻是一直在師父宅子後院的梅花樁和習武堂學習，由師父和張老教他功夫，直到十五歲才回京城。在這段期間裡，玄門弟子只聽說有他這個人，可從來沒見過他。

不僅如此，師兄易著容，冷以欣竟將他認了出來，很明顯他們是見過面的。只是，冷以欣看師兄的目光怎麼不太對呢？

這時，院子裡起了涼風，拂著冷以欣的衣裙吹了進來。

夏芍、唐宗伯、龔沐雲和戚宸都是眼神微變。

有血腥味！

這麼近的距離，連夏芍都聞到了，更別提其他三人了。

徐天胤依舊低著頭為師父輸送元氣，對外界的事情絲毫不關心。

冷以欣也始終凝視著這個不關注她的男人，直到冷老爺子打破了沉寂。

「欣兒，妳去哪兒了？」

「替冷家去做該做的事。」冷以欣還是這句話。

冷老爺子試探地問：「妳替冷家做了什麼？」

「殺了余薇。」冷以欣聲音平靜，神態自然，視線仍是不離徐天胤。

所有人都愣住了，連李卿宇也驚訝地睜大眼睛。

唐宗伯更是愕然。

冷以欣和余薇是玄門弟子裡天賦最好的兩個女孩子，又是余師弟和冷師弟的孫女，唐宗伯看著她們長大。在唐宗伯的記憶裡，余薇從小就活躍，自尊心強。冷以欣跟她的性子完全相反，她很安靜，什麼都不爭。余薇交遊廣闊，且都是上流社會的名媛，冷以欣則沒什麼朋友。可能因為兩人同是玄門長老的孫女，又都有不錯的天賦，因此兩人經常一起出入風水堂。

唐宗伯記得冷以欣和余薇應該是朋友，可是她怎麼會殺了余薇？

他都想不通，其他人就更不用說了。

最覺得不可思議的就是余氏一脈的弟子了。

余薇和冷以欣是從小到大的朋友，平時雖不見關係有多親密，但也沒有交惡過。冷以欣對人對事處之極淡，大家都覺得她對余薇的態度應該算得上是好的了，兩個人怎麼說都是朋友，可是冷以欣為什麼會殺了余薇？

「欣兒，妳說什麼？」冷老爺子覺得自己聽錯了。

「余薇死了。余氏一脈，除了這些弟子，直系血脈已經清理乾淨。」冷以欣面無表情地瞥向余氏一脈的弟子，他們忽然覺得後背發涼，不禁驚恐地看著她。

冷老爺子不敢相信地看著孫女，「妳……妳為什麼要殺薇兒？」

冷以欣略感不解，「余氏一脈這些年把持門派，本就與竊取無異。爺爺身為玄門四老之一，對此默不作聲，我只好替爺爺出手，這有什麼不對？」

有什麼不對？

余九志罪無可恕，余薇也會被清理，但她有沒有幫著余九志做過暗害同門的事，是不是罪不至死，這些都要唐宗伯說了算。

即便是唐宗伯說要冷家動手處決余薇，動手的人也不該是冷以欣，她們是朋友啊！

冷以欣不明白眾人為什麼會這麼驚訝，這是理所當然的事，她覺得自己做的沒錯。

夏芍對於冷以欣這麼理直氣壯的態度感到很無語。

在剛來香港的時候，她在李卿宇的相親宴上初次見到冷以欣，當時便覺得她是個相當自我的人。那時余薇一眼看出李卿宇有死劫，冷以欣必然也看得出來。撇開余薇對李卿宇的心思，正常人看見這種情況，至少會有反應，但是冷以欣沒有。與其說她是事不關己高高掛起，不如說是毫不在意別人是生是死。

見到冷以欣這副樣子，龔沐雲挑了挑眉，笑容耐人尋味。

戚宸也瞇了瞇眼，回頭對身後的一名三合會成員道：「回去跟老四說，想要什麼樣的女人都成，就這個不成，他沒命消受，我懶得參加他的葬禮。」

戚宸的音量一點也沒壓低，話裡甚至有明顯的鄙夷意味，連冷老爺子聽了都覺得臉上火辣辣的，冷以欣卻像是沒聽到一般。

冷老爺子冷不住又問道：「妳在哪裡殺的人？薇兒在哪兒？」

「後院。」

眾人移步去了後院，余氏一脈的弟子們也想跟來，唐宗伯沒有阻止。余九志雖然罪無可恕，但他是這些弟子的師叔祖，他們想來是人之常情。

當眾人見到了余九志和余薇的屍體後，冷老爺子跌坐在了地上。

余薇胸口一刀斃命，看得出下手果斷。躺在她身旁的余九志，慘相更是詭異，身體上竟然長出枯草，這讓見慣了生死的安親會和三合會的人都覺得心裡發怵。

這就是降頭師的降術，這就是降頭的厲害？

坐在輪椅上的唐宗伯，默默看著祖孫兩人的屍體。

張中先看了屍體很久，這才轉頭望向遠處，說道：「好好好，總算是為我那兩個無辜枉死的徒弟報仇了！」

余氏一脈的弟子們沉默無言，有的還哭了出來。余九志雖然罪有應得，但畢竟相處多年，並不是所有人都對他沒有感情。

哭聲越來越多，悲傷也是會感染的。只是哭到最後，弟子們也不知道是在哭余九志，還是在哭自己即將到的悲慘命運。

唐宗伯回來了，門派勢必需要重新清洗，但他年紀不小了，情緒又起伏太大，需要好好休息。於是，夏芍提議明天再處理門派的事。

唐宗伯決定今晚先住在余家，夏芍無奈同意。

余氏的弟子們由張中先和龔沐雲的人帶往張家小樓，和曲王兩脈的弟子一起看管起來。走之前，大家先將余九志和余薇的屍身抬去後院的屋子放好。人死隨風去，既然恩怨已了，屍身還是要入土的。

離開前，余氏一脈的弟子們看了冷以欣一眼，有的不解，有的唾棄。冷老爺子則是在看見余薇的屍體後，怎麼也接受不了孫女殺了她的事實，悲慟萬分地呆坐著。

唐宗伯叫冷家人自己回去，不要出門，等候隨時傳喚。

李卿宇準備返家，他回去得跟李伯元回報這邊的情況。余薇死了，他已經恢復自由身。只是走前，他目光沉靜地看著夏芍，問道：「還有機會再見，對嗎？」

夏芍笑笑，「當然。」她還要在香港上學呢！

李卿宇點點頭，沒再說什麼，轉身離開了余家。徐天胤這時才轉頭望著李卿宇離去的背影，微微瞇眼，不知在想什麼。

夏芍看向戚宸，其他人都走了，只剩下冷家和三合會的，「你怎麼還不走？」

她明顯趕人的語氣，讓戚宸十分不快，「妳讓我來我就來，讓我走我就走？女人，妳真以為我是任妳呼來喝去的？」

夏芍聳肩，「好吧，這裡是余家，你想走就走，不想走就留，隨便你。」說完，她不再理戚宸，想叫上徐天胤在余家找間客房讓師父休息。

徐天胤卻看向戚宸，臉上陡然露出冷厲的煞氣。

戚宸感覺到了，直覺地迅速掏出手槍。

徐天胤比他還快，驅動手中的將軍，陰煞蓄勢待發。

「師兄！」

「住手！」

夏芍和唐宗伯同時大喝。徐天胤的動作一頓，陰煞還是襲向了戚宸。

戚宸迅速後退，面罩寒霜。

斷成兩截的手槍在地上滾了兩圈，他珍惜多年用了多年的黑槍當場宣告陣亡。

如果他剛才躲得慢半拍，被斬斷的就不僅是他的槍，而是他的腰了。

眼前這個男人的殺氣是真的，他是真的想要他的命！

「這是又要鬧什麼？」唐宗伯喝問道，聲音有些疲累。

「唐伯父，你的弟子剛才可是要殺我。」戚宸面色不善地盯著徐天胤。

直到這時，三合會的人才反應過來剛才發生了什麼事。兩人的動作太快，他們還沒反應過來，事情就結束了。他們後知後覺地拔槍，指向了徐天胤。

夏芍目光一寒，把徐天胤往身後拉。

「好了。」唐宗伯嘆了口氣，看向戚宸，「行了，這事等過幾天我親自去你們戚家給你個交代，你先帶著人先回去。」

戚宸表情不太好看，看著夏芍時，臉色更黑。三合會的人義憤填膺，還沒說話就被戚宸制止了。他臨走的時候經過徐天胤身旁，盯住他笑了笑，笑容很冷。

「那好，我就恭候伯父大駕光臨，告辭。」戚宸對手下們一揮，下令道：「走！」

戚宸離去後，唐宗伯看向自己的兩名弟子，沒開口訓斥，只是嘆了口氣，「唉，你們這些年輕人啊，血氣方剛的……」

徐天胤收起將軍，走到唐宗伯後面，推著他的輪椅往前走。

夏芍跟在旁邊不說話，她知道師兄為什麼要殺戚宸，他不是吃醋，而是她在青市跟龔沐雲吃飯的那天晚上，曾遭到戚宸的人的暗殺，師兄一直記著這件事……

聽說戚宸曾經在一次意外中差點送命，是他身上的某樣法器救了他。她猜測那可能是徐天胤的手筆，只是戚宸跟龔沐雲一樣，身上都有玄門高人送的護身之物，這才保住戚宸一條命。

夏芍和徐天胤都不說話，兩人推著師父轉出了後院。

冷老爺子仍然坐在地上，情緒尚未恢復過來。冷以欣的目光則跟著夏芍、徐天胤和唐宗伯三人遠去，直到三人再也看不見。

離開後院，唐宗伯低聲哼了哼，咕噥道：「……還挺有我年輕時候的血性。」

夏芍本來還在想著怎麼跟師父道歉，沒想到就聽見他說了這麼一句，差點笑出來。

唐宗伯瞥了夏芍一眼，斥道：「笑什麼？師父是過來人，所以才告訴你們不能這麼任性妄為，有什麼好笑的？」

夏芍咬唇忍住。

兩人找了一間客房讓唐宗伯暫歇一晚。唐宗伯坐在窗邊望向外頭，夏芍知道他睡不著，也不勸他，師父大概是在回想往事吧。

夏芍和徐天胤去隔壁房間，剛進房間，徐天胤就握住她的手，將她壓在門上。

徐天胤黑眸幽幽地盯著她看，有些受傷的模樣，質問道：「為什麼？為什麼要阻止我？」

夏芍愣了一會兒才反應過來，原來他以為剛才她喊住他是不想讓他動戚宸，他吃醋了？

夏芍好笑地道：「師父跟戚宸的爺爺是八拜之交，師兄在師父面前殺了戚宸，不是叫師父難交代嗎？門派的事就夠折騰一陣子了，我是為師父著想，不想師父難做。」

徐天胤似乎認同了這個說法，但還是盯著她，聲音有些悶，「不考慮師父呢？」

夏芍噗哧一笑，他果然還是吃醋了。

她輕輕撫上徐天胤的臉龐，淺笑道：「要不是考慮師父，我不阻止你。即便是得罪三合會，與整個三合會為敵。大不了吞了，或者滅了。」

夏芍是認真的。她想讓他知道，任何時候她都與他站在同一陣線上，無論他做了什麼。

徐天胤凝視著她，忽然手臂一伸，將她擁到了懷裡。

夏芍一笑，她敢保證今晚如果不是在余家大宅，他一定會「折騰」她。

她忽然想起一件事來，用手指戳了戳徐天胤的腰，「說，冷以欣是怎麼回事？」

徐天胤微愣，問道：「誰？」

夏芍笑著搖頭，「算了，沒事。」

第二章　清理門戶

朝陽升起，一大早報刊發行送到各大商店上架後，香港迎來了一場風暴。

「華人界第一風水大師唐宗伯大師昨日回歸！」

「驚天舊案！唐大師失蹤真相！」

「混跡香港十餘年，第一風水大師竟是真凶？」

「欺師滅祖，暗害同門，余大師的真面目被揭露！」

「風水世家倒臺，老風水堂清理門戶！」

早起來上班的香港民眾，一時間被各種突如其來的消息炸了個頭昏腦脹。

今天一早興沖沖跑去報亭等雜誌的人原本是要看昨晚余家約戰鬥法的事，沒想到卻收穫了一件驚天祕聞——玄門師祖唐宗伯沒死？那名少女風水師是他的徒弟？

香港上流社會頓時風起雲湧，那些退居幕後，影響力卻還在的政壇老將、老企業家們，齊齊出動，驅車趕往唐宗伯在香港的舊宅，卻撲了個空。

眾人沒想到唐宗伯還在余家，以為他暫住飯店，便動用關係去查各飯店，結果一無所獲。報社的電話快被打爆，眾人疲於應付，有人懷疑消息的真假，電視臺乾脆做出專題節目，將昨晚在余家大宅的畫面剪掉敏感部分才播出。

看到報導後，民眾罵聲一片。

不是所有人都知道唐宗伯，但卻都認識余九志。

原來香港第一風水大師竟然是個心狠手辣、歹毒不堪的小人？

這樣的人還幫人看風水運程、祈福問卜，教人為善？

諷刺，真是極大的諷刺！

甚至有人是把余九志當成唐宗伯的師弟來結交的，結果他卻是暗害唐大師的真凶。

不知道余九志已經死了的人，陸續來到余家大門前，要求他出面給大家一個交代。

然而，余家大門緊閉，宅子裡已經沒有人了，所有人都在風水堂。

當然，風水堂今天也是大門緊閉，裡面的議事堂卻擠滿了人。

香港的老風水堂已經更名為玄學協會，但香港人還是習慣叫它風水堂。風水堂是老建築，坐落在老街上，街上有很多廟寺、古董店。逢年過節，來這裡求平安或安太歲的人絡繹不絕。

風水堂長年有坐館的風水師，館內設有廟堂，讓前來的民眾求籤祈福，風水堂、命理堂、問卜堂、相堂等堂室齊全，坐堂的多是玄門年輕一輩的弟子，大師全是從這裡培養出來的。老風水堂後面則另設有議事堂、習武堂，供平時議事和弟子們習武之用。

這裡曾是唐宗伯入門，成為嫡傳弟子之處，更是他繼承師祖衣缽，成為掌門的地方。

而這裡同時也被余九志占據了十餘載，如今他又回來了。

唐宗伯看著堂下站著的所有人。

今天他不是要看弟子們切磋本事，不是要與長老和師兄弟們討論風水佈局。

今天他是要為玄門清理門戶。

風水堂裡站著黑壓壓一片人，最前頭跪著三名老人——王懷、曲志成、冷老爺子。

眾弟子垂著頭站在後面，誰都不敢說話，更不敢抬頭。

夏芍和徐天胤站在唐宗伯左右，再往外是張中先帶著張氏一脈的弟子冷眼瞧著堂下。

議事堂外，包括習武堂，整個老風水堂後面都佈下了八門金鎖陣，沒人逃得掉。企圖逃跑的人，下場雖不會比余九志慘，但也一定不會比盧師叔好到哪裡去。昨晚余家大宅裡的事，在余氏一脈的弟子被押回張家小樓看管後，王曲兩派的弟子都已經知道了。

那名少女竟是師祖的徒弟，怪不得她會打傷余師叔祖，怒斥一眾玄門長老。她的話至今他們還言猶在耳：「都給我聽好了，他余九志既不是掌門也不是長老，今天誰聽他的命令，我和張長老就記住誰！來日清理門戶，一個不留！」

一個不留……真的會一個不留嗎？

這當然是不可能的事。

義字輩的年輕弟子並不知當年的事，門派裡長老間的爭鬥他們插不上嘴使不上力，而且他們都還沒出師，與學徒無異。真正有關聯的是王懷、曲志成，以及兩人的親傳弟子。

但即便是兩人的親傳弟子，也肯定不是所有人都有罪。要怎麼分辨，就看唐宗伯了。

處理得稍有不當，無論是走的或留的，若是心存積怨，可能會成為玄門的隱患。

夏芍看向唐宗伯，如果師父允許，她可以用天眼查看，有禍害的人最好現在除去，但唐宗伯只是看著這些舊的新的面孔，一言不發，夏芍暫時開不了口。

她以為師父需要比較長的時間才能平復情緒，沒想到他開口了：「你們都是玄門的弟子，不管是哪個輩分，在入門的第一天，敬香、磕頭、奉茶、拜師，師父對你們說的第一句話一定是門規。三規六戒，不准欺師滅祖、藐視前人、禍亂江湖、鬥狠噬殺、姦盜邪淫、妄欺凡人。」

堂上靜得呼吸聲清晰可辨，眾人依然低著頭，卻能感受到唐宗伯的目光從他們頭上掃過。

「現在，有人違反門規。我不在的這十餘年，長老余九志、王懷，代長老曲志成，三規六戒，犯了三條。欺師滅祖、禍亂江湖、鬥狠噬殺，殺的還是同門。」

「我這十幾年的痛苦且不說，張長老一脈的弟子被迫離開風水堂，退出風水界，膝下兩名仁字輩弟子死在國外，至今尋不到屍身，王懷、曲志成都有責任。余九志欺師滅祖，如今已死。王懷、曲志成助紂為虐，按門規，廢除功法，自裁贖罪。」

堂下的人心中大震，王懷閉了閉眼，曲志成則是臉色慘白。

唐宗伯繼續說道：「三人的親傳弟子有幫凶之嫌，按門規，廢除功法，逐出師門。」

一屋子的人霍然抬頭，齊刷刷望向上首的掌門師祖。

余九志、王懷和曲志成的親傳弟子是仁字輩，仁字輩的弟子都已至不惑之年，是玄門的中堅力量，是風水界可以被稱為大師的人，就這麼……廢了？

可裡面的人並不是都做過殘害同門的事，不是都知道當年的真相，也不是都知道余九志、王懷和曲志成的勾當啊！

再說，這些人被逐出門派，那他們收的義字輩徒弟呢？

夏芍也看向師父，唐宗伯掃了眼堂下，又道：「據我所知，義字輩的弟子都不知情，但余、王、曲三脈的親傳弟子逐出門派，也就表示你們的師父要重新安排。」

唐宗伯說著，轉向張中先的三名弟子，「張長老一脈，你們的丘師叔、趙師叔和海師叔都是可以收徒的，甚至張長老也不介意收徒，當然，誰要是想拜入張長老門下，必須重新考校。」

然而，這番話沒能讓義字輩的弟子安心，反而比剛才更加擔心了。

改拜入張氏一脈？師祖是在開玩笑吧？

張氏一脈跟余、王、曲三脈有仇，他們真的能毫無芥蒂地接納他們這些「外來戶」嗎？到時候不會趁機報復吧？

果然，張氏一脈的義字輩弟子都不樂意，有人露出嫌惡的表情，其中以溫燁最為明顯。

他抱怨道：「有沒有搞錯？我寧願當玄門最小的弟子，也不要這種師弟師妹。」

「小燁！」海若輕斥他，低聲道：「師祖的吩咐，你插什麼嘴，聽著就是。」

話雖這麼說，海若也有著愁容，丘啟強和趙固更明顯，趙固甚至明白表現出不想收仇家三脈的弟子為徒的氣息。

溫燁不消停，皺著眉頭，又道：「我說錯了嗎？我師父是被他們的師公害死的。」

溫燁是孤兒，很小就被師父收為弟子，他把師父當成父親看待。七歲時，師父到國外幫人看陰宅風水，結果一去未歸。張中先曾送玉飾給這名蘇姓弟子，玉碎當天，他感受到了元氣波動，便知蘇姓弟子出事了。那時他還抱著僥倖的心理，希望是玉毀人未亡，可一等數年，生不見人死不見屍，又值余、王、曲三脈聯合打壓張氏一脈，張中先就知道這名弟子怕是沒了。

溫燁轉給了海若撫養教導，他現在稱海若為師父，心裡卻還記著被他當成父親的蘇師父，所以對於唐宗伯的決定感到不滿，張氏一脈的人都不忍責怪他。

唐宗伯卻好像沒看見兩方都不願意，竟然接著說道：「你們人多，張長老一脈人少，可能收不了這麼多人……看見你們兩位師叔祖了嗎？」

堂下的人全都愣住，連張氏一脈的人也莫名其妙。

唐宗伯說道：「你們兩位師叔祖修為都已在煉神還虛，可以收徒了。他們兩人現在還沒有徒弟，你們當中有天賦過人的，可以讓他們兩人考校，看看是不是適合拜他們為師。」

眾人震驚了，紛紛看向夏芍和徐天胤。

徐天胤的視線落在議事堂外的一棵紫荊樹上，對周遭發生的事恍若未見。夏芍則是微微低頭，唇畔含笑，眼底有一閃而過的精光。

三脈弟子的心全都撲通撲通跳了起來，他們是見識過夏師叔祖的身手的，她的能力和天賦毋庸置疑。更重要的是，她是掌門師祖的徒弟。

掌門師祖有兩名徒弟，雖然不知最後誰會接掌玄門，但是拜他們為師，輩分自會提升，而且同是仁字輩的弟子，掌門這一脈的地位自然更高。等到其中一位師叔祖將來成為掌門，其徒便會是嫡傳弟子。

在玄門裡，嫡傳代表有可能繼承掌門衣缽，得到門派祕法，甚至擁有接任掌門的資格。

「當然，如果有人不想留在門派裡，我也不勉強，只是離開之前必須廢除功法，一生不得再入玄門，也不得從事與風水術數有關的職業。」唐宗伯說完，補充道：「廢除功法不一定要斷筋脈，你們跟犯了門規的弟子不同，我會用祕法廢除你們的功法。」

這就表示沒什麼痛苦，但弟子們聽了這句話還是愣了一下。

唐宗伯伸手指了指堂下，「想留下的，站去左邊。我會安排考校，看看你們的天賦再決定讓誰收你們。不想留下的，站去右邊。」

氣氛頓時變得暗潮洶湧，所有弟子紛紛互相偷看彼此。

誰會想走？走的話，這幾年吃的苦不就白受了？再說，廢除功法，不能再當風水師，怎麼說都划不來。這幾年在玄門，他們跟著師父都見識了不少政商名流對風水師的畏懼和尊敬，又有錢賺，離開玄門多吃虧？

留下來還能搏一搏，也許能被兩位師叔祖看中，進而平步青雲。

當即便有不少人眼睛往左瞄，順便跟周圍的人用眼神交流，想要結伴站去左邊。

有人忽然說話了，是一名義字輩的弟子，看起來年紀跟夏芍差不許多。他五官不起眼，但看面相是極端正的人。他看著唐宗伯，問道：「師祖，請問您剛才說余、王、曲三脈的親傳弟子都要逐出玄門，這是認真的嗎？」

「當然，這事豈可兒戲？」唐宗伯淡淡地道。

「可我師父什麼都沒做！」那弟子急切地指向某個人，其他人向旁邊退開，結果露出一名拄著拐杖的中年男子，男子明顯雙腿有殘疾。他上前扶住他，說道：「師祖，你看我師父這樣，能做什麼對門派不利的事？他的腿十年前就傷了，去幫人看陰宅風水的時候，發現山上有座墳墓，墓室被盜墓賊盜了，壞了風水，陰煞流出，禍害村民。我師父幫著封堵，最終被陰煞傷了腿。這些年來，他大部分時間待在風水堂裡教導我們，真的沒有參與余師叔祖的事，您不能一竿子打翻一船的人。我師父他都這樣了，您廢了他的功法，逐他出玄門，以後還不能當風水師，讓他怎麼謀生？」

他的話似乎引起了共鳴，不少人紛紛附和。

「師祖，我師父也沒參與陷害同門的事！」

「我也相信我師父沒做！」

「師祖，您要不要再查一查？」

「師祖，我不想重新拜師，我就想……跟著我師父……」

這些弟子的師父也紅了眼眶，甚至出言制止自己的徒弟繼續為他們辯解。

腿腳有疾的中年男子，笑著拍拍徒弟的肩膀，「看你說的，師父早些年腿沒受傷的時候，也存夠老本了，離開玄門就當提早退休享福吧。」

「話不是這麼說的，師父，您根本就沒做什麼，為什麼要被逐出宗門？」年輕弟子看向唐宗伯，「師祖，您看看我師父的腿，他跟您一樣腿腳不便，這些年來都是坐輪椅的。昨晚我們受余師叔祖命令跟著去了，可我師父沒去，他去不了。他今天聽說您召集大家，就讓我找了拐杖來拄著，他說聽師祖訓話，坐著不敬……」

他說到這裡，眼睛酸澀，「我師父是好人啊，您把他逐出宗門，實在太不講理了……」

「阿齊，閉嘴！」中年男子對唐宗伯道：「師祖，抱歉，阿齊這孩子心直口快，但心不壞，而且天賦不錯，是我無能，沒把他教好。剛才他是無意冒犯，請您允許他留下。」解釋完，他還喝斥徒弟道：「向師祖賠罪，站到左邊去！」

「我不去！」阿齊性子頗倔，突然怒道：「這種門派不待也罷，反正掌門是非不分！什麼師祖，我看跟余九志沒什麼區別，一樣專斷獨裁！」

「阿齊！」中年男子又氣又急。

阿齊放開師父，果斷地站到右邊。

「阿齊！」中年男子勸道：「師父知道你的孝心了，可師父也是你師叔祖的徒弟，他犯了門規，師祖寧可錯殺一千也不放過一個的做法是對的。玄門亂了十幾年，不能再出這樣的亂子了。你快過去，留在玄門，將來成為大師，好給師父養老。」

阿齊倔強地道：「不留在這裡，也能給師父養老！三百六十行，還非當風水師不可了？」

「你——」中年男子一時被徒弟氣得不輕。

跪在前面的王懷，艱難地回過頭來，看向自己雙腿不便的徒弟。

他收徒向來看天賦，這個徒弟剛入門的時候是不錯，可是十年前傷了腿，就沒什麼大作為了，他的注意力便慢慢轉向，開始汲汲營營地追逐名利。

他不是沒懷疑過掌門沒死，但他既然失蹤，又這麼多年不回來，或許是沒能力再回來。他衡量過其中的利益，與其維護可能不會再出現的人，不如跟隨余九志。

剛才聽到唐宗伯說他的親傳弟子也要被廢被逐的時候，他以為他必會受弟子們的怨恨，卻沒想過竟然有人會這麼想……

他後悔了，他不該把名利看得那麼重，可惜一切為時已晚。

彷彿是受了阿齊的影響，陸續有弟子站去了右邊。這些人的師父又著急又感動，拚命相勸，他們都只說了一句話：「阿齊說的沒錯，我們又不是非當風水師不可。」

這些義字輩的弟子約百人左右，最後站去右邊的僅有二十人。

剩下的人不敢看自己的師父，低著頭，往左邊站了過去。

堂上就像出現了分水嶺，中間是王懷、曲志成、冷老爺子和以冷以欣為首的沒有被唐宗伯提起怎麼處置的冷家人，兩旁則是做出選擇的弟子。

唐宗伯點了點頭，接著，伸手指著右邊。

右邊的弟子除了幾個憤慨的，其餘的人面色平靜，反正是他們自己決定離開的，現在再被掌門師祖宣布逐出宗門，已經沒什麼感覺了。

左邊的弟子則暗自竊喜，走了一批人，自己這邊的競爭力就小了些。

結果，卻聽唐宗伯說道：「右邊的弟子留下，其他人廢除功法，逐出玄門。」

眾人呆呆地看著唐宗伯。怎麼會是右邊的弟子留下，師祖指錯邊了吧？

「師祖……」有人想提醒唐宗伯。

唐宗伯冷哼道：「你們沒聽錯，就照我說的辦。」

沒人敢再出聲，全都懵了似的看著他。

「一日為師終生為父、百善孝為先，我今天就教教你們這兩句話。玄門收徒首重人品，而不是天賦。或許你們的師父收你們為徒的時候，看重的是天賦，但我告訴你們，玄門不收不孝之徒。這十幾年玄門為什麼亂成這樣？就是為了名利。今日你們會棄師棄父，明天你們就敢欺師滅祖。」唐宗伯明顯動了肝火，「我不管你們人多人少，站到左邊的全都給我滾出玄門！」

夏芍嘴角微揚，原本她還擔心師父罰錯人，沒想到師父用了這招來考驗這些弟子。如此不僅能留下心存善念的人，還能讓他們打從心底敬服掌門，果真是一舉兩得。

於是，選擇留下的人震驚呆愣，選擇離開的人則懵了過後，驚喜地歡呼起來。

「還有，我收回剛才的話。余、王、曲三脈的親傳弟子不必逐出玄門，站在右邊的人的師父，可以繼續留在玄門。站在左邊的人的師父，則照樣廢除功法，逐出玄門。」唐宗伯補充道：「這是懲罰你們挑選徒弟時重天賦不重孝道，想必你們也是重利的。退一萬步說，收了這麼多徒弟，連一個仁孝的後輩都沒教出來，留下也沒什麼用，全都滾吧。」

這下子，驚喜的就不止是留下來的弟子，還有他們的師父了。

「王懷，我按門規讓你自裁，你有什麼話說？」唐宗伯看向跪在最左邊的老人。

王懷搖搖頭，神情這時有些欣慰，什麼話也不說。

「你呢？」唐宗伯又看向曲志成。

「我有！」曲志成是余九志提拔上來的，也是幫他最多的，原以為他應該是最無話可說的，沒想到他竟然有異議，「我不過是被佘九志提為代長老，事情都是他安排的。掌門失蹤後，玄門根本沒有別人說話的餘地，我也是身不由己。」

曲志成一說完，眾弟子都不可思議地看著他。

不是吧？他怎麼有臉為自己求情？

「放屁！」果然，張中先一跳老高。

張氏一脈的弟子也都面露憤慨之色，都到這時候了，曲志成還想把自己摘出去？

「你把我擠兌走的時候，可是一點勁兒也沒少使，害我那兩個徒弟死得不明不白！你以為你現在說句身不由己，就能抵我兩個徒弟的命嗎？」

「你徒弟不是我殺的，是佘九志的主意，他們怎麼死的我也不知道。」曲志成艱難地辯解道：「我說的都是真的，你你你你……你相信我。」

曲志成知道自己一定會被逐出玄門，但他還是想為自己爭條命。佘九志已死，死無對證，他咬死了不承認，掌門還能硬殺了他？

聽說佘九志和他的徒弟盧海已經死了，那當年的事應該就沒人知道了。他思考了一夜，才決定死扛到底，偏偏有人說話了。

「當了長老，名利雙收的時候，怎麼不說身不由己？」溫燁雙手插在褲袋裡，眼睛往天花板上看，「老頭，怕死怕到這分上，實在是太難看了。」

曲志成咬著牙，始終不抬頭看人。

溫燁走了過來，也不管唐宗伯在上頭，就這麼蹲在了曲志成面前，問道：「老頭，告訴我我師父怎麼死的，他在哪裡，我保證給你個痛快。」

曲志成愣愣地抬頭看著溫燁，卻望進一雙黑不見底的眼眸。那不是十二歲的少年該有的眼神，裡面充斥殺氣，讓他立刻明白溫燁不是開玩笑的。

曲志成連忙看向唐宗伯，語無倫次地解釋道：「不是我，師兄，真的不是我做的！余九志雖然提拔我，但他生性多疑，很多事都不跟我說！我做的都是明面上的事，暗地裡的或許他的徒弟知道一點，我是真的什麼都不知道！」

「余九志已經死了，死無對證，你想怎麼說當然都隨你。」趙固罵道。

「我真的……」

「好了。」唐宗伯擺了擺手，看了張中先一眼，「把人帶上來。」

張中先當即出了議事堂，提著一個人回來，也不管他腿上有槍傷，一腳就把他踹到地上。

原來這人是余九志的徒弟越向文，昨晚他逃跑時被打傷了，還被三合會的人補了一槍。

唐宗伯說道：「剛才你在外面都聽見了？你是余九志的徒弟，把你知道的事情全都說出來，我會考慮饒你一命。」

越向文愣住，他拜余九志為師時，唐宗伯還在，他知道他重情重諾，原以為這些年他遭遇了這麼多不平之事會心生怨恨，沒想到他竟然說要留自己一命。

當下，越向文說道：「我確實知道一些，盧師兄暗地幫師父做了很多事。他不知道師父暗害掌門師祖的事，但是他幫師父做過……謀害張長老弟子的事。」

溫燁衝過來揪住越向文的衣領，叫道：「有沒有我師父的消息，說！」

「我不清楚具體的事，我只知道是請降頭師做的。張長老死了的兩個弟子，去新加坡的那個是降頭師做的，去英國的那個是請奧比克里斯家族做的。」

溫燁的臉色煞白，張中先則閉了閉眼。

溫燁的師父就是去了新加坡……

降頭師做的，那就是沒活路了，搞不好連屍體都找不到。

「我還知道曲師叔跟克里斯家族的人認識，當時他也在英國。」越向文看向曲志成。

曲志成臉色煞白，「你……你血口噴人！」

「曲師叔，太難看了，這個時候就不用再狡辯了吧？」越向文嘲諷一笑，「師父暗害師祖的事，你不知道，可對付張老，你可沒手下留情過。」

彷彿怕這些話不夠取信唐宗伯讓他留自己一命，越向文又說道：「我還知道一件事，這事是盧師兄有一次喝醉酒無意間透露的。他說他也不太清楚，好像是師父勾結降頭師，玄門這十來年失蹤的三名女弟子，都跟師父有關係，那幾個女弟子好像是被送去泰國了。」

「什麼？」唐宗伯也愣了。

張中先卻不清楚，這肯定是他離開之後的事了，反正他們張氏一脈沒丟什麼女弟子，那就是說……失蹤的肯定是余曲王冷這四家的女弟子？

「到底是送去做什麼，盧師兄也不清楚，反正肯定不是好事。我只知道，昨晚在余家，我師父請降頭師作法，要害的也是兩名女孩子，就是夏師叔和冷小姐。他不知道用什麼方法，得到了師叔和冷小姐的頭髮，然後放在木盒裡，派人送去閣樓，交給降頭師作法。只是沒想到，最後中降術的會是師父。」

聽完越向文的話，在場的人都呆住了。

冷以欣和冷老爺子看向越向文，很明顯不知道昨晚跟死神擦肩而過。

夏芍卻是知道余九志拽了根自己的髮絲，她就是那個時候讓師兄偷龍轉鳳的。

越向文說頭髮有兩根？

那就是師兄在取出來的時候都丟掉了，所以冷以欣才安然無事。

夏芍轉頭看向徐天胤，徐天胤卻是低頭從自己胸前的口袋掏出兩根頭髮，放在手心。

眾人一驚，竟然真的有頭髮，看來越向文說的事是真的。

夏芍嘴角微抽，師兄竟然沒丟，還放在口袋裡。

冷以欣的情緒猛然有了波動，她望向徐天胤，眼中迸發出驚喜的光芒。

昨晚是徐師叔救了她？

徐天胤卻是眉頭微蹙，視線在掌心和夏芍的頭髮上移動，似乎在比較什麼。

良久，他問道：「哪根？」

夏芍一時哭笑不得，「我哪知道。」

夏芍和冷以欣都是長髮，長度也差不多，怎麼可能分得清哪根是誰的？

「留著幹麼？」夏芍有些糾結，也有些感動，「一根頭髮而已，丟了吧。」

徐天胤沒應，轉頭看向了冷以欣。

冷以欣的目光在夏芍和徐天胤之間打轉，眼神越來越不對，一見徐天胤望過來，她慌忙地想露出笑容，可還沒調整好情緒，徐天胤就朝她走了過來。

他攤開掌心，問道：「哪根？」

冷以欣呆愣，看著近在咫尺的徐天胤和他的手掌。

她不知道他為什麼執著地要辨明頭髮的主人是誰，難道他問她是想知道……哪根是她的？

冷以欣也看不出來，可是不想說不知道。這是他們重逢後他第一次看她，第一次跟她說話。現在他有所要求，她無法不滿足他。

於是，她隨意拿起其中一根，說道：「這根吧。」

她的心中有些期盼，想知道他挑出她的頭髮要做什麼，誰知徐天胤只是看著自己掌心裡的那根頭髮絲，然後握起收好，轉身走了回去。

滿堂靜寂，冷以欣呆立原地，氣氛一時間頗為僵硬。

夏芍垂下眼簾，肩膀輕輕抖動。她不想笑的，但是她的呆萌師兄實在太會打擊人了。

徐天胤把剩下的那根頭髮放回胸前的口袋，夏芍瞥了一眼，決定回去就把它要來丟掉。誰知道那根頭髮是她的還是冷以欣的，他想要的話，她再拔一根給他好了。

「咳咳！」唐宗伯咳了一聲，看向越向文，「你剛才說的這些事可是真的？」

「昨晚的事我保證是真的。盧師兄說的那些，我也覺得可信。」越向文趕緊說道。

曲志成還白著臉，剛想為自己辯解，唐宗伯就說道：「好，失蹤的女弟子，我會去查。你出了玄門以後，不能再為非作歹，要是被我發現，我一定不會再饒你。」

越向文如蒙大赦，他還以為他死定了，沒想到還有活路，當下跪地磕頭謝過唐宗伯。

唐宗伯看向冷老爺子，「冷長老，你們冷家這十幾年來對門派裡的事不聞不問，身為長老，你是失職的，這點你認嗎？」

唐宗伯已不再像昨晚那樣叫冷老爺子師弟，他此時此刻是玄門的掌門。

冷老爺子才剛從得知孫女險些被下降頭的震驚、害怕中回過神來，聽到唐宗伯的話，坦然地答道：「我認。」

「既然你說冷家這些年占算問卜，洩露不少天機，讓你們冷家人丁凋零，那麼，你以後不必再洩露天機就是。」唐宗伯的語氣很平靜，看樣子，這是他昨天考慮一晚的結果，「以後你不再是玄門的長老，回去頤養天年吧。」

冷氏弟子們渾身一震，這話是什麼意思？以後冷家不再是玄門四老一脈？還有，掌門師祖不允許冷老爺子再幫人占算問卜，是要冷老爺子以後從玄學界裡隱退嗎？

冷老爺子似乎早就猜到了，但他不在乎自己有什麼下場，他只在乎他的孫女會怎麼樣。

唐宗伯最後才看向冷以欣，「薇兒可能有罪，但私自處置同門很不妥當。欣兒跟薇兒是好朋友，我沒想到她會主動下手。就心性上來說，我覺得欣兒不太適合待在玄門了。不如叫她陪在你身邊，日後嫁人生子，過普通人的生活吧。」

唐宗伯這是要將冷以欣廢除功法，逐出玄門。

冷老爺子錯愕地看向孫女，冷以欣卻好像沒聽見唐宗伯的話。

她彷彿沒聽見任何人的話，只是維持著剛才的姿勢站著。

窗外忽然吹進一陣風，吹得她手上的那根頭髮隨之遠去……

冷老爺子最終沒有對唐宗伯的處置提出異議，冷氏一脈被允許留在玄門，唐宗伯只是解除了冷老爺子長老的職務，要他隱退，也沒有逐他出宗門，算是給了冷家面子。

冷氏一脈的弟子暗自舒了口氣，倒是有人低下了頭，自覺羞愧。

此外，有人見冷以欣自殺了余薇以來就舉止怪異，暗暗猜測她是不是生病了。

冷老爺子也是這麼想，他低頭閉眼，不看唐宗伯，「欣兒的父母死得早，這件事對她的刺激太大，只怪我這些年沒發現……師兄，我想帶欣兒到國外療養一段時間，你……你多保重。」

唐宗伯也閉上眼睛，對他擺了擺手。

接著，唐宗伯望向曲志成，「對不住同門師兄弟，我看你也沒什麼好說的了。」

「師兄，你不能聽信一人之言啊！越向文根本什麼都不知道，他剛才都是胡說的！我……」曲志成還想狡辯，但話還沒說完，聲音戛然而止。

「小燁子！」張中先叫了一聲。

夏芍上前拉開站在曲志成面前的溫燁，卻拽出了一把帶血的刀……

溫燁低頭看著地上那個到現在還不認罪的曲志成，曲志成被子刀扎穿肺部，嚴重失血。他本被斷了筋脈，練了這麼多年的內勁使不出半點來，這一刀對他來說無疑是致命的。他癱倒在地上，口吐鮮血，幾乎要翻白眼了。

溫燁手中的刀不長，一看就是平時隨身攜帶防身的，但他這一刀刺得很深，整個刀身都沒進去了，拔出時連手腕上戴著的手錶都濺到了血。

沒人想到溫燁會突然傷人，溫燁緊握刀子，半晌才鬆手，刀子掉到了地上。他忽然轉頭撲進夏芍懷裡，哭喊道：「師叔祖，我要為師父報仇！我要找到那些降頭師，殺了他們……」

平時吊著眼看人，嘴巴毒又臭屁的少年，此時哭得像個孩子一樣。

夏芍抱著他，摸摸他的頭，心裡很不好受。

徐天胤瞪著抱住夏芍的小豆丁，薄唇抿著，終究沒有過去扯開他。

這時，忽然有人大喊一聲，「快跑！」

接下來，場面一片混亂。

想必是溫燁剛才突然對曲志成出手，讓弟子們受了驚，剛才那些被唐宗伯逐出宗門的人，竟然一窩蜂往議事堂外跑了出去。

「混帳！」張中先大罵一聲，當先追了出去。

溫燁用手背擦去眼淚，低著頭不看人，轉身也要往外追，「我惹的事，我去追回來。」

夏芍將他往後拽，笑道：「行了，你以為他們跑得了？院子早就佈了法陣。」

話雖這麼說，夏芍還是追了出去。事出突然，師父還未啟動法陣，她得防止有人逃走。

「師兄，幫師父護持。」怕徐天胤也追出去，師父身邊沒人照應，夏芍說了一句，便頭也不回地奔出了議事堂。

這時隱約聽見後面傳來冷以欣的聲音，她當然不是跟她說話，而是跟徐天胤。

「徐師叔。」

夏芍匆忙看了一眼，顧不得聽她跟徐天胤說什麼，只是希望她不要影響師父啟動法陣。

幸好唐宗伯及時開啟法陣，她在後，張中先在前，兩人一前一後撂倒了不少人。張中先早就堵住門口，看起來沒人成功跑出去。

然而，奇怪的事發生了，企圖逃跑的弟子竟莫名其妙一個個倒地不起。

張中先奔過來，拉了夏芍一把，「快走！」

夏芍心知這是師父的手筆，也不細問，便隨著張中先離開所處的死門陣位。退遠時，她掃了眼倒下的人，發現陰煞之氣將這些人裹住，然後自他們的腕脈處侵入其體內。

這是……在廢除功法？

夏芍的目光變得古怪，從來不知玄門有這種祕法。

「哼，哪個被逐出門派的人願意功法被廢？玄門自有對付的祕法。」張中先冷冷地道。

夏芍和張中先返回了議事堂，她對這種祕法很感興趣，但更憂心唐宗伯那邊的情況。因為用古星門遁甲之法變換八卦陣位不是容易的事，非常消耗元氣。他老人家同時廢除這麼多人的功法，可能會支撐不住。

夏芍和張中先剛到堂門口，就看見一條人影從裡面飛了出來。

「欣兒！」

夏芍敏捷地往旁邊閃去，還沒看清是怎麼回事，冷老爺子就隨之從堂內飛身出來。他這時候看起來才像個內家功夫的高手，手杖往地上一頂，翻身就接住了冷以欣。

冷以欣落下時未睜眼，飛出來時已經暈過去了。

冷家的弟子們跟著跑出來，見冷老爺子和冷以欣都落在死門的陣位上，趕忙上前去扶。

夏芍只是瞄了一眼，就走進堂裡，只見徐天胤正盤膝坐著，閉眼運氣。

唐宗伯的元氣消耗得很厲害，徐天胤正將自身元氣源源不斷輸送到他身上。

夏芍當即也來到唐宗伯身後，盤膝坐下，加入護持的行列。有她幫忙，唐宗伯和徐天胤的元氣消耗頓時少了很多。夏芍的元氣是用之不竭的，持續得再久，也能支撐。

留下的弟子們都不敢吭聲，看著掌門師祖和兩名師叔祖，目光裡有著畏懼、敬服和驚奇。

整個過程連夏芍是心驚的，因為廢除那麼多人的功法竟然耗費了一個多小時。師父是不是知道她會回來幫忙護持，不然怎麼就這麼動了手？實在是太亂來了。她敢保證，只憑師父和徐天胤坐鎮，兩個人今天非得吐血不可。

收完功，唐宗伯疲憊地往輪椅的椅背靠去，明顯有些吃不消。

夏芍和徐天胤未停，繼續為師父調補元陽。唐宗伯卻擺了擺手，示意自己沒問題。但兩人還是為師父補了些元氣，這才起身。

夏芍望向門外，發現冷家人已攙扶著冷老爺子在站在旁邊。冷老爺子神情悲慟，看著躺在地上昏迷未醒的孫女，喃喃道：「欣兒，別怪爺爺……」

原來冷老爺子剛才把他孫女留在了死門陣位裡了。

夏芍愣了愣，難不成剛才是冷老爺子把冷以欣丟出去的？

想了想，又覺得不對，既然是他動手的，又何必追出去呢？

夏芍轉頭問徐天胤：「師兄，怎麼回事？」

徐天胤抿了抿唇，只吐出一個字：「吵。」

夏芍挑眉，她知道徐天胤肯定不是說她吵，那他是在說……冷以欣？

夏芍雖然好奇，卻沒再問。問徐天胤不如等一下問其他弟子，徐天胤太惜字如金了。

果然，等幾日後，夏芍想起了要問這件事。吳淑和吳可姊妹告訴夏芍，唐宗伯在啟動法陣時，冷以欣卻在那時問徐天胤記不記得她十歲那年兩人見過面的事。徐天胤不理她，冷以欣執意追問，結果徐天胤嫌她吵，就把她丟出門外了。

當然，這是後話了。

在清理完玄門的不肖弟子後，玄門對外宣稱，余九志請降頭師欲加害唐宗伯，結果反受其害而身亡。余薇在手術後病重去世，曲志成、王懷畏罪自殺，冷老爺子則召開了記者會，表示跟唐宗伯是同門師兄弟，這些年沒能識破余九志的真面目，深感歉疚，宣布就此隱退，帶著孫女冷以欣移居加拿大，不日啟程。

這場新聞發布會在香港引起了軒然大波，這意味著香港四大風水家族一夜之間散的散，隱退的隱退，已經沒有所謂的余王曲冷了。

而造成這局面的正是曾經的第一風水大師唐宗伯的歸來。

但凡有腦子的人都能猜出其中必有不為人知的故事，但媒體沒有報導，眾人也猜不出來。

唐宗伯除了宣告重新接管老風水堂，便再沒多說什麼，閒暇之餘只與昔日好友相聚。

這些人裡有三合會的老當家戚老、香港政商兩界的老人們。唐宗伯離開的時候，這些人並不是每一個混得很成功，但如今他們都是極有影響力的存在。尤其是那些商界的老人們，莫說在香港，就是在華爾街也是有不少人極有分量。

唐宗伯出行時，難免會被媒體跟監，有人發現，唐宗伯身邊總有一名冷漠俊美的男子跟著，而那位據說是唐宗伯嫡傳弟子的少女風水師卻宛如人間蒸發，沒再出現過。

沒人知道，這名少女不僅是風水大師，還是明星高中的學生。

夏芍轉學來香港就讀高中三年級，但因為李家和玄門的事，耽誤了近兩個月的學業。

這段時間，她雖然一有時間就會翻課本，利用晚上睡前的時間複習功課，但這跟天天在學校上課的效果還是天差地別的。

夏芍雖有前世的基礎，但高中的課程並不簡單，她的目標是京城大學，這是當初在十里村周教授走時，她向周教授承諾過的，也是她轉學來香港前，答應柳仙仙、苗妍和元澤的。她等著跟周教授和好友們聚首，自然不能食言。

玄門的後續事宜，夏芍都不管了，她把事情都交給師父和師兄，然後拍拍手上學去。

師兄休假休到聖誕節，他還會在香港待兩個月，有他陪在師父身邊就夠了。

聖耶是香港知名的女子高中，校史可追溯到一九二一年。學校內林木蔥翠，造景優美，建築頗有文藝復興時期的風格。學校是住宿制，娛樂設備齊全，有劇場、餐廳、舞蹈館、禮堂、體育館，各種球類設備更是不必說，還有健身房和游泳池等。圖書館則是古香古色，連樓梯都是古老的螺旋式階梯。

聖耶女子高中的入學門檻頗高，轉學生通常是考不進來，面試非常嚴格。聖耶並非貴族學校，不要求學生家境富裕或學生要是名門之後。相反的，這所名校對學生本身的能力要求比較多，學生須得有出色的專長。

夏芍能進入這間名校，跟她華夏集團董事長的身分關係很大。雖然華夏集團的名聲尚未傳到香港，但是有這樣令人欣羨的成就，學校當然會很重視。

她的入學申請一遞出，立刻就收到校方的面試通知，但那時夏芍根本沒時間去學校面試，所以她的面試是通過電話完成的。校長親自與她通電話，結果自然是順利通過。

夏芍沒見過校長，但從交談可以感覺到他應該是位博學多才、幽默風趣，想法又很開明的教育家。要不然也不會同意她一開學就請假，還一請兩個多月。

夏芍的猜測沒有錯，當她拉著行李箱來到校長室的時候，見到的是一位西裝革履，鼻樑上架著眼鏡，氣質儒雅的中年男人。

夏芍如今看人第一眼已離不開相面，她一看到黎校長的面相便笑了。

額頭高廣圓方，豐隆如覆肝，且雙耳提高白潤照額頭，是謂金木火三星拱照之相，顯見三十歲前就有所成，再者他髮際中央往後尖入，正是教育家的面相，有慈善家和宗教家的胸懷。

黎博書越過書桌，熱情地迎了上來，「夏董，久仰。」

夏芍笑笑，久仰什麼？華夏集團在香港可還沒有什麼名氣呢！

「黎校長，應該是我久仰您的大名。能來聖耶讀書，我感到很榮幸。」夏芍與黎博書握了握手，「一開學我就請了長假，實在是不好意思，謝謝黎校長通融准假。」

「哪裡哪裡，夏董年少有成，還能不落下學業，我很欣賞妳上進的心態。我們學校的宗旨就是培養有理想、有能力、有擔當和有責任感的人，夏董各方面都很符合要求。」黎博書邊寒暄邊將夏芍請到沙發上坐下，自己則坐回書桌旁。

他的書桌後面是一大面書櫃，上面擺放了各國世界名著、教育理論和各產業的專業書籍。

「夏董，妳應該已經看過學校的課程了。我們採取全英語教學，注重學生的自主能力，夏董請了兩個多月的假，剛開始上課可能會有些吃力。」黎博書說道，話裡提醒著夏芍一開始上課可能會遇到跟不上窘境。

夏芍一笑，這正是她選擇這所學校的原因。前世她的英語能力不錯，正是靠著這方面的專長才進入京城的大公司工作。重生後她沒有多少時間練習英語，但她不想荒廢了，且選擇女校能避開類似青市一中時程嗚那樣的事，所以她覺得聖耶很適合她。

「校長請放心，我不會讓您為難的。」夏芍笑道。

黎博書點點頭，眼神有讚揚之意。

他剛才是故意那麼說的，他對年紀輕輕就有高成就的夏芍很感興趣。

華夏集團在內地的青市是實打實的龍頭企業，其背後的掌舵者卻是一名十來歲的少女，聖耶女中的同齡人根本無人可比，連聖耶女中的校友也沒多少人能有她這樣的成就。

他不知道她的能力是什麼，但今天一見，至少能看得出她心態極好，既不驕傲也不嬌氣，更是沒有高人一等的自大想法。在他提到華夏集團的成績時，也是不卑不亢的。

黎博書說道：「既然這樣，那就歡迎夏董來我們學校就讀了。」

夏芍客氣地道：「我現在也是聖耶的學生，黎校長叫我的名字就好了。」

黎博書點頭一笑，拿起電話打內線交代了幾句，然後對夏芍道：「夏同學，教務處的林主任會告訴妳應該注意的事，妳跟著她走就好，預祝妳在聖耶有愉快的校園生活。」

兩人再次握過手，夏芍便提著行李箱出去。

來接夏芍的教務主任姓林，她穿著黑色套裝，蓄著短髮，戴著黑框眼鏡，看起來約莫四十多歲，不像黎博書那樣笑容可掬，而是不苟言笑的。

林主任打量了夏芍一會兒，接著推了推眼鏡，嚴肅地道：「先提著妳的行李去宿舍。」

夏芍笑笑，跟在後面走。

「我告訴妳，我們聖耶女中歷史悠久，學風優良。學校教出來的學生都是精英，不是花錢就能進來的貴族學校。學校採住宿制，只有週末才對外開放，平時請假、曠課、遲到早退都會留下不良記錄，畢業時會影響成績。」

林主任在說到請假時，看了夏芍一眼。她不知道這個轉學生為什麼請那麼久的假，批准她休假的是學校高層的討論結果，她只是教務主任，無權干涉。聖耶女中在建校以來，從沒遇過這種學生，高三了還請長假，而且她是大陸轉學來的，誰知道是通過什麼關係入學的。

這種走後門的人，就是來破壞聖耶女中校風的。

夏芍知道教務主任誤會了，但她請假是事實，所以也不辯解，只是微笑地聆聽著。

聖耶女中的宿舍大樓也很有文藝復興時期的風格，旁邊還有座鐘樓。宿舍樓內裝修典雅，走廊兩邊牆上掛著的都是學校的名人油畫像。夏芍的寢室在二樓盡頭，林主任打開房門，板著臉說道：「這就是妳的寢室，四人一間，不過這個寢室目前只有兩個人住，加上妳就三個人。妳自己挑床位，一會兒再收拾，先跟我去領課本和制服。」

夏芍放下行李，跟著教務主任去領書和寢室鑰匙，才被帶著去認認教學大樓。

夏芍覺得這位教務主任明顯是在折騰她，她明明可以先帶她認教學大樓，卻先帶她去領書和制服，然後讓她抱著一疊書和制服逛校園。

所幸她習武多年，這點東西累不著她，不過……

她看了眼林主任踩著的黑色高跟鞋，意味深長地一笑。

林主任眼角餘光瞥見她古怪的笑容，不禁皺起眉頭。

「林主任，」夏芍望著眼前的教學大樓，露出仰慕的表情，「聽說聖耶女中建校很早，歷史悠久，名人輩出。學校有很多設備都是校友功成名就返回母校時捐建的，是這樣嗎？」

林主任一聽這話，扶了扶鏡框，下巴微抬，「當然。聖耶女中的輝煌歷史不是隨便哪所學校比得上的，就因為這樣，才有很多人擠破了頭想進來。我希望這樣的人少一點，花錢進來帶壞風氣，鬧得學生們就知道攀比，簡直是敗壞風氣。」

林主任這是在暗指夏芍，但她像是一點也聽不出來，反而很有那麼回事地點點頭，「有的人來學校讀書是為了學歷，有的人卻是真心想要讀書。我就是想來讀書的，我很想融入這所學校，所以我想先從了解它的歷史開始。林主任能帶我四處走走嗎？我想瞻仰一下前輩們的成就和這所學校的風采，希望它的氣息能感染我，讓我很快融入進來。」
夏芍的目光很真誠，林主任看得愣住。她總覺得哪裡不太對，又說不出緣由，只好撇嘴，說道：「跟我來。」
接下來，林主任邊走邊說，圖書館、禮堂、餐廳、體育館等等，帶著夏芍逛了個遍。林主任不愧是教務主任，對聖耶女中的歷史和名人都很了解，每幢建築的典故信口拈來，講解得頭頭是道。
夏芍原本是有意折騰這位教務主任，為自己報個小仇，但不知不覺間她竟聽了進去。她能感受到林主任對學校很有感情，所以她可能不是在針對她，而只是在維護學校的聲譽。
走了不到一小時，夏芍就對聖耶女中有了更深入的了解，林主任走路的速度卻越來越慢。
夏芍內疚地一笑，正見走到林蔭大道的長椅處，便說道：「林主任，宿舍大樓就在前面，您累了就坐下休息，我自己回宿舍就好了。我得趕快收拾行李，下午還要去上課。」
林主任一愣，猛然醒悟。
她為什麼要親自為一個學生介紹學校各處的來歷？她可以以後找認識的同學帶她轉轉就好。這學生該不會是故意慫恿她，騙她踩著高跟鞋當解說員吧？
林主任的目光頓時變得凌厲，卻見夏芍笑了笑，對她鞠躬道：「今天很感謝您。」
夏芍的笑容很誠懇，林主任用目光審視她一會兒，嚴厲的表情才稍微緩和。
看來是她想多了。好吧，其實她也是存心帶著她先去領書，讓她故意抱書走了那麼久。
「行了，妳回去吧。」林主任不肯在長椅上坐，端著副教務主任的架子，訓斥道：「我不管妳是怎麼進來的，進了聖耶女中就是學校的學生，請假是要扣評價的。」

夏芍點點頭，轉身離開。

等她的身影消失在林蔭大道的盡頭，林主任才癱坐在長椅上喘氣歇息。

過了片刻，她猛地大吼一聲：「混帳！」

這個女學生果然是在糊弄她。什麼瞻仰前輩的風采？什麼她是想來讀書的？如果她想來讀書，為什麼一開學就請兩個多月的假？

她果然是把她當免費導遊，混帳！這個學生叫什麼名字來著？

夏芍？

哼，她以後會盯緊她！

夏芍不知道她在上學的第一天就被教務主任盯上了。回到寢室後，發現裡面確實只有兩個人住，她們占了裡面的床位，她只好在前面兩張床鋪裡選一張。

她的本命文昌位在東南，根據這座宿舍大樓的坐向……

夏芍一笑，果斷地把行李搬去門後的那張床鋪。

這次可不是在青市一中讀書的時候，李娟還能幫夏芍準備行李，所以她輕輕鬆鬆就整理好了內務，接著在桌上擺上文昌，換上制服。

聖耶女中的制服有兩套，可以輪流替換。白色襯衫搭紅黑格子及膝裙，頗有英倫學院風。

夏芍看著自己的制服笑了笑。她來香港兩個多月了，打電話回家的時候都說是在學校讀書，母親總是重複囑咐那些說了不知多少遍的話。她每次都詢問家裡的事，很少談校園生活。

現在她真的來上學了，終於可以拍些照片寄回去給父母看。

夏芍決定也幫師父拍幾張寄給父母親，畢竟他們跟師父做了兩年鄰居，也是有交情的。

寢室的格局和設備都跟青市一中差不多，寬敞明亮，就是不知道室友怎麼樣。

她看了看時間，發現離中午下課還有一個多小時。她不想浪費時間，雖然下午才上課，可是新領了課本，她想先看看，便坐在書桌前預習起來。

香港學校的課程跟內地不一樣，夏芍手上的課本都是英文教材，翻看過後，她稍微放心。還好，除了一些專業的術語有些生疏，其他都看得懂。

她把幾門課程的課本粗略翻了一遍，不懂的術語便翻字典標註，直到寢室門被打開，她才發現原來已經中午了。

開門進來的是一名身材頗高的女生，臉上化著淡妝，進來一看見夏芍，嚇了一跳。

她皺了皺眉，語氣不是很好，「妳是誰？怎麼在我們的寢室？」

「我是今天轉學過來的。」夏芍笑笑，見對方表情不悅，便沒有站起來。

「轉學生？」女生打量著夏芍。聖耶女中的入學審查很嚴格，過去不是沒有轉學生，可是高三才轉來的真的不多見。通常高三是不接受入學申請的，更別提現在都開學那麼久了。

她見夏芍氣質優雅，清麗絕倫，像是名門千金，不由收起輕視之心，露出些笑意，「妳好，我叫劉思菱，三年五班，妳應該跟我同一班吧？妳叫什麼名字？怎麼現在才轉學過來？」

「夏芍。大陸來的，之前有事耽擱了，所以今天才來報到。」

「大陸來的？」劉思菱一愣，又看了夏芍幾眼，「妳是大陸妹？」

夏芍挑眉，轉身回去繼續看書。

看來她不是每次都運氣那麼好，能遇到像柳仙仙、胡嘉怡和苗妍那樣的室友。

寢室的門又被推開了。

「咦？妳是誰？」

「大陸妹。」

劉思菱聳肩哼了哼，連剛才進來的那名女生也懶得看，逕自去了浴室。

「大陸？」後面進來的女生好奇地重複。

夏芍這才轉身看去，只見那女生體型有些胖，但胖得勻稱。雖然表情驚訝，但不像劉思菱那樣排斥和輕蔑，反而頗為熱切。

正當她懷疑自己是不是看錯的時候，對方快步過來問道：「妳是大陸來的？哪個省？」

「青省。」

「青省？」女生眼珠一轉，笑了，「我知道青省，那邊的肥花海蟹是名菜，紫蘇醉蝦也超好吃的。妳在青省哪個城市？」

「東市。」

女生的眼睛又是一亮，「東市的特產是香梨，汁多又甜，還能潤肺，煮湯和生吃都好。只不過香港這邊買不到，真遺憾……喂，大陸妹，妳來的時候有帶特產嗎？」

夏芍：「……」

為什麼都是在說吃？

「我不叫大陸妹，我有名字，我叫夏芍。」

「我是曲冉，叫我阿冉就好了。」曲冉伸出手，笑容很熱情。

「阿冉。」夏芍這才笑著站起身，跟曲冉握了握手，「妳去過青省？」

曲冉搖了搖頭，「沒有，不過總有一天我會去的。」

「那妳對那裡的美食倒是很有研究。」夏芍笑道。

「我聽我爸說的。」曲冉說著，垂下眼簾，「我爸是廚師，以前曾是飯店的行政主廚，很厲害的。他去過好多地方，吃過很多好吃的料理。」

夏芍沒落下曲冉在說起她父親時眼裡流露出的悲傷情緒。她說曾經，顯然她的父親已經去世，這點從她左邊日月角處泛白便可以看出來。

夏芍體貼地沒說破，笑著點頭，「看起來妳很崇拜妳爸爸，妳的廚藝也很棒吧？妳會做香港菜嗎？改天教教我。」

曲冉一聽就來了精神，「會，我做香港菜最拿手了！週末妳到我家，我和我媽教妳！」

「好。」夏芍笑著應下。她其實只是隨便說說的，她現在要先趕上學校的進度，忙著呢。再說，艾米麗下週就來香港了，接下來只會更忙，未必有時間。

劉思菱從浴室出來，見夏芍和曲冉竟然聊得很熱絡，不禁翻了下白眼，「大陸妹和肥妹，果然是物以類聚。」

「喂，妳說什麼呢？妳真沒有禮貌，我沒有名字嗎？小芍沒有名字嗎？」曲冉很不高興。

「又不是只有我一個人叫妳肥妹，班上的人都這麼叫。」劉思菱哼道，看一眼夏芍，「喂，大陸妹，聖耶女中的入學審查很嚴格，妳怎麼進來的？」

「怎麼不能進來了？我聽說在大陸讀國際學校就可以申請。」曲冉在一旁幫腔，但她自己也頗疑惑，轉頭問夏芍：「妳讀的是國際學校吧？可妳怎麼開學這麼久了才來報到？」

「國際學校？大陸？」劉思菱嗤笑一聲。

「別理她，她以為大陸人都很窮。」曲冉很無語，「午飯時間到了，妳還沒吃吧？逛過學校了嗎？我帶妳去，順道去吃飯。」

夏芍點點頭，她懶得理劉思菱這種人，收拾好課本便要跟曲冉離開寢室。

劉思菱在後面喊道：「喂，大陸妹，別怪我沒提醒妳！在這裡，新來的要有人罩著才行，妳想靠肥妹罩妳嗎？到時候被人叫去拜山別哭著喊要退學才好！」

曲冉聽見拜山兩個字，明顯很忌憚，「劉思菱，妳用得著這樣恐嚇轉學生嗎？」

夏芍不知道拜山是什麼意思，她只聽過拜山頭。拜山頭是舊時匪盜猖獗時，入幫會的第一個環節，後來被當作入幫會的俗稱。

難道聖耶女中有黑幫？

「就因為她是轉學生，我才好心教她的。」劉思菱昂著頭，挑眉看夏芍，「喂，大陸妹，妳該不會是看聖耶女中是名校，才從大陸轉學過來吧？呵，沒見識就是沒見識！我告訴妳，任何地方都有老大，聖耶也不例外！」

「小芍……」曲冉看向夏芍，似乎想說什麼。

夏芍笑著打斷她：「走吧，不是要吃午飯嗎？」

校園黑幫有什麼好怕的？三合會她都沒怕過！

夏芍拉著曲冉出門，用餐的時候才打聽清楚，原來聖耶真的有校霸。那個女生也是高三，有個哥哥是三合會總堂的左護法，她的名字叫展若南。展若南平時囂張跋扈，自認是聖耶的老大，會收保護費，打架鬥毆，大家都很怕她。

因為她有三合會的背景，學校不敢不收她。好不容易她高三了，再忍一年學校就清靜了。

夏芍聽了只是笑笑，她要忙著趕進度，只要對方不來惹她，她才不想管誰是校霸。

沒想到的是，當天晚上她就見到展若南了。

下午上課，她一出現在教室，就引起了騷動。因為她長得美，氣質好，又是大陸來的轉學生。最重要的是，她曠課兩個多月才來報到。對這所名校來說，除了展若南，她大概是第二個打破校規的人。

於是，晚上夏芍回到寢室，剛要打電話給徐天胤，寢室的門就被人踹開了。

「哪個是大陸妹？給我出來一下！」

夏芍轉頭看去，只見幾個女生大搖大擺闖了進來。

為首的女生穿著運動服，手裡還抱著顆籃球。只是她可不是標準的好學生，一頭短髮染成火紅色，左耳打了三支耳釘，一副吊兒郎當的模樣。

這人便是校霸展若南。

展若南一眼就認出了夏芍，因為她就像傳聞的那樣，猶如玉瓷娃娃般美得讓人驚豔。

怪不得才一個下午，全校的人就都知道學校來了個大陸妹。這幸虧是在女中，要是在對面的男女混合高中，指不定會引起多大的轟動。

「嘖，果然長了一張勾引男人的臉！」跟在展若南身後的一個女生冷哼道。

她的話音剛落下，展若南二話不說賞了她一巴掌，「我還沒開口，妳竟敢搶在我前面？」

女生被打懵了，趕緊低頭道歉：「對不起，南姊……」

「南姊。」劉思菱跟展若南打招呼，臉上帶著討好的笑容。

曲冉也叫了聲南姊，但聲音小很多，表情怯生生的。

展若南看也沒看兩人，抬頭用下巴點了點夏芍，「我最討厭長髮披肩的女生，這種人最會裝可憐。大陸妹，限妳明天之內把頭髮剪短，不然發生什麼事，別怪南姊沒通知妳。」

劉思萎幸災樂禍地旁觀。南姊要人剪頭髮，就是讓人剪成像她那麼短。

曲冉則咬唇看向夏芍，拚命使眼色給她。幸好只是把頭髮剪短，沒有別的事。

夏芍面無表情地看著展若南，不吭一聲。

展若南的小跟班們以為她嚇傻了，出聲喝道：「喂，南姊跟妳說話，聽見了沒？」

「要剪成像南姊這樣帥氣的髮型，聽見了沒？」

「要是讓我們發現妳沒剪，妳就慘了！」

「別讓我們動手幫妳剪，不然有妳好看的！」

聽她們出聲恐嚇，夏芍這才發現這些小跟班都留著跟展若南差不多的板寸頭。

夏芍搖頭笑笑，對展若南說道：「妳討厭長髮披肩的女生，我就得剪頭髮。要是妳討厭我的臉，我是不是要劃花自己的臉？」

「妳什麼意思？不聽南姊的話嗎？」一名小跟班橫眉豎眼。

展若南抬手阻止小跟班的話，反而笑了，「妳要是有勇氣劃花自己的臉，南姊我幫妳出醫藥費，而且從今以後妳就跟著我混，我保證香港沒人敢動妳。怎麼樣，妳敢嗎？」

「妳敢嗎？」小跟班們跟著附和，「南姊幫妳出醫藥費喔！」

「南姊給的醫藥費，別說治妳臉上的傷，就是去整容也夠妳整全身了，妳賺到了！」

「大陸妹，見過那麼多錢嗎？跑來香港讀書，花了不少錢吧？有南姊罩著，學費妳都不用愁了，就看妳敢不敢了！」

一群小跟班說著，開始起鬨。

「劃花！劃花！劃花！」

劉思菱在旁邊看戲，曲冉則戰戰兢兢地看著展若南，「南、南姊……」

啪！剛才被展若南甩了一巴掌的女生，衝過來甩了曲冉一記耳光，把怨氣發洩在她身上，「閉嘴！這裡有妳說話的份嗎？」

夏芍側頭看去，曲冉臉上浮現了五個手指印，而她低著頭，連臉都不敢捂。

「我不敢劃花自己的臉。」夏芍笑著走向展若南，「但是我敢揍妳。」

話音剛落，剛才那名掌摑曲冉的小跟班忽然向後大力飛了出去，撞在了走廊對面的牆上。

展若南最先反應過來，眼裡厲芒一閃，拿起籃球砸向夏芍的臉。

夏芍冷哼一聲，振開周身暗勁，結果籃球在她身前三寸處停住，接著反彈出去。

展若南驚愣一下，隨即被彈回來的籃球砸中胸口，痛得她冷汗都冒出來了。

小跟班們被這突如其來的狀況嚇呆了，直到展若南痛苦地捂住胸口才反應過來。

「南姊！」

「南姊，妳沒事吧？」

「滾開！」展若南用手肘撞開過來扶她的人，一腳掃向夏芍。

小跟班們見狀，立刻跟著撲向夏芍。

夏芍唇邊噙著冷笑，根本懶得動手，直接使出暗勁，來一個震倒一個，而且她始終負著右手，只用左手回擊展若南，腳也沒挪動半步，就連不會功夫的人都看得出夏芍會武功。

展若南越打越怒，怒在臉上，驚在心裡。不肯服輸的她，突然兩手握拳，一握打向夏芍面門，一拳直搗她胸口，似是要報被籃球砸中的仇。

然而，她的拳頭在夏芍胸前一寸遇上了莫名的勁力。夏芍冷笑，伸出兩根手指往她拳背上一按。展若南頓時感覺整條手臂像被重石壓上，陡然往下墜去，連打向夏芍面門的拳頭也偏了方向，擦著她的臉過去，她自己則竟踉蹌著摔了出去。

就在她快摔倒的時候，夏芍一手捏住她的後脖頸，將展若南提著轉了個方向，然後將她的頭狠狠往地上的籃球砸下去。籃球反彈開來，滾到了走廊上。

走廊兩邊的寢室門全都緊閉，沒人敢出來看熱鬧。

劉思菱滿臉驚恐地捂著嘴，曲冉則是呆呆地看著夏芍。

夏芍將展若南從地上提了起來，她的鼻子被砸腫，嘴唇也被牙齒硌破，流了一地的血。

夏芍輕笑道：「哎呀，流血了。不好意思，我下手可能重了點。」

展若南的小跟班們還倒在地上，她們艱難地抬起頭，用一種看怪物的眼神看著夏芍。

「既然妳錢多，我就不給妳醫藥費了。妳自己掏錢吧，有病治病，治不好我再幫妳治。」夏芍悠哉地道：「不過，我來聖耶是為了讀書，不是為了幫妳治病。妳下回要再來找我，記得把妳那多得花不完的錢帶過來。要我幫妳治病，妳總得付診金。」

「去你媽的診金！」展若南硬挺著脖子怒吼，「你他媽扁我，還讓我付錢給妳？妳怎麼不去死？操你媽的大陸妹，我告訴妳，妳完了！」

砰！

夏芍捏著展若南的頭往地上砸，其他人嚇得閉上眼睛，展若南吐出半顆帶血的牙齒。

「這是教妳，問候別人的母親要有禮貌。」夏芍笑道。

「你媽……」

砰！

「操……」

砰！

展若南每罵一句，夏芍就抓著她的頭往地上砸。漸漸的，地上的血變成了一大灘，展若南的聲音也越來越有氣無力。

這麼下去會不會出人命？

曲冉反應過來，趕忙制止，「夠了，小芍……快住手，南姊她哥是三合會……」

「滾！誰要妳這個臭三八幫老娘求情！」展若南喘著氣，罵人也沒了剛才的音量，卻還強撐著，「老娘收服聖耶，靠的是自己，跟他媽三合會有半毛錢關係！」

夏芍挑眉，展若南費力回頭撂狠話：「大陸妹，妳今天最好殺了我……不然，老娘緩過勁來跟妳魚死網破，不死不休！」

「哦，是嗎？」夏芍唇角微揚，「那麻煩妳告訴我，現在誰是魚誰是網？」

展若南眼前一黑，嘔得險些又吐血。

這時，走廊傳來匆促的高跟鞋踩地聲，接著有人站在門口喝道：「這是怎麼回事？」

夏芍一臉無辜，展若南則抬起她那張滿臉是血，腫得像豬頭的臉。

聞訊趕來的林主任嚇得倒退一步，用了好大的力氣也沒看出那張臉的主人是展若南。

「這……展若南，妳又找新生麻煩！」雖然臉看不出來，但林主任確定那是展若南。就憑她那不符合校規的髮型和耳洞，還有她身旁一群刺頭幫的成員，想認不出來都難。

「夏芍，妳入學第一天就打人？」看這情況，明顯是夏芍打展若南了。

她往地上看了一眼，目光變得嚴厲，「有沒有能站起來的？都給我來教務處。」接著，她轉身就走，走了兩步又回過頭來，指著劉思菱和曲冉，「妳們兩個先送展若南去醫務室。」

劉思菱和曲冉趕緊蹲下扶展若南，卻被她推開，「滾！當老娘要死了？去個毛醫務室！」

展若南從地上爬起來，兩眼發黑，步伐不穩，用手臂擦去臉上的血，說道：「老妖婆，去你媽的教務處！有話就說，有屁就放！妳那套大道理，老娘聽了三年，都會背了！」

展若南呼吸粗重，看東西都有重影，根本分辨不清哪個是夏芍，乾脆隨手亂指，放狠話道：「妳給我等著，這事沒完！」說完，她搖晃著逕自走掉。

林主任氣得發抖，展若南的小跟班們也從地上爬起來走人，只有夏芍還無辜地等著。林主任怒瞪她一眼，「妳跟我來！」

夏芍聳聳肩，乖乖跟著去了教務處。

到了教務處，免不了被林主任口沫橫飛地斥責，夏芍無奈地聽著，心思卻轉去了別處。

她也沒想到入學第一天對方就找她麻煩，本來她可以忍著不出手，但是對方打了曲冉。曲冉個性好，跟她說了很多學校的事，幫了她不少，見曲冉被打，她不能袖手旁觀，而且展若南和她的刺頭幫也太囂張了，反正以後也會找她麻煩，她何必忍氣吞聲？

她想得很清楚，今晚她打了展若南，給了對方下馬威，日後應該不會再有其他人因為她是大陸來的轉學生就找她麻煩。至於展若南，大不了來一次打一次。鬧得再大又怎樣？頂多鬧去三合會，她相信三合會不會為了一個左護法的妹妹跟玄門過不去。

夏芍沉浸在自己的思緒裡，林主任還在滔滔不絕地訓話。

「我告訴妳，學校是有校規的，不要以為妳開學就能請兩個月的假，跟學校高層有關係，就可以無視校規。今晚的事很惡劣，我會跟校長報告，妳今年期末的評級等著扣分。」

夏芍不在乎林主任說什麼，打架確實違反校規，所以她任她訓誡，但是涉及期末評級，她不能不吭聲了。香港的在校成績跟內地不太一樣，是有評級的，這對將來報考大學有影響。

她看著林主任，說道：「林主任，我敬妳是教務主任，所以願意站在這裡聽妳訓話，但我想妳有件事搞錯了，今晚是展若南帶人到宿舍找我麻煩，她們逼我剪頭髮、劃花臉，難道我要照辦？我出手是出於自衛，林主任不要總拿校規說事。法律有規定，公民有正當防衛的權利，林主任認為校規大得過法律嗎？」

夏芍的話讓林主任噎住。

「我是請了兩個多月的假，但這是學校高層同意的。林主任如果有不滿，可以去找校長申訴。如果妳想知道我是為什麼請假，也可以去問校長，但是請不要以妳的揣測來針對我。我來聖耶真的是想要來讀書的，可我沒想到聖耶這樣的名校竟然有校霸存在。老實說，我才入學一天，就對聖耶失望了，還有種受騙的感覺。」

夏芍表情冷淡，繼續說道：「正因為學校招收了這樣的學生入學，才導致其他學生擔心受怕。今晚的事，我認為我完全沒錯，錯出在學校招了這麼個人入學。如果林主任因為學校的錯誤要處分我，我不會接受。今晚的事，我會保留向教育署投訴的權利。要是日後我身邊再發生類似的騷擾事件，請學校也擔心一下教育署那邊的考核。」

林主任聽得當場懵住，等她反應過來，夏芍已經走出教務處。

回到宿舍，夏芍看見有很多人圍在她的寢室門口，七嘴八舌地問劉思菱和曲冉關於剛才發生的事。等到夏芍一出現，一群人呼啦作鳥獸散，紛紛躲回自己的寢室，探頭往外看著她。

曲冉小心翼翼地問道：「林主任沒處罰妳吧？」

「沒有。」夏芍搖頭，看了眼劉思菱。

劉思菱嚇得抖了一下，聲音發顫地喚道：「芍……芍姊。」

夏芍見那顆沾血的籃球還在，淡淡地說道：「把籃球丟出去，門關上。」

劉思菱二話不說，兩步上前，抱起籃球往外丟，然後砰一聲關上寢室的門。

夏芍拿著手機去浴室，打了個電話給徐天胤，說了說學校的情況。她當然沒說打架的事，不然依這男人的性子，肯定會殺去三合會宰了展若南她哥。

跟徐天胤約好了週五傍晚開車來接她之後，她又打給師父，說自己在學校一切都好。

等到夏芍講完電話，從浴室出來的時候，寢室地上的血跡已經被沾乾淨。曲冉和劉思菱看見夏芍出來時面上帶著笑意，終於鬆了一口氣，但兩個人還是不敢吭聲。夏芍也不多言，逕自走到桌前坐下，拿出課本來複習。

這期間曲冉和劉思菱始終輕手輕腳的，生怕鬧出一點動靜吵到她。

夏芍看書看得太專注，沒發現宿舍已經熄燈，只得端起臉盆，打算摸黑去洗澡。

劉思菱趕緊遞來一支手電筒，「芍姊，我這裡有手電筒！」

夏芍愣住，曲冉也拿來手電筒道：「芍姊，我這裡也有，妳都拿進去吧。」

夏芍噗哧一笑，「我記得妳本來是叫我小芍的。」

曲冉撓撓頭，笑容有點憨，「我還能這麼叫妳嗎？」

「我以為我們已經是朋友了。」夏芍笑著接過曲冉手上的手電筒，卻沒要劉思菱的。

曲冉開心地笑了起來，劉思菱則是尷尬地咬了咬嘴唇。

第二天早上，夏芍的英勇事蹟席捲了全校。

新來的大陸妹竟然揍了展若南！

展若南橫行了那麼久，大家都怕她背後的三合會。後來發現她自己也很能打，不僅是聖耶女中，還打遍了附近的學校。她看不順眼的人，會一直找碴到她覺得膩了為止。她來學校根本不是為了念書，還帶出了一票刺頭幫。

很多人都敢怒不敢言，眼看熬到她升三年級了，只盼著她趕快畢業走人。

誰也沒想到，居然有人敢打展若南。

揍她的還不是香港人，而是大陸來的轉學生。

聽說新來的轉學生功夫超牛的，一隻手就打敗了展若南，打得她滿臉是血還掉牙。

有人猜測聖耶女中老大是不是要換人了，有人則認為不可能，大陸妹再厲害，這裡也是香港，強龍壓不過地頭蛇。再說，三合會是龍不是蛇啊。大陸妹家裡再有錢，能比世界級的黑幫三合會還厲害嗎？

總之，夏芍出名了。與她自己預測的一樣，除了展若南，沒人敢找她麻煩，而且看見她的時候，都不敢把她當新來的，更不敢因為她是大陸來的就調侃她。凡是見了夏芍的，全都規規矩矩讓路，乖乖叫她一聲「芍姊」。

一夜之間，除了南姊之外，聖耶女中又多了一個芍姊。

不過，相處過後，眾人發現新來的芍姊脾氣不像南姊那麼壞，她待人客氣有禮，上課認真聽講，下了課都在看書。如果不跟她說話，她會一直埋首在課本裡。

展若南受了不輕的傷，大家都以為她會住院幾天，沒想到她只消失了一天，隔天就頂著一張瘀腫的臉來學校。

她好像不覺得丟人，脾氣比以往還暴躁，連她的小跟班都緊張兮兮的，就怕觸她楣頭。她們心裡都盼著南姊趕緊找夏芍報仇，出了惡氣，不然誰跟著她誰倒楣。

然而，展若南居然沒找夏芍麻煩，甚至提也沒提她的名字。

她不提，她身旁的人也不敢提。

日子就這麼有驚無險地度過，只是展若南始終臭著一張豬頭臉，每天遲到早退，眼神凶狠，而夏芍始終淡定微笑，準時上下課，直到週五放學這天。

夏芍收好課本，背著書包準備離開教室。

展若南忽然出現在教室門口，用豬頭臉吼道：「大陸妹，妳給我出來！」

聽見展若南的聲音，夏芍往門口一站，挑眉道：「帶診金來了？」

「滾你媽……」展若南張口就罵，夏芍目光一寒，拿起書包就往她的臉甩去。

展若南似是知道夏芍的忌諱了，張口罵人的時候就已經後退躲開。

展若南叫道：「住手，不要在學校打，在學校打沒意思，規矩太多很煩人。有本事的話，跟我去學校外面打，我們分個勝負出來。」

圍觀的人這才會意過來，原來展若南這幾天不找夏芍麻煩，就是為了等今天算總帳。

「妳放心，我展若南絕對不會設什麼陷阱害妳。我這人光明磊落，妳要是今天贏了我，我把老大的位置讓妳給坐，從今往後我叫妳一聲芍姊。妳要是輸了，就剃光頭給我當小妹，從今以後跟著我混。」展若南放話道。

眾人不約而同看向夏芍，有些人出於私心希望她能接這一戰，畢竟夏芍比展若南好相處。

要是她當了聖耶的老大，大家就都解脫了。

夏芍笑了笑，「憑什麼我輸了就得剃光頭，妳輸了就只是叫我一聲姊？」

「我都說把聖耶老大的位置讓給妳了，妳還想怎麼樣？」展若南瞪眼，挑釁地道：「好，我要是輸了，我也剃光頭，怎麼樣？」

夏芍無語地笑了，「我以為我們之間已經分出勝負了。」

「上一回不算，我不知道妳的實力才會輕敵。現在有這麼多人作證，我要是輸了，絕對不抵賴。如果我食言，剁一隻手給妳。」展若南昂著頭道。

夏芍搖搖頭，「妳只要不來騷擾我就大吉大利了。我讀我的書，妳當妳的老大。」

夏芍說完，背著書包往外走，展若南在後面氣急敗壞，「妳敢不答應？」

她盛怒之下，伸手抓向夏芍。夏芍回身把書包甩向展若南，展若南被她使出的暗勁震開，整個人不受控制地倒退了好幾步。

周圍的人驚呼，接著兩眼放光，而展若南則眼睜睜看著夏芍悠哉地走遠了。

放假前夕，聖耶女中校門外非常熱鬧。聖耶的學生雖不是個個家境都好，但絕大多數都有些才氣，更是不乏氣質美女。每到週五傍晚和週末傍晚，都有各種高級轎車停在校門口，有的是接女朋友，有的是家裡來接人。

今天校門口卻有些安靜。

校門口有位神情冷漠，穿著黑衣的男人正手拿鮮花，倚著限量版的黑色賓士，低頭看著地上的影子，像是在等人。每個剛踏出校門的女學生，都在看到他那俊美至極的長相後，驚豔地閉上了嘴巴。

不多時，他似乎是感應到什麼，忽然抬起頭，看向一名剛走出校門的少女。

夏芍一眼便看見了徐天胤，她笑著走過來，接過花束，也不管四面八方投來的視線，泰然自若地坐進副駕駛座。徐天胤幫她把花放到後座，為她繫好安全帶，這才返回駕駛座。接著發動車子，駛離聖耶女中。

展若南隨後追了出來，卻沒看見夏芍的身影，氣得猛跺腳。

「南姊，她跑掉了，怎麼辦？」

「怕什麼？跑得了和尚跑不了廟，除非她不回學校了！」展若南氣得直喘氣，半晌，眼珠一轉，森森地笑了，「不跟我打？哼，我有辦法讓她跟我打！」

聖耶女中因為歷史悠久，學校本身就是一個景點，因此週末學生放假的時候，學校便會對外開放，讓遊客和市民進來觀光。

週六上午，夏芍帶徐天胤到學校，穿著制服在各個大樓前拍照，等到照片洗出來，她細心地在照片後面標註是學校的什麼地方，她平時在這裡做什麼。最後把這些照片和在老風水堂跟師父的合照放在一起，又寫了一封長信，交給徐天胤，請他幫忙在週一寄出去。

週日傍晚吃過飯，徐天胤就開車送夏芍回學校。

他一路上開得不快，也不知是體貼她剛吃完飯，還是不想這麼早就送她回去。夏芍覺得可能兩者都有。她週末住在師父於香港的故居，一整天忙著複習功課，晚上很晚才睡。也許是不想耽誤她複習，師兄竟然沒怎麼折騰她。

師父大概也是不想減少兩人相處的時間，原本徐天胤天天陪著他去外出見老朋友，週末這兩天竟然哪兒也不去，只中途去了風水堂一趟。

不用陪師父出門，徐天胤就待在書房陪夏芍。他不說話，不打擾她，只是在一旁看她。就像現在車子停在校門口，他幫她解開安全帶，卻遲遲不開車門，只是看著她，目光留戀不捨。

夏芍笑笑，主動傾身過去抱了抱他。她一偎過去，徐天胤便伸手抱緊她，大手在她背後摩挲，埋頭深深嗅著她身上的香氣。

車子裡安靜得只剩衣衫窸窣聲和徐天胤的呼吸聲，良久，她用手指戳戳他的腰，示意自己要下車了。徐天胤看著穿制服的她，眸子裡流露出異樣的情愫。

夏芍一愣，伸手去開車門，卻不及徐天胤手長，搶先鎖住車門，大手一撈，把她抱到自己的腿上，接著按下車上的某個按鈕，前面擋風玻璃的遮罩片緩緩降了下來。

這輛車是徐天胤到香港之後買的，他來香港前就先預訂了，然後登記在夏芍名下，打算等他回軍區後就留給她開。車子是限量版的商務車，車上的配備都是最新的，不僅有雙人的三折床、豪華吧臺、影音器材，甚至還配置了對這個年代來說很先進的導航設備。

平時可以用來休息，私密性極佳。

夏芍儘管知道外頭看不見，還是紅了臉。車震這種事，對她來說還是太挑戰三觀了。可她拘謹，不代表徐天胤拘謹。這男人在性事方面向來很積極，自從先前在飯店的吧臺和地毯上「做」過後，他就對不同的地方產生了興趣，昨天晚上他們甚至在書桌上有過一回。

夏芍滿臉通紅，試著推拒，「師兄，這裡……」

「乖，一會兒就好。」徐天胤迫不及待地伸手探入她的襯衫裡，順著她的腰線撫摸。

夏芍從來不相信他所謂的一會兒就好，他的「一會兒」通常是折騰得她死去活來。

兩人的視物能力很好，但是人在黑暗中的感官會變得敏銳，夏芍就感受到師兄下半身的慾望在慢慢甦醒。她不敢想像再這樣下去會發生什麼事，所以她本能地想逃跑。

「別動，乖。」兩人不是第一天在一起了，她有什麼小心思，徐天胤都摸得透。他用手掐著她腰，果斷鎮壓。而且，似是為了杜絕她逃跑的念頭，他還伸手去探她裙底，將那礙事的小褲褲給脫掉。

夏芍臉頰頓時爆紅，知道自己逃不掉了，只好圈住他的脖頸，頭枕著他的肩膀，閉著眼睛感受著他帶來的戰慄。

徐天胤無聲笑了笑，胸膛微微震動。他很少笑，夏芍忍不住側頭去看，但是這個姿勢脖子轉起來太費力，只好放棄，又趴回他肩上，咬唇閉眼。

她這副被逼無奈的乖巧模樣令徐天胤的目光變得柔和，她每次都是這樣，最開始總要掙扎一下，試試看他有沒有可能放過她。等到知道沒希望的時候，才會乖乖地任他擺布。

徐天胤的手指在她的衣衫裡遊走，見她臉頰酡紅，身體輕顫，他的眸色不由變深，努力壓抑著體內的躁動。她平時愛穿白裙子，看到她穿制服，竟有種別樣的滋味。

他沒有脫她的衣服，沒有親吻，指尖在黑暗裡沿著她的曲線慢慢撫摩著。

夏芍就知道，所謂的一會兒根本是騙人的。師兄克制著即將噴薄的慾望，一點一點地挑起她體內的火苗，享受著她嬌軟的身軀貼著他時帶來的快感。而他越是這樣，她就越是驚顫，不知他什麼時候會爆發。

實際上，徐天胤的爆發來得很突然，在她渾身酥癢，口乾舌燥時，他忽然將她的腰往上提起，扳過她的腿讓她跨坐到他身上，然後在她為這種姿勢羞怯的時候，他握住她的腰狠狠往下按，讓她完全坐到了他火熱的慾望上。

夏芍差點叫出聲來，所幸理智還在，她連忙低頭咬住男人的肩膀。

徐天胤悶哼一聲，接著大力聳動。由於是在車裡，兩人的動作沒辦法太大，因此整個過程像是在磨磨，像是一點一點地鑽井解渴。夏芍感覺自己是即將渴死的旅人，眼前開始出現幻覺，黑暗裡彷彿有朵朵煙火炸開，絢麗又燦爛。她伸手想抓，卻什麼也抓不著。那種沒著沒落的感覺很難受，但又不想失去。她任由男人帶領著她走出迷途，攀向一座又一座的高峰。

夏芍覺得自己過了許久才慢慢走出幻境。

她趴在男人肩上喘息，一雙大手在她背後溫柔地摩挲，一邊輕拍著安撫她。

夏芍不敢馬上下車，她臉頰發燙，擔心被人看出什麼，只好先在車裡歇一會兒。

她不急著走，徐天胤自然歡喜。他抱著她，埋頭在她頸窩裡親吻，然後把她擁到懷裡。

夏芍軟趴趴地趴在他胸前，直到平靜下來，才想要從徐天胤身上下來，但她一動，還埋在她身體裡的某個凶器又開始蠢蠢欲動。

夏芍一驚，硬是掙扎著退出徐天胤懷裡。他沒有攔她，還幫她清理了一下，幫她把衣服穿好，放她坐回副駕駛座。

夏芍瞪了徐天胤好幾眼，他卻心滿意足地揚起嘴角。

「下不為例。」夏芍幾乎是咬著牙說道。

「好。」徐天胤點頭。下回不在她上學的時候。

夏芍挑眉，總覺得他沒有這麼好說話，可惜沒時間多想，她轉頭挑開車簾，發現天色已經快黑了，這才趕緊拿起書包準備下車。

臨近傍晚，校門口出入的學生不多，而且他們的車停在路邊樹下的停車格裡，不太引人注目。夏芍放了心，拿著書包跨下車門。

剛走進校門，夏芍就看見有個人正慌慌張張地探頭往校門口看。

那人不是別人，正是劉思菱。

夏芍對她沒什麼好感，視線在她身上掠過，逕自往裡面走去。

劉思菱看見夏芍，眼睛一亮，跑了過來，「芍姊！」

夏芍挑眉，「有事？」

劉思菱遞來一封信，說道：「芍姊，曲冉出事了。南姊的人到寢室找我，讓我把這個交給妳，還要妳按照信裡寫的地點過去，不然，不然曲冉就……」

夏芍眼神一變，打開信一看，瞇眼道：「達才小學？」

劉思菱聽了這話，臉色猛地變了，甚至驚恐地往後退了幾步。

夏芍問道：「怎麼了？」

劉思菱趕忙搖頭又擺手，「沒什麼沒什麼，就是那地方有點遠……呃，芍姊，妳對香港不熟的話，可以搭計程車過去。」

夏芍一看就知道劉思菱隱瞞了什麼，她沒有追問，現在救人要緊，她轉身就奔出了學校。

劉思菱看著夏芍的背影，縮了縮肩膀。原本刺頭幫的人告訴她，如果夏芍找不到地方，她得帶她過去，但是那地方……她不敢去。

達才小學是有名的鬼小學，建校時間跟聖耶女中差不多，已經荒廢很久了。聽說曾經有一任校長穿著紅衣在廁所自殺，所以晚上常有紅衣女鬼出沒……

那所鬼小學是展若南和她的刺頭幫玩鬧整人的地方，她們經常把看不順眼的女生拉去，玩鬼找人或是大冒險什麼的，沒想到展若南竟然約夏芍在那裡打架。

劉思菱撇撇嘴，她寧願被刺頭幫找麻煩，也不去那種陰森森的地方。誰讓大陸妹惹到展若南呢？反正大陸妹會功夫，她就自求多福吧。

第三章

陰魂上身

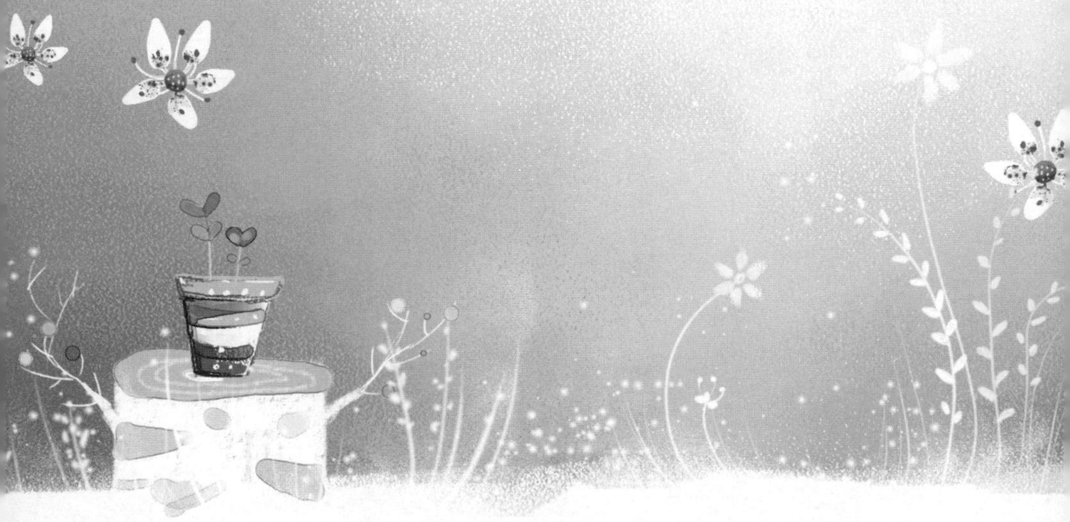

夏芍跑出學校，發現徐天胤還倚著車子看著校門裡頭，她立刻跑過去，把信往他手裡塞，急道：「師兄，快，載我去上面的地址！」

徐天胤見夏芍又跑回來，感到有些意外。看她臉色不太好看，氣息一凝，也不問她發生什麼事，幫她開車門繫安全帶，打開導航，便載著她直奔達才小學。

坐在車裡的夏芍，眼神微寒。她拒絕了展若南的約戰，料想到她還會再來找她，卻沒想到她會使出這種陰招。她最好沒把曲冉怎麼樣，不然這次她絕對會給她一個深刻的教訓。

正如劉思菱所說的，達才小學是離聖耶女中有些遠，徐天胤開車走最近的路，也開了一個多小時才到。車子停下時遠遠便能看見一座山，學校建在山腳下，四周應該是住宅區，不過那裡的房子大多已經荒廢。

達才小學有兩幢教學大樓，在黑沉的夜色裡散發著頹廢的氣息。學校四周圍著生鏽的鐵柵欄，大門是鎖死的，鐵柵欄被人用鐵鉗剪開了一個洞，正好可供一人出入。

夏芍沒有鑽洞的習慣，她可以直接飛身躍過柵欄，結果徐天胤忽然放開周身氣勁，一腳踹向門鎖。只聽轟一聲，大門整片倒在地上，激起不少灰塵。

夏芍嘴角抽了抽，「師兄，這裡上了鎖，顯然是有人管理的，你這是在……破壞公物。」

徐天胤不說話，走過來牽起她的手就帶她走進學校。

達才小學的校園裡雜草叢生，垃圾滿地，另外還有不少碎玻璃和BB彈。

徐天胤問道：「找人？」

夏芍看著其中一棟教學大樓，答道：「已經找到了。」

話音剛落下，就有幾個人從教學大樓裡快步走出來。為首的正是展若南，但她看起來不像是在等人，反而像是在找人。
「找到了沒？媽的，再去找！」展若南衝著幾個刺頭幫成員吼道。
其中一名小跟班說道：「南姊，我們都找過了，沒發現阿敏。」
「沒發現你媽！教學大樓、禮堂、校長室、會議室、廁所，全都找過了嗎？妳們他媽是不是給我偷懶了，要不然就是害怕了？」
「南姊，我們沒……」
啪！
小跟班還沒回嘴完，展若南便一巴掌搧了過去，「有那麼多時間反駁，不如給我去找人！我帶妳們來過這裡多少次了，妳們對這裡比對自家後院還熟，再跟我說找不到人，我把妳們一個個都關進男廁所！」
小跟班們不敢再說話，展若南揮手道：「再去找！找到阿敏，我就帶妳們出去玩，找不到，妳們都給我去吃……大陸妹？」
小跟班們齊齊一愣，什麼叫去吃大陸妹？
她們順著展若南的視線轉頭看向校門口。
徐天胤冷著臉，牽著夏芍走過來。他的神情冰冷，渾身散發著煞氣，驚得刺頭幫的小跟班們下意識縮了縮，連展若南都防備地看著他。
「大陸妹，妳竟然叫幫手？」展若南一副「枉我看得起妳」的語氣，態度火爆。
話剛說完，忽然臉色大變。
展若南無法形容這種突如其來的感覺，她只是覺得自己瞬間從頭涼到腳，心臟像是被什麼貫穿過。心悸腿軟，指尖發抖，整個人後背都起了一層雞皮疙瘩。

她從小跟著三合會混，什麼打打殺殺的事沒見過？她自己跟人打架搶地盤的時候，就曾走過幾回鬼門關，可她現在竟然莫名腿軟，但想起後面還有她的手下，因此她硬生生挺住了。

這一刻，她終於了解到幫會裡的人為什麼看見宸哥就發抖。她一直以為是他們沒骨氣，但她現在才知道原來世界上真的有殺氣這種東西。

大陸妹身邊的那個男人，展若南毫不懷疑他剛剛想擰斷她的脖子，如果不是大陸妹壓著他的手，她早就沒命了。

事情沒有嚴重到要宰人的程度，夏芍對展若南說道：「我不是來跟妳打架的，我是來要人的。小冉呢？妳們立刻把她放了。」

夏芍一出聲，展若南頓時感覺到殺氣消減了很多，但她的臉色仍然很臭。

「等妳跟我打完，我就放人。不過妳得等一等，我有個小妹丟了，等我找到人再說。」

夏芍握著徐天胤的手捏了捏，暗示他沒事，這才道：「我沒那麼多時間等妳找人，妳先把人放了，我還得回學校，晚上宿舍會查房。」

「我憑什麼要聽妳的？妳打贏我了嗎？我把老大的位置讓給妳了嗎？」展若南笑得沒個正形，「妳不跟我打，妳就找不到肥妹。我告訴妳，這裡跟我家後花園差不多，哪裡能藏人我比妳清楚。我不把她帶出來，妳找到天亮也找不到。」

夏芍沒被氣到，反而笑了，「話不要說得太滿。別說我能找出小冉藏在哪裡，就連妳丟了的小妹我也能找到。我要是能幫妳找到人，妳以後是不是就不找我麻煩了？」

展若南和她的小跟班們都愣了。

「大陸妹，牛皮不是吹出來的！」

「是不是吹牛自有妳知道的時候，我現在就是想知道，我要是能找到人，咱們以後是不是井水不犯河水？」夏芍笑得氣定神閒，「妳是不是能打贏我，妳自己心裡清楚，何必浪費大家的時間？妳現在丟了人，我幫妳找人。妳也幫我個忙，以後看見我就當不認識。」

夏芍看起來確實有些本事，展若南卻不同意。

「不行！妳要是幫我找到人，我就放了妳的人，這才公平，打架另外算！」

「妳抓了小冉在先，錯本就在妳，妳拿這個跟我講公平談條件？」夏芍眼神變冷，「剛才我看妳挺緊張妳的小妹，以為妳是個重情義的人，所以才願意跟妳談條件，希望我們之間能和平解決。現在看來，妳也不過如此，妳的小妹在妳心裡還不如打架重要。」

夏芍懶得再說，轉身就要自己開天眼找人。

「慢著！」展若南見夏芍要走，下意識去抓她的手。

然而，她還沒碰到夏芍的手，整個人就莫名其妙摔了出去。

動手的是夏芍，不是徐天胤。

如果是徐天胤動手，展若南連摔出去的機會都沒有，小命直接交代在這裡了。夏芍知道徐天胤很在意她，所以在展若南靠過來時按住了徐天胤，自己用氣勁將展若南震飛。

展若南摔出去時，幾個小跟班大驚，連忙伸手要去接住她，誰知她撞上來的力道奇大，一行人一起被撞倒在地。

「操！大陸妹，你他媽有種，我……宰了妳……」

夏芍淡淡地道：「這一下是教妳，做事不能把無辜的人牽扯進來。」

要是展若南剛才同意她的條件，就不用挨這麼一下了。她想打，自己就用實力跟她說話。

展若南斷斷續續地罵道：「媽的，我說要打了嗎？我他媽……是想讓妳幫忙找阿敏，妳這麼急著出手……趕著去投胎啊！」

夏芍：「……」

原來展若南同意了夏芍的要求，結果被她誤以為要打架，然後白挨了一記。

不過，夏芍沒什麼愧疚，為了曲冉，這是展若南該受的教訓。

「妳……妳比老娘還狠，操！」扶著腰站起來的展若南，幾乎快要吐血。這時，教學大樓裡有個女生跌跌撞撞地跑出來，「南姊，不好了！」

「媽的，跑什麼跑？都趕著投胎啊！沒看見大陸妹在這裡嗎？簡直是丟我的臉！」展若南劈頭就罵人，「什麼不好了？是不是有人要死了？沒人要死，妳這麼慌張，妳就給我去死！」

沒想到真被展若南說中了。

那個女生慌張地道：「肥妹快死了，她快被阿麗掐死了！阿麗……阿麗鬼上身了！」

這話一出，夏芍變了臉色。展若南追問怎麼回事，夏芍已經開了天眼，往教學大樓裡看去。下一秒，她二話不說跑了進去。

展若南連忙跟上去，見夏芍腳步不停，在宛如黑暗迷宮的鬼大樓裡轉來轉去，竟像是比她還熟悉似的。夏芍走的路線是最近的，最快能到達三樓男廁的路徑。

展若南既心驚又疑惑，沒想到夏芍不僅不怕，夜視能力更是好得驚人。

宸哥說過，沒有經過特殊訓練的人，夜間的視物力會很差。

這個大陸妹到底是什麼來頭？

一行人跟在夏芍後頭跑，很快來到了三樓。地上到處是紙屑、瓶子、課本和碎玻璃，牆上還有深紅色的塗鴉，場面相當詭異。走廊盡頭傳來「咯咯咯咯」的聲響，不是有人在笑，而是有人被掐著脖子，喉嚨裡發出的聲音。

夏芍人未到，腳尖已踢起玻璃碎片，朝那個方向踹了出去。

玻璃碎片割中了掐著曲冉的手，那隻手的主人卻好像感覺不到疼痛一般，掐著曲冉按在牆上不放。曲冉的雙腳離地，拚命掙扎踢打，臉色越來越白，幾乎快被活活掐死了。

「阿麗，妳瘋了，給我放人！」展若南從地上抄起玻璃瓶，想朝掐著曲冉的人丟過去。

夏芍卻將她推開，結果玻璃瓶砸到牆上，碎片四濺，差點割傷展若南和她的小跟班。

展若南大罵：「大陸妹，妳幹什麼？」

「妳想一瓶子砸死她嗎？」夏芍邊往前跑邊喊道。

「媽的！准妳丟碎玻璃，不准我砸瓶子？」展若南在後面吼道。

「妳砸沒用，我丟有用。」夏芍說話間，人已經到了。她剛停下腳步，阿麗就轉過頭來，兩眼發紅，迸射凶光。

夏芍兩指捏向阿麗被玻璃碎片割傷的手腕，指尖沾了她的血，虛空畫了道符，接著沾血的手指往阿麗的印堂上抹了一下，喝道：「走！」

只見一道黑乎乎的影子從窗戶飄了出去，很快就看不見了。

展若南等人自然是看不見這影子的，她們只看見阿麗被夏芍喝了一聲，然後整個人呆立原地，像是失了魂似的。過了一會兒，她的眼珠才慢慢轉動，接著啊一聲叫了出來，蹲到地上，抱著頭直打哆嗦。

「有有有有鬼……有鬼啊，南姊，有鬼……」

「有你媽的鬼！我們在這裡玩了兩年也沒見到一隻鬼，你他媽想揍肥妹妳就直說，我還當妳敢作敢當！給我來這一套，妳當南姊我是被人騙大的嗎？」展若南破口大罵。

夏芍不理她們，蹲下身子去看曲冉。曲冉被掐得氣快喘不上來，眼看著就要休克。夏芍連忙使勁兒朝她背後某處敲打，曲冉才咳了出來。她從來沒遇過這種事，如果夏芍來得晚個一兩分鐘，她就要被掐死了。

「小芍，妳來了……我還以為妳不會管我，剛才……剛才我以為我要死了……我再也見不到我媽了……」曲冉渾身抖得厲害。

「對不起，我來晚了。」夏芍伸手貼在曲冉背後，幫她調理氣場，同時轉頭看向展若南，眼神冷冽，「這下妳滿意了？就因為妳想打架，就可以隨便把無辜的人綁來？妳能對自己對別人負點責嗎？妳十八歲了沒？妳成年了沒？」

「我怎麼做人用得著妳教？」展若南最恨被人說教，「不就是差點玩出人命嗎？大不了我欠她一條命！妳問問她，要我還嗎？要我還的話，說一聲叫我怎麼死，我照辦！如果我眨眼，我就不是聖耶的老大！」

「蠢貨！」夏芍喝斥一聲：「她稀罕妳的命？她只稀罕她自己的命！」

夏芍很少發火，生氣的時候多半也是笑咪咪的，此時被夏芍這麼一喝，展若南倒是愣了。

「我問妳，她是聖耶女中的學生吧？妳說妳是聖耶的老大，那聖耶應該在妳的保護之下吧？但妳做過一件保護聖耶的事嗎？我只看見妳在欺負同學，在破壞學校聲譽，在給妳這個老大自己臉上抹黑！」夏芍說得氣笑了，「老大？妳知道什麼是老大嗎？妳只是逞威風而已！動不動就拿自己的命來還，妳的命很值錢嗎？我不知道妳的命對妳自己來說值不值錢，我只知道，妳的命對別人來說一文不值！」

夏芍並不想教訓展若南，她這純粹是替曲冉罵的，沒想到展若南竟然被罵得不吭聲了。刺頭幫的成員們小心翼翼地看著展若南，南姊最討厭別人對她說教了，對她說教的人不是挨她打就是挨她罵。要是換了別人，她們一定不等南姊開口就幫她罵人，但現在罵南姊的是夏芍，連南姊都打不過她……既然南姊也沒吭聲，她們就閉嘴好了。

曲冉的哭聲漸漸小了下來，直到她平靜之後，展若南才開了口。

「這事是我的錯，我明天帶著我的人，當著全校的面向她道歉，行了吧？」

刺頭幫的成員都驚訝了，連曲冉都忍不住抬頭看她，夏芍卻懶得理她。

展若南又道：「我怎麼知道她會出事？我沒打她沒罵她沒綁她，只是帶來這裡而已。」

「對，妳沒打她沒罵她沒綁她，妳只是逼她在這種地方玩筆仙。」夏芍冷冷地道：「或者是碟仙，或者是筷仙，反正就是招靈遊戲。」

展若南一愣，「妳怎麼知道？我……我無聊啊，誰叫妳這麼晚來？我等得無聊，又難得有新人在，就玩點刺激的。其實只有肥妹覺得刺激而已，我們在這裡玩了兩年，從來沒出過事。媽的，什麼鬼小學，連個鬼影子都沒有！」

展若南邊說邊踢了一腳還抱著頭蹲在地上發抖的阿麗，「別嚎了，哪有鬼？玩了兩年也沒看見鬼影子！妳在哪兒見鬼了，指給我看，我還想看看鬼長什麼樣子呢！」

「鬼小學？」夏芍挑眉。

展若南聳肩道：「妳是大陸來的，當然不知道。這地方在我們香港是出了名的猛鬼學校，建校前是日軍占領香港時的刑場，後來蓋了學校，只是聽說一場大火燒死了全部的學生，而且其中一任校長曾經穿著紅衣服在廁所自殺，所以很多人在附近遇過鬼打牆，還有進來探險的人看見過紅衣女鬼。」

女鬼？

夏芍和徐天胤互看一眼，原來這個地方以前是刑場。這倒不奇怪，很多學校都是建在墳場上的。因為從資源上來說，有墳地和刑場的地方，地皮都比較便宜，蓋學校能省點錢。從風水上來說，陰氣重的地方，童男童女多，可以壓住陰氣，不使土地資源浪費。而且，一般墳場和刑場的氣脈都比較大，從這裡出來的學生，有出息的人相對更多。

這間學校之所以出事，夏芍覺得跟建在刑場上的關係不太，應該跟這裡的風水格局有關。可這種風水格局被改動過，她無從得知之前是怎樣的。不過，她進學校前，發現四面的村莊與學校的後山呼應成局，化解了學校的煞局。

這個地方經過高人指點，按理說陰煞已除，不太可能再鬧鬼。

展若南也覺得沒有鬼，「全他媽扯淡！老娘占了這裡當地盤兩年，一隻鬼都沒見到！附近的人膽小得要命，搬走的搬走，讓這裡都荒廢了，連開發商都不愛這塊地方，白白便宜了我兩年！我們玩筆仙、碟仙，玩鬼找人的遊戲，從來沒出過事，我怎麼知道阿麗突然發神經？」

說著無心，聽者有意。

夏芍眼睛一亮，某個念頭在她腦海中一閃而過，但她現在沒時間，只能將這個念頭暫時壓下。她問展若南：「今晚除了阿麗，妳要找的阿敏是不是也玩過招靈遊戲？」

「當然，她都玩過不知道多少回了。」展若南不是很在意這事，但說著說著，皺起了眉頭，轉頭問小跟班：「喂，她是玩過筆仙以後失蹤的，對吧？」

小跟班臉色一變，「對，當時南姊帶我們在傳說有校長自殺的女廁所玩，後來南姊就說女廁所裡有衛生棉，招不來鬼，就帶我們去男廁所，但是到了男廁所以後，阿敏就不見了……然後南姊叫我們找人，找到這裡的時候，就讓阿麗先看著肥妹，其他人分頭找阿敏。結果我回來的時候，看見阿麗掐著肥妹不放。我怎麼打她，她都沒感覺，一點反應也沒有。我覺得她是撞邪了，就下去找南姊了。」

小跟班複述著今晚的情況，曲冉點了點頭，表示過程確實是這樣的沒錯。

夏芍打開天眼，將學校各處掃視一遍，都沒看到人，然後將目光放遠，結果在看到後山某處時，視線頓住。

有個女生站在後山山頂的懸崖邊，表情呆滯地看著黑暗的深淵。

夏芍一把拉起曲冉，向教學大樓外面奔去，「快，去後山！」

達才小學離後山不遠，徐天胤開著車直奔山頂，後面跟著五輛機車。

來山頂前的最後一段平路上，車子停下，夏芍對曲冉道：「妳留在車裡，我們過去。」

曲冉不敢一個人留下，說要跟夏芍過去。夏芍趕時間救人，便不再多勸。

這一路上，夏芍始終開著天眼，結果發現阿敏只是呆呆地站在懸崖邊，沒有再往前走。

展若南緊緊跟在後面，問道：「喂，妳怎麼知道阿敏在山頂？」

「我能掐會算，行了吧？」夏芍似是而非地答了一句，一聽就知道是敷衍。

展若南剛要發飆，夏芍忽然停下了來，看著前面背著大夥兒的女生。

刺頭幫的人一看就知道是她們找了許久的阿敏，展若南吼道：「阿敏，你他媽跑這兒來找死啊！」說著，就要過去拉她。

夏芍按住她，「別動，小點聲，別驚到她。」

如果能出手把人救下，夏芍早就出手了，問題是，阿敏周身被一層黑色的煞氣包裹著，那煞氣還能隱隱約約看出人的形狀。

阿敏果然是被陰人附身了。

說是陰人，其實夏芍是將其當成一種能量，就是類似腦電波的磁場所形成的影像。這種磁場來源於往生者生前的執念，通常不會存在太久，但也不排除有執念深，所以能量強的。

而所謂的附身，不是身體被占據了，而是思想被占據了，腦電波變成了別人的。

夏芍不敢貿然出手是因為阿敏的身體已經承受了兩個人的意識，如果她強制驚擾她，她很有可能一掙扎就掉下懸崖。這跟驅走附在阿麗身上的陰人不一樣，阿麗剛才在教學大樓裡，不怕她掙扎，可阿敏現在是在懸崖邊。

對夏芍來說驅除一隻陰人很簡單，但要在這種情況下救人，實在是很棘手。

夏芍想了一會兒，對展若南說道：「妳們再請一次筆仙。」

展若南等人都愣了，她們還沒弄清楚狀況，只看到阿敏行為詭異，正覺得驚悚，夏芍居然就要她們再請一次筆仙。

夏芍沒時間給她們商量，又對徐天胤道：「車上有紙筆，師兄去拿，我在這裡看著。」

徐天胤速度很快，一會兒就回來了。他不僅拿了紙筆，還有一本筆記本能拿來墊著。

夏芍一邊注意著阿敏，一邊跟展若南等人說道：「現在被附身的人是妳們的夥伴，想救她就按我說的做。我希望妳們找出兩個人來，不要堅定的無神論者，最好是半信半疑的人，而且

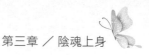

膽子要大，保證能完成整個儀式，包括請和送的儀式，中間不能斷。」

夏芍又補了一句：「妳們儘快選出人來，我不敢保證妳們的朋友會在懸崖邊晃多久。」

夏芍這麼說就是要搶時間，小跟班等人直到現在還將信將疑阿敏是不是被鬼附身。老實說，剛才在教學大樓裡，只有夏芍和展若南跑得快。跟在後面的人沒完全看清楚是怎麼回事，她們趕到的時候，只看見阿麗額頭上有血，然後蹲在地上發抖，直喊見鬼了。

最後，挑出的人是展若南和一名叫賭妹的女生。

賭妹是自告奮勇的，她拍著胸脯說自己膽子大，但夏芍發現她有些底氣不足。這反倒符合夏芍的要求，賭妹要是天不怕地不怕的，反而不好請筆仙。

至於展若南，本來不相信世上有鬼，可是阿麗和阿敏的事就擺在眼前，她不得不信。

夏芍讓展若南和賭妹盤腿坐在地上，將一張白紙鋪在筆記本上，接著兩人手臂交錯，一起握住了筆，然後抬頭看夏芍。

她們心裡其實有很多疑問，為什麼要再請筆仙？這跟救阿敏有什麼關係？一會兒到底能請來什麼東西？等會兒會不會再有人被附身？

夏芍道：「我只有一個要求，那就是過程不能中斷，開始玩就要玩到底。阿麗和阿敏之所以被靈體跟著，肯定是因為妳們把他請來了卻沒有送走。我想妳們只是抱著玩鬧的心態，中間覺得不好玩了就丟了筆，這才惹來麻煩。所以妳們這次要認真一點，請來之後按我說的做。」

刺頭幫的小跟班們聽了夏芍的話，全都瞪大了眼睛，果然被她說中了。她們在鬼小學那麼久，也不是每次來都玩筆仙，但兩年裡玩了不少次，每次都不成功，她們也覺得沒勁。今晚是為了嚇曲冉才又再玩的，可是玩到一半被展若南打斷，哪裡想到之後會出事。

夏芍示意展若南和賭妹開始。

小跟班們躲在旁邊的大樹後面，拿著手電筒遠遠照著白紙。

展若南和賭妹深吸一口氣，然後說道：「筆仙筆仙快快來，來了你就畫個圈。」

兩名女生的聲音不大，但在夜晚的山上，被手電筒微弱的光芒照著，氣氛還真讓人毛骨悚然，尤其前方不遠處，阿敏還在隨著山風左搖右晃。

夏芍就站在展若南旁邊，眼睛看著阿敏，然後對徐天胤使了個眼色。

徐天胤和夏芍站在一起，一前一後看住兩個方向。

晚上子時前是招靈的最佳時間，但不是說招靈就一定成功，這是有機率的，跟時間、地點和進行招靈儀式的人都有關係。白天不行，子時後靈體太多；正氣太旺盛的地方，例如警察局、法院或政府大樓附近都不行；招靈的人是無神論者也不會成功。等到一切條件都滿足了之後，還得看附近有沒有靈體。

夏芍確定有，不然阿麗和阿敏不會都出事，但她得篩選招來的陰人，有戾氣的不行，比如阿麗招來的陰人。她要找平和些的，比阿敏身上的陰人略強些的。

展若南和賭妹正集中精神招靈，沒多久，現場的氣氛慢慢變了。

夏芍看見遠遠的有陰人遊蕩過來。

最先來的是個少年，約莫十五六歲。夏芍不等他靠近，便指尖輕彈，射出無形的氣勁，將他給驅走。接著來的人，周身陰煞很強，怎麼看都像是附身在阿麗身上的那個。她剛靠近，徐天胤便彈了道氣勁出去，那個陰人被震得退後，被迫離開了。第三個來的陰人是個中年女子，目光平和，夏芍覺得她很合適，便沒有阻止她靠近。

中年女子被展若南和賭妹的意念吸引，來到了展若南身後。夏芍看見她身上分出了一道陰氣，附著在了展若南和賭妹兩人握著的筆上。

「筆仙筆仙快快來，來了你就畫個圈。」

展若南和賭妹不知道第幾次低喃這話，這時筆尖終於動了。

站在樹後的曲冉睜大眼睛，阿麗更是嚇得身子直抖，其他人也目不轉睛地看著。

筆在兩人手中緩緩動了起來，歪歪扭扭地畫了一個圈……

展若南的眼神變了，賭妹咕咚嚥了一下口水，兩人一起抬頭看向夏芍。

夏芍道：「問她能不能跟阿敏交流？」

展若南聽話地開口道：「喂，妳……」

「南姊，不能這樣！」賭妹欲哭無淚，她怎麼對筆仙也這麼不客氣？於是，她也不管展若南瞪她，直接自己問道：「筆仙筆仙，我朋友第一次請你來，不懂規矩，你別見怪。我想問你，你能跟阿敏交流嗎？能的話，你就畫個圈。」

展若南的臉色有點臭，似乎在想賭妹用得著這麼小心嗎？可她沒開口罵人，只是死死盯著手裡的筆。賭妹的話音剛落，筆就動了起來。

奇怪的是，筆在紙上亂畫，動得不快，可絕對不是一個圈，而是一堆亂七八糟的線條。

展若南和賭妹又看夏芍。這什麼意思？是說不能跟阿敏交流？

夏芍對兩人道：「問她要怎樣才肯跟阿敏交流。」

「筆仙筆仙，你要怎樣才肯跟阿敏交流？」賭妹依言問道。她的目光閃爍，聲音有些顫抖。她們看不見陰人在哪裡，只覺得無形中有股力量在推動自己的手，相當的詭異。

更詭異的事是，兩人手中的筆停頓了一會兒，然後竟開始慢慢寫起字來。字歪七扭八，寫了很久，而且斷斷續續的。

「深水……仁愛……童童……」

離得遠的人看不見紙上寫著什麼，但看見的人臉色都變得古怪。展若南和賭妹不知道這幾個字是什麼意思，這不是她們兩人的意念，而是屬於她們看不見的「第三者」。

「問問她，童童是不是她的兒子或女兒。」夏芍琢磨之後吩咐道。陰人都是執念所化，這六個字必是這名中年女子在故去時最深的執念。

「筆仙筆仙告訴我，童童是你的兒子或女兒嗎？是的話，畫個圈。」賭妹問道。

筆一如既往停頓一會兒才開始動，接著在紙上慢慢畫了一個圈。

展若南震驚了，不僅震驚夏芍猜得中，還震驚真的有個看不見的玩意兒在跟她們對話。

「再問她，她是不是要我們去看童童？」夏芍又道。

賭妹問完，紙上又畫了一個圈，夏芍這才敢肯定之前那四個字一定是能找到童童的地址。現在沒時間再細問，因為阿敏搖晃得越來越厲害，隨時有可能掉下懸崖。

「答應她。告訴她，作為交換，要她把阿敏帶到妳們身邊來，快！」夏芍急道。

「我們答應妳，但妳得把阿敏帶過來。」這回展若南搶著開口。她盯著筆，筆卻不動了。

展若南和賭妹心裡咯噔一聲，都以為筆仙走了或生氣了，沒想到不遠處一直背對著眾人的阿敏忽然往這邊走了過來。

令人驚悚的是，她是倒著走的，不是轉回正面，而是以倒退的姿勢緩慢地退過來。這就像一個人的臉長在後腦杓一樣，嚇得曲冉往樹後縮，阿麗乾脆抱頭不看了。

眼見阿敏離開了懸崖邊，夏芍立刻說道：「把筆仙送走，結束招靈。」說完，她上前握住阿敏的手，掐破她的手指，蘸著她的血在虛空中畫符，朝她眉心抹了下，然後喝道：「走！」

所有人都張大嘴看著夏芍的動作，展若南和賭妹按儀式結束招靈後，也盯著夏芍不放。

夏芍見展若南身後的陰人離開了，這才看向阿敏。

阿敏呆滯了幾分鐘，眼神才慢慢恢復神采。她一醒來，跟阿麗的反應不一樣，不知道自己為什麼會在這裡，她記得自己應該在教學大樓裡才對。當刺頭幫的小跟班們過來告訴她她撞鬼了之後，她還一臉茫然，以為大家在跟她開玩笑。

夏芍覺得這應該是跟兩個人的氣場強弱有關。膽小懦弱的人，氣場很弱，而膽大自信的人，氣場就強。別看阿麗現在嚇得蹲在地上不敢起來，她今晚之前應該是很囂張的，因為夏芍對她有印象，她正是那晚在宿舍掌摑曲冉的女生。陰人的意識侵入她腦中的時候，她應該有感覺，然後做過反抗，所以她記得自己遇到了恐怖的事。

阿敏看起來則平和許多，陰人的意念侵入她腦子的時候，她一定是完全沒有反抗，自我意識就被取代了，所以她什麼都不記得。

阿敏雖然什麼都不記得，但大家信誓旦旦說她剛才就站在懸崖邊，差點掉下去摔個粉身碎骨的時候，她還是露出震驚和害怕的表情，尤其是看見展若南和賭妹請筆仙的工具，她更是後知後覺地怕了起來。

夏芍也不解釋，她覺得這幫不良少女太有恃無恐了，讓她們知道什麼是害怕也好，免得下回再胡鬧，害人又害己。

展若南看著夏芍，目光古怪，「喂，大陸妹，妳為什麼會驅鬼？」

夏芍慢悠悠地道：「妳管那麼多做什麼？不該妳問的別問，反正我救了妳兩個人，妳的人還差點掐死我朋友，我現在要求妳以後在學校不准再騷擾我們，這可是妳欠我們的，就這樣了。」

夏芍說完，不理展若南，帶上曲冉，跟徐天胤轉身就往車子那邊走。

「喂！」展若南追過來，但她這次不敢再抓夏芍的手了，只是問道：「妳要去哪裡？」

「回學校。」夏芍頭也沒回，語氣不是很好。

回到車子停放的地方，曲冉自覺地坐到後座，夏芍陪徐天胤坐前面。原本她是想陪曲冉坐後座安慰她的，但她覺得今晚的事對曲冉來說可能太刺激，她需要一個人靜靜，便沒打擾她。

曲冉確實還沒平復心情，今晚差點被人掐死不說，還目睹了鬼上身和驅鬼的事，直到坐上車她還懷疑這些是不是幻覺。可這一切都是真的，她沒想到剛認識幾天的朋友，不僅功夫好，還懂得驅鬼，真是太神奇了。

她說她是大陸來的，可她為什麼有這些本事呢？

她以為只有風水堂裡的那些大師才會這種不知是真是假的事。

車子開了許久，終於回到聖耶女中。

夏芍從後照鏡看見曲冉打量著自己，露出好奇疑惑的眼神，就知道她沒什麼大礙了。

「有心思想別的，說明妳已經沒那麼害怕了，對嗎？」夏芍回頭笑道。

曲冉回過神來，有點不好意思，「對不起，我不是故意盯著妳看的。」

「說什麼對不起？是我去晚了，差點讓妳出事，應該是我說對不起才是。」夏芍眨眨眼，「放心，我不但會驅鬼，還懂心理輔導。妳要是害怕，不用花錢找心理醫生，找我就好了。」

曲冉噗哧一聲笑了出來，看起來放鬆了不少。

夏芍這才說道：「小冉，妳先下車進去等我，我一會兒就來。」

曲冉一聽這話，很識趣地下了車。見她走進學校，夏芍才對徐天胤道：「師兄，你回去以後，有時間就幫我查查那座鬼小學的事。」

「好。」徐天胤點頭應允。

「那附近的風水被改動過，我想知道沒動之前是什麼樣子。」

「好。」

「最好能有當時的照片資料。」

「好。」

「佈那個風水局的人肯定是高手，不知道是誰的手筆。幫我問問師父，看他對那所學校有沒有印象。」

「好。」

「哦，對了，今天招靈時的那六個字，我想是地址和人名，師兄幫忙查查。既然答應了，最好還是去看看。」

「好。」

夏芍要查鬼小學的事，自然是看中了那塊地皮。跟當初在青市一樣，有鬧鬼傳聞的地方，地皮都很便宜。那個地方依山傍水，其實環境很好，把私人會館蓋到那裡，憑著師父在香港的名氣和人脈，必定能招攬到政商兩界有名的人當會員。

且不說會費一年能賺多少，夏芍如今是打算打開自己在香港風水界的名氣了。看陽宅、斷陰宅、占問卜算，她要用自己的實力為自己累積人脈。

按照行程，艾米麗明天就要來香港了，接下來要在香港經營房地產。她已經想好要怎麼做，只等跟艾米麗見了面再談。

夏芍心思轉了幾轉，回神時才發現徐天胤還專注地看著她，像在等她指派任務。

夏芍笑了笑，「沒了，就這些。」

徐天胤點點頭，夏芍心裡暖暖的，望著傾身過來幫自己解安全帶的男人，嘴角輕輕揚起。他還是這樣，不管她有什麼要求，他都照單全收。

知道夏芍趕著回宿舍，徐天胤沒留她，只是握住她的手，不捨地揉了揉。

夏芍抿嘴一笑，突然拉下他的脖子，在他臉上親了一下，然後在他氣息微變的時候，果斷開門下車。她跑進校門的時候，還轉身朝他揮手。

看著她眼眸彎彎的模樣，徐天胤的表情變得很溫柔。許久才伸出手，撫了撫臉頰。

夏芍和曲冉朝宿舍走的路上，大略地解釋了陰人的事，希望曲冉不要太怕陰人。曲冉聽了夏芍的說明，精神明顯好了很多，不再自己嚇自己。

兩人回到寢室的時候已經十點半，正好遇上舍監查寢，兩人算是險險過關了。

劉思菱見夏芍和曲冉回來，不自然地笑了笑，卻沒敢開口問發生了什麼事。

夏芍可是從鬼小學安然無恙地回來，身上別說擦傷，制服上連點灰塵都沒有，也不知她今晚有沒有遇見邪門的事。

夏芍沒理劉思菱，讓曲冉先去洗澡，自己等熄燈了才打著手電筒去沖澡。經過今晚的事，明天開始，她應該可以安心念書了。

她沒想到，第二天她又風靡全聖耶女中了。

這次跟她入學第一天痛揍展若南立威揚名不同，而罪魁禍首當然是展若南。

早上看到展若南帶著她的手下，騎著機車駛進學校時，所有人都石化了，連校門口的警衛都看呆，忘了阻止她們。

刺頭黨是以展若南和一群不良少女的髮型而命名的。因為展若南討厭女生留長頭髮，認為留長頭髮的女生都愛裝可憐，所以她把自己的頭髮剪成板寸頭，染成火紅色。而她的小跟班們不知是為了討好她還是別的什麼原因，竟然一個接一個地也跟著剪成板寸頭，於是，她們的髮型就成了刺頭黨的命名由來。

然而，今天刺頭黨的老大展若南，她她她……她竟然變成了光頭。

展若南的光頭簡直閃瞎了全校師生的眼睛，教務處的林主任更是氣得臉色鐵青。

消息靈通的人已經知道上週五南姊約戰大陸妹，輸了的人要給贏了的人當小妹。南姊還說，她要是輸了，就把聖耶女中的老大位置讓給夏芍坐。

這麼說……大陸妹真的又贏南姊了？聖耶女中的老大真的換人了？

展若南剃光頭是表示她認輸嗎？

結果，夏芍在教室也好，去廁所也好，每個看到她的人都會叫她一聲「芍姊」，就連老師都用古怪的眼神打量她。

夏芍忍了又忍，忍到中午去學生餐廳吃飯時，竟然遇見了展若南大搖大擺地帶著她的小跟班進來，而她在看到展若南頂著一顆大光頭時，嘴角抽了好幾下。

展若南她留刺頭的時候，形象已經很不良，現在剃光頭，感覺……更不良了。

展若南從來不在學校的餐廳吃飯，今天卻破天荒帶著她的小跟班過來。眾人全都不敢吭聲，四周很安靜，大家都盯著夏芍和曲冉那一桌。

展若南帶人走過去，夏芍挑眉，展若南跟她對視片刻，突然鞠躬喚了聲：「芍姊。」

「咳咳！」很多人都嗆到了。

夏芍卻表現得非常淡定。

來餐廳之前，她已經去校長室，對黎博書報告了她和展若南之間的恩怨。

這些事林主任早就跟校長打了小報告，而夏芍解釋的時候，當然沒說請筆仙的事，她只是說展若南為了跟她打架，綁了曲冉，她為了救同學才去見她。

黎博書對於夏芍會武功感到很訝異，但是她把稱霸校園的展若南給打服氣，嚴格說起來對學校是有好處的。雖然打架不對，但總算有人能約束展若南這匹脫韁的野馬。

黎博書也聽說了夏芍很用功的事，他沒什麼理由責怪夏芍，還笑著寬慰她，說學校沒提供一個安靜的環境給她，希望她能理解學校的苦衷，顯然林主任把夏芍說的那番話告訴了校長。

夏芍此時對展若南又出現在自己面前頗為不悅，「昨天我們是怎麼說的？」

「這裡是餐廳，是公共場合，只准妳來吃飯，不准我來了？再說，現在是午休時間。」展若南理直氣壯，一屁股在夏芍對面的空位坐下，又對小跟班們吼道：「看什麼看，去打飯！」

幾個小跟班嘴角抽了抽，沒想到南姊真的要在學生餐廳吃飯。

曲冉覺得跟展若南同桌吃飯很不自在，有點坐立不安，展若南卻盯住她，「喂，肥妹！」

「啊？南姊！」曲冉嚇得差點跳起來，不自覺往夏芍那邊靠去。

展若南對她的反應皺眉頭，說道：「昨晚的事是我不對，以後妳有事，跟我說一聲。」

曲冉也不知是嚇的還是受寵若驚，連連擺手，周遭的學生已經張著嘴不知道說什麼了。

展若南竟然跟一個她平時最看不起的膽小鬼道歉？

這時，展若南的飯打來了，三葷兩素，外加一碗湯。學生餐廳的飯菜算不錯了，中西式都有，任君挑選。展若南卻吃了一口就往旁邊推，「媽的，怎麼這麼難吃，這是人吃的嗎？」

夏芍斜眼看她，展若南又道：「還不如去飯店吃。」

「妳錢多就去。」夏芍巴不得她趕快從眼前消失。

展若南也知道夏芍不待見她，但她就是坐著不走，左看右看，好像有什麼話想問。

夏芍低頭吃飯，當作沒看見。

四周相當安靜，除了筷子湯匙觸碰碗碟的聲音，所有人都默默地吃飯，同時豎直耳朵偷聽夏芍和展若南在說什麼。

過了好一會兒，展若南終於憋不住了，開口問道：「喂，世界上真的有鬼啊？」

夏芍充耳不聞，自顧自地吃飯。吃完飯還得回宿舍看書，她不想耽誤時間。

展若南卻自言自語道：「妳說怎麼這麼奇怪呢？我們在那裡玩了兩年，都沒看到鬼，怎麼昨天晚上就出事了？」

夏芍還是不說話。這有什麼稀奇的，本來招靈就不是回回都能成功，而且她們也不是每次都玩，說是兩年，還不知道才玩過幾次。她們玩了幾次沒有招到就認為不靈驗，時間長了就堅信沒有鬼。越是這麼想，越是招不來靈。

「筆仙這東西我以前就覺得是不知道什麼人無聊發明的遊戲，沒想到還真能招鬼來啊！」

展若南大概是太無聊了，昨晚招靈成功，是她從來沒有過的體驗，所以覺得新奇，今天就忍不住來纏著夏芍想問個明白。

夏芍被她問得很鬱悶，感覺她要是再保持沉默，展若南可能會天天來煩她，她這才淡淡地看她一眼，「誰告訴妳是無聊人士發明的遊戲？筆仙、碟仙、筷仙，從本質上來說沒有區別，招的都是靈體，只不過是媒介不一樣罷了。而且，這些都不是現在才有的遊戲，它們是由最古老的巫術扶乩演變而來的。」

扶乩是乩人將乩筆插在箕箕上，然後在沙盤上寫字。寫出來的字通常很難辨認，被稱為天書，深受古代帝王信任。

夏芍沒說要怎麼樣用扶乩之術占卜，她只道：「根據記載，扶乩源於東晉，唐時傳入日本，後來流傳至世界各國。在日本稱為靈子術，而在西方國家的靈學會裡，主持扶乩的人，被稱為靈媒，早就在世上流傳很久了，也有預言很準的例子。」

「什麼例子？」展若南忽然變成好奇寶寶，曲冉也不知不覺放下碗筷聽著夏芍解釋。

夏芍嘆了口氣，早就知道會越說越多，「遠的不說，就說近的。光緒年間，燕京的高居士曾以隋代高僧天臺步虛師祖的扶乩訓文，預言百年大事。光緒帝的死期、宣統帝的繼位、近代中國的幾位領袖人物都有預言。結果逐一檢視，全都應驗。」

「哇！」展若南吹了一聲口哨，刺頭幫的小跟班們也聽得直了眼。

「總之，妳們以後沒事不要玩招靈遊戲找刺激。與陰人交流意念會耗損精氣，對身體不好。」夏芍告誡道，有些話並沒有多說。

普通人沒有修為，招靈招來的多是孤魂野鬼，像昨晚招來凶靈，那就請神容易送神難了。

「哦。」展若南過了半天才應一聲，似懂非懂，又覺得神奇。反正她以前從沒聽說過，也不知道夏芍為什麼知道這麼多。

夏芍見展若南安靜了，就低頭吃飯。沒一會兒，展若南忽然拍桌子站了起來。

夏芍蹙眉，「妳就不能消停點嗎？」

展若南好像沒聽見夏芍的話，自顧自罵道：「靠，居然真的有鬼！妳們週末都跟我去老風水堂那裡求一道符，去去晦氣！」

夏芍無語，還以為她要說什麼。

展若南又對夏芍道：「妳也去。肥妹，妳也來。老風水堂那邊最近剛回來的唐老，跟三合會的戚爺是八拜之交，我還沒去拜會過，正好週末一起過去。」

曲冉看夏芍，夏芍面無表情，說道：「我不去，我有事。」

艾米麗來香港了，她們約好了週末要見面。

在維多利亞港灣飯店的行政套房中，兩名女子面對面坐在落地窗前的沙發上敘話。

「這段時間辛苦妳了。」夏芍笑道。

「您太客氣了，董事長。您將艾達地產交給我，就是對我的信任，那麼管理好它便是我的職責。」艾米麗拿出一份卷宗遞給夏芍，「這是這一季的財務報表和營運報告，請您過目。」

夏芍在香港的期間，一直透過電話和電腦遠端管理華夏集團。

這兩年華夏集團積極與媒體合作，舉辦鑒寶節目、專家講座、民間尋寶等大型活動，帶動不少民眾對古董收藏的熱情，對活絡古董界的氛圍有極大的貢獻。

夏芍剛到青市一中那年，曾讓陳滿貫收購古黃花梨木家具，經過後來的炒熱，目前已翻了兩百多倍。這瘋長的勢頭讓不少人心驚，但眾人不知道的是，後世黃花梨木最高價是翻到了四百多倍，比黃金貴得多。

夏芍早就讓陳滿貫在南邊買下一大片地以種植黃花梨，她自然不是想要用這些種植的黃花梨木作偽古家具，而是因為古家具市場繁榮起來，黃花梨木本身就很值錢。

在華夏集團還在積累能量的階段，任何能賺錢的方法，夏芍都不想放過。

上個月東市的第四屆夏季拍賣會上，華夏集團戰果頗豐。華夏拍賣公司開辦得很早，在許多人對拍賣還不太了解的時候，夏芍就占得先機，搶先註冊成立公司。如今，提起拍賣行，基本上人人都會先想到華夏。

東市的拍賣會辦得風風火火，國內很多地方也開始效仿，於是各地的拍賣公司、拍賣會如雨後春筍般冒了出來。其中有大集團支持的也不少，但是目前都沒有任何一家能有華夏拍賣公司的名氣。因為華夏拍賣公司有福瑞祥全國各地的古董店作為後盾，有華夏集團在一系列鑒寶尋寶活動上的造勢，甚至有夏芍在青省政商兩界乃至社會各界以風水積累起來的人脈。

東市陶瓷產業方面，常久帶領著一個研究小組，每天埋頭研究燒製瓷器。燒出來的瓷器如今已遠銷海外，成為皇室、貴族、高官、富商們爭搶的收藏品。高端的瓷器是無法批量生產的，因此華夏集團與香港的嘉輝國際集團合作，走的一直是高端限量的路子。

目前華夏集團在各產業的發展勢頭良好。夏芍離開青市來到香港，不在集團腹地的她，更能看出集團運作方面有了自己的脈絡。

前兩天夏芍接到孫長德的電話，他說國內有些地方有拍賣活動，基於信任華夏集團，邀請華夏拍賣公司去主持拍賣會。孫長德認為集團的發展越來越穩當，便詢問是不是可以在全國幾個一線大城市設立華夏拍賣公司的分公司。

這兩年華夏集團雖然沒有大動作，但是為了以後鋪路，各種部署還是有的。比方華苑私人會館，調養身體的效果在上層圈子很有名氣，夏芍的風水大師之名也慢慢傳了出去。

華夏集團在許多人眼中與一般的企業集團不太一樣，很多人都會因為夏芍的風水大師身分，對華夏集團禮遇有加。

夏芍考慮過後，讓孫長德以青省為中心，選定幾個離福瑞祥古董店較近的一線城市成立華夏拍賣公司的分公司。手中的線不要放得太遠，先從周邊城市開始。

很多人都盯著這個年輕集團的動作，當華夏拍賣公司宣布將成立分公司的時候，不少人都察覺到華夏集團又要再次動起來了。

卻沒有人知道，動作最大的是艾達地產。

除了華夏集團幾位元老級的高層，沒人知道艾達地產屬於華夏集團。

先前夏芍拒絕了龔沐雲送她的新納地產後，昔日的金達集團就落到了安親國際集團手中。而艾達地產在爭奪地標上跟新納地產發生了幾次衝突，新納地產在最後關頭總是有意無意地退讓，這讓許多圈內人看不懂，可也讓艾達地產確實標中了幾處黃金地段。

「現在標中的地段建設工程已經差不多，我按照夏董的指示，價碼方面先跟著漲勢走。」艾米趁著夏芍看報告的時候一邊解釋。

夏芍頷首，艾達地產的這幾處地標都在商業區，適合蓋商業大樓，價碼高些無所謂。

當初進軍地產行業，她就是考慮到後世房價太高，想著或許自己能做點什麼。到現在她也是這樣想的，不過做這些的前提是艾達地產在國內的房產業要有說話的分量才行。

「另外，公司的選址也按您的吩咐找到地方去交涉了，相關的手續已經在辦理當中。還有，這些是香港房產業的報告。」艾米麗又遞給夏芍另一份卷宗。

夏芍是從風水的角度挑了一個不錯的大樓當華夏集團的落腳處，艾米麗負責出面協調。

「香港大大小小註冊的地產公司不下百家，龍頭有三家企業。三合集團、嘉輝集團和世紀集團。三合集團和嘉輝集團都是老牌企業了，歷史悠久，資金雄厚。兩個集團都是綜合性的國際集團，他們各有主營業務，重心都沒放在地產業。嘉輝集團專營電子商務，旗下電子公司、高科技公司所占的份額極重，另外還投資其他產業，例如東市的陶瓷業和香港的地產業。三合集團專營以車船為主的運輸業務，旗下另有飯店和地產業。這兩個集團的實力雄厚，即便不是重點經營，在香港的地產業所占的比重也是不輕。三家龍頭企業裡，只有世紀集團專營地產業，而且這個公司說起來還很年輕，是近十年才發展起來的新貴。」

夏芍聽了艾米麗的分析，露出了頗具玩味的笑容。

看來她跟戚宸和李卿宇之間怕是要有點競爭了，只是華夏集團目前還不是他們的對手。

夏芍的目光落到世紀集團上，問道：「說說這家公司。」

艾米麗點頭，「世紀集團的董事長姓周，不到四十歲，算得上是年輕有為。世紀集團目前除了地產業之外，也投資餐飲業和旅遊業。商業地標多半落到三合集團和嘉輝集團手上，因此世紀集團就把重心擺在民生項目，像是度假別墅、住宅區，他們很喜歡用風水旺地這種口號作為宣傳，尤其是豪宅，他們利用這種噱頭獲利不少。」

夏芍挑眉一笑，「就他了。查一查他們的標價區間，把他們的盈利狀況做個統計給我。看看香港有什麼地段在招標，把競標的企業找出來。」

「好的。」艾米麗點頭。

夏芍又道：「我看中了一塊地，打算建私人會館，妳只管去跟相關部門交涉買地的事，價碼記得要壓得低一點。後面的事，我自有安排。」

夏芍將達才小學的卷宗遞給艾米麗，上面有那間小學鬧鬼傳聞的資料。艾米麗不相信世上有鬼，但是聽到夏芍說要建私人會館，就二話不說收下了。

中午夏芍和艾米麗便在飯店裡用餐，之後她打電話給徐天胤，讓他來接她。

上車後，徐天胤轉頭問夏芍：「回去？」

他說的是回師父的宅子，夏芍點點頭，表示想回去念書複習。

徐天胤發動車子，夏芍舒服地靠向椅背，眼角餘光卻瞥見旁邊有一疊卷宗。

她伸手想去拿，徐天胤攔住她，「對眼睛不好，回去再看。」

夏芍笑了笑。那卷宗第一頁有一張照片，是個四五歲的小男孩站在某個幼稚園門口拍的，她猜測那應該就是那晚陰人提到的叫童童的孩子了。

昨晚徐天胤把鬼小學的資料給她，今早把她送來飯店便離開，應該就是去弄這些東西。

「師兄，先不回師父那裡，我們去一趟風水堂吧。」夏芍開口說道。

那天招靈的時候，陰人只留下六個字，香港這麼大，她還以為師兄找一個人需要一段時間，沒想到這麼快就找到了。既然這樣，她還是趁著週末去看看那個小男孩吧。

夏芍準備去風水堂要張平安符給那個孩子，護佑他平安長大，以消除他母親的執念。

「嗯。」徐天胤踩下油門，直奔風水堂所在的廟街。

夏芍開始上學後，才過兩個星期，還沒去風水堂看過。聽師父說，風水堂有些忙，畢竟少了那麼多弟子，好在留下的人很勤奮，越來越注重修身養性。

兩人剛下車，踏進風水堂，就遇見展若南帶著她的小跟班們從裡面出來，曲冉也在。

曲冉一看就是被硬拉來的，在一群不良少女中間，她看起來很不協調，尤其是來求籤問卜的人都對展若南的光頭側目的時候，曲冉更是尷尬。

展若南穿著黑色T恤，胸前印著骷髏頭，跟她的光頭一樣顯眼。下半身穿著黑色休閒褲，腰間斜斜繫著裝飾用的腰帶，上頭掛了條金屬鏈子，怎麼看都是不良少女。

夏芍一看到展若南，本想轉頭就走，誰知展若南眼尖也看到她，立刻叫道：「大陸妹！」周遭的人全都看向夏芍。

夏芍覺得自從去了聖耶，認識了展若南，她就再也低調不起來了。

「小芍！」曲冉頓時像看見了救星，「妳怎麼來了？妳不是說今天有事嗎？」

夏芍不答，反問：「妳怎麼跟她一起來了？是不是她又逼妳了？」

曲冉連忙擺手，但表情已經出賣了她。

展若南認為撞鬼很晦氣，堅決要求所有人都要來求符，於是把曲冉也拉來了。

「什麼叫她怎麼跟我一起來了？跟我一起來怎麼了？我虧待她了嗎？我還帶她去拜會了唐老，跟唐老求了道護身符。」展若南對夏芍的話很不滿，「喂，大陸妹，我是看在肥妹是妳朋友的分上才對她這麼好的。」

夏芍挑眉，「妳對她好？妳別強迫她就不錯了。還有，我是有名字的。」

「肥妹說妳好像不太喜歡別人叫妳芍姊。」展若南聳肩。
「哦？那我就喜歡被人叫大陸妹嗎？」
「那叫妳什麼？」展若南很煩躁，「囉哩囉嗦的，女人怎麼這麼麻煩？不就是個名字嗎？肥妹、賭妹、八婆朱、菸鬼芳，我們平時都這麼叫的。妳可以叫我光頭南，我沒意見。」
夏芍很想扶額，她真的很後悔轉學來聖耶女中。
「不用了，我的父母只幫我取了夏芍這個名字，妳這麼叫就可以了。」
「那多生分啊！」展若南不樂意。
夏芍斜眼瞥去，「我跟妳很熟嗎？」
「怎麼不熟？」展若南瞪眼，「一回生二回熟，江湖上有句話叫不打不相識。老娘都被妳揍了兩回，我都願意跟妳熟，妳為什麼不願意跟我熟？」
夏芍再次想扶額，她覺得展若南是繼冷以欣之後，又一個邏輯詭異的奇葩。
夏芍搖搖頭，往裡面風水堂裡面走。
展若南跟在後面問：「妳不是說今天不來嗎？怎麼又來了？別說妳是不想跟我一起來。」
「真高興妳還有自知之明。」夏芍頭也沒回地答道。
展若南怒了，「喂，妳是不是看我不爽？想打架？出去幹一架，我奉陪！」
「妳除了打架還記得什麼？那晚招靈的時候，還記得妳答應過什麼嗎？」
展若南一愣，「妳是說童童？我找人在查了。」
「不用查了，我們已經查到了。」夏芍說完，進了求籤求符的廟堂裡。她說要幫童童求張平安符，曲冉便把剛才自己求的符拿出來，說要給童童。展若南則表示要帶夏芍去後面見唐宗伯，再向他求一道符。

夏芍決定今晚回去要說說師父，以後別隨便什麼三合會的晚輩來拜望他，他都幫人畫符。外頭不知多少政商名流花三五十萬也請不動他老人家畫符，他送給展若南，這幫不良少女卻把手上的符當紙，以為要多少有多少。

週末來求籤請符的人很多，堂裡由一名師父領著，兩名弟子幫人解籤，兩名弟子畫符。那名師父坐在輪椅上，正是清理門戶那天那個叫阿齊的弟子的師父。

他原本是王氏一脈，並非王懷的族人，但他也姓王，名叫王守仁。那個叫阿齊的弟子姓周，全名周齊，正在今天堂裡畫符的弟子當中。

夏芍之所以非來這裡請符而不是自己畫，其實是想看看弟子們畫符的功力怎麼樣。一眼望去，堂上全是黃色的紙，上面用毛筆朱砂畫著叫人看不懂的符，不懂的人定會以為這些符都是可以請回去用的，可夏芍看一眼就知道，這裡面的符不是全都有效，其中有一些是失敗品。元氣不暢，且沒有一氣呵成，有些甚至沒有元氣，看起來是為了練習符圖而畫的。

符被放了三堆，完全不能用的堆在一張桌子上，有些元氣的放在中間，只有那些畫成功了的才會被掛起來。

夏芍走到那堆不能用的符裡挑挑揀揀，笑道：「我要求張平安符，這裡面哪張是？」

周齊正埋頭畫符，夏芍看他這張符畫得還不錯，就差最後收尾，但被她這麼突然打斷，最後一筆元氣滯了一下，最後失敗了……

周齊很是痛心，畫符考驗的就是精神集中和注入元氣時對元氣的控制，偏偏他脾氣有點急躁，畫符是他最不擅長的。今天畫壞了好多張，旁邊那堆有一大半是他的失敗之作。好不容易這張要成了，卻被人打斷，周齊怎能不惱？

夏芍看他臉色沉了沉，喘了好幾口氣，但抬頭的時候已經壓了下去。周齊沒說什麼，起身走到掛起來的那些符旁邊，找了張平安符遞給夏芍，「這張是平安符。」

夏芍對周齊不糊弄人的表現還算滿意，只是他的脾氣還得再磨一磨。於是，她不接這張符，反而笑著問道：「我問你那張桌子上的，你找這張來給我做什麼？是不是你們掛起來的賣得貴？我不要貴的，我就要那張桌子上的。」

周齊並不意外，這種人不是第一次遇見，「小姐，請符當然是請有用的。那張桌子上的不能用，我挑給妳的妳可以放心用。」

夏芍不領情，「不能用？你不會是糊弄我吧？不能用的，你們為什麼要擺在這裡？」

「那是我們練習用的。」周齊一聽夏芍說他糊弄人，壓了壓火氣，耐著性子解釋。

「練習？也就是說你們是學徒？還沒出師就出來賣符給我們？喂，你們當我們這些老百姓是給你練習用的嗎？」

「妳——」周齊皺眉。

「出什麼事了？」王守仁發現這邊的爭執，轉著輪椅過來。

除了張中先那一脈的人，玄門的其他弟子都沒見過夏芍的真容。她故意找碴，為的是試探弟子們的心性。

周齊見師父過來，便將剛才的事簡略說了一遍。他倒沒說夏芍找碴，可臉色不太好看。

王守仁搖了搖頭，「阿齊，你這性子啊……師父說過你多少回了，你太急躁了。」

「師父，我剛才什麼也沒說。我告訴她這些符能用，結果她以為我為了多收錢糊弄她。」

「你的意思是說，我找碴？」夏芍擰眉，就是在找碴。

她這找碴的架勢也讓曲冉和展若南愣住。她們認識夏芍的時間不長，但她不像是為了這點小事會跟人計較的人。

「喂，大陸妹，一張符而已，要不了幾個錢，妳是不是很缺錢？缺錢跟我說啊！」

夏芍看了展若南一眼，眼神有些冷淡。

「呃，阿……阿芍。」展若南一愣，以為夏芍瞪她是因為她對她的稱呼，所以改了口。但她接著就看向了徐天胤，對夏芍道：「這是妳男人嗎？沒錢不會跟妳男人要啊！他能開賓士，會沒錢買張千把塊的符給妳嗎？」

展若南這麼一說，小跟班們也都看向徐天胤。

他很奇怪，他的女人跟人為了一張符吵架，他也不出聲阻止，可他看起來也不是不在乎夏芍，因為他的目光一直定在她身上，除了她，他就沒看過別人。可如果他在乎夏芍，那他怎麼一句話都不說？

夏芍不理展若南，繼續找碴，「我說的難道不對嗎？你們在這裡賣符，就跟在百貨公司賣東西沒什麼兩樣。誰都知道，在百貨公司賣的東西最貴。那些堆在一起的，都是打折特賣的便宜貨。我就愛逛特賣區，我要便宜的，你給我貴的，這不是故意想賺我的錢嗎？」

周齊被氣得渾身發抖，忍無可忍地把符往桌子上一拍，「好，妳愛逛特賣區是吧？那這符的效果妳是不是也想打折？想的話，妳就來拿這桌子上的，全抱走也無所謂，一分錢都不要！」

有些來求籤的人，早就注意到這邊的動靜。

不是今天坐堂的弟子也聽說這邊有事，紛紛從後頭跑過來看狀況。

一個少年的聲音自堂後傳來：「怎麼了？有人踢館嗎？」

王守仁和周齊等四名弟子循聲看過去，就見溫燁雙手交疊在腦後，百無聊賴地晃了過來，但他還沒走近便看到夏芍，腳步不由停了下來。

「呃……」

夏芍笑了笑，使了個眼色給溫燁。

王守仁笑道：「沒事，這位小姐來請符，有點小誤會而已。」

溫燁雖是義字輩的弟子，但他修為是義字輩弟子裡最高的。沒人把他當義字輩弟子看待，尤其現在張氏一脈在玄門算是有功，就算王守仁的輩分比溫燁高一輩，對他的態度也很和藹。

「她來請符？」溫燁用白眼看夏芍，一副沒看見她剛才使眼色的模樣，果斷對王守仁道：「沒事的，王師叔，你不用對誰脾氣都那麼好，她就是來找碴的。你找幾個弟子去後頭拿掃把出來，把她趕走。」

王守仁愣住，跟出來看情況的弟子們也呆了。

「小燁！」吳淑和吳可兩姊妹跟在溫燁後面過來，聽到他這句話，臉上只剩下苦笑。

那是師叔祖啊！你要拿掃把把師叔祖趕出去？

「喂，臭小子，你這是什麼態度？你要拿掃把趕誰？小心我揍你。」展若南罵道。

溫燁脾氣不比她好，「趕妳又怎麼樣，光頭女！」

展若南出頭，小跟班們也跟著叫囂起來。

王守仁趕緊打圓場道：「這位小姐，小孩子開玩笑，請妳別往心裡去。」他邊說邊笑著看向夏芍，「這位小姐，我弟子沒騙妳，那邊桌上的符確實沒有效果，那是弟子們練習用的。他們還沒出師，妳不信任他們是自然的，但我還是想請幾位寬容。所有人都一樣，並非生下來就是大師，沒有實踐的機會，年輕人永遠只能紙上談兵。我們這些老人總有不在的一天，將來都是年輕人的天下，何不多給他們一點機會？這裡的符哪些能用哪些不能用，我的弟子都告訴妳了。他們確實有很多地方還不成，但貴在心正，希望這位小姐看在這分上，多包容我這個弟子，我這個當師父的代他向妳賠罪了。」

來求籤求符的人大多是善男信女，王守仁的這番話很容易引起他們的共鳴，圍觀的人都點點頭，把夏芍當成了無理取鬧之人。

夏芍也在暗暗點頭，那天聽說王守仁的腿是怎麼傷的，就知此人心正心善。他在王氏一脈的時候默默無聞，夏芍就怕他逆來順受，過於軟弱不太適合授徒。

今日一看，此人性子平和，卻也不會放任玄門的聲譽受損而坐視不理，採取的方式也恰當，她倒是放了些心。

「師父！」周齊不理解王守仁為什麼要向夏芍道歉，他覺得自己連累了師父，相當愧疚。

王守仁擺擺手，不讓他再說，只是對夏芍道：「這位小姐，妳要是不相信我的弟子，我可以親手畫張平安符給妳，妳看這樣如何？」

「那是不是白送給我？大師畫的符應該更貴吧？」夏芍順勢反問。

「妳——」這回非但周齊怒了，其他弟子也看不下去了，紛紛露出惱怒之色。周齊指著夏芍罵道：「師父，你何必遷就她？這個女人根本是故意來找碴的！」

「嗯嗯。」溫燁在一旁點頭，轉身欲走，「所以，我還是去後面找掃把吧。」

吳淑和吳可苦笑著拉住他，她們知道夏芍此舉定然是另有用意。

「這位小姐，世上沒有不勞而獲的事，妳若真是手頭拮据，這符我可以送妳，但只要這符不曾失效，在妳手上的一日，妳就必須日行一善，將福德給予他人，來換妳所得的福報，如此方可圓滿。否則，白白得來的，日後總有償還的一天。」王守仁笑著說道。

夏芍這才滿意地笑了。

周齊等年輕弟子卻是神色不憤，不能理解王守仁為什麼願意把符送給她這種人。

周齊道：「師父，妳覺得她這種人會日行一善嗎？」

「就是！」弟子們憤慨地附和，恨不得把夏芍攆出去。

夏芍挑眉問道：「既然你們覺得我不像是會日行一善的人，那你們說，你們的師父為什麼還願意把符送給我？」

「還不是因為妳胡攪蠻纏！我師父向來心善，妳就是看他好說話，訛上他了！」周齊怒道：「他腿腳不便，身體也不太好，看病治病花費不少！我們也不是心疼這張符的錢，但就是送也不送妳這種貪小便宜的人！」

「我貪小便宜？沒錯。」夏芍話鋒一轉，又道：「我就是要問你們，你們師父看不出來我胡攪蠻纏、貪小便宜嗎？既然他看得出來，為什麼他還願意讓我占這個便宜？」

周齊等弟子愣住，一時不知道怎麼回答。

坐在輪椅上的王守仁也呆了呆。

夏芍負著手，問道：「我欺你們、辱你們、看輕你們，未曾貪圖到你們的便宜，你們便惱我、怒我，群起而攻之。而我真正占了你們師父的便宜，他卻反而勸我向善，你們看出這之間的區別在哪兒了嗎？」

眾人呆呆地聽著。

「差距。」夏芍掃視他們一眼，「這就是修心上的差距。我若真的聽了你們師父的話，日行一善，積善積德，你們師父便是做了功德一件。我若是不聽，白撿了便宜回去，日後自有我還的一天。到頭來我真能占到你們師父這張符的便宜嗎？你們到底為什麼惱，為什麼怒？」

夏芍看向周齊，問道：「你來告訴我，你們沒有出師，為什麼會被允許來前頭的香堂、廟堂、風水堂、命理堂、問卜堂、相堂幫忙？」

「為了不讓我們紙上談兵，有跟著師父實地學習的機會。」周齊也不知道自己為什麼會回答，他只是莫名被夏芍驟變的氣度所懾。

夏芍搖了搖頭，「你們完全沒有體悟到其中的真意。我問你們，每天除了實地練習以外，看見這些進進出出老風水堂的人，你們有什麼感覺？」

有什麼感覺？

眾弟子互看一眼，不知道夏芍要說什麼。

「這些人，富或貧，幸或不幸，有所求或無所求，所遭所遇，哪一個不是家家有本難念的經，有因才有果？你們每天看著不同的人進進出出，就一點特別的感悟也沒有嗎？」

眾人繼續沉默。

「百樣人，百樣人生。何謂天道有常，人生無常？這八個字所蘊含的道理，但凡悟出一層，抵得過你們打坐冥想十年。」夏芍淡淡地說道：「修心，才是讓你們在各堂幫忙的真意。」

修心？

弟子們看著夏芍，頗為驚訝。

為什麼這個貪小便宜的女人會知道師祖立下這個規矩的真意？

王守仁打量著夏芍。他確定沒見過她，但為什麼會覺得氣質這麼……

吳淑和吳可垂眸深思，溫燁則是看著夏芍。

夏芍走到剛才周齊畫符的桌前，拿起一張空白的黃紙，毛筆蘸了點朱砂，下筆前看向周齊，「你在怪我今天出現的不是時候，你好不容易要畫好的符被我毀了嗎？可你如果心性定力足夠，就算是天塌下來，只剩最後一筆你也能畫好。你覺得你今天惱怒是因為我貪圖你師父一張符的便宜，你氣不過才跟我吵起來的嗎？可你就沒想想，你要是能像你師父這樣處理，今天就用不著你師父出馬幫你解決了。說到底，還是你心性修為不夠，浮躁又急躁。」

周齊聽得呆住。

夏芍低頭執筆開始畫起符來，她的舉動令大家好奇地擠過來看。

夏芍凝神致志，恍若入定。只是眨眼的時間，一道靈符便已完成了。

普通人看不懂，玄門的弟子們卻能看出這張符的門道來。這道元氣充盈的符，是貨真價實的平安符，可是等級比周齊等弟子畫出來的高，就連王守仁也畫不出元氣如此充盈的符來。

這少女根本不是普通人，但她的修為有多高，周齊等弟子看不出來。唯一可以確定的是，在這麼多人的圍觀下，一氣呵成畫出這張高階靈符，足見她心性定力之高。

畫完符，夏芍無聲念叨著什麼，手指飛快掐著指訣，不一會兒，靈符上的符籙彷彿迸射金光，輕輕一震，整道靈符周圍似張開了結界。

這下子弟子們愣了，王守仁的氣息強烈起伏，連溫燁的臉色也變了。

圍觀的人不知道發生了什麼事，玄門弟子卻知道。

這是……結煞。

俗語有云：「刀無鋼不快，符無煞不靈。」倒也不是不靈，只是結了煞的符，靈氣大開，力量極強，一般情況下不用，會的人也很少。因為結煞的方法自古就不成文字，僅靠口授。

在場的弟子們沒親眼見過結煞，但都從各自的師父那裡聽說過，可結煞只有玄門嫡傳弟子才會，那麼這個少女是……

夏芍撣了撣手中的符紙，待筆跡乾了才看向周齊，「以後再來坐堂，切記不是叫你們來幫忙的，而是讓你們來磨練心性的，凡事多悟。」

她說完，收起靈符，與徐天胤一起走出了廟堂。

展若南和曲冉反應過來，連忙追了出去。剩下的人都望著門口，還沒回過神。

「師父，她……」周齊說不句完整的話來。

「她什麼她？那是師叔祖，還看不出來嗎？你傻呀！」溫燁一腳踹在周齊腿上，踢得他往前一個踉蹌，頭腦空白。

周齊懵了，其他義字輩的弟子也都懵了。

王守仁搖頭苦笑，倒是吳淑和吳可點頭道：「沒錯，那是師叔祖，兩位師叔祖都在。」

啊？弟子們傻眼了。

「可……」可師叔祖不是長那樣啊！

溫燁翻白眼，「她就是長那樣。剛見到她的時候，我們也被她擺了一道。這人好好的，自己的臉不用，就愛頂著別人的臉。你們記住了，剛才那個才是她的真容。看看今天有哪些弟子沒來，相互轉告一下，下回輪到別的弟子坐堂，再看見她來捉弄你們，記得拿掃把打出去。」

弟子們嘴角抽了抽，怨念地看向溫燁。這小子早就知道那是師叔祖？那他剛才怎麼不說？

王守仁看了看在場的弟子，難得嚴肅地道：「剛才你們師叔祖說的話都記住了？以後別老是抱怨自己的修為不漲，那是因為你們心性不足，體悟不夠。」

周齊低頭道：「對不起，師父……我給您丟人了。」

「丟什麼人？」王守仁輕斥地一笑，「你師叔祖年紀輕輕就煉神還虛，你這小子能得她一句點撥，那是你的福氣。回去好好磨磨你的心性，你們師叔祖都發話了，你的修為再不漲，那可真是給師父丟人了。」

周齊摸摸鼻子，剛才的怒氣早沒了，反而有點興奮，「知道了，師父。」

其他弟子也很雀躍，誰也沒想到本來是出來看熱鬧，卻意外得到師叔祖點撥。雖然有點聽不懂，但是那瞬間又好像抓到了什麼，總之，收穫頗豐。

來求籤的普通人則搞不清楚狀況。

師叔祖？自己人？

既然是自己人，剛才怎麼見面不相識？

夏芍和徐天胤回到停車的地方，展若南從後頭追了上來。

「喂，大陸妹，妳真牛，竟然也會畫符！」

夏芍蹙眉，展若南聳肩，改口道：「好吧，阿芍。」

她像看不出夏芍不待見她似的，兩眼放光，興沖沖地道：「我知道了，妳一定是大陸來的風水師，所以才會驅鬼、畫符！不過，妳膽子真大，居然敢砸玄門的場子！」
如果不是去砸場子，她自己會畫符，幹麼還去求符？擺明了是要去逞威風，太帥了！
展若南笑完又皺眉，「喂，別怪我沒提醒妳，香港的老風水堂有高手在，只是他們通常不會出來坐堂。而且，玄門的掌門師祖跟三合會、安親會的老當家有交情，妳自己小心一點，這種砸場子的事最好還是別再做了。」
夏芍看了展若南一眼，她這是在關心她？
她只求跟展若南井水不犯河水，沒想到她還真把自己當朋友了。
人家對她好，她也不是矯情的人，夏芍表情緩了緩，說道：「知道了。」
夏芍對展若南的態度第一次這麼好，展若南有點驚奇，夏芍卻轉了話題，「我打算今天就去看看那個叫童童的小男孩，不過現在幼稚園應該還沒放學，我打算晚一點再去。妳們也去一趟吧，畢竟是妳們把靈招來的。四點鐘，這裡見。」
展若南一聽眉頭就擰了起來，「現在離四點還有三個小時，一起去玩唄。我們還沒吃午飯，餓死了，找個地方吃飯。」
「不用了，我要回去念書。」夏芍轉身就要上車，她已經跟艾米麗在飯店吃過了。
「念書念書！」展若南暴躁地道：「都說大陸人死讀書，果然是真的！」
夏芍神色淡然，「等妳的成績比我好，再說我死讀書。」
展若南被她噎得說不出話來，強詞奪理道：「喂，妳也太不夠意思了！我只是要妳陪我吃個飯又怎麼了？老娘在學校吃了一個禮拜，嘴裡都淡得出鳥來了！」
「是我要妳去學校餐廳吃的嗎？」夏芍無語。她發現展若南不應該是三合會左護法的妹妹，她應該是戚宸的妹妹，兩人都很不可理喻。

「呃，要不……」曲冉居然開口了。她一出聲，夏芍就看了過去，展若南也看向她。老實說，如果曲冉不是夏芍的室友，而夏芍對她還不錯，展若南真的跟曲冉玩不到一起。曲冉是她最看不慣的那類女生，她在她面前連句話也不敢說。

曲冉說道：「要不，去我家吧。小芍剛來報到那天不是說要跟我學兩道拿手菜嗎？不是我吹牛，我的廚藝是我爸手把手教出來的。我跟我媽說，我交到一個大陸來的朋友，我媽也很高興，說想請妳有時間來我家坐坐，要不……就現在？」

這倒讓夏芍猶豫了，她想回去念書，但她也確實說過要學做菜的話。

想了想，她點了點頭，看來只能晚上回去多看會兒書了。

曲冉見夏芍答應，當即就說要去買食材。她原本只打算請夏芍，以為展若南會和她的小跟班去外面的餐廳吃飯，沒想到展若南聽到夏芍要去曲冉家，當下表示要跟去。曲冉有些意外，又不好拒絕，只好瞄了瞄展若南的光頭，想著要是母親以為她交了壞朋友，她要怎麼解釋。

夏芍看出曲冉的顧慮，偷偷在她耳邊說道：「沒事，我幫妳解釋。」

於是，曲冉坐他們的車，展若南帶著四個小跟班騎機車跟在後面。

一行人先去買食材，然後才回曲冉家。

曲冉家位在老住宅區，道路比較窄，車子到了社區門口便進不去了。

並非路窄到車子開不進去，而是社區裡擠滿了人，且路口還停著輛救護車，場面混亂。

「怎麼回事？」曲冉便趕緊下車。夏芍和徐天胤隨後下來，展若南等人也將機車停到旁邊，一起過來看看發生了什麼事。

前頭的人群散開，醫務人員抬出個老人來。老人躺在擔架上，嘴唇發紫，痛苦地捂著心口。曲冉一見就瞪大了眼睛，跑了過去，「梁爺爺！醫生，梁爺爺怎麼了？」

「病人心臟病發，請讓讓。」醫務人員把老人抬上了車，開著救護車疾馳而去。

曲冉有點發懵，看到居民們把幾個小混混圍著怒罵。

「你們這幫小混混，梁伯都被你們氣得住院了，你們是不是要鬧出人命才甘休？」

「你們再來，我們就要報警了！」

「都鬧出人命了，報警報警！」

曲冉臉色發白，咬著嘴唇。

夏芍問道：「怎麼了？你們社區怎麼惹到那幫小混混了？」

「我們沒惹他們。」曲冉皺著眉，相當氣憤，「我們社區快要拆遷重建，開發商說我們這裡風水不好，給的賠償款太低，我們社區的人都不同意簽合約。從那以後，這些小混混就經常來鬧事。他們以前都是半夜來，故意在人家熟睡的時候敲門，或是在樓梯間砸東西，嚇得大家晚上都睡不好。我在學校的時候不知道，是聽左鄰右舍說的。我們報警過幾次，但每次他們都是消停一陣子就又變本加厲，現在他們白天也敢來了。」

「風水不好？」夏芍掃一眼社區，搖頭道：「下元七運，利於西方，這個社區的樓房坐西向東，運勢確實由盛轉衰，但也不是什麼風水凶地，頂多就是普通的住宅而已，開發商憑什麼說風水不好？他們請了風水師嗎？」夏芍又看向展若南，「這幫小混混是哪個幫派的？」

展若南瞪眼，「看我幹什麼，反正不是我手底下的人。」

曲冉看向夏芍，沒想到她除了驅鬼畫符，連風水也會看。

曲冉道：「具體的我也不知道，好像沒請什麼風水師……反正就是半年前我們社區電梯發生了兩次事故，正好那段時間說要拆遷重建，開發商上門來談合約，故意把補償款壓得很低，還說接連兩次的電梯事故是我們社區的風水有問題造成的。」

夏芍無語，「你們這裡是老社區，設備老化很正常，不是隨便出事就跟風水有關。」再說，就算不是設備老化，難道就沒有可能是人為？

夏芍沒有證據，不能亂說，但她卻留了個心眼，問道：「妳知道是哪個開發商嗎？」

「世紀地產。」曲冉親眼見過夏芍驅鬼和畫符，對她的本事很是信服。她說這裡風水沒問題，那就肯定沒問題，所以更加氣憤了。

夏芍聞言，露出意味深長的笑容。

正在夏芍心裡打起算盤的時候，曲冉忽然驚呼道：「哎呀，他們有沒有去我家那棟樓砸東西？我媽身體不太好，她一個人在家……」

話沒說完，曲冉便拚命擠進人群裡。夏芍和徐天胤跟在後面，展若南帶著人也跟上。剛走兩步，便聽到老人憤怒的聲音：「你們家裡就沒有老人嗎？你們這些人有沒有良心？整天攪得我們不得安寧，人在做天在看，你們會有報應的！」

「媽的，死老頭，敢咒我們？」一名小混混惡聲惡氣地道：「老子有沒有報應輪不到你管，我他媽叫你現在就有報應！」

那名小混混拿著根棒球棍，無預警地就朝老人的頭上打了下去。

「啊……」居民們紛紛尖叫，誰也沒想到這七八個小混混敢當著這麼多人的面動手。

老人嚇得閉上眼睛，誰知等了半天，沒等到棍子打下來，反而聽見小混混的慘叫聲。

人群裡鑽出來一名少女，也沒見她做什麼事，拿著球棍的小混混就莫名其妙摔出去了。

小混混倒在地上，捂著胸口吐出兩口血來。其他同夥見狀，朝少女圍了過去。其中一人伸手要去抓少女的衣領，卻被她身邊的年輕男人抓住手腕，咔嚓一聲，就將對方整條手臂卸下，同時間一腳踹飛了他。

七八名小混混壓根兒不夠打，分分鐘就被解決了，而且無一不是傷筋斷骨。

更令人瞠目結舌的是，有個光頭少女還帶著一群刺頭小跟班挨個上去補一腳。凡是膽敢爬起來的，二話不說都先一頓暴揍，打得這些小混混哭爹喊娘。

那名拿球棍的小混混捂著腫成豬頭的臉，表情相當震驚。

「南南南南……」南姊？

南姊怎麼變成光頭了？她的刺頭呢？

展若南見這小混混似乎認識她，一巴掌搧了過去，「媽的，你認識我，你居然認識我！操，別告訴我你這個渣滓是他媽三合會的！」

「小小小小弟剛剛剛……」小混混被搧得吐出一顆牙來。

「操，你還真是！哪個王八羔子收你的，真他媽不長眼！」展若南揪起小混混的衣領，指著曲冉，「看好了，肥妹是我朋友，你們再敢來這裡搗亂，我他媽宰了你，宰了你老大！」

「知知知道了……知道了！」小混混一個勁兒地點頭。

夏芍挑眉，「還真是三合會的人啊！」

展若南臉色很難看，來朋友家蹭飯，結果發現自家幫派的人在朋友家鬧騰，太沒面子了。

「南南南南姊……」小混混求饒地看著展若南，恨不得她說句滾，這樣他們就可以滾了。

哪知展若南心情很差，一巴掌又搧了過去，指著夏芍罵道：「什麼南姊？沒看見芍姊在這裡嗎？給我叫芍姊！」

小混混驚恐地看向夏芍，剛才就是她把他震飛的。他怎麼摔出去的，到現在都沒想明白。而且，為什麼展若南要他叫她芍姊？

她是新加入幫會的嗎？怎麼沒聽老大說過？

懾於展若南的淫威，小混混乖乖叫了聲芍姊，心裡琢磨著要回去問問哪來的芍姊。

「滾！再敢來，我砍了你兩條腿！」展若南一腳踹在小混混折斷的手臂上，疼得他差點翻著白眼昏過去。但聽見這話卻如蒙大赦，哪裡還敢昏？趕緊連滾帶爬跟自己的同伴逃出去。

曲冉瞪著空地上一灘灘血跡，有些發顫，反應過來後，跑向險些被打的那名老人，問道：「陳爺爺，你沒事吧？」

老人拄著手杖，沒反應過來，被曲冉一攙才感覺到腿腳發軟，險些跌坐在地上，幸好旁邊人趕緊從旁扶上，老人才穩住，但他的手還發著抖，「阿冉啊，這些……這些人是？」

對於夏芍、徐天胤和展若南一群人，眾人都以詢問和不可思議的目光看向曲冉。

曲冉一家搬來這個社區有些年頭了，她又是個孝順的孩子，做了好吃的東西經常送給街坊鄰居，久而久之，她去上學後，鄰居們對她母親都很照顧。誰也沒想到，她今天竟然會帶著這樣一群朋友回來。哪有女孩子剃光頭的？一看就是不良……

其中兩個倒是俊男美女，但出手最狠的就是這兩人，普通人家的孩子哪有這麼會打架的？

大家擔心曲冉交到壞朋友，可也是這群人趕走來鬧事的小混混，所以他們心裡很糾結。

展若南對這種鄙夷的眼光已經很習慣了，一點也不在意地看著曲冉。

曲冉像是不知道該用什麼表情面對她，最終扯出一個微笑來，對陳伯說道：「陳爺爺，這些都是我的朋友。你放心，他們都是好人。」

展若南聽了這話，嘴角略微勾起。

大家卻愣了，「朋友？」

「是啊！」曲冉笑了笑，「他們真的是我的朋友，你們看，剛才的人都是他們打跑的，我相信那些人應該不敢再來了。」

眾人雖然有顧慮，最後還是猶豫地跟夏芍等人道了謝。

曲冉心中掛念母親，跟鄰居們說了一聲就領著夏芍等人上樓。

夏芍邊走邊問展若南：「被人道謝的感覺怎麼樣？」

展若南哼道：「不爽死了！老娘做壞事沒人敢罵，做好事居然被人用那種眼光看！道謝算個屁？如果早一點過來說聲謝謝，老娘還領情……操！」

夏芍笑笑，「話不能這麼說，他們受害在先，妳不能指望他們對黑社會有好印象，但人家最終還是感謝妳了，說明妳做的事別人都看在眼裡，這就是所謂的公道自在人心。」

「嘖，說得好像誰稀罕一樣！」展若南撇嘴。

老公樓的樓梯間到處都被潑了紅油漆，怵目驚心的死字和帶血的刀痕滿布牆壁。

血煞？夏芍皺了皺眉。

「我家到了，就是這裡。」曲冉說完，拿出鑰匙打開門，請一行人進去。

屋裡光線略暗，兩室一廳，不算大。家具有些陳舊，但收拾得很乾淨。

曲冉請夏芍、徐天胤和展若南等人到沙發上坐下，倒了熱茶洗了水果給大家，然後說道：

「你們先坐一會兒，我媽應該在房間裡休息，我去看看。」

展若南坐不住，起身像主人似的在客廳裡轉悠，回頭的時候發現徐天胤拿著水果刀削了顆蘋果遞給夏芍，接著又剝瓜子給她吃。

展若南眼睛亮了亮，「妳的男人真不錯。」說完，瞪了眼她的小跟班們，「看見了沒？還不學著點？我的蘋果呢？我的瓜子呢？有沒有一點眼力勁兒？」

小跟班們立刻削蘋果的削蘋果，剝瓜子的剝瓜子。

不一會兒，展若南左手拿蘋果，右手抓瓜子，吊兒郎當地教訓人：「告訴妳們，找男人就得找這樣的。給女人錢花，陪女人打架，關鍵是女人聚會的時候，當司機當跟班，還不多話，也不看別的女人。看看上回阿麗帶來的那個小白臉，眼睛都飄到賭妹的胸上去了，他媽的跟這輩子沒吃過奶似的。」

夏芍正在吃蘋果，差點嗆到。徐天胤拍拍她的背，劍眉微蹙，冷冷地看了展若南一眼。

展若南一下子跳起來，怒瞪夏芍，「喂，管好妳的男人，他瞪我！」吼完夏芍，她又回頭瞪阿麗，「妳踹了那個小白臉了沒？」

阿麗表情不太自然地笑了笑，隨後擺擺手，高聲道：「那種貨色，老娘玩夠了就一腳踹了！還想跟老娘要錢？賤男人！」

「跟妳要錢就給他，權當玩鴨了。」展若南將蘋果核丟到垃圾桶裡。

夏芍蹙眉，「小聲點，這是在別人家裡。妳是來做客的，不是來當土匪的。」

展若南剛要反駁，夏芍淡淡地道：「小冉的媽媽身體不太好，妳們別吵到人。」

展若南被夏芍一句話噎回去，不上不下地憋得想跺腳。

正在這時，房間門開了，曲冉扶著一名婦人走了出來。婦人態度和善，曲冉長得與她有七八分相像，兩人一看就知道是母女。

曲母打量了幾人一會兒，看見光頭的展若南和刺頭幫時，目光頓了頓，但是沒說什麼，顯然是曲冉已經給她打過預防針了。

曲母笑著對眾人點點頭，說話很溫很軟，慢而無力，「你們是小冉的朋友？她很少帶朋友回來，今天也沒提前跟我說，我就在房間裡休息。招待不周的地方，你們別怪阿姨啊！」

夏芍和徐天胤從沙發上站起來，徐天胤對曲母點了點頭，夏芍則是笑道：「阿姨好。您別這麼說，我們突然到訪，是我們唐突了才是。聽小冉說您身體不太好，我們沒打擾您休息吧？」

曲母覺得夏芍長得怪好看的，笑起來眼睛像會說話似的，頗討人喜歡。

她笑了，「妳就是小冉交的大陸來的朋友吧？」

曲冉這時才挽著母親的手臂，笑著介紹道：「小芍、南姊，這是我媽，姓陳。」說完又對母親說道：「媽，妳沒猜錯，這位就是我的大陸朋友，夏芍。那位也是我剛交的朋友，展若南。」

曲冉指向展若南的時候，她明顯愣了愣，好像反應了一陣兒才反應過來曲冉是叫她。她被人叫了南姊很多年，乍聽到自己的全名，還有點不太習慣。也不知道是不是聽曲冉對她母親介紹說兩人是朋友，展若南下意識地去抓了抓頭，一抓才發現頭髮剃光了，只好摸了摸她的光頭，九十度鞠躬，大聲道：「伯母好！」

曲母嚇了一跳。

展若南直起身來，又命令她的小跟班：「跟伯母問好。」
小跟班們早就從沙發上站起來，也跟著九十度鞠躬，齊聲道：「伯母好！」
展若南瞪眼，罵道：「操！讓妳們說什麼妳們就說什麼，多說句打擾了會死啊！」
小跟班們趕緊又鞠躬，「伯母，打擾了。」
夏芍忍著笑，曲母懵了一會兒，趕緊擺手，招呼眾人坐下。曲家的沙發坐不下這麼多人，最後又搬了幾張椅子過來，展若南把她的小跟班踢去椅子上坐，讓曲冉陪曲母坐在沙發上。
剛坐下來，曲冉又站了起來，邊走邊說：「媽，妳看妳，大白天的又拉上窗簾，醫生可是說妳要多曬曬太陽。」
曲冉把窗簾刷地拉開，陽光照了進來，客廳裡霎時亮堂起來。曲母卻閉了閉眼睛，用手擋陽光，笑道：「太亮了，我總覺得曬得刺眼，頭暈得慌。」
「您就是太陽曬得少才覺得刺眼，醫生說多曬太陽對您的身體有好處。」曲冉說道。
客廳裡變亮，曲母的臉色就顯得更蒼白了，幾乎看不到血色，精神不太好。
夏芍看了看曲母，開口問道：「阿姨，恕我冒昧，您應該是腎氣不足，體寒之症吧？」
展若南等人看了過來，「別告訴我妳還會看病。」
夏芍微微一笑，「略懂一點。我看阿姨耳紅，眼皮發白，面無血色，應該是腎氣不足的症狀。阿姨平時多半會精神不濟，有氣無力，手腳發冷，有寒症。」
事實上，夏芍還能看出曲母身上陽氣不足，陰氣很重，陰陽失調得相當嚴重。
曲母愣住，很明顯被夏芍說中了，她看向女兒，曲冉也是愣愣地看著夏芍。曲母一看女兒這副模樣，就知道不是她把自己的身體狀況告訴夏芍的。

那這孩子真的會看病？

曲母有些震驚，說道：「是啊，別看我胖，身體卻是虛著。老中醫說我體寒，開了方子給我，還要我多運動多曬太陽。唉，我都這年紀了，哪有你們年輕人跑跑跳跳的活力？平時我在屋裡走動都嫌累。好在沒什麼大病，就是一直虛著，養了多少年了，也習慣了。」

曲母說完，又好奇地問道：「夏同學，妳在大陸的家裡是不是有學醫的人？」

「我師父懂醫術。」夏芍道。

「師父？」曲母和女兒互看一眼。

夏芍卻沒解釋，而是站起身來問道：「阿姨，我能去您房間看看嗎？」

這話頗突然，但曲母見夏芍態度真誠，一時也沒有理由拒絕，只說了句房裡亂，讓她別笑話，便讓曲冉領著她進了房間。

夏芍對房間裡的擺設不感興趣，而是徑直走到窗邊往外望去。這一看，頓時臉色微變。

社區對面的馬路上，矗立著一棟大廈，大廈本身的外觀沒有問題，外牆卻是貼滿了玻璃，陽光一照，便會反射強光，照進這個房間，所以才會造成這個房間的光線異常的亮，甚至到了刺眼的程度。怪不得曲母會拉上窗簾，這在風水學上稱為光煞。

然而，讓夏芍變臉的是，並非曲母的臥室犯了光煞，而是她剛剛進門之前看到的血煞。

血煞也是風水裡的一種煞，比如嚴重的凶殺案現場，大量血跡若是不及時清理，很容易會形成血煞。可血煞並不一定指有血光的地方，在牆上塗抹大片的紅油漆，作出血淋淋的假象，也會形成血煞。

這與人的心理有關，長時間生活在鮮紅色包圍的地方，容易令精神緊張，尤其這個社區的樓房是太老舊，樓梯間昏暗而狹窄，更令人感到壓抑。常在這樣的地方出入，久而久之，容易心慌氣短，失眠做惡夢，精神恍惚。

夏芍不知道世紀地產在社區的風水上做文章，是不是真的懂風水，故意讓那些小混混潑紅油漆，還是一切只是偶然。她只知道在她看見了曲母臥室對面的那棟大廈後，就發現這個社區已經不是僅僅犯了血光沖煞這麼簡單了。

樓梯間的血煞，加上外面的光煞，形成了一種風水凶局，稱為血盆照鏡局。

此外，對面大廈的鏡牆還不是常見的方形，而是三角形。這棟大廈大概是在興建時別出心裁，將鏡面分割成正三角形來拼合。殊不知，南方屬火，三角形在五行之中也屬火，無形中加重了此風水局的凶性。

住在此局中的人，小則傷筋動骨，重則性命不保。

曲冉見夏芍進了房間什麼也不看，只看著窗外，而且表情變得嚴肅，不知出了什麼事，於是問道：「小芍，怎麼了？」

「出去再說。」夏芍走出房間，回到客廳，「阿姨，我想問一下，從妳窗戶看出去的對面那棟大廈蓋多久了？」

曲母答道：「我哪知道蓋多久了，我們搬過來它就在那裡了，怎麼了？」

「那妳們搬來多久了？」夏芍又問。

「有五六年了。」曲母笑了笑，垂下眼簾，「小冉她爸爸去世，我們就搬過來了。」

夏芍點點頭，「那我想請阿姨回想一下，妳的身體是不是從搬過來之後才變不好的？」

曲母奇怪地看夏芍一眼，總覺得她問這些問題有什麼深意，但還沒回答，旁邊的曲冉就點頭道：「對。我爸去世對我媽打擊很大，我們搬過來本來想換個環境，但這些年來我媽的身體卻一直不太好。」

「有這個原因，也有別的原因。」夏芍又道：「我聞到房裡有藥味，表示妳經常喝中藥調理身子，但妳應該覺得效果不是很好，總是精神恍惚，昏昏欲睡，甚至胸悶氣短，可對？」

曲母愣愣地點頭，「對……」

「這種情況從搬過來之後才開始有，而且一年比一年重，可對？」

「對，都對！夏同學，妳怎麼知道的？」曲母瞪大眼睛。

「小芍，是不是我家裡有什麼問題？」

「她家風水有問題？」

曲冉和展若南兩人一齊出聲，卻都是同一個意思。展若南認定夏芍是大陸來的風水師，她會這麼問，肯定是曲冉家裡的風水有問題。

夏芍點頭道：「我剛才看過了，問題出在對面的大廈上。那座大廈外面有鏡牆，每天都反射強光過來，犯了風水上的光煞。」

「啊？」一屋子的人都愣了，展若南最有行動力，立刻跑曲母的房間往對面看，然後轉身出來，「有這麼誇張嗎？這種大廈，香港要多少有多少。」

「但它的光反射進來就不好。」

「就因為大廈的光？嘖，太扯了吧！」展若南不信。

夏芍也不跟她爭辯，直接讓曲冉找了面小鏡子來，將陽光反射到展若南臉上。

展若南伸手去擋，怒道：「喂，妳幹麼？」

「我這麼照著妳，妳有什麼感覺？」

「刺眼！還能有什麼感覺？別照了，再照老娘要揍人了！」展若南表現得異常煩躁。

夏芍收起鏡子，笑看著她，「我只是照了妳一下，妳就覺得刺眼，受不了了。那妳想想，生活在這種環境裡五六年會怎麼樣？」

展若南皺著眉頭沉默了，轉頭又看向曲母的房間。而曲母和曲冉早就已經呆了，她們聽出夏芍的意思來了，她是說曲母這些年身體不好，是因為家裡的風水有問題？

「照一會兒妳可能只會覺得刺眼，但如果時間久了，頭昏眼花、精神恍惚是必然的。而人一旦精神恍惚，反應會變慢。反應變慢，時間再久一些，就會出現身體乏力、體虛等的症狀。外出的時候，若是精神不好，沒有遇到意外都算是幸運的了。」夏芍解釋道：「風水有的時候並不是太玄妙的事，它是與自然關係緊密的一門科學，很多事情都說得通的。」

「那我媽總喜歡拉上窗簾，就是覺得對面的光線太亮太刺眼的關係？」曲冉問道。

夏芍點頭，「幸虧阿姨習慣拉上窗簾，不然不可能五六年了都還沒出過事。事實上，僅僅是身體虛弱、精神恍惚，已經是很幸運的了。」

「媽，我不知道……」曲冉眼睛頓時紅了，「醫生說要妳多曬太陽，我沒想到……」

「妳這孩子，妳也是遵照醫囑，妳是擔心媽，有什麼好自責的？」曲母趕緊安慰女兒。

夏芍也安撫道：「風水上有的事不難，但不是每個人都知道，誰會希望自己的母親不好？再說，醫生囑咐的沒錯，阿姨是應該多補補陽氣，只是那個房間的光線太強而已。」

曲冉問道：「那該怎麼辦？」

「好辦，平時拉上窗簾就可以了。不過，窗簾拉上之後，家裡陽氣不足，同樣不利於阿姨身體恢復。可以把窗簾換成淺色薄些的，這樣光線既不強，也不至於沒陽光，一舉兩得。」

「就這麼簡單？」曲冉瞪大眼睛。

「改變環境就這麼簡單，但想要康復還得改變自己。阿姨體虛的情況已經五六年了，您不能老是在家裡。每天早上九點以後，您可以下樓走走，曬曬太陽，補補陽氣。醫生開的藥還是要繼續喝，這樣配合著調理下來，身體應該不久就會康復了。」

「真的？我媽會好起來？」曲冉看向母親，曲母也很高興，她很久沒這麼高興過了。

但高興是一回事，更令曲母驚奇的是，夏芍年紀輕輕的，竟然懂風水，還能看出她身體久病不癒的原因，太不可思議了。

展若南和阿麗、賭妹等人也目露驚奇。香港人大多相信風水，而身邊就有這麼個風水師在，感覺頗為古怪。

對於眾人的驚嘆，夏芍卻是渾然不覺，她在思考另一件事。

光煞很好解決，目前最棘手的卻是血盆照鏡的凶局。

第四章　血煞凶局

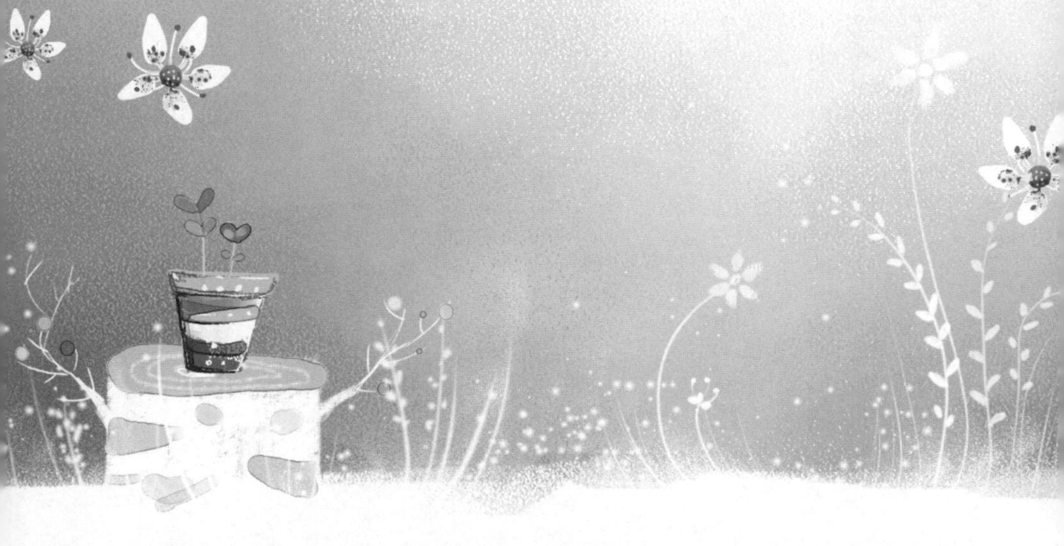

夏芍解決了曲冉家裡的風水問題，找到了她母親多年的病根，這讓曲母和曲冉都很感激和驚喜。曲母聽說夏芍等人今天來家裡是為了嘗嘗曲冉的手藝，便趕緊帶曲冉去廚房忙活。

午餐的時間早就過了，眾人只當是吃晚餐了。展若南不會做菜，像個大爺一樣坐在沙發上等著伺候，夏芍則去廚房去打下手，順便學習。她想學做一兩道名菜，過年回家下廚做給父母吃。但進了廚房後，夏芍便愣了。

曲冉家裡很多家具都頗陳舊，廚房的一應用具卻很新，看得出來經常清洗和更換。

曲母拿了件圍裙給夏芍，笑道：「小冉說你們有幾個朋友還沒吃午飯？咱們趕緊做。我擇菜洗菜，幫妳們打下手。讓小冉掌勺，她啊，還沒有灶臺高的時候就在廚房幫她爸了，後來剛剛有灶臺高的時候，就踩著小板凳學做菜了。」

說起以前的事，曲母臉上多了幾分神采。或許是找到了病根，看到了康復的希望，曲母的精神比剛進門時看到的好多了。夏芍知道曲母不好意思叫她幫忙，便說道：「阿姨，洗菜擇菜的事我會，還是我來吧。您體寒，儘量少碰冷水。」

曲母一個勁兒地道：「哎喲，這怎麼好意思？還是我來吧，小心弄髒妳的衣服了。」

夏芍端著洗菜的盆子就往水槽走，「洗個菜怕什麼衣服髒？衣服髒了可以洗可以換，身體受了寒可就得調養好一陣子了。」

夏芍和曲冉連著勸了幾句，才把曲母勸到曲冉身旁打下手，而曲冉一站到瓦斯爐前，整個人的氣場都變了。她的動作相當俐落，絲毫不含糊，像是經驗老道的大廚一般。夏芍從旁學了兩道菜，佛跳牆和醉翁蝦球，另外學了一道蟹肉粟米的湯羹。對她來說，要記住食材、步驟及火候，一次學三道已經是極限了。

曲冉掌廚，一共做了八道菜、兩道湯羹，最後還做了燒賣和春捲，如果不是夏芍攔著她，她還要再做甜點。

「佛跳牆是閩菜，香港人也愛吃。我剛學的時候，我爸告訴我，油一定要用熬好的蔥油，佛才有可能棄禪從寺廟裡跳出來，哈哈。選材上，妳千萬不要聽那些人說這個好還是那個好，這要靠廚師的經驗和眼力。我練了好幾年，我爸也沒說我成，等今天的燉好，我先盛一碗給我爸供上，說不定他晚上能托夢給我，說我成了，嘿嘿！」

「這道燒賣，我跟妳說，我爸當初在飯店做主廚的時候，燒賣是他的拿手絕活。他告訴我什麼叫黃金比例，我練這個練了好久……」

「我說我要做西式甜點師，要做廚藝界的頂級美食家，我爸笑了我好久。」

「我剛開始學做菜的時候，真的很苦啊……我家裡有段時間只吃馬鈴薯。我爸每天丟一筐馬鈴薯給我，要我切五公分長、五公釐寬。他把我媽也叫來，兩個人拿著尺幫我量。妳說無不無聊？合格的拿去炒菜，不合格的蒸一蒸，不放鹽不放味精，就讓我這麼吃，連醬油都不許我沾。後來我好不容易練成了，我以為我熬到頭了，終於可以不用吃馬鈴薯了，結果我爸要我開始切兩公釐寬的，還說我之前切的那些都是筷子條，到頭來我還是要繼續吃馬鈴薯。等我能切出兩公釐的，我爸又打擊我，他說這種叫二粗絲，一公釐的才叫細絲，一公釐以下的叫銀針絲，等我能切出銀針絲時，我就可以不用再吃馬鈴薯了。後來我練啊練，總算跟馬鈴薯說再見了，可是……」曲冉癟著嘴，露出一副要哭的表情，轉身看夏芍，「可是我的體型已經跟馬鈴薯差不多了。我覺得我現在這樣，都是那時候馬鈴薯吃多了鬧的。」

夏芍噗哧一聲笑了出來，她還以為曲冉要說，等她刀工練好，父親也去世了，沒想到她是要說這個。她注意到曲冉說起她父親的時候，似乎已經沒了當初失去他時的傷感，留在她記憶裡的都是曾經的美好和愉快。

曲母也在一旁默默地聽，默默地笑，只是眼睛微紅，眼眶含淚。

這一頓飯快四點了才上桌，夏芍從廚房出來時，桌上的前菜都已經被掃光，展若南和她的小跟班們，全都目不轉睛盯著徐天胤。

徐天胤於夏芍在廚房忙活的這段時間，比在夏芍身邊的時候還冷。展若南等人搶著吃菜品，他不動筷子。她們笑罵打鬧，他不抬眼。他只是把一盤堅果拖到面前，低著頭剝著堅果殼。他的動作不快，看起來不是很熟練，但他的神情專注，一顆顆慢慢剝著。

展若南今天帶來的小跟班，夏芍都見過。阿麗和阿敏都是在鬼小學那晚被陰人附身的，賭妹則是當時和展若南一起招靈的，剩下的那個外號叫菸鬼芳，菸抽得很凶，其他人叫她阿芳。

這四人裡，阿敏安靜些，賭妹活潑點，阿芳面冷些，平時抽著菸，看誰都是冷眼。因為曲母身體不好，阿芳沒菸抽，脾氣就變得比較暴躁，跟賭妹搶菜搶得最凶。至於阿麗是最風騷的，平時也就她換男朋友像換衣服似的。

除了留著紅色的板寸髮之外，長得還是不錯的，尤其是腰身如柳枝，纖腿圓臀，走起路來很吸引男人的目光，她也是最先跟徐天胤搭腔的，「喂，帥哥，你叫什麼名字？看你開的車不錯，家裡很有錢吧？」

徐天胤始終低著頭剝殼，彷彿沒聽見她的話。

「喂，你女朋友不在這兒，用不著這樣吧？來跟我們玩吧！」阿麗這句跟我們玩，可不是小孩子找夥伴玩的語氣，而是帶點媚態，語氣透著引誘。

徐天胤沒反應，展若南先皺了眉頭，「滾回來，別給我丟人現眼！那是芍姊的男人，我平時怎麼教妳的？想男人到外面找，別撬自家姊妹牆角！」

阿麗笑了笑，「南姊，開個玩笑嘛！妳看這男人，坐在這裡像咱們不存在似的，裝的吧？」她邊說邊很不爽地拍桌子，「喂，老娘幾個見不得人怎麼了？看一眼你會死啊？」

賭妹和阿芳正在搶一盤沙拉，阿麗這麼一拍桌，菜掉到了盤外，兩人一齊皺眉。

阿敏感覺到氣氛不對，眼珠轉了轉，就在這時，徐天胤抬起了頭。

他的眼神冰冷，氣息陡然變得冷厲，看得阿麗忽然腿軟，似是被什麼野獸盯上。

展若南忽然扯過阿麗，一巴掌搧在她臉上，「我說的話，妳當沒聽見？」

阿麗被一下子打醒，捂著臉，委屈地道：「南姊，我都說了是開玩笑嘛！」

「開玩笑也不行！我沒跟妳說這是芍姊的男人，讓你他媽滾邊去嗎？」展若南破口大罵。

「開玩笑也不行，那當初賭妹怎麼撬我牆角了？」阿麗委屈地吼回去。

賭妹一聽，不幹了，拍桌子站起來道：「誰撬妳牆角了？我要是撬妳牆角，叫我他媽撞死！操，是那個賤男人盯著我不放的！」

「都他媽給我閉嘴！這是在別人家裡，妳們是在做客，還是當土匪？」展若南把夏芍的話拿出來教訓人，但她的語氣可不像夏芍那好。

阿麗和賭妹抖了一下，趕緊消停。

展若南喊了一聲坐下，四個小跟班連忙規規矩矩地坐好，但阿麗和賭妹時不時互瞪，臉色都不太好看，徐天胤則是繼續剝他的堅果殼。

展若南見他若無其事的樣子，不由感到驚奇。阿麗咬著唇，偷看徐天胤。賭妹、阿芳和阿敏也看著徐天胤。夏芍從廚房裡出來，看見的就是這情景。

她不是沒聽到外面的吵鬧聲，只是沒放在心上，她相信徐天胤不會把這幫人怎麼樣。只是她端菜出來時，冷冷地瞥了阿麗一眼。

徐天胤的目光落在夏芍端著菜盤上，當下起身，二話不說接過去，她把盤子放到桌上，然後繞到她身後幫她解開圍裙，牽著她坐下，把剝好的堅果和倒好的溫開水推到她面前。

夏芍心中微暖，柔柔一笑。他向來不喜歡這種吵鬧的場合，今天卻陪著她出來一天，晚上回去她就不念書了，多陪陪他好了。

徐天胤進了廚房幫忙端菜，明顯是不打算讓夏芍碰燙手的碗盤，這無微不至的體貼讓展若南嘖嘖稱奇，賭妹吹了聲口哨，阿麗卻是表情變了又變。

曲母和曲冉熱情地招呼眾人用飯，吃飯時的氣氛還是不錯的，因為曲冉的手藝真的是好得沒話說。夏芍不太餓，原本只打算嘗個味道，但吃了幾口就眼睛亮了起來。

「味道不錯。」

「是吧？」曲冉被誇獎，笑起來左臉頰上浮現一個小酒窩。

「這孩子就喜歡被人誇廚藝好，妳這麼說她當然高興。要是她爸在這裡，准會說她哪裡不成了。」曲母笑道，臉上有欣慰的神色。

曲冉說道：「媽，我說過我行的。將來我的成就一定會超過我爸，讓您過上好日子。」

夏芍微微側目，曲冉說過，她父親是飯店的主廚，那薪水應該不低，可她們卻住在老舊的社區，看起來家境並不算好。

「想過好日子還不簡單？就是賺錢是吧？」展若南喝了一大口茶，「肥妹，菜做得不錯，妳要是想打工，三合會有很多餐廳，我幫妳介紹。」

曲母一聽是三合會，可不敢讓女兒去，趕緊笑著婉拒：「阿姨先謝謝妳了，不過，小冉現在還在上學，明年就要考大學了，我還是希望她以學業為主。我們母女這麼多年都熬過來了，不差這一年半載的。」

曲冉很想賺錢，但她對去三合會的場子也有點怵，「媽，妳放心，等我考上大學，到時候我半工半讀，補貼家用，讓那些當初把我們母女趕……」

「小冉，吃飯！」曲母打斷女兒的話，明顯不想再提舊事。

夏芍卻是聽出了點什麼，心中盤算起來。

曲冉想要半工半讀，不一定要去飯店。眼下剛進入千禧年，網路還不發達，但很多事都可以嘗試看看，比如在網路上做一檔美食節目……

夏芍原本就打算開始經營自己的網站，看來是該去找劉板旺了。

這一頓飯吃得不算久，曲冉手藝太好，展若南等人又餓了，幾個人很快吃了個碗底朝天。結果吃完都五點了，去幼稚園不一定能見到童童。

不過，夏芍還是讓徐天胤開車，帶著展若南等人，直奔那家幼稚園碰運氣。

來到幼稚園前面，卻發現幼稚園門口有個小男孩在哭鬧。

小男孩抱著幼稚園大門的欄杆大哭，哭得聲音都沙啞了，兩個老人家在旁邊又哄又騙，小男孩就是死活不鬆手，而那個小男孩竟然就是童童。

哄著童童的兩個老人家應該是他的爺爺和奶奶，另外還有一對中年夫妻站在一邊，看起來焦急又無奈。他們的旁邊停著一輛轎車，車門還開著。

老婆婆蹲下身子，好聲好氣地哄著孫子，老公公則轉頭道：「老三，你們倆把車開走，開遠一點，這孩子不坐車，他看見車子就害怕。」

中年男人卻說道：「爸，我知道童童看見車會怕，可是我二哥一家車禍都半年了，童童總這麼怕車也不成，還是把他抱過來吧，習慣就好了。」

「胡說！」老公公怒道：「你忘記上次把他抱上車，他都嚇昏送醫院了？快把車開走！」

「那是兩三個月前的事了，說不定他現在好一點了。」

「你看他現在像是好一點的樣子嗎？」

「那怎麼辦？昨晚是童童說想去水族館的餐廳吃飯的，那家餐廳離這裡有點遠，不坐車的話，難不成像平時那樣，您二老領著他走過去？」中年男人又急又無奈。

「要不，你去找輛腳踏車來，我騎著腳踏車載他過去。」老公公想出了個主意。

中年男人傻眼，「騎腳踏車？」

夏芍看了一會兒，大致明白發生了什麼事。童童一家出車禍的時候，他的父母都在車上，結果只有他活下來，他從此就開始害怕坐車，現在才哭著不肯上車。

夏芍走了過去，蹲下身子，笑著問道：「小朋友，你叫童童嗎？」

童童不認識夏芍，突然看到她，便停止了哭泣，童童的家人卻愣住了。

「這位小姐，請問妳是？」老婆婆問道。

「我是童童媽媽的朋友。」夏芍笑容真誠。

老公公和老婆婆呆住，自家兒媳的朋友？兒媳都三十多歲了，怎麼會有十七八歲的朋友？

夏芍沒有解釋，只是拿出平安符，在童童眼前晃了晃，問道：「童童，你看這是什麼？」

童童看著夏芍手裡的東西，小臉有著不解的神色，其他人卻是一眼認出了是一張符。

「這是你媽媽要我給你的平安符。她說，把平安符戴在身上，就好像媽媽保護著你，它會保護你平安長大。」夏芍雖是笑著，心中卻有些黯然，忍不住伸手摸了摸童童的頭。

事實上，這是夏芍藉著摸頭的動作，將元氣輸入童童頭頂的百會穴裡。

童童親眼目睹父母慘死，應該是受驚時導致竅門打開，精氣外洩，才會精神狀態不好。用民間的話來說，就是嚇丟了魂。夏芍用元氣幫他安撫精神，關閉竅門。

在她撫摸頭頂的時候，童童明顯安靜下來了。他盯著她手裡的平安符，也不知道是不是聽見了媽媽兩個字，竟然伸手接過去。

其他人看得驚奇不已，老婆婆問道：「這位小姐，妳真的是阿華的朋友嗎？」

「對。」夏芍點頭點，站了起來，「阿華雖然不在了，但她還是很牽掛童童。這張平安符能夠保佑童童，讓他帶在身上吧。」

老婆婆雖然懷疑，但見到孫子確實安靜下來，不由悲從中來，「阿華死得慘啊……車子都壓扁了，她還弓著身子，把兒子護在身下。醫生來的時候都說沒救了，她的脊椎骨斷了，居然還……可要不是她，他們一家就都沒了……」

夏芍說道：「逝者已矣，日子還是得過下去，你們還有孫子在。我看童童因為這件事受了驚，你們與其讓他習慣，不如帶他去看心理醫生，讓醫生幫幫他。」

老婆婆聽了呆住，顯然沒想到這法子。

夏芍又道：「還有，以後如果你們遇到什麼難事，可以去老風水堂找我，只要報上童童的名字，那裡的人一定會竭力幫你們。」

「老風水堂？」老婆婆問道：「這位小姐，妳是風水師？」

夏芍笑著點頭，然後跟童童一家人告別，回到馬路對面。

展若南等人只是遠遠看著，沒靠過去，夏芍回來後挑眉，「怎麼不過去看看？」

展若南指著自己的光頭，罵道：「沒看見老娘的樣子嗎？」

夏芍噗哧一笑，展若南這人其實心不壞，「這件事到底起因在妳們，我建議妳們去童童母親的墳前燒香，告訴她，妳們已經幫忙解決她的心事了。」

展若南聳肩，沒說去也沒說不去。

「師兄，我們回去吧。」夏芍見天色已晚，轉頭對徐天胤說道。

徐天胤沒有反應，望著馬路對面，不知在想什麼。

夏芍又喚道：「師兄？師兄？」

徐天胤這才回過神來。

「師兄，怎麼了？」夏芍目露關切之色。

「沒事。」徐天胤搖了搖頭，轉身幫她打開車門，「走吧。」

唐宗伯的故居位於香港島南邊淺水灣的一處山坡上，是三十多年蓋的三進宅院，但無論是明堂或東西廂，都比在東市十里村後山上的宅院大得多。整個後進都是習武的地方，東邊的院子是徐天胤小時候住的地方。

兩人開車回來的時候，天色已經黑了，唐宗伯已經從老風水堂回來。自從清理了門戶，張中先重返玄門，便不再回張家小樓了。原本他想要在唐宗伯的故居附近尋座宅子搬進去，但唐宗伯說他這裡房間多，就叫張中先搬進來，現在他就住二進的東屋。

張中先的弟子，丘啟強、趙固和海若三人都在海外發展，丘啟強和趙固在新加坡，海若在美國，他們的弟子這些年來為了避難都去了國外，如今已經扎根。按理說清理完門戶，他們就都該回去，但老風水堂目前人手不夠，三人就暫時帶著弟子們留在香港幫忙。

三人合資在半山腰買了幢別墅，平時十來個人住在裡面很是熱鬧。他們知道夏芍週末會過來，便會來到唐宗伯的住處。海若帶著兩名女弟子下廚，大家聚在一起吃飯。

今晚夏芍和徐天胤已在曲家吃過，用餐的時候陪在一旁，聽著大夥兒說說笑笑。

夏芍今天去風水堂找碴的事，早在弟子們之間傳開，不知多少人捶胸頓足，暗怪自己當時不在場。沒聽見師叔祖的訓誡倒也罷了，竟然沒見到她的真容。

聽說師叔祖是美人。

聽說師叔祖差點被溫燁那小子拿掃把打出去。

聽說師叔祖覺得周齊天賦不錯，不然不會開口點撥他。

整個下午，玄門都在議論這件事當中度過。

夏芍去了曲冉家，自然不知道，但唐宗伯和張中先聽了之後，卻是哭笑不得。此時，見夏芍回來，兩位老人家自是要叨念她一番。

唐宗伯搖頭道：「這丫頭，從小就是鬼靈精，肚子裡不知道有多少小算盤。平時乖巧的模樣都是假象，指不定什麼時候不注意，就被她給擺了一道。」

「沒錯。」張中先拿筷子指著夏芍，「這丫頭第一次去見我的那天晚上，不好好跟我打招呼，非要破我的法陣，害我以為是余九志派人來鬧事。」

溫燁翻了個白眼，「她欠抽！」

海若瞪他一眼，夏芍笑而不語。

唐宗伯又感慨地道：「不過，丫頭在風水堂說的那番話很對。唉，日子過得真快，轉眼小丫頭已經長這麼大，都可以收徒了。」

夏芍笑笑，「師父，我那是幫您看看弟子們的心性如何，可沒有要收徒弟的意思，我現在哪有時間教徒弟啊！」

張中先等人以為夏芍是在說上課忙，唐宗伯卻是知道她手裡還有華夏集團這麼大的集團要管理。公司、學業，再加上玄門，她已經做得很好了。

唐宗伯很慶幸當初收了這丫頭當徒弟，他還打算以後把玄門交給她。天胤的性子不適合擔任掌門，而且他是國家的人，不適合打理玄門。只是這樣一來，小丫頭肩上的擔子就太重了，他倒是不捨得叫她這麼累。

「收徒的事確實急不得，弟子要好好挑選，慢慢考察，可不能再出之前那樣的亂子。」張中先倒了杯酒，一口喝乾，「唉，老實說，當初師祖收余九志入門的時候，大概就是看他資質好。不過，師祖應該也看出他太功利了，才沒把掌門的位置傳給他。只不過，多年教導的弟子終究有感情，哪知道後來發生這麼多事，所以收徒真的要慎重。現在宗門裡義字輩的弟子不多，但也有三十多人，芍丫頭要是看上哪個，我們這些老傢伙幫妳留意著。要是沒有看得上眼的，以後在外面遇到有緣的，收進來也行。妳還年輕，不用著急。」

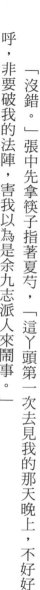

夏芍點頭，唐宗伯補充說道：「王守仁的德行還是不錯的，他那個叫周齊的徒弟，孝順又有天賦，就是性子急躁了些。」

張中先跟著附和道：「性子急躁可以磨，倒是沒想到王懷那種人還能收了這麼個弟子，給玄門留了個好苗子。」

說起余九志做的事，席間的氣氛忽然沉了下來。

三名失蹤的女弟子被送去泰國做什麼，如今怎樣了，到現在還沒有查出結果。

「余九志的天眼開得蹊蹺，只是我一時找不到資料。我總覺得跟降頭師扯上關係，都沒什麼好事。那三個女弟子……恐怕是凶多吉少了。」張中先咬著牙，他的弟子就有死在降頭師手上的，他對這種事萬分痛恨，「可惜沒從薩克嘴裡問出什麼來，他就死了。」

那天晚上，徐天胤本是給薩克留了一口氣，結果隔天早上他就斷氣了。

「薩克死了，通密不可能不知道。這老傢伙心性邪，當年我跟他交手時，他就用了不少邪術，防不勝防。徒弟死了，他不可能善罷甘休，我們早晚會跟他對上。」唐宗伯嚴肅地道。

他打聽過通密在泰國的住處，但降頭師在泰國本地也是很受人畏懼的存在，他住在哪裡，很少有人會打聽，畢竟沒人嫌命長。如今玄門元氣大傷，不宜再有大動作，否則不用通密來，唐宗伯便會到泰國找他報仇。

再者，清理門戶當天，並不是所有的弟子都到場。

這件事是後來張中先說的，余九志的徒弟不算余薇的話，共有三人。他的第三個徒弟是女人，在華爾街名氣很盛。王懷也有一名弟子在美國，這兩人沒有回來，很可能是有事耽誤了，所以算是逃過一劫。

唐宗伯對余九志和王懷的這兩名弟子都沒有印象，張中先發現兩人不在，也沒有辦法。因為清理門戶宜快不宜慢，這兩人只能日後再處置。

後來，唐宗伯與張中先商量好，以掌門的名義發信到美國給兩人，通知他們回港來見師祖，結果如所料的那般，那信如石沉大海，沒有回音。

於是，這兩人成了玄門的隱患。

一頓飯吃到最後，氣氛有些沉悶，尤其是張氏一脈跟降頭師還有仇，一說起通密來都是憤恨不平的。唐宗伯勸眾人潛心修行，總有報仇的那一天。

吃完飯，丘啟強、趙固和海若三人帶著弟子向唐宗伯道晚安，結伴回去。

唐宗伯趕夏芍回房間看書，然後自己和張中先下棋聊天。

夏芍的房間在後院的西廂，書房、臥室、浴室都是獨立的，但她這兩週過來都住東廂，那是徐天胤小時候住過的。住在這裡，夏芍有種說不出來的奇妙感覺。

徐天胤三歲就拜唐宗伯為師來了香港，一住便是十二年，十五歲才回國。他從小經歷過什麼，夏芍不知道，他又不是會舊事重提的人。夏芍對徐天胤的過往一無所知，因此住在他長大的地方，她有種更加接近他的感覺。她總覺得在這裡住，似乎就能碰觸過往，哪怕是看見一桌一椅，也能想像屬於他昔日的生活。

兩人牽著手散步回到院子裡，還沒進屋，徐天胤便停下腳步，伸手把她抱在懷裡。

香港十一月的天氣，夜晚已有些涼，徐天胤的胸膛卻是燙的。他的胸膛起伏，夏芍的臉貼在上面，能聽見他沉沉的心跳聲。

讓人聽了心安，卻也心疼。

「師兄，今晚我不看書了，我陪你吧？」她用商量的語氣問，因為知道他或許會拒絕。
果然，徐天胤將她放開一點，卻還是圈在懷裡，低頭看她，「不看書？」
「嗯，不看了，陪師兄。」
「課業……」
「沒事，我有數。」夏芍笑了笑，笑罷，板起臉來，「怎麼？不想？不想就算了。」
夏芍故作生氣，推開徐天胤，轉身欲走。
徐天胤手臂倏地收緊，黑眸看著她，不知道她是不是生氣了。夏芍板著臉，他的手臂又收了收，似乎有些不知所措。想了想，他開始拍她的後背想安撫她。
夏芍差點笑出來，他算是找到哄她的方法了。試了兩次管用，多半會一直用下去了。
夏芍忍住笑，還是不給好臉色，繼續逗他，「說，想不想？」
「想。」這回徐天胤很快就給了答案。
「想什麼？」夏芍又問。
徐天胤手臂收緊，氣息微沉。
夏芍敏銳感覺到他微變的氣息，當即往後退，但他抱得很緊，她無法掙脫，便雙手推拒地抵在他胸前，「我是問你想不想要我陪，你在想什麼？」
夏芍頗鬱悶，她只是想逗逗徐天胤的。她本想誘導他說句甜蜜的話，比如「想讓妳陪」之類的，哪知道他直接跳過這些，想到後面。
徐天胤的胸膛隔著襯衣都像是著了火，著火的正是她雙手抵著的地方。他的目光鎖著她，讓她感覺她是已落入陷阱的獵物，而他是等著開動晚餐的野獸。最鬱悶的是，這陷阱似像是她自己挖的。

夏芍鬱想踩徐天胤一腳，但她知道他不會躲，所以腳還沒踩上去，心裡已不捨得，只好憤憤跺了跺腳，「想什麼呢？飽暖思淫慾。我說的陪，是那個陪，不是那個陪。」

她解釋完表情就變得糾結，好像越描越黑了，她不該逗某人的。

沒想到，等了一會兒，徐天胤沒有進一步動作。

夏芍抬頭望去，見他正低頭瞧著她，唇角揚起淺淺的弧度，目光柔和。

她看得出神，手上溫暖的溫度，徐天胤牽起她的手，帶著她進屋。

屋裡都是有一定年代的老家具，但桌椅都很乾淨整潔，任何東西用過後都被放回原位。如若不知道這裡有人住，一進屋來多半會以為是客房。這裡就像是沒有人氣一般，只有夏芍知道，徐天胤很珍視這裡。他會把每樣東西放回原位，不是沒有動過，而是動過後保持原貌。他甚至有時早上起來會珍惜地擦拭一些小擺件。

兩個人只開了一盞床頭燈，沐浴過後便躺到床上，相擁在一起。

夏芍知道，在洗澡的時候徐天胤就很想要她了，但他什麼也沒做，似乎是因為她說想陪他，所以他便克制著，就這麼陪著她躺著，讓她陪。

夏芍往徐天胤的懷裡偎去，把他的手臂當枕頭，趁著氣氛好，低聲問了心中的疑問：「師兄三歲就跟師父來香港了，家裡人同意嗎？」

徐老爺子是開國元老，徐天胤是他的嫡長孫，他不可能不管他。

這是夏芍初次問起徐天胤家裡的事，她不知道他想不想說。如果不想，她不會逼他。

不料徐天胤沒什麼抵觸的情緒，只是將她抱得緊些，臉埋在她頸窩，悶聲道：「同意。」

夏芍愣了，同意？

像是感受到她不太相信，徐天胤難得解釋：「爺爺同意，他跟師父認識。」

徐老爺子和師父是認識，所以放心將孫子交給師父？可即使是這樣，家裡的孩子這麼小就來了香港，京城那邊總要有個說法吧，不然怎麼對外解釋？

「師兄在玄門的事，其他人知道嗎？」

徐天胤搖頭，夏芍露出了然的神色。果然，涉及風水不好放到檯面上說。尤其徐老爺子的身分擺在那裡，他的發言相當於官方態度，不可能對外說他讓自己的孫子去拜風水大師學藝。

「那師兄是以什麼名義跟著師父來香港的？」夏芍又問。

「養病。」徐天胤有問必答，雖然答得簡潔。

夏芍又愣了。養病這個理由倒是不錯，但別人又不是傻子，要讓人相信，除非……徐天胤當時是真的需要養病。

三歲來香港養病，發生了什麼事？

徐天胤感覺到她還想，當下收緊手臂，整個人往她身上壓，呼吸略微急促。

夏芍感覺他很緊繃，像是滲出了冷汗。

「師兄？」夏芍沒想到他的反應這麼大，不由伸手輕撫他的背。

徐天胤沒答，彷彿忍著不適也要等她問。

夏芍有些心疼，最終笑了笑，問道：「師兄當時也是在香港念書的吧？哪所學校？」

她換了話題，不想逼迫他，而且她有點好奇師兄的學生時代是什麼模樣？他在學校裡怎麼跟老師和同學相處？會不會打架？還是一直不理人？

徐天胤在聽見這話後，反應明顯好了些，手臂的力道也稍微放鬆，「沒有。」

「沒有？」夏芍注意著他的反應，略微放下心來，「沒有是什麼意思？沒去學校？」

「嗯。」徐天胤答。

「那師兄在哪裡讀書？」夏芍問。

她沒記錯的話，他當初跟伊迪和馬克沁見面的時候，英語和俄語說得很好。

「家庭教師。」

原來是找家庭教師在家學的，這確實像是他這性子才會做的事……

可是，他沒有經歷過校園生活，沒有同學，沒有朋友，這並不是幸福的事。

師兄三歲前到底發生了什麼事？

夏芍沒敢再問下去，他至今沒有解開心結，而她知道的太少，不知從哪裡入手。

她還是應該先去問問師父。

第二天，夏芍趁著徐天胤晨起打坐的時間去找唐宗伯，唐宗伯剛起床不久，看見夏芍過來，有些意外，「妳這丫頭，怎麼這麼早？這個時間不是應該在打坐嗎？偷懶了喔？」

「偷懶也不在您老人家的眼皮子底下。」夏芍扶著唐宗伯坐到輪椅上，打開窗戶透氣，又去倒了杯溫水給老人，這才說道：「師父，我有事想問您。」

唐宗伯笑道：「真稀奇，妳這個丫頭從小好奇心就不重，現在竟然眼巴巴跑來問事？」

夏芍一笑，還是師父了解她。她也不賣關子，直接開門見山問道：「我想知道師兄小時候的事，他跟師父來香港前，發生了什麼事？」

唐宗伯愣了愣，「怎麼想起問這事了？是不是問過妳師兄，他不告訴妳？」

夏芍搖搖頭，不是這樣的，是她不敢問下去……

「昨晚我問過，可是我看得出來師兄很壓抑，情緒不太對，我不敢再問了，就想先來問問師父，等以後有機會再慢慢安慰師兄。」

唐宗伯看著夏芍擔憂的模樣，嘆了口氣，「唉，妳擔心得有道理，有些事的確要慢慢來。當初妳師母用了十年，才讓天胤從後面那個院子走出來，妳師兄不是不敢面對，他只是太重情了。偏偏他命格孤，這輩子他都困在一個情字上了……」

情字？

夏芍知道，所謂情，並非全指男女之情。父母恩情、師門之情、夫妻之情，父子之情，皆是情。命格孤的人，寡親緣情緣，不能圓滿，因而才苦。

「師父，師兄小時候遇到過什麼事？他父母早亡，跟這件事有關嗎？」

唐宗伯說道：「自然是跟這件事有關，但確切的真相，師父也不全然知曉。」

「師父也不知道？」夏芍愣了。

「只知大概。妳知道妳師兄的家世背景了吧？」唐宗伯問，見夏芍點點頭，這才道：「妳師兄的父母當年是在國外遇害的，以徐家的背景，險些鬧成國際問題。他父母遇害的細節，連外媒都沒有詳細報導的，所以師父也只知道一點。」

徐天胤的父母是在他三歲時遇害，細算起來，已經有二十多年。依照那時資訊還沒那麼發達的年代，這件事自然不會廣為人知。再者，國人在國外遇害，涉及國際糾紛，更別說徐家這麼敏感的背景了。

「在國外？」夏芍低喃。

「對，國外。」唐宗伯撫著鬍鬚，「聽徐老爺子說，他們一家三口是去國外度假的……」

唐宗伯望向窗外，慢慢說道：「師父與妳師兄的爺爺早年相識，他長我十餘歲，我二人稱得上忘年之交。當年我曾為他的長子批命，算出他在三十歲時會有大劫，可惜他沒有信我。那段時間正是各種運動鬧得凶的時候，風水命理被當成封建迷信，我也不知道妳師兄的爺爺是不敢信，還是真不信，總之，那時候我覺得待在內地不合適，便打算回香港。也就是那個時候，我從京城出發，南下的時候遇到了妳張師叔，救了他，把他帶到了香港。」

唐宗伯說到這裡，臉上有後悔與自責之色，「妳師兄的事，說起來，我也有責任。徐老信不信，那是他的事，我卻是應該注意的。回到香港，很多事要忙，我便把這件事忘到腦後。後來，我接了一宗陰宅風水的案子，去了內地。那一趟剛好是去京城，我在京城遇到了徐老。那時我才知道他的長子過世了……」

唐宗伯悲嘆一聲，「就因為我沒能及時阻止，天胤的父母才會這麼去了。他當年才三歲，也差點喪命。我在徐家第一眼看到他的時候，他不說話，也不看人，徐老說他是受驚所致。」

「受驚？」夏芍驚訝。

「嗯。」唐宗伯點點頭，「我也是聽徐老說的……妳師兄的父母是在飯店遇害的，徐老並未提及死因，他只說沒找到妳師兄。所有人都以為他被綁架，或者在別處遇害，誰也沒想到，最後是在飯店裡找到的他。他就在他父母遇害的房間，藏在床墊下面的木板暗格裡，應該是他母親把他抱進去的。警方覺得他能活下來是奇蹟，裡面的空氣不足以讓人存活太久，可他卻是在裡面躲了三天。」

夏芍吃驚地捂住嘴。

「我看到妳師兄的時候，就知他不是受了驚嚇丟了魂，而像是自己把自己困在另一個世界裡。我用元氣用藥幫他調養了一段時間，他才開始會看人，叫他才有反應。這件事我也有責任，我在看過妳師兄的八字後，知他命格孤奇，適合入玄門，便向徐老提出要帶他回香港。」

「徐老對兒子的死很自責，怪自己當初沒聽我的，所以我一提出來，他只考慮兩天便答應了。他對外宣稱我是中醫，讓妳師兄跟著我到香港養病。妳師兄當時年紀雖小，卻很聰明，知道自己要離開家。他來到香港後，從來沒哭鬧過，一直很安靜。那時候妳師母還在世，把他視如己出般照顧。」

唐宗伯的眼神像是落在遙遠的時空當中，夏芍默默地聆聽他訴說往事。

當年，三歲的徐天胤跟著父母出國玩，入住飯店那晚，父母遭人殺害。徐母在危急關頭，把兒子藏到床墊下，或許告訴過他，別出聲、別動、別害怕。

他很聽話地沒有出聲，沒有動，但他怕不怕只有他自己知道。

後來警察來了他還是沒出聲，直到身體支撐不住，才會撞床板，別人也才發現他的存在。

唐宗伯將他帶到香港，他的妻子如母親般養育他。一開始他並不習慣，晚上會躲到衣櫃睡覺。唐宗伯的妻子心疼他，便晚上陪著他睡，白天則由唐宗伯教他習武，教他玄學易理，甚至聘請家庭教師教他識字讀書。

五歲前，他沒出過院子，五歲後，他開始在後院的梅花樁上練功。

他從來沒有離開過宅子，連過年都不曾回京城。

玄門弟子們都知道掌門收了徒弟，可沒人見過他。門派中傳言他是真正的入室弟子，入室靜修，不見外人。其實他是不願意與人交流。

直到他十四歲那年，唐宗伯的妻子因病離世。

他再次失去了「母親」，這個母親臨終前告訴他，希望他能走出去，過正常的生活。母親的遺願，成為刻在他心中的魔咒。他用一年的時間迅速讓自己適應外界，並在十五歲那年返回京城。而回到京城後，他接受特別訓練，進入特別部門，然後在國外過著執行危險任務，腥風血雨的生活。

夏芍不知道自己是怎麼從師父那裡走出來的，她只知道她出來時已經淚流滿面。她尋了棵樹下打坐，調整氣息，調整元氣，讓自己看起來很正常。

其實她還是有很多疑問，比如師兄的父母是因何被害，事後如何處理，可這些疑問在她心裡都不再重要，重要的是，師母可以用十年的時間讓他走出去，她便可以用一輩子的時間來讓他過正常的生活。

幸福兩個字，她可以用一生陪他體會。

確定自己氣息平復，眼也不紅，聲音也不啞，她才起身回屋。

徐天胤的房裡沒人，夏芍在廚房找到他，他正穿著圍裙在煮八寶粥。

天氣已經轉涼，徐天胤卻只穿著薄薄的V領毛衣，而她這時總算知道他為什麼不喜歡穿高領的衣服，大概是因他兒時的經歷，讓他覺得悶熱或者憋悶。

夏芍一進廚房，徐天胤便發現了。他轉過頭看她，見她往鍋裡瞅，便說道：「快好了。」

夏芍嗅了嗅，「好香。看到師兄煮八寶粥，就知道今天是週末。」

她還沒徐天胤在山上陪師父時，每週早上固定會煮同樣的東西。當時她覺得師兄很呆很萌，如今想來，只讓她覺得心裡溫暖又柔軟。

「師兄煮的粥最好吃了，跟誰學的？」

「師母。」徐天胤攪了攪鍋中的米粥，舀起來看了看，接著關火。

夏芍笑道：「我沒見過師母，想學也學不到了。怪不得師父喜歡吃師兄煮的粥，原來是這樣。不行，我也要學。」

徐天胤點頭，「好。」

他拿了另一個鍋子來，把白米、紅豆、綠豆、桂圓、冰糖等食料放進去。

夏芍按住他，「幹麼？」

「教妳。」徐天胤答得理所當然。

夏芍看著已經煮好的那鍋粥，「不是已經煮好了？再煮一鍋，打算吃一整天嗎？」

徐天胤看了熱騰騰的八寶粥，半晌才說道：「妳說要學。」

夏芍心裡暖暖的。師兄要教她，她自然要學。至於吃不吃得完，那是師父要考慮的事。

唐宗伯發現，今天的早飯比平時晚，而且晚了一小時。

看到夏芍笑咪咪地和徐天胤一人端著一鍋八寶粥上桌時，他嘴角抽了抽，乾脆把張中先把張氏一脈的弟子都喊來。弟子們剛吃過早餐，眼見又被塞了一碗粥，臉色都發苦。

他們不知道這日子才剛開始，因為夏芍決定，日後週末早上就是她和師兄學煮粥的時間。

用餐中途，夏芍到外面打了個電話給艾米麗。

艾米麗昨天跟夏芍分開後，便開始著手收購鬼小學那塊地的事。那塊地多年乏人問津，連買下來建墓地的開發商都沒有，如今竟然有人要買，地政總署自然沒有拒絕的道理。

如夏芍所料，這塊地本該是很便宜的，但地政總署知道艾達地產是內地來港註冊的公司後，便有意提高價碼，還對鬧鬼傳聞隻字不提。艾米麗拿出這間學校的資料，借勢壓低價碼，地政總署卻聲稱這是無稽之談，要艾米麗不要迷信。

這也在夏芍的預料之中。三合、嘉輝、世紀三大集團分割了香港的地產市場，另有百家小地產公司在香港求生存，這樣的局面已經不易，何況再來個艾達地產？

除了找誰都不要的地搏一搏出路，艾達地產能買下哪裡？

地政總署的人有這種想法，艾米麗自然不易以低價購得那塊地。這是吃定了艾達地產，想從艾達地產身上多扒拉點錢出來。

夏芍打電話給艾米麗的時候，她正從地政總署出來，「夏董，我已經跟地政的人說，如果價碼不在我們的要求之內，我們會放棄這塊地的開發，只是他們像是認為我們在虛張聲勢，始終沒有鬆口。」

夏芍哼笑一聲，「就讓他們繼續拿喬，不必理會。鬼小學那塊地先冷一冷，讓地政總署的人醒醒腦子。我這裡還別處的收購計畫，妳來安排一下。」

夏芍報了曲冉家所在社區的地址，細說了她見到的狀況，並將自己的計策說給艾米麗聽。艾米麗越聽眼睛越亮，當下鬥志昂揚。

「我明白了，夏董，我立刻著手去辦。」

夏芍掛了電話後，望向地政總署的方向哼了哼。

不出三個月，她要地政總署的人親自上門求艾達地產收購那塊地。

夏芍收起手機，轉身走向後院。她還有更重的事要做，那就是讓師兄陪她看書。

與此同時，世紀地產公司的會客室裡，兩個男人正面對面坐著敘話。

一個是世紀集團的董事長瞿濤，另一個是三合會的小頭目沈海。

瞿濤才三十九歲，在地產業奮鬥十年，世紀集團便有三百多億的資產。積累之快，與地產業的利潤高有關，也與他本人的狠辣作風脫不開關係。

瞿濤是白手起家的，家境普通。他在念大學的時候就自己開公司，因小有盈利而在學校有些名氣。他混跡中產圈子和上流社會，卻在初入上流圈子時常受人輕視。他為了經營人脈，使盡渾身解數與權貴攀談，在輕蔑和施捨的眼神裡壯大自己，這也使得自尊心強，自認不輸別人的他悟出一個道理，那就是真正的強者要能屈能伸，成功屬於懂得蟄伏和一擊必殺的人。

外界對於瞿濤的報導，除了他與許多女明星牽扯不清外，還有就是他在風水上的造詣。媒體對他的評價很高，稱他是商人中的第一風水大師，風水大師中的第一商人。

這源自於瞿濤喜歡用風水當宣傳噱頭，而且經他出手的工程，反應確實不錯。久而久之，凡是世紀地產興建的項目，就沒有賣不出去的。

當然，瞿濤的風評也不是一直那麼好，他有很多負面新聞，多半與他在收購專案上壓低補償款，並聘請打手尋釁滋擾居民有關。每一次都有人因此報警，但十年來因為從未出過人命，連打人的事也很少見，所以警方拿瞿濤沒辦法。

曾有媒體訪問過瞿濤，提及他壓低補償款的事，他的回答很理所當然：「我是商人，不是慈善家。商人是唯利是圖的，我所做的事是以集團利益為先。如果我不能為我的集團爭取最大的利益，那麼我作為商人就是不稱職的。」

有贊同他敢說敢做的人，也有抨擊他不懂得回饋社會。

瞿濤抿了口紅酒，對沈海道：「沈哥，我請你的人不是一年兩年了，被人打還是頭一回。

那位芍姊是新入幫會的？連沈哥的人都打了，想必她在幫會裡的地位不低吧？能不能替我捎句話，我做東請客，請她出來聊聊。」

沈海一聽就知瞿濤是收買對方，讓對方裝沒看見，他擺起了手，「我知道你的意思，但今天我過來是為了跟你說，我已經查過，她不是我們三合會的人。」

瞿濤愣了。

沈海是三合會的小頭目，離幫會核心成員還差得遠，但也算是一個有名的頭目，手底下二三百名弟兄跟著他混，請他的人，花錢比請三合會高層的人少的多，而且那些小混混都是地痞流氓，普通人見了就怕，雇他們恐嚇人效果也好，因此瞿濤跟沈海算是合作很多年了。

沈海在地頭上混，自然算是地頭蛇，三教九流的消息，沒有他不知道的。他查的事不可能有錯，所以瞿濤才愣了愣。

「她不是三合會的人？但你手下的人說，展若南喊她芍姊。」展若南雖然不算三合會的人，但她是三合會總堂左護法展若皓的妹妹。展若皓是戚宸的左膀右臂，他妹妹在道兒上也是無人不知。那火爆的脾氣和桀驁不馴的性子讓道上的人都頗為頭疼。

難道這次他錯了？

不是三合會的人，卻把三合會的人打了？

香港的地頭上，男人都不敢做這樣的事，何況是女人？

「那這女人什麼來頭？」瞿濤轉著酒杯問：「沈哥，別告訴我，她只是永嘉社區某住戶的朋友，路見不平，就打了三合會的人。」

沈海點頭，「對，還真是這麼回事。我查過了，她的朋友確實住在你們公司要收購的社區，那家人姓曲，只有母女兩人。女兒名叫曲冉，在聖耶女中讀書。昨天是她帶朋友回家，打了我的人。南姊和那名芍姊都是她聖耶的同學。」

「同學？」瞿濤挑眉，笑意有點古怪。真沒想到，他一句玩笑話，還真猜對了？路見不平？當今這社會還有這種人？

也對，還是學生嘛，自然天真了些！

瞿濤看看酒杯，頓時興味索然。要是三合會的高層，他還有意結識，結果對方只是普通高中生，跟他的世界差太遠，就沒有認識的必要了。

沈海看出瞿濤臉上的嘲諷笑容來，接著說道：「你一定想不到，她不是香港人，是大陸來的轉學生。展若南稱她芍姊是因為她來學校的第一天兩人就打了起來，她打贏了展若南，展若南就跟著她混了。」

瞿濤又愣了。

他愣的不是夏芍和展若南打了起來，而是她大陸人的身分，並且展若南還要跟著她混？

瞿濤更加不在意地笑了，甚至有些輕嘲。即便是展若南，在他看來也不過就是展若皓的妹妹罷了。這丫頭本身成不了大事，完全就是個小孩子，而一個大陸來的女學生，因為打贏了展若南，還真把自己當姊了？他以為打了自己雇的那群小混混的是什麼人，原來不過是一群玩家家酒的小女生。他竟然為了這些人今天特地把沈海請來，真是可笑。

瞿濤興味索然，不想再提夏芍的事，「好吧，既然那家姓曲的人跟展若南認識，我好歹也得給點面子，就按市價給她家補償個房子好了。」

「很少見瞿總這麼大方。」沈海這話可不是諷刺，人人都知道瞿濤對錢看得有多重。

「我並不是任何時候都不讓利，但要看值不值得。」瞿濤將杯裡的酒一飲而盡。

而在三合集團的總部大廈總經理辦公室裡，一名二十來歲的英俊男子正面色不善地看著桌上一名少女的照片。旁邊有兩名西裝革履，長得也不錯的男人坐在沙發上。

其中一名人敲了敲茶几，語氣不耐，「行了行了，你都看多久了，還看？換成老子，早殺過去了。你這婆婆媽媽的性子，怎麼還比不上你妹？」

「他比不上他妹不要緊，他未來老婆一定要比得上他妹，不然三天兩頭被揍得太慘，那就不好了，畢竟是我們三合會總經理的夫人嘛！」另一名人看著展若皓，笑得意味深長，「我看阿皓手上拿著的就不錯，打贏了阿南，還讓她剃了光頭。」

光頭兩個字一出口，頓時讓坐在辦公桌後的展若皓抬起頭來。

展若皓瞇起眼，辦公室裡的溫度明顯下降了幾度。

誰都知道，光頭二字最近是三合會的禁詞，誰說誰倒楣，除了老大。

而身為三合會的右護法，韓飛就從來不怕招惹展若皓，他笑咪咪地繼續開玩笑，「沒事的，阿皓，咱們幫會裡都知道你的願望是讓你妹子留長髮變淑女。她現在長髮沒留起來，直接剃光了，我看也是好事，反正之前的男人頭也不好看，索性剃光重長。」

「噗！」三合會的執堂洪廣不厚道地笑了起來。

展若皓臉都黑了，拍桌站了起來，「韓飛，你……」

「怎麼了？什麼事？」門被從外頭打開，戚宸在幾個人的跟隨下邁著大步走了進來。

「當家。」

「大哥。」

韓飛和洪廣都從沙發上站了起來，戚宸走去展若皓那裡，展若皓恭敬地讓位給他坐。

戚宸一坐下來，便看到桌上的照片，沒盯著細看，只看了一眼就點頭道：「長得不錯，幫會裡要辦喜事了？」

韓飛和洪廣噗哧一聲笑了起來，展若皓臉色更糾結。

韓飛笑道：「大哥，阿皓照片都看三天了，很快可以辦喜事了，你打算包多少紅包？」

「認識你這小子這麼久，總算有句話問到點子上了。」洪廣拍拍韓飛的肩膀，對戚宸道：「大哥，透露一下吧，我們不好比你給的多。」

韓飛看一眼洪廣，「我的意思是，看看能賺大哥多少錢，好賺的話我也辦辦喜事。」

洪廣瞠目結舌，戚宸挑眉，「我的喪葬費很好賺，要發給你嗎？」

展若皓原本臉色發黑，聽見這句才好受些，看向戚宸道：「大哥，你別聽他們的，這個女生就是讓南兒剃光頭的人。」

「她？」戚宸愣住，這才仔細看照片裡的人。

照片是傍晚拍的，拍的是全身照，少女穿著聖耶女中的制服。她剛從學校出來，身後是夕陽，身上被晚霞鍍了層光輝，整個人裹在霞光裡。她看著前方，嘴角微翹，五官拍得不是那麼清楚，但恬靜淡雅的氣質卻好似能透過照片傳出來。

戚宸皺了下眉頭，「這誰拍的照片，就不能拍近點？」

「這模樣，就算鏡頭不是很近，遇到也能一眼認出來了。要不，怎麼說阿皓好事近了呢？大哥，你到底給多少紅包？」韓飛繼續起鬨。

「你閉上嘴會死嗎？」展若皓忍無可忍低吼。

戚宸的目光落在照片上沒收回來，照片裡的少女氣質讓人看了很舒服，少見的耐看，就像陳年的佳釀，每看一眼叫人想再多看一眼。戚宸笑了笑，「這女人不錯。阿南的三腳貓功夫，打贏她不難，但是打服氣了她，這還是第一個。你考慮考慮，別錯過了。」

「大哥！」展若皓臉色愁苦，怎麼連大哥都來湊熱鬧？他怎麼可能看上這個女人？她打了他妹妹，害她剃光頭，他找她算帳都來不及。展若皓也不解釋，他向來不擅長解釋，知道越描越黑的道理，於是乾脆往下說：「大哥，這個女生是大陸人。」

「大陸？」戚宸挑眉，「叫什麼名字？底細查了沒？」

「她叫夏芍。底細沒查，只知道是轉校生，半個月前才轉到聖耶女中，到學校第一天就把阿南給揍了，害阿南剃光頭。能從大陸轉來聖耶女中，應該有點家底。」韓飛笑得讓展若皓恨不得掐死他，「我們特意沒查她的家底，要有點神祕感，阿皓追求起來才有感覺。」

「你……」

「夏芍？這名字怎麼有點耳熟？」戚宸打斷展若皓，蹙著眉頭，盯著照片不放。過了半晌，才見他瞇了瞇眼，低喃：「……半個月前？」

韓飛挑眉，展若皓和洪廣互看一眼，三人見戚宸這般神色，都不由收起原本的輕鬆心態，洪廣問道：「大哥，要查嗎？」

戚宸盯著照片，目光裡多了些危險的意味，把照片往桌上一按，道：「查。」

就在戚宸說出這個「查」字的時候，一輛車停在了永嘉社區門口，車裡下來的人是世紀地產的業務，他敲響了曲冉家裡的房門。

夏芍正在師父的宅子裡看書複習功課。

聖耶女中的教材是全英文的，有些專業術語要查要背。徐天胤坐在窗邊發呆，她乾脆把他拉過去，讓他坐她旁邊，把字典丟給他，讓他幫著查字詞，還要求他解釋語法。

徐天胤向來話少，夏芍搞怪故意逗徐天胤，同一個詞要他用英日法俄等語言念一遍，甚至把國文和歷史也翻出來，要他讀。徐天胤語氣死板，於是不時聽到夏芍這樣抱怨。

「『生命是可愛的』這句話應該是富有感慨的語氣，師兄含得太平板了，再念一遍。」

「嗯……我想我理解錯了。這篇散文是巴金先生在抗戰時期所作，那時民族大敵當前，他應該是有著奮進和激勵的情感在，不應該是感慨的。師兄，再讀一遍。」

「是奮進，不是瞪人。」

「咦？為什麼我再讀一遍，會從中讀出憂鬱的情感來呢？師兄，憂鬱，再來一遍。」

「……」徐天胤有一疊課本，國文就攤在面前，字典疊在課上。他看著課本，劍眉微蹙。

「憂鬱，快點！」夏芍戳了戳他。

徐天胤轉頭看夏芍，還沒開口，她的眼睛便先彎成了月牙。她總是喜歡逗他，總是笑得叫人移不開眼睛。他看著她，又重複念了一遍。

語氣還是毫無起伏，但目光凝視著她，眸中有少見的柔和，因此語氣至少不冰冷。

夏芍果然滿意地笑了起來，「不錯。」

徐天胤目光溫柔，唇角有淺淡的弧度。

吃過晚飯，趁天色未黑，夏芍換上制服，收拾好東西，由徐天胤開車送她去學校，但兩個人剛上車，夏芍就接到了艾米麗的電話。

「夏董，永嘉社區出事了。」

車頭一轉，徐天胤開車直奔永嘉社區。這時社區口群情激憤的狀況比前一天更激烈。艾米麗帶著一名員工在社區門口等，一見到夏芍下車就迎了上來。

世紀地產的人今天下午來過社區，不知為何對其中一戶開出高價補償款，那戶人家同意後，招來其他居民憤慨。居民們和那戶人家在門外對罵，聽說那戶人家已經報警。

那戶人家正是曲家，艾米麗知道曲冉和夏芍是同學，才會打電話給夏芍。

「妳們搬過來以後，我們對妳們一家不好嗎？為什麼要做這種出賣左鄰右舍的事？」

「白眼狼！」

「滾出我們的社區！」

「拿著世紀地產補償給妳們家的錢滾出去！」

曲家在二樓，不少人站在她家樓下，抬頭對著窗戶指指點點。曲家窗戶緊閉，過了一會兒，有人把窗戶打開，探出頭來的正是曲冉。

她對著下面的人吼道：「我們已經解釋過了，為什麼你們不信？世紀地產的人說給社區居民的補償款都一樣，我們才簽了合約，我們什麼也不知道！」

「呸！世紀地產的老闆出了名的愛錢，他會給我們這麼優惠的條件？妳們母女貪財就貪財，別裝無辜！」

「不是裝無辜就是傻，還念名校呢，書都白念了！」

「妳們母女別裝了，叫女兒跟黑道的人來往，不就是為了房子嗎？」

「真噁心，虧我們這些年來對妳們母女諸多照顧，都照顧到白眼狼身上了！」

「世紀地產的老闆肯白白給妳們家這麼多優待，指不定這錢要從誰身上出！」

社區的居民不知道為什麼就認定曲家裡拿多了錢，他們就一定會少拿，謾罵聲不止。簡直很難相信，以前和睦的鄰居會在一夕之間反目。

曲冉從未想過有這一天，聲音沙啞地哭喊道：「我們真的不知道，你們相信我們！」

「我求求你們有什麼事明天說好嗎？我媽媽身體不好……」

混亂中不知是誰撿起一塊石頭就往樓上砸。石頭砸在玻璃上，玻璃破掉，曲冉連忙往後躲，屋裡傳來曲母慌亂的喊叫聲，明顯是曲冉受傷了。

這時警車來了，居民們陸續讓開，夏芍趁亂擠過人群，上了樓。

曲冉跌坐在地上，額頭、手臂和腿上都有劃傷，曲母抹著眼淚幫女兒抹藥。夏芍敲門的時候，母女兩人嚇得戰戰兢兢的。從門後看只有夏芍和徐天胤，這才放心讓他們進門來。

曲母眼淚直掉，泣不成聲地訴說下午的事。

下午世紀地產的業務過來談合約，提出會補償給她家同一地段、同等面積的新房子一套，還給拆遷補償款。這麼優厚的條件，曲母一時沒反應過來，問為什麼條件這麼好，其他人是不是也這樣。對方回答社區的人都一樣，曲母沒有懷疑，當即就簽了合約。

簽完約，曲母歡喜地出門，想跟鄰居說這件事，讓還沒簽約的人也高興高興。誰知世紀地產的人根本沒跟別人接觸，事情很快就在社區裡傳開了。

大家都覺得曲冉跟黑道來往，讓世紀地產給她家好處。當初明明說好了，大家齊心，錢低了誰也不賣，以此迫使世紀地產提高補償款，沒想到曲家裡為了自家利益就不顧大家，才有了剛才夏芍看到的那齣。

曲冉蜷縮在沙發裡，茫然地道：「為什麼會這樣？我和我媽真的是被騙的，為什麼沒人肯相信？以前大家明明都很好，怎麼一下子變成這樣了……」

「都怪我不好！」曲母把女兒攬在懷裡，自責道：「媽只是想換新房子，補償款可以拿來裝修個更好的廚房……媽沒想到地產公司要是給這麼多人錢，他們還有什麼可賺？是媽蠢，一看這麼好的條件就昏頭了……」

「阿姨，您別自責了。從您家的立場上來說，同意並沒有錯，誰家會拒絕這麼好的條件？今天若是世紀地產找到其他家，相信他們也會簽約的。說到底，都是錢鬧的。」夏芍勸道。

曲母根本沒精力去想夏芍怎麼知道她家出事的，她抹了抹臉上的淚，「夏同學，謝謝妳來看小冉，叫妳看笑話了……」

夏芍搖搖頭，曲冉忽然站起來，抓起桌上的合約，朝窗邊走去。

樓下的居民們正在跟警察告狀，說曲冉跟黑道有來往，「警察先生，我們社區裡有人交了壞朋友啊，阿冉那孩子以前很好，自從交了壞朋友就……」

話還沒說完，頭頂砸下一本合約來。

曲冉像看陌生人似的，眼神冰冷地吼道：「拿去，誰要誰拿去！上面是簽了我家的名字，誰要是眼紅，儘管拿著去跟世紀地產討價還價，別來罵我和我媽！不就是要錢嗎？我和我媽給不了你們錢，想要錢去找能給你們錢的人！」

所有人還沒反應過來，警察便上樓來了，想到曲家了解狀況。

夏芍趁這時出來，去找等在走廊的艾米麗。

「妳立刻去辦我說的事，拖得越久，血盆照鏡凶局的影響就越深。」

艾米麗驚訝地問道：「您的意思是，今天發生的事跟風水有關？」

夏芍並未解釋太多，反問道：「妳站在這裡有什麼感覺？」

艾米麗一愣，看向潑了紅油漆的牆壁，心裡有些發怵。

「很不舒服，感覺壓抑，不知道這裡的人是怎麼在這種地方生活的。」

夏芍點點頭，「正是這個道理。壓抑、恐懼，長期住在這種地方，會受到很多負面的影響，情緒低落、抑鬱、煩悶，甚至是暴躁。心情不好，很容易遷怒他人。今天的事並非全是風水之禍，但風水絕對是助因。」

血盆照鏡的凶局本來就預示著血光之災，曲冉受傷正應在此。好在只是小傷，但如果繼續置之不理，這樣的事會接連不斷，遲早有更嚴重的事發生。

「世紀地產用這種陰損的手段騷擾居民，就是想讓他們內心惶惶不安，住在這裡不順心，早早簽了合約了事。」

艾米麗覺得頗有道理，趕緊離開去辦夏芍吩咐的事。

曲家發生這樣的事，曲冉本打算跟學校請兩天假，在家裡陪母親，但曲母不想耽誤女兒的功課，硬是要她回去，她只好跟著夏芍一起回學校。

下車的時候，校門口沒什麼人了，徐天胤把車停在旁邊的停車格裡。

夏芍正要打開車門，一輛敞篷跑車呼嘯著從後面飆過，車幾乎是擦著他們的車門滑過去，接著一個大甩尾，停在了校門口。

徐天胤迅速把夏芍拉回來，他冷著臉，當即要下車，夏芍按住他，搖了搖頭。

前面的敞篷跑車音響開得震耳欲聾，車上的兩男兩女像嗑了藥似的高聲笑鬧，還衝著徐天胤的車比著挑釁的手勢，吹著口哨。

夏芍眼神微涼，這情形可真熟悉。

豈止是熟悉，連車上的人夏芍都有印象。在她當李卿宇保鏢的期間，這人可是曾在山上被她教訓過。據說他父親是三合會的坐堂林別翰，母親姓李，跟李家沾著親。

林冠坐在駕駛座上，懷裡還抱著一個女生。那女生穿著聖耶女子的制服，不僅跟著林冠回頭對夏芍等人示威，還任林冠的手在自己身上遊走。

這人夏芍也認識，正是她的室友劉思菱。

這時天色很黑，劉思菱可能沒看見徐天胤車裡坐著的人，才會這麼囂張。

不過，事情很難，有的人更難說。

林別翰在幫中的職位，算是展若皓的頂頭上司，所以，劉思菱攀上林冠的話，會不會有高人一等的想法，真的很難說。

曲冉心情不好，夏芍也不想在校門口鬧出事來，因此懶得搭理她。她這邊沒反應，對方挑釁了一會兒就覺得沒趣。劉思菱下了車後，討好地說道：「林哥，下週人家等你喔！」

「行了，小騷貨，下禮拜過來接妳！」林冠笑罵一句。

劉思菱露出誘惑的笑容，扭著腰轉身進了校門。

林冠等人又衝徐天胤的車比了個鄙視的手勢，便開車揚長而去。

「師兄，別理這些小人，別生氣。」夏芍反過來安撫徐天胤。

徐天胤問道：「沒事？」

「沒事。就憑那些人，就算剛才我開車門他們才撞過來，我也能躲開。最不濟的，就是師兄的車倒楣些罷了。」當然，若是徐天胤的車真的被撞了，夏芍第一個饒不了那幫人。

夏芍讓徐天胤早些回去休息，便和曲冉進了校門。

直到看不見夏芍的身影，徐天胤才發動車子，卻是朝林冠他們的方向而去。

夏芍和曲冉走到一半，曲冉忽然一屁股坐在路邊的長椅上。她曲起腿，把臉埋在膝蓋上。

夏芍沒催她，陪著坐下，她知道今天的事對曲冉的打擊一定很大。

沉默了一會兒，她正想開口勸勸她，曲冉先開了口：「小芍，我做了蠢事，怎麼辦……」她聲音悶悶的，「我一生氣就把合約丟下樓……萬一那些人把合約撕了，我們算不算毀約？毀約的話，不僅現在的房子沒了，還有好多錢要賠。」

夏芍沒想到曲冉考慮的是這件事，她還以為她在為鄰居的辱罵感到傷心。

「原來妳在糾結這檔事啊！」

曲冉點點頭，「我太衝動了，當時滿腦子都是他們怎麼能這樣對我和我媽，我們又給不了他們錢，地產公司的合約又不是我們說了算。」

夏芍沒想到她會這麼快想到這一點，還能這麼快走出來。

曲冉抹了一把臉，抬起頭來，「妳不用擔心我，真的。這種事對我來說沒什麼，傷心是傷心了點，但最傷心的時候，我也已經在我爸去世時體會過了。那時候……判決的賠償金，我和我媽一分錢沒拿到，就被從家裡趕了出來，那些人是我的親奶奶、親大伯、親堂姊啊……我那時才十三歲，就已經知道什麼是人情冷暖了。現在這個房子，是我媽用多年的積蓄再加上跟朋友借的錢買的。這些年我媽身體不好，一直在四處打零工，賺了的錢除了給我繳學費、還債，就不剩下什麼了。我們家平時過得很拮据，但即使是這樣，我媽還是會省錢下來給我換新廚具。」

曲冉說話帶著濃濃的鼻音，聲音不大，卻字字敲在人的心上。

「我媽沒忘記我小時候跟我爸說過的要當全能廚師的話，我知道這些年我媽省吃儉用，那些中藥熬了一遍又一遍，直到沒味道了才捨得丟掉，就是為了買新廚具給我。我只能裝作很高興，我高興了，她才會高興。」

「除了讀書，我所有的時間都放在磨練廚藝上，做出來的東西都會送給左鄰右舍吃。那些爺爺奶奶、叔伯嬸嬸常誇我做的菜好吃，也很照顧我媽。不是有句話叫遠親不如近鄰嗎？我覺得真的是這樣的，卻沒想到……」

「可能是因為以前大家相處沒牽涉到錢吧，沾了錢，什麼就都不一樣了，以前我奶奶和大伯父也是這樣。」曲冉吸了吸鼻子，笑得很難看。

「不過，妳不用擔心我，我真的沒事。我想通了，鄰居們是對我和我媽不錯，可我們也對他們很好，說到底誰也不欠誰。親人的打擊我都熬過來了，沒道理讓非親非故的人打擊到我。明天開始，我還是有衝勁兒的肥妹。」

曲冉看著旁邊聽她吐苦水的夏芍，問道：「妳會不會覺得我很天真？可是，我覺得天真一點好。我爸說過，一個好的廚師做的菜是能品出情感來的，我要是滿腹委屈、不平和怨恨，我做出來的菜一定不好吃。我寧願天真一點，這樣才能給喜歡我的菜的人帶來愉快。」

夏芍深深地看了曲冉一眼，在她眼裡看到的不只是天真，還有積極樂觀和堅韌堅強。

夏芍笑道：「妳父親若是還在世，一定是位很偉大的廚師。」

曲冉聽到夏芍誇獎她父親，自豪地笑了起來，「那是當然，不然我媽當年也不會看上他，我也不會這麼崇拜他。」她伸伸腿，從長椅上站起了起來，深呼吸幾下，「好了，說出來就好受多了。這些話我憋在心裡好久，小芍，今天很謝謝妳。」

夏芍說道：「謝我幹麼？是妳自己想通的。」

「可是，我還是沒想通……妳怎麼知道我家出事了？」曲冉滿臉的疑惑。

夏芍挑眉一笑，「妳忘了我懂風水？我掐指一算，就算出妳今天有難了。」

曲冉笑道：「那妳掐指給我算算，看我什麼時候能名揚美食界，讓我媽過上好日子？」

夏芍似模似樣地掐指算，她當然不是真的在算，只是開玩笑的，「嗯……妳高中畢業的時候，一定就很有名氣了。」

曲冉以為夏芍在說笑，過來撓她，兩個人笑鬧著回宿舍。

劉思菱已經卸了妝，剛從浴室出來，見曲冉額頭和膝蓋都受了傷，挑眉道：「喲，肥妹，誰打的？有人欺負妳，我幫妳擺平！」

「沒事。」曲冉在校門口也是看見了劉思菱和林冠的噁心舉動，不冷不熱地回了一句，就讓夏芍先去洗澡。倒是夏芍向來是看書看到熄燈再摸黑去洗澡的，曲冉知道她這個習慣，說不過她，只好自己先去。

劉思菱卻涼涼地笑道：「學校跟社會是不一樣的，什麼事都靠打架解決，那是幼稚的做法。妳看有錢有勢的人，誰會自己出手教訓人，不都是花錢請保鏢請打手嗎？」

這些話劉思菱以前是不敢說的，現在她攀上了三合會坐堂的獨生子，情況不一樣了。

夏芍和曲冉都懶得理她，小人得志，越理她，她越覺得自己有存在感。

劉思菱唱了一陣獨角戲，見夏芍和曲冉看書的看書，洗澡的洗澡，不由臉色青紅，卻不敢太放肆地發作。畢竟這裡是學校宿舍，她要真把夏芍惹煩了，誰也不能從學校外頭衝進來救她，到頭來還是她吃虧。因此，她撇了撇嘴，鬱悶地上床去了。

第二天一早起來，曲冉果然是恢復如常，夏芍這才放了心。

其實曲冉還是擔心合約被撕人，但社區居民並沒撕合約，而是一大早就拿著合約聚集在一起，到世紀地產的公司門口抗議去了。

世紀地產的人對他們的態度算不上好，保全把他們攔在外頭，連大廈的門都沒給他們進。裡面出來一名主管，話只有一句：「我們世紀地產收購的又不是一處兩處了，沒見過像你們這麼鬧騰的！快走，再擋在這裡，我們就打電話報警了！」

永嘉地區的居民們激動得破口大罵，引來不少路人圍觀。

世紀地產卻還是老話一句，補償款就那樣，合約愛簽不簽。

什麼？曲家為什麼有這麼好的待遇？

因為曲家跟三合會的人是朋友，你們是嗎？不是的話，別做夢了！

居民們氣不打一處來，罵罵咧咧，鬧著不肯走，直到警察來了，大家才慢慢散了。

只是，回去之後，眾人心裡都堵得慌，聚在一起商討對策。討論來討論去，誰也沒拿出解決辦法來。除非是三合集團或嘉輝集團插手收購案，否則在香港沒有人有實力跟世紀地產對著幹。要麼忍痛簽約，要麼就跟世紀地產打官司，但打官司耗時耗力，還不一定能成。

正當大家感到哀怨的時候，永嘉社區來了幾個人。

為首的是一名年輕的混血兒，她身後跟著三名穿西裝的人，自稱是艾達地產公司的總經理，來想詢問社區收購的事宜。

艾達地產公司？

眾人茫然，但當聽了艾米麗的自我介紹後，更懵了。

大陸來的公司，這……沒問題嗎？

就算是本地的公司，也沒有敢跟世紀地產對著幹的，何況是大陸來的？強龍不壓地頭蛇，跟世紀地產爭，吃了熊心豹子膽了？而且，他們有沒有能力開發好，這還是未知數。

大家對艾達地產有諸多疑惑和不信任，但當看見艾米麗提出的收購條件後都心動了。

雖然沒有世紀地產開給曲家的那麼優厚，但也很不錯，至少比世紀地產高出了五成。

「簽，為什麼不簽？這個價碼世紀地產十年裡給任何一家社區的收購價也沒有這個數，我們跟他們耗了大半年，今天他們還是不肯改條件。再談下去，他們那麼大的公司，當然是拖不垮，我們這些人卻是沒那麼多精力。只管把合約簽了，拿到了錢，我們該搬走就搬走，至於這家大陸公司能不能做下去，誰管那麼多？反正我們錢拿到就好。」

「可是小冉家裡……」

「還提她做什麼？她們家自己跟世紀地產簽的合約，就讓世紀地產拆她們那一家吧！」

許多人當場就做了決定，另有一些人在考慮了一晚後，第二天也同意簽約了。

直到轉投別家，還是有人時不時看一眼曲家。有的人唏噓，有的人冷嘲，曲家吃裡扒外，等著社區拆遷的時候，就有好戲看了。

眾人卻不知道，艾達地產的人早就找上曲冉的母親，提出跟世紀地產同樣的條件，曲家若是涉及違約賠償，將由艾達地產承擔。

曲母既意外又震驚，但這回她不敢再馬上同意了，她打電話女兒，跟女兒商量。曲冉在得知以後也很意外，把事情跟夏芍說，問道：「妳說這艾達地產為什麼要給我家這麼好的條件？違約金他們也負責賠，妳說這其中會不會有什麼貓膩？」

「有什麼貓膩？」夏芍挑眉，笑得悠哉，「合約就是合約，白紙黑字，還怕對方賴帳？」

「可他們跟我家非親非故的，為什麼願意幫我家付違約金？」

夏芍還是笑，「妳要知道，收購了你們社區，違約金和補償款那點錢都不過是前期投資，若是地產公司連這點利潤都賺不回來，何必定這個收購案？幫妳家付違約金，只是為了讓妳家快點把合約簽了，社區居民的合約都在同一家公司手中，人家才好快點開工賺錢。」

曲冉聽聽她這麼一分析，覺得很有道理。應該是她家礙著艾達地產賺錢了，他們才用錢買通她家。只是她就是覺得奇怪，也說不上來是什麼，就是覺得夏芍好像很懂似的。

她看了夏芍一眼，夏芍完全不在意她探究的眼神。

沒多久，永嘉社區的開發案被突然殺出來的艾達地產搶到手，瞿濤頗為震怒，「艾達地產？香港的地頭什麼時候冒出這家公司？給我查！」

以世紀集團的資產和人脈，要查艾達地產並不難，僅一天的功夫，資料便送到了。

瞿濤盯著資料上女子的照片，「德裔？大陸？」

只來港十天，就從世紀地產手上咬下一塊肥肉來，膽子真不小。

聽聞艾達地產的老闆艾米麗是中德混血兒，美國知名大學的企管碩士。兩年前從德國到中國發展，作風雷厲務實。經典案子是收購大陸青市某個黃金地段的地標，那塊地傳聞挖掘出金代大墓而頻頻出事，艾米麗不懼邪鬼之說，果斷買下，賺了不少錢。艾達地產以此起家，在兩年內拿下青市多處地標，勢頭很旺。據某商業週刊預估，艾米麗的身家應該在十億左右。

瞿濤笑了笑，十億就敢跟世紀地產強碰？天真的女人！

「哼，這麼短的時間，他們肯定還沒拿到審批，手上只有居民的拆遷補償同意書是沒用的。打電話約地政陳署長，我請他吃飯。」瞿濤對進來的高階主管說道。

「是。」高階主管點頭，「地政署不批，拿到同意書有什麼用？香港雖然是法治社會，但也講人情往來。以為有居民的同意書就能拿到審批？笑話！她就沒想想，拿不到審批，要賠多少違約金給居民嗎？」

瞿濤冷笑道：「新註冊的公司，又是內地來的，先拿到同意書再申請審批，確實比較容易過關，這個女人這點上還是有點見識，可惜還是太天真了。就這點身家還想跟我們幹，哼！」

高階主管也跟著笑，臨出去時卻想起一件事來，「對了，董事長，陳署長最近正被廉政署的人調查，未必會見我們。若是他不肯見……」

「不涉權錢交易，只是跟朋友吃飯，廉政署的人還能妨礙公民正常來往嗎？」瞿濤哼笑一聲，「陳署長要是不應，那就找寧主任。」

「是。」高階主管應下，這才出了辦公室。

瞿濤看著艾米麗的照片，不屑地笑了笑。

與此同時，坐落在皇后大道，高近三百米的三合集團總部大廈，裝潢氣派的董事長辦公室，氣氛相當詭異。

戚宸正看著下面的人送來的某個少女的資料大笑，展若皓、韓飛和洪廣面面相覷，大哥怎麼了，中邪了嗎？

資料上有不少少女穿著旗袍含笑而立的照片，戚宸自認見慣了漂亮的女人，看多了就沒什麼感覺了。可是看到少女各種角度的照片，他的腦中頓時閃過「美人」兩個字。

而且，這個美人出身小康家庭，白手起家，一手創立華夏集團，曾幾度轟動內地商界，被譽為傳奇的少女。在青省她的名字家喻戶曉，在內地她的名字如雷貫耳。

然而，香港沒人知道她。

她在名校聖耶女中讀書，看起來默默無聞。

當然，只是看起來而已。

戚宸森森地笑了起來，開學就打服了阿南的事先不算，他是不是可以把前陣子香港風水界的風雨都算到這個女人頭上？

今天再看不出來，他戚宸就白混了。

唐老在半個月前去了戚家，對那晚在余九志家裡的事做出解釋。

他說，一來一往，扯平了。

哪門子的扯平？

唐老沒細說，只說在他還不知情的時候，曾對那個女人下過殺手，而他的大弟子正是因為這件事，才在後院對他動手。

他曾對那個女人出手？他怎麼不記得？

唐老不肯說她的身分，連真容也不透露，他不知有多鬱悶，但那天唐老親自登門致歉，又是因為久別重逢，爺爺激動得不得了，還當場訓了他一頓，要他日後不許記恨。
這件事不了了之，他多番調查，這個女人卻像是人間蒸發了一般。
踏破鐵鞋無覓處，得來全不費功夫。因為阿南被打，他竟然摸著了她的蹤跡。
他非常確定是她。
夏芍這個名字，他本來就覺得好像聽過，在拿到資料的瞬間，想起了華夏集團。當初幫裡有消息稱龔沐雲莫名其妙去參加內地的企業家年會，聽說他與華夏集團的年輕董事長走得近。戚宸那時並未看華夏集團的資料，甚至聽下屬報了名字也沒往心裡去。無論是男是女，叫什麼名字，在他眼裡，龔沐雲在意的人就等於死人，他從來對死人的事不感興趣。
可是，那次暗殺行動失敗了。派去的人都死了，女殺手倒是被送了回來，只是手腳扭曲，不成人樣了而已。
後來他在國外出了一次邪門的事故，險些喪命。要沒有唐老在他小時候給他的護身符，他的命只怕不保。之後他休養了一段日子，再後來，龔沐雲跟美國黑手黨傑諾賽家族的二公子傑諾聯繫上，他從中阻撓，精力都放在了美國那邊，對刺殺未死的華夏集團的董事長，壓根兒就懶得再去想。
他從來沒想過，他會遇到她。
她竟然在內地的上層圈子裡是很有名的風水大師，她跟龔沐雲交情很好，現在還在香港，而且，她也姓夏。
戚宸只知她姓夏，卻不知道她的名字。
但風水師、龔沐雲、香港、姓夏，哪有這麼巧的事？

女人，終於讓我找到妳了！

戚宸大笑起來，笑得很暢快，笑得很陰森。

在香港攪動風雨，余王曲冷都被妳拔了，妳卻突然躲回學校上課。

戚宸一掌拍在資料上，看向展若皓，狂妄地道：「聽著，誰都不准找她麻煩，除了我！」

展若皓、韓飛和洪廣都呆住。

「大哥，她害小南剃光頭。」展若皓抿著唇說道。他並非質疑戚宸，但關乎親妹妹，他怎麼也得說句話，「我可以不以三合會的名義找她麻煩，但我必須找她談談。」

戚宸心情很好地道：「我找她談，我幫你教訓她。」

「大哥？」展若皓愣住。

洪廣張著嘴，韓飛則挑了挑眉。

大哥對這女人有興趣？太有趣了！

戚宸走到窗邊，看向聖耶女中的方向，吩咐道：「把這個週末空出來，我們去逮人。」

夏芍不知道自己的身分已被識破，但她得知了另一件事。

艾米麗打電話給夏芍，說道：「夏董，永嘉社區的開發申請已經遞上去了，但是地政署那邊沒批，理由是我們是內地企業，還不太了解香港地產運作，永嘉社區在旺區，怕我們做不好，影響市容。總之，他們的意思是，還是交給本地的地產公司開發比較好。」

「這是誰的批覆？」夏芍問。

「一位姓寧的主任。」艾米麗道。

夏芍笑了，「不必理他，這事交給我。妳繼續準備新聞發布會，週末照常召開。」

夏芍這麼說，自是有解決的辦法，艾米麗從來不懷疑她的神奇能力。

夏芍放下手機後，趁著下課時間，去了一趟校長室，跟黎博書請假，「校長，下午放學後，我想請假外出，晚上查寢前會回來。」

夏芍之前請了兩個月的長假，便是以公事務纏身為由，現在她一說要請假，黎博書便想著定是公司的事，這便笑了笑，關切地問道：「公事雖然重要，但也要注意身體。身體是革命的本錢嘛，妳就早去早回吧。」

夏芍笑著謝過，去教務處找林主任開假條。林主任對夏芍是很有意見的，見夏芍來請假，臉色不好看，但也沒辦法，校長親自打電話吩咐過她，她只好板著臉照辦。

下午放學後，夏芍就離開學校，但沒走遠，只是去了學校附近的一家咖啡廳。

夏芍報了名字，服務生便帶她來到二樓盡頭的一個包廂，有個中年男子焦急地等在裡面。中年男子身材微微發福，在包廂裡來回走，一見來了，卻是愣住了。

「妳是……」

夏芍徑自走進去坐下，對服務生道：「我不要咖啡，給我來一壺碧螺春。」

服務生點頭退出去，夏芍看了中年男子一眼，笑道：「陳署長，月前你抽中第十三卦，我斷你定有官非纏身，求名不準。如今再看你，眉黃眼昏，天倉發青，看來你這官非若不好生處理，恐怕會有牢獄之災。」

陳達驚愕地道：「妳……妳怎麼知道？」

夏芍笑笑。這人名叫陳達，她在余家跟余九志鬥法解卦那晚，他就在場。巧的是，他便是地政總署的署長。

夏芍也沒想到，她本是隨口說了一句日後有事找她，對方便上了心，還給了她名片。她從校長室出來後就打電話陳達，陳達接到夏芍的電話很是驚喜，並答應會準時赴約。

陳達早就想找夏芍了，奈何余家那晚之後，沒多久夏芍就消失了。

他不是沒想過去老風水堂找唐大師或張大師幫忙化解，但兩位大師很忙，尤其是唐大師，很多人找他敘舊，他的預約早排到了年後。張大師也一樣，老風水堂缺人手，莫說是大師了，就是普通的風水師，也是整天忙得腳不沾地。

可是，他的事等不到明年了。

正當他以為沒救了的時候，意外接到了夏芍打來的電話。

這可稱得上是意外之喜，陳達哪有推拒的道理？連明天都等不了，就約定今晚見面。

只是，看到夏芍穿聖耶女中的制服，長相也跟那晚在余家看到的不一樣，有那麼一瞬間，陳達背後直冒冷汗，以為自己是中了對手的圈套。說不定對手是設了個局給他，要汙蔑他在此私會未成年少年，但下一刻對方說的話叫他呆了，她說出那晚他抽到的籤。

這到底是怎麼回事？

夏芍沒有急著說話，等到服務生碧螺春送上來，她親自倒了一杯，推給對面的陳達，這才笑道：「我因為某些原因，當時不能以真容示人，此時事了，才恢復本來的長相。」

陳達張嘴，她的意思是，她就是唐大師的徒弟？

「夏大師，真的是妳？妳是唐老的……」

「我師父是唐老。」夏芍笑著伸出手，禮貌地道：「我叫做夏芍。」

陳達趕緊跟她握手，夏芍卻順勢扳過陳達的手，看著他的手心，「掌硬，灰氣繞月角，土星有青光，乾宮暗，女禍。太陽線現訴訟紋，官非涉及金錢，但並非受賄，而是被人抓了把柄，倒楣受牽連。」

陳達登時收回手，臉色大變。

夏芍說道：「陳署長，勞煩生辰八字給我看看。」

陳達見夏芍只是看了他的手心就全說中，不敢再有懷疑，趕緊寫了自己的八字遞過去。

夏芍看著陳達的八字，片刻後一笑，「根據你的命盤來看，你今年帶絞煞，婚姻不利，犯小人。而且官非惹的是上司。」

陳達又是一驚，顯然夏芍又說對了。

夏芍斂起笑容，又道：「陳署長，剛才我斷你有女禍，現在說你婚姻不利，說的可不是一個人。你雙眼眼角處有條黑線，山根呈雜色，人中微赤，你有婚外情。」

陳達已經不知道怎麼反應了，夏芍斷他三次，三次全中，他還能說什麼？

夏芍端起茶來淺啜一口，緩緩說道：「你今年諸事不利，口舌是非不斷，上司看你不順眼，背後又犯小人。可你要知道，凡事有因才有果。你未曾受賄，誣告之事自會無果。你的作風問題，卻是擺在那裡的。你如今困倉色澤青暗，我看這次，官災是跑不掉了。」

「啊？」陳達這才從震驚中回過神來，急得站了起來，「大師，妳一定要救我！我都四十歲了，本來想著在退休前從地政總署升去發展局，可是……被對頭在後面捅了一刀，舉報我受賄和外遇，現在我正接受廉政署的調查！大師，請妳一定要指條明路給我！」

夏芍低著頭，又喝了一口茶。

以前她幫的政界名流或許都是些老狐狸，但都很重視名節，在作風上沒什麼問題，今天這陳達卻不太一樣，他有婚外情。

從個人喜好上來說，她不太願意幫他。

但且不說此時她有用得著陳達的地方，就說陳達這次的官災，他未必就避不過。

從他的八字來看，他的命中有兩次太乙貴人相助，而他的婚姻，從面相和剛才的手相上來看，也是很複雜。不如聽他怎麼說，若真是個不值得救的人，不救也罷。

反正，她也並不是非他不可，她也可以找地政署的上級發展局的人。以前段時間她在風水界的名聲，不愁人家不樂意。

陳達見她不說話，以為他這次真的是躲不過，不由一屁股癱坐到椅子上。

「大師，我這次是不是真避不過了？」他垂頭喪氣地坐著，看不出神色。半晌，他竟是笑了，情有說不出的頹廢，喃喃道：「我就知道，我這輩子就毀在這個女人手上了……」

「哪個女人？」

「除了我老婆，還能有誰？」陳達抹了把臉，「大師說我婚姻不利，呵，我婚姻就沒利過。我們兩個人結婚，根本不是我自願的。她家是香港有名的政商名門，叔伯都身居高位，兩個哥哥是很有手段的企業家。當年，我父親做生意失敗，被債主逼得要自殺，她哥哥來我們家替她做媒，說是如果我答應娶她，我們家的債務就由他們幫忙清償，而且還會出資給我父親繼續做生意。我是個男人，怎麼能同意這種婚事？他們家雖然沒叫我入贅，婚後卻叫我住到他們家去，這跟入贅有什麼兩樣？我要是同意了，我這輩子就得欠著他們家，看他們一家的臉色過日子，我活著還有什麼尊嚴？」

陳達說到此處，情緒激動，隨即又黯然，「只是，我父親拿命逼我，我不能眼睜睜看著他被債主逼死，最後只好同意，可是……」

陳達深吸了好幾口氣，才說道：「可是，結婚的時候，我剛大學畢業，她已經三十歲了。她比我大了七歲，我們兩個之間能有什麼共同語言？」

夏芍給人的感覺很成熟，再加上陳達也是憋在心裡苦悶許多年了，今天若不是感覺無望，只怕到死他也不會跟人提起這些。

夏芍點了點頭，陳達眉毛上下交疊，確實是老妻少夫之相，而且剛才觀他手相，金星帶包裹無名指，他的妻子必定性情剛烈。

果然，陳達冷笑一聲，「要是沒有共同語言倒也還好說，她性子烈，裡外大權全是她管著，我們從結婚到今天十七年了，她就沒消停過一天。三天一小吵，五天一大吵，我實在是被她壓得透不過氣。我知道當年要不是她兩個哥哥肯幫我父親還債，我父親可能已經被逼死了，我和我媽可能到現在還為了還債窮困潦倒，可我寧願這錢是他們家借的，我寧願想辦法還他們，也不願意拿婚姻當作交易。這是交易，是施捨。」

陳達激動地拍桌子，「我被施捨了那麼多年，沒有一天在他們家人面前抬起頭過。」

陳達覺得自己動作太大，停了一會兒，接著說道：「後來，我考公務員，去讀夜校，想做出一番事業來，不想再受他們家施捨，但是我考試的時候她又想插手。她叔伯都是有名望的高官，想給我走關係，讓我進入政府部門當官。我當然是拒絕，所以我們兩個又大吵，她嫌棄我沒有她家關照，只能在政府部門當個小科員。我說我寧願從小科員開始做起，她卻覺得嫁一給個小科員辱沒了她名門千金的身分。我說我們可以離婚，我爸欠他家的錢，我死也會想辦法還清，可她不同意，我們鬧得不歡而散。最後我還是從小科員做起，慢慢升到了現在的位置。」

「陳署長，恕我直言，你的經歷確實令人唏噓，但這不能成為你出軌的理由。你既然走到今天不容易，就更應珍惜今天的一切才是。你不會不知道，婚外情一旦被揭露，於你的仕途會有礙吧？」夏芍說著，給自己和陳達又添了茶。

「我為什麼不能找自己喜歡的人？是她先背叛我的！」陳達像是被刺中了痛處，眼底有了血絲，「我們本來感情就不好，我慢慢做出成績之後，在外面買了房子。本來我想著終於可以抬起頭來像個男人了，她卻嫌棄房子不夠闊氣，丟她的臉。我們又吵了一架，那一次吵得最凶，她摔門而去，我們分居了一段時間。有一次，我出差到外地，卻看見她和一個年輕男人摟摟抱抱，神情親暱。」

「我事後問她，她自己也承認了，從那以後我們就徹底分居了。我提出過很多次要離婚，她都不同意。她娘家很有勢力，讓我想起訴離婚都不成。她有她自己的公司，我也有我的事業，既然她在外面養男人，我為什麼不能找女人？」

陳達冷冷一笑，「這次我被人在背後捅刀子，舉報我的是誰，大師可知道？就是她。她這是想毀了我。好，既然她想毀了我，大不了我跟她同歸於盡，反正我這輩子早毀在她手上了。」

陳達認定自己難逃一劫，頓時發了狠。

夏芍無聲嘆息，「陳署長，原本我見你是因外遇而惹上官非，本不想介入這種因果，但既然這樣，我倒是可以告訴你，你未必能應這次官災。」

陳達本來心如死灰，沒想到夏芍竟來了這麼一句，他頓時愣住了。

「夏大師，妳……妳有辦法救我？」陳達眼中迅速燃起希望。他摸爬滾打那麼多年了，已經名利雙收，如果不是被逼到了絕路，他怎麼也不會去想跟妻子同歸於盡的事。

夏芍高深一笑，「我沒辦法救你，但是有人卻有。」

陳達趕緊問道：「誰？」

夏芍還是笑得高深，指了指放在桌上的八字，「能救你的人是你命中的貴人，這個人是誰不好說，或許你認識。」

「我？我哪認識？」他要是知道誰能救他，現在還需要坐在這裡求風水大師？

「大師，妳說我命裡有貴人，到底是誰，勞煩妳給我指條路吧！」陳達急道。

夏芍慢悠悠地道：「這人你或許見過。我只是說或許，因為你八字中有兩個天乙貴人。所謂天乙貴人，乃是四柱神煞之一，其神最尊貴，所至之處，一切凶煞隱然而避。這兩次助你的是不是同一個人，現在還不好說。我只是問問看，你年輕的時候應有一劫，那人曾經幫過你。你想想看，他這次還能不能幫到你？若是幫不到，我再用其他方法幫你算算。」

陳達有點懵。

「我年輕的時候有一劫？大師說的是什麼時候？我以前最大的劫難就是我父親生意失敗的時候，那時候是靠我妻子的哥哥才還清債務。大師不會是想說，她大哥是我的貴人吧？我可真沒感謝過她家。」陳達苦笑一聲。

夏芍搖搖頭，「不是那年。你結婚時是二十三歲，但你那一劫應在二十八歲那年。你的八字中，二十八歲、四十歲都有大劫。正應兩次天乙貴人之相，你好好想想。」

「二十八歲？」陳達仔細回想了一下，還是搖頭，「我那年過得很平順，沒什麼大事……」

這次換夏芍愣了。

「十多年前的事了，陳署長這麼肯定那時沒事？你再好好想想。你四十歲這年正應八字中的一劫，二十八歲那年必定有。我再說清楚一點吧，應該是你仕途上的事。」

「仕途？沒有，肯定沒有。我當了官就沒遇到過什麼波折，除了今年。」

陳達覺得很奇怪，從他進門開始，夏大師所斷之事都很準，怎麼這次不準了？

夏芍也覺得奇怪，但她不認為是自己看錯了，「陳署長，你可知道，你的八字中含破軍、絞煞。破軍乃北斗第七星，司夫妻、子嗣與奴僕。男人若有破軍之命，則是老妻少夫之相，命主納妾，所以你有外遇這段姻緣，我一點也不意外。再者，破軍之人，事業上很難有大進展，特別是在升職的時候，常遇小人阻礙。如遇流年大劫之年，沒有貴人助你，你是度不過的。」

夏芍敢肯定，自己沒有斷錯。

要麼是陳達遇到了這名貴人他忘記了，要麼……就是這位貴人暗中幫了他，他並不知道。

陳達聽了夏芍的話，感到相當震驚，原來自己的先天命理竟是這樣。

「可是我的官路真的一直很平順，我真的沒有遇到過這位貴人。大師，是不是我想不起這個人來，這次就沒救了？」陳達問道。

夏芍卻陷在自己的思緒裡，暫時沒有回答。

其實陳達的八字很普通，並非大富大貴之命。他能有今天的成就，已經很好了。後天的許多因素都對他起到了幫助作用，這些幫助他的，便是他命中的貴人。

這貴人是必然存在的，如果不存在，陳達的成就不會到達今天這樣。

而一個能對他的先天命理起到幫助的人會是誰？

夏芍忽然靈光一閃，對陳達道：「陳署長，你可記得你夫人的八字？」

陳達微愣，他確實記得，當即寫下來遞給夏芍，「大師，妳要她的八字做什麼？」

夏芍沒回答，她看到陳夫人的八字，先是一愣，接著了然，再接著便是搖頭苦笑了。

陳達驚疑不定，「大師？」

夏芍放下陳夫人的八字，感慨地道：「陳署長，你命中的貴人找到了。」

這話很直白，陳達不笨，立刻就聽明白了，但這對他來說卻如遭五雷轟頂，「大師，妳的意思是，我命中的貴人是她？別開玩笑了！」

「我不會拿這種事開玩笑。陳夫人命帶紫薇星，確實主統治慾，為人強勢，妻奪夫權，但女命主夫榮。」夏芍笑道。

「她絕不可能是我命中的貴人！」陳達激動地道：「我不用她幫忙，我的人生就是被她毀掉的！她向來見不得我好，她毀了我還來不及，怎麼可能會幫我？」

夏芍笑得意味深長，「她為什麼要毀了你？你是她丈夫。」

「還不是因為我在外面有女人？」

「那之前呢？你出軌應該是這兩年的事，之前呢？」夏芍挑眉問。

陳達冷笑，「我怎麼知道？我曾想過她是不是跟我有仇？」

「她跟你有仇，可以用別的辦法報復你，值得她賠上自己的婚姻，把你綁在身邊折磨你嗎？」夏芍笑得耐人尋味，「陳署長，恕我直言。依陳夫人家族的榮耀，她雖當時已經三十歲，可出身名門，聯姻也好，縱使不嫁，家中也養得起她，她為何就看上你了？」

「我……我怎麼知道？我根本就不認識她！」陳達瞪著眼。

「你不認識她，她卻偏偏看中你。你們結婚這麼多年，難道你從來沒問過她原因？」

「問……有什麼好問的，反正我是賣給他們家了。」陳達擺擺手，顯得很煩躁，「反正我們之間除了吵架，就沒別的話好說。大師，妳說這些，跟幫我化解這次的官災有什麼關係？妳別告訴我，要我去找她幫我，打死我也不會去求她！」

夏芍搖頭嘆氣，「陳署長，雖然我可以明白告訴你你命中的貴人就是你的夫人，你想化解這次官災，只能請她出面，然後我便可以甩手不管，反正該說的我已經說了，但就當是我多事吧，我多說一句，我猜陳夫人對你是有感情的。」

「感情？呵呵，笑話！她對我有感情，她會對我呼來喝去，天天跟我吵，從結婚到現在，沒一天讓我消停？」

夏芍的話令陳達變得很焦躁，他並非煩她多管閒事，而是對多年一直憎恨的人就是自己命中貴人的事接受不了。要他去求她，他寧願丟官去職！

夏芍反問道：「可你也沒對她好過，不是嗎？」

陳達的冷笑一滯。

「從結婚那一天開始，你就沒給過她好臉色。冷淡、漠然，甚至是敵視。人的心都是肉長的，天下沒有哪個男人能接受得了妻子對自己呼來喝去，可天下也沒有哪個妻子能接受得了丈夫對自己長期的冷待。」

夏芍雖然沒見過陳夫人，但從她的八字可以看得出來，她雖然強勢，但其實待人熱情，很有責任感。而陳達的八字也能看出，他當年算是高材生，應該是很有才華的年輕人。即便他今時今日身材略走樣，可若不論面相，氣質也算得上不錯。

陳夫人當初或許是被他的才氣吸引，然後打聽到他的事，得知他父親生意失敗，家計艱難，便想出了這麼個替他家還債求取婚姻的法子。

也許她也知道這個方法傷他的自尊心，卻沒有勇氣向他表露心意，因為兩人相差七歲，本來是勇往直前的人，在這件事上莫名退縮了。她沒有自信，認為會被拒絕，就習慣性採取掌控的姿態，用交易換來婚姻。

婚姻果然並不美好，結了婚她才知道他是個自尊心很強的人，他答應結婚，卻沒有給她感情，對她冷淡漠然。她從小錦衣玉食，沒受過這樣的冷待。為了引起他的注意，她開始找碴，而找碴的結果是他開始敵視她，兩個人從相敬如冰，到了一見面就吵架。

一吵便是十幾年，直到長期分居，用別的感情來填補婚姻的失意。

她對他的出軌一定是極為憤怒的，她氣得去舉報他，卻還是不願意離婚。即便兩人的婚姻早已名存實亡，她心中許還保留著當年一見傾心的情意，妄想著哪怕是一紙婚約也好，至少這個男人屬於她。

而陳達，長年對妻子有成見，甚至是憎恨，但……卻未必沒有感情。

夏芍淡然一笑，「陳署長，莫怪我多言。婚姻的事，從來就不是一方的過錯，因為婚姻綁著的是兩個人。幸福或者是不幸，都是你們兩人共同經營的結果。」

陳達垂下眼，一言不發。

夏芍喝了口茶，繼續說道：「再說，在我看來，陳署長對陳夫人未必沒有感情。」

「我？」陳達無語地一笑，「我對她有感情？」

「不然呢？」夏芍意味深長地說道：「剛才我問尊夫人的生辰八字，你可是一下子就寫給我了。要知道，很多人連自己的生辰八字都記不住，何況是記別人的？」

陳達一愣，扯著嘴角笑笑，「這有什麼，當初我們結婚之前定日子，我跟她要過生辰八字，找風水大師算良辰吉日用的，所以才會記得。」

「是嗎？都十幾年前的事了，你的記性可真好。」夏芍笑著打趣。

「我……我記性……本來就好。」陳達說得很沒底氣，望著桌上妻子的八字，心情很亂。

夏芍將寫著兩人八字的紙併在一起，「若非看你們是天命姻緣，我才懶得管這閒事。」

陳達夫妻之所以一直離不了婚，固然有女方不同意的原因，事實上卻是，兩人是天命姻緣，本就離不了。陳夫人命帶紫微星，婚姻雖不如意，卻不會輕易離婚。

陳達不懂天命姻緣為何意，但聽著也知道是上天註定的意思。

他看著兩張八字發呆。

夏芍笑了笑。

這兩個人都是這麼倔強，誰也不肯放下身段，才會走到今天這個地步。

「陳署長，去找你的夫人吧。能攤開來說最好，你可以不必放低姿態，只要你語氣軟些，我相信她一定願意幫你。」

陳達張了張嘴，好半天才出聲。不像剛才那麼激憤，而是有些自嘲，「我去哪兒找她？她在外面的房子我從來沒去過，也不知道在哪裡。」

「這個好辦。」夏芍看著牆上的鐘，「按照你提出想見她的這個時間來算算局象……」

夏芍拿出紙筆，在上面寫寫畫畫。陳達是看不懂的，他只看到一連串的阿拉伯數字，其實這是夏芍在利用奇門遁甲之術，以日期時辰的天干地支相加之術卜算吉凶。

不一會兒，她就在一連串的數字裡找出合適的吉數，「你明天出門，早上十點往西方走。起造營昌，升官發財，萬事吉祥。只是有一點你要記住，莫搭車。避開與金有關的交通工具，則出門見吉，必遇貴人。」

陳達眼睛發直，就這麼寫寫畫畫，就能幫他化解這次的官災？

事實上，夏芍雖然算的是日期時辰的天干地支，可她算的時辰並非按照香港當前的時間，而是按照香港的真太陽時。

現代人常用的計時是平太陽時，即假設地球繞太陽是標準的圓形，一年中每天都是均勻的。京城時間就是平太陽時，每天都是二十四小時。而如果考慮地球繞日運行的軌道是橢圓的，則地球相對於太陽的自轉並不是均勻的，每天並不都是二十四小時，有時候少有時候多，考慮到該因素得到的便是真太陽時。

簡單說，就是太陽在每個地區的升落時間不一樣，每個地區都有每個地區的真太陽時。古代沒有所謂的京城時間，先人在計時的時候用日晷，利用日影測得時刻。每個城鎮的日影升落不一樣，所以古人用的就是真太陽時。占卜師在占卜時，取的也是當地的真太陽時。真太陽時與地球實際運行的軌道相對，磁場影響也就是最準確的。奇門遁甲卜算吉凶，用的必須是真太陽時，這樣結果才會準確。

夏芍跟陳達說明天早上十點出門，自然是為他把真太陽時的時間換算回來。

「按我說的時間去做就好，別晚了。」夏芍說完，站了起來，「好了，耽誤的時間比想像中的久，再不回去，學校就要關門了。我先走了，預祝明天陳署長能有收穫。」

陳達見夏芍要走，顧不得自己複雜的心思，趕緊問道：「那……酬勞的事，您還沒說。」

「酬勞不急，陳署長先辦好自己的事吧。等你的事有了結果，我們再約時間見面。」

如果陳達沒能度過這次官災，他就幫不了她，所以還是等他的事順利解決再說。

夏芍走後，陳達一個人坐在包廂裡，看著桌上的三張紙發呆。

第五章　正面衝突

夏芍趕在學校關門前回到宿舍，正好遇到查寢，學生會風紀部的學生在她們寢室裡，曲冉焦急地往外望，就怕夏芍今晚回不來。

「妳們再等等，小芍有事請假外出，不會不回來的。妳們等等，要不，我打個電話給她……啊，她沒帶手機，要不……董部長，妳們先查其他寢室吧。等小芍回來，我讓她打電話給妳。」曲冉的聲音遠遠的就能聽到。

夏芍看著門口來了七八個學生會的人時，暗道，希望這裡不會又有愛找碴的學生會。也不知是不是夏芍報到第一天打出了名氣，學生會的人沒有說什麼。

「好，按時回來就沒事。離關校門還有半小時，我們先去查別的寢室，一會兒再回來。哦，對了，這是我的手機號碼，她要是提前回來，請她通知我。」

「好！」曲冉趕緊點頭。

「有必要嗎？不回來也沒事吧？晚上請假出去，能有什麼事？肯定是約會唄！說不定約完會，還春宵一刻呢！」

「劉思菱，不許妳這麼說小芍，她一定是有事，妳以為人人都跟妳一樣嗎？」曲冉難得在劉思菱面前發脾氣。

「我說錯了嗎？我又不是諷刺，妳急什麼？」劉思菱笑了一聲，「我倒是覺得出去找男人挺聰明的。妳要知道，南姊再有錢，對朋友再講義氣，也是女人。女人總不能養女人一輩子吧？想過得好，就得找男人。大陸哪有像香港這樣遍地都是有錢人？趁著年輕釣個金龜婿，以後還能留在香港呢！」

「妳別總是看不起小芍是大陸來的，她比妳有本事多了！」曲冉氣憤道。

「大陸人就是沒香港人有錢嘛，這是事實。如果不是香港比大陸好，她怎麼不在內地讀書，跑來我們這裡？」劉思菱咕噥。

「妳——」

「好了，吵什麼吵？」學生會的人喝斥道，又看向曲冉，「記得把我的號碼夏同學。」

曲冉再次點頭，學生會的人正要出去，卻見夏芍走了進來。

「我回來了。」夏芍聲音淡淡的，目光更是淡。

劉思菱臉色刷白，訕訕地轉過頭去，而夏芍也只是看了她一眼，懶得再關注她。

夏芍看著學生會領頭的女生，剛才聽到曲冉叫她董部長。這位董部長，臉蛋圓圓的，眼睛大大的，長得像洋娃娃似的。

對方也在打量夏芍，好奇地在她身上看來看去。

夏芍是第一次看見這女生來查寢，以前都是別人。她見對方沒有敵意，便笑著對她點頭。

「妳就是芍姊啊？看起來一點也不凶呀！妳好，我是學生會風紀部的部長董芷文。」

夏芍目光一頓，「董芷文？董芷姝是妳什麼人？」

董芷文很驚訝，「咦？妳認識我姊姊？」

夏芍頗為意外，沒想到在李卿宇的相親宴上遇到的跋扈千金，竟是眼前這個洋娃娃的姊姊。雖是姊妹，兩人性子卻差那麼多。

「見過一次而已。」夏芍笑笑。

「妳真的見過我姊姊？」

其他的學生會成員也相當訝異。董家是香港船業的龍頭，這個大陸來的轉學生，怎麼會見過董氏企業的千金？

曲冉覺得夏芍有好多祕密，會打架，懂風水，還見過有錢人家的千金小姐。

劉思菱更是驚了，原以為她只是會點功夫的書呆子，沒想到連名門千金也搭上了。

夏芍並不知道，她隨口說了這麼句話，會引起這麼多猜想，但她沒有解釋的打算。

董芷文忽然跺腳，「哎呀，我忘了還要查寢！」她連忙揮手，帶著一群人準備離開，走前還把一張寫著手機號碼的紙條塞給夏芍，「我的手機號碼，要收好哦，改天我再找妳。」說完，便帶著人頭也不回地繼續巡房。

夏芍並不知道董芷文找她有什麼事，見她沒什麼惡意，便將紙條先收著。

第二天陳達沒有找夏芍，第三天也沒有。

直到星期五的中午，夏芍在學生餐廳吃飯時，接到陳達打來的電話。

陳達略微激動，語氣複雜，「夏大師，真的太感謝妳了，我的事情很快就能解決了。上次說要約見談酬勞，呃……我的意思是，妳晚上有時間嗎？能來我家裡一趟嗎？我妻子想見妳。」

陳夫人設宴款待，夏芍自不會拒絕，當即應了下來。收起手機後，正悶頭扒菜的展若南抬起頭來問：「吃個飯也這麼忙，真像從大陸來的。認識的人又不多，有什麼好忙的。」

「吃飯都堵不住妳的嘴。」夏芍瞥了展若南一眼，繼續淡定吃飯。

展若南經常蹺課，她不是每天都來，但是但凡來學校，都一定會來學生餐廳吃飯。現在聖耶女中的學生們已經習慣她來了，她每次都帶著幾個小跟班霸占一張桌子，然後自己去跟夏芍和曲冉擠一桌。她會一如既往地抱怨學生餐廳的菜難吃，一邊咒罵一邊吃完。

夏芍一開始還會說「嫌難吃就去外面吃」，後來也懶得說她了。

「喂，我們週末出去兜風！」展若南不是詢問，而是直接定下。

「沒時間。」夏芍不鹹不淡地推拒。

「又要念書？真沒勁兒！」展若南無語地皺眉頭，「念書有什麼好玩的？無聊死了，不如找個地方去打架！」

「妳以為誰都像妳這麼閒？妳是身上的傷好了，皮又開始癢了？」夏芍邊吃邊說。她這週末未必有時間念書，今晚見過陳夫人後，艾達地產開發永嘉社區的審批下來，世紀地產必然不甘休，戰爭就要開始了。

展若南屬於閒下來就會煩躁的人，她雖然被夏芍教訓了兩回，但真的是不長記性，巴不得找她再戰，活動活動筋骨，順便學兩招。聽夏芍說她皮又癢了，當下拍桌子，「喂，妳真以為我沒機會贏妳啊？妳等著，等過了這段時間，老娘回去找個武師好好練練，過完年回來再戰！別以為聖耶的老大位置就白白給妳了，等老娘挑贏了妳，還要拿回來的！」

夏芍不受挑釁，無視展若南的雄心壯志，「為什麼得過了這段時間？」

展若南摸著自己的光頭，嘴硬道：「要妳管！」

現在回去？大哥不得把她的光頭擰下來重造？她才不回去！

她已經有陣子沒回去了，前兩天收到風聲，宸哥好像要跟大哥來學校逮人。大哥當然是來逮她的，不過大哥也真是會勞師動眾，逮她幹麼要讓宸哥一起來？

她這光頭的鳥樣倒是不怕見宸哥，就是……

操！要是讓他們在校門口把她逮回去，她以後在聖耶還要不要混了？

跑路！必須跑路！

週末叫夏芍出去兜風那是幌子，實際上她得出去躲兩天，搞不好下禮拜都不來學校了。只是她總不能一直不回去，被大哥教訓一通是免不了的，所以她打算跟夏芍學兩招，回去至少能多擋大哥幾招，說不定還能揍他幾拳。

展若南扒完最後一口飯，瞪了夏芍一眼，「大陸妹，死讀書！」

展若南明知夏芍不喜歡這個稱呼，她就是故意要說。夏芍果然輕輕挑眉，目光略淡。展若南卻翻了個白眼，伸手一揮，帶著小跟班們走人。

還沒走出餐廳，就又轉回來了。似乎有什麼急事，臉色有些嚴肅。

周遭的人不敢吭聲。真吵架了？不會在餐廳打起來吧？

沒想到，展若南沒生氣打人，而是又大咧咧坐下，嚴肅地對夏芍說道：「喂，我剛想起來，有件事是不是妳幹的？」

「什麼事？」

「我聽人說，上星期天晚上，林伯的兒子連人帶車翻下高架橋。」

「林伯？」夏芍問，心中像是想到了什麼。

「林別翰，三合會坐堂。他兒子叫林冠，出了名的混混。星期天晚上，妳見過他沒？」

「我對三合會的事不是很了解，妳說的人我不認識。」夏芍搖搖頭，卻是暗暗苦笑，那肯定是師兄幹的，「妳說的那個人死了嗎？」

「死倒沒死，那小子人不怎麼樣，命倒硬。慘的是被他壓在下面的那個人，到現在還躺在醫院起不來。不過，車子被壓扁，林冠的一條手臂卡在裡面，傷得有點重。」展若南邊說邊皺眉頭，「這事說起來挺邪門的。林冠說，對方開車擦過來，結果他們沒打好方向盤就掉下去了。真是胡扯，光是擦撞能撞成那樣？」

展若南想不通，夏芍卻不意外，如果是師兄的話，自然有辦法做到。

「他說那輛車是黑色賓士，在校門口的時候有過小摩擦。喂，跟妳男人開的車很像，是不是你們幹的？」展若南盯著夏芍。

夏芍氣定神閒地笑著。

對方那天開車撞過來，依他們當時的車速，若是自己這邊剛好開車門，絕對會受傷。

看展若南表情這麼嚴肅，莫不是林別翰要為兒子出頭？

「反正他就是一口咬定是我們學校的人幹的。不是你們的話最好，是的話，妳跟妳男人最好跟我去一趟三合會，我找宸哥說說情況，再找我大哥出面說說情。林伯那人恩怨分明，是個不錯的人。他對他這個不成器的兒子向來不太管，也不怎麼待見，但畢竟是他的獨生子。林冠在外面打架就算了，這次差點出人命，他老子怎麼也得管管。」

林別翰是重情義，不過，那又如何？

養不教，父之過。這個時候才想著為兒子出頭？晚了！

夏芍當然不會去三合會，她沒有那麼多時間。

這事真要說道，她自是不懼。林別翰他兒子挑釁在先，她還想找他老子說說呢。林冠識趣的話，最好別來，她現在可沒時間浪費精神在這種人身上。

「我吃飽了，先回宿舍看書。」夏芍放下碗筷，起身便往餐廳外面走。

展若南在後面追喊：「喂，妳還沒給我一句準話，到底是不是你們幹的？」

「是不是有這麼重要嗎？他要是一口咬定是我們，還管我們承不承認？」夏芍笑道：「今天的事，謝謝妳了。」

展若南這樣關心她，她不會無動於衷。

展若南抓抓光頭，罵道：「操！我跟妳說正事，妳向我道謝，有毛病嗎？」

夏芍搖頭一笑，「沒事多看書，別蹺課了，妳總不能一輩子飆車打架吧？人總有飆不動，也有打不動的那一天，妳得為將來好好打算，除非妳要讓三合會養妳一輩子。」

「誰他媽打算讓三合會養了？」展若南跳腳，「有沒有搞錯？老娘跟妳報信，妳反過來教訓我？妳這是謝人的態度嗎？」

夏芍這回卻是不說什麼，當真轉身去了。

「妳給我說清楚再走！」

「我不爽，我們去體育館單挑！」

「站住！」

「操！再不站住，我叫妳大陸妹了！」

展若南的叫罵聲慢慢遠離，曲冉和刺頭幫無語地跟在後面。

沒有人注意到阿麗走在最後，中途還轉進了另一條小路。

她四下看了看，確定周遭沒人，這才拿出手機撥打了一個號碼。

「喂？林哥……」

今晚要赴宴，夏芍讓師兄開車來帶去百貨公司買正式一點的小禮服。

兩人很久沒約會了，夏芍有些期待，走路都輕快了些。

傍晚來到校門口，徐天胤果然已經站在車邊等她。他接她放學，向來都是提早到。

他一如既往地捧著一束萬年不變的花，夏芍笑著走過去把花捧到懷裡。

徐天胤打開副駕駛座的車門，讓她坐進去，但夏芍還沒坐進去，便見十幾輛黑色林肯車氣勢洶洶地朝校門口駛來。

徐天胤的車和其他來接學生放學的車被圍在包圍圈中，那些人面色驚慌，不知發生了什麼事。剛從學校出來的女學生們也都嚇到退到一邊。

帶頭的車子車門被推開，兩個人下車，抬了一個人出來。

那人坐在輪椅上，紗布包裹得像木乃伊似的。右腳打著石膏，左臂用繃帶吊著，脖子圍著頸托，臉上貼著紗布，一雙眼睛雖然青腫，但還是能看人。

林冠目光凶狠，抬起還能動的一條手，指著徐天胤，「媽的，就是這輛車，給我打！」

隨著他一聲令下，其他黑色林肯車車門齊齊打開，每輛車都下來五個人，全都穿黑色西裝，往前一站，氣勢逼人。一看就是訓練有素，不是街頭小混混能比的。

夏芍挑眉，林別翰那個老頭子，真的要為兒子出頭嗎？

還有，林冠這小子報仇得有多心切，才不在醫院裡好好待著，跑出來堵人？

而且，他來的時間，抓得倒是準……

「林哥？」

有個女生的聲音響起，不少人望過去，那女生卻向林冠跑了過去，又驚又疑地道：「林哥，你這是怎麼了？」

上個星期不是還好好的嗎？

這女生不是別人，正是劉思菱。

劉思菱本來就和林冠約好，她還特地化了妝，沒想到來了這麼多車林肯，不知要幹什麼。

「寶貝，妳來得正好，請妳看一場好戲。」林冠現在的心情是說好也好，說不好也不好。他被人打成這樣，臉都丟光了。可是，一想到今天能報仇，心情又好了起來。

他帶來的都是三合會的精英，他這個非三合會的人自然是無權調動，但是他爸知道他這次差點送命，也震怒了，放出話去要幫他找對他下手的人，因此他才能帶這些人來。

林冠從小到大，即便是被林別翰承認身分，也從未這麼威風過。

等一下他只要打得對方在他面前磕頭求饒，就什麼場子都找回來了。

他陰沉地盯著徐天胤，命令道：「給我打！打死也沒關係！」

劉思菱這才看見站在黑色賓士旁邊的夏芍，目光驚疑。下一秒再看到她身邊的徐天胤時，眼神發直，驚豔了一下，然後恍然大悟。

這車一定是這個男人的，她就說嘛，夏芍一定是出去找男人了，偏偏還裝清高。

劉思菱有些幸災樂禍，找男人也不好好找，居然得罪了林少。

呵，難怪，大陸妹嘛，估計覺得能開得起這種賓士的人就是有錢人了？可她不知道，香港的水深得很，在香港三合會可是黑白兩道通吃，沒有人敢惹三合會的。

今天給她個教訓也好，免得她以為自己打服了展若南就是什麼人物了。可惜了她旁邊那個男人，長得這麼好看……

夏芍的臉色此時是從未有過的冷，不為別的，只為那句「打死也沒關係」。這話要是對她說的，她只會一笑，就當遇上一個跳樑小丑，但林冠這話是對著她師兄說的，那一刻她只覺得心裡發冷。

雖然她知道這些人奈何不了她和師兄，但是想到師兄會遭遇不測，她的心像是被掏空。她她重生以來，從不妄動殺念，現在卻是當真動了殺念。

夏芍一動殺氣，徐天胤便感覺到了。他默默凝視著她，目光相當柔和。

林冠身邊的人沒有立刻動手，其中一個人走到林冠身旁，俯身耳語，但說出的話不是商量，而是告誡，「林少，左相大爺沒說要人性命，只說查找下殺手的人，帶回去問話。」

林冠怒道：「媽的！我爸都說叫你們幫我找人，人已經找到，難道帶回去就算了？我爸也沒說不能幫我出氣，你們他媽磨蹭什麼？沒見這麼多人看著嗎？三合會的臉都被你們丟光了！」

林別翰有事去了澳洲，要不是他說了句幫他找人的話，他找到了人，還無權把這些人給帶出來。本來還在為帶著這些人出來而欣喜，哪知道這些人壓根兒不怎麼聽他的。

被他罵的那人雖沒爭辯，但還是沒有行動的意思。

林冠氣急敗壞道：「操！不把人打死，帶上車總行了吧？但你看他把我打成這樣，像是會束手就擒的樣子嗎？到時候你們還不是要動手？」

這話倒是真的，三合會的人都能感覺到徐天胤身上散發出的危險氣息，而且不僅是徐天胤，連他身邊的少女都不像普通人。

三合會的人相互交換了個眼色，領頭的男人輕輕點頭，四五十人一齊上前。

一些被困在包圍圈裡的車主管不了車會怎樣了，紛紛往校門裡退去，準備離校的學生也縮了回去，來接人的家長更是躲得遠遠地看著。

聖耶女中的學生們都不知道夏芍怎麼惹到了三合會的人，那個坐在輪椅上的人，該不會是她打的吧？

不怪大家這樣想，當初夏芍揍展若南的時候，下手也沒輕到哪裡去。展若南頂著一張腫成豬頭的臉在學校晃悠了半個月，直到她剃了光頭，臉上的傷都沒好全。

不過，這個坐在輪椅上的是什麼人？展若南是三合會左護法的妹妹，夏芍打了她都沒事，這個人……背景難道比展若南還厲害？

他們不會在校門口打起來吧？

眾人想得沒錯，真的打起來了。

夏芍這回出手比徐天胤還快，只見她一手按在車前的引擎蓋上，整個人騰空而起。接著，三合會的人只來得及看清一截翻飛的裙角，就被無形的氣勁一震，瞬間向後摔了出去。

四周的尖叫聲此起彼落，三合會部分的人已經轉向徐天胤。

夏芍也不管後頭的群戰，轉眼就來到林冠面前。

林冠嚇了一大跳，立在林冠兩旁的四個三合會成員反應很快，立刻上前攔住，下一秒卻像剛才的同伴一樣，被看不見的氣勁撞擊胸口，五臟六腑差點震碎。

林冠今天是聽到線報，硬是坐輪椅上叫人把他從醫院裡抬過來的。在他眼裡，只有徐天胤是威脅，哪裡想到會被一名少女打了？

被氣勁波及的他，連人帶輪椅，摔飛出去，撞到後面的林肯車上，然後翻倒在地。

他白眼一翻，本就傷重，如今更是傷上加傷。

「啊……」劉思菱見林冠吐血，尖叫一聲，驚恐地看向夏芍。

夏芍攻勢未停，與四五個前來支援的三合會成員動起手來。

這些三合會的精精，個個都是練家子，不過，他們學的是現代搏擊，以力量、速度和打擊力破壞力見長，這對自小修習內家功夫且已入化境的夏芍來說，全然構不上威脅。

幾十個人圍攻兩人，場面竟是往人少的那邊倒。

夏芍收手的時候，徐天胤周圍也已清乾淨，地上倒了一地的人，唯一站著的，便是腿腳發抖，臉色煞白的劉思菱。

有人勉強過來將林冠扶起來，林冠疼得手臂抬不起來，嘴上罵道：「媽的……叫人……操……你們不會開槍啊？給老子把他們打成蜂窩……」

不必林冠說，眾人也見識到了徐天胤和夏芍的厲害，領頭的人立刻掏出手機，講完電話，與能爬起來的十來個人一齊拔槍，指著夏芍和徐天胤。

圍觀的人一看見那麼多人掏槍，尖叫著四處逃散，學生們趕緊跑回學校，場面亂成一團。

「開槍了，快跑啊！」

「殺人了！」

就在這時，展若南騎著機車，帶著小跟班們從裡面出來，卻被眼前的景象驚住了。

三十多人倒在地上哀號，十幾個人退到林肯車前，拿槍指著兩個人。

「操！這他媽什麼情況？」展若南看看徐天胤和夏芍，又看看三合會的人。

「操！我就知道是妳幹的！」展若南這話說的是夏芍。

夏芍只是冷冷地盯著三合會的人。

展若南又大罵：「媽的，誰叫你們來聖耶的地頭上撒野的？操！校門口拔槍，還被人幹成這樣，別說你們是三合會的人！媽的，丟臉丟我地盤上來了，都把槍給我收起來！」

刺頭幫也跟著附和。

「南姊叫你們把槍收起來，沒聽見嗎？」

「你們不知道聖耶女中是南姊罩著的嗎？」

「扯蛋的地盤，媽的……」林冠跟著怒罵。他這一罵，扯動傷口，開始咳嗽，咳出來的都是血，嚇得渾身發抖。

他怎麼也沒想到會被夏芍打成這樣，更沒想到展若南會跑出來攪局。刺頭幫算個鳥？展若南要不是展若皓的妹妹，她能這麼囂張？

「滾開，不關妳的事，少管閒事！」林冠喘著氣呼喝。他也不差，他是三合會坐堂的獨生子。論地位，展若南在他面前，沒有指手畫腳的權力。

「操你媽的，老娘跟你說話了嗎？你他媽是誰啊！」展若南爆粗口。

林冠氣得眼前發黑，他以前確實不如展若南有名氣，那是因為展若皓是個護妹的瘋子，展若南才可以這麼肆無忌憚。可是現在不一樣了，自從他被承認，他在道上的名氣也不輸展若南。她一個左護法的妹妹，竟敢跟他這麼說話？

「老子是妳……」

「我管你是誰！也不撒泡尿照照鏡子，你老母都不認識你了，老娘看得出來你是誰？操！」展若南張口就罵回去，罵得林冠臉色發紫，一口氣差點上不來。展若南卻懶得再理他，伸手指著舉槍的人，「都放下槍，當老娘是嚇大的嗎？還沒人敢在我的地盤上動我的人！媽的，今天誰要是敢開槍，朝我這兒來！」

展若南給自己的人使眼色，小跟班們立刻發動機車，騎到夏芍和徐天胤身前，用車子把他們兩人擋在後面。這舉動讓夏芍的面色略有緩和。

三合會領頭的男人卻說道：「南小姐，這些人打傷了我們兄弟，這事必須要有個說法。妳先讓開，兄弟們不想誤傷妳。」

「誤傷？」展若南冷笑，指著自己的頭，「我這麼大的目標在這裡，你要是打中了，你絕對是故意的。到時候，我哥會找人幹掉你全家。」

三合會眾人：「……」

展若南明顯是在耍賴，但這威脅三合會的人還真不能不吃。且不說展若皓，其實當家對她也是不錯。如果不是這樣，展若南不會無法無天到這個分上。

但今天這事不好辦，他們被傷了這麼多人，不把這兩個人帶回去，實在沒法交代。

展若南也明白事情的嚴重性，她雖然渾慣了，不代表她傻。宸哥和大哥對她好歸好，遇到幫會的事，他們還是很有原則的。執堂訓練出來的弟兄被打得這麼慘，估計會廢不少人，三合會不可能不理。這事發展到現在，已經跟林冠沒多大關係了，而是關係到三合會的聲譽。

夏芍和徐天胤如果被三合會發黑道通緝令，他們會更慘。

展若南皺起眉頭，今天怎麼這麼背？看來她是免不了要被大哥逮回去了。

「打電話給我大哥。」展若南回頭跟阿麗說道。

阿麗眼神有些飄，飄去對面臉色發青的林冠那裡，又飄回來展若南臉上，最後不自然地扯了扯嘴角，拿出手機，可她還沒撥打號碼，便看見又有一排黑色車輛駛了過來。

林冠用眼角餘光一掃，忍著胸口的疼痛，哈哈大笑，「人來了！媽的，傷了三合會這麼多人，誰也別想跑！」

所有人都跟著轉頭看去。

拿著槍的三合會成員卻都臉色古怪。

三合會的內部人員配備的都是林肯車，而遠處駛來的卻不是林肯車，而是勞斯萊斯。十六輛黑色林肯護衛著中間一輛加長型的黑色勞斯萊斯，停在了聖耶女中校門口。停得整齊劃一，正好停在前頭十輛林肯車旁邊。

林冠見幫手來了，叫囂道：「展若南，妳給我讓開，小心子彈不長眼！新來的人給我上，抓住那個女人，打殘那個男人！」

沒人理他，四周一片死寂。

三合會的人都盯著那輛黑色勞斯萊斯。

出行有十六輛車跟隨，這是只有大哥才有的規格。那些車裡，是三合會內八堂外八堂的兄弟，而中間的勞斯萊斯裡坐著的是什麼人，不用想也知道。

「大哥！」

站得起來的，趴在地上的，全都高聲喊道。

前後十六輛車的車門齊刷刷打開，內八堂外八堂的兄弟出來，表情冷漠。

從中間的勞斯萊斯下來的男人，襯衫的扣子只扣了幾顆，隱約露出胸前的黑龍刺青。

來人正是三合會的當家戚宸。

很多人沒親眼見過戚宸，但對他的威名如雷貫耳，他經常出現在財經雜誌封面上，是商界鉅子，也是很多人懼怕的黑幫頭頭。

得罪他的人，從來都只有死的下場。

戚宸的目光在眾人面前掃過，大家都莫名感受到沉重的壓力。

「大哥，兄弟們辦事不力，還勞駕大哥親自前來。大哥請放心，這兩個人身手雖不錯，但兄弟們一定帶回去處置。」領頭的人鞠躬道。說完，帶頭將槍口指向夏芍和徐天胤，其他人也跟著舉槍，殺氣比剛才重了幾倍。

這件事竟然驚動了戚宸，兄弟們不想在他面前丟人。如果說剛才只是因為損失慘重，想抓夏芍和徐天胤回去有個交代，那現在就是必須拿下兩人了。

「南小姐，請讓開。」領頭的人眼神變了。

跟著戚宸一起來的展若皓眼睛微瞇，洪廣表情難看，韓飛則是一如既往地笑著。

展若南也變了臉，她少見地收起平時桀驁的態度，認真地道：「宸哥，這兩人是我的朋友，他們不是故意跟幫裡人過不去，你給我一個機會解釋。」

「閉嘴，幫的事沒妳插嘴的份！」展若皓瞪著自家妹妹，看到她的光頭上，火氣更大。

展若南不可能不插手，她也沒想到會驚動宸哥。

靠！大陸妹這次禍闖大了！

林冠怎麼說也是林伯的獨生子，林伯是宸哥的武藝師父，他向來尊敬林伯，要不，今天宸哥哪會親自出馬？

這時，林冠也從震驚中回過神。他怎麼也沒想到打電話叫人幫忙，戚宸居然會親自到了。

這真是意外的驚喜。

林冠只見過一次戚宸，是他爸承認他的時候，把他帶去三合會，拜見道上的人。戚宸是三合會的當家，對於他這個三合會的親屬來說，連叫他大哥的資格都沒有，他的狠辣作風叫林冠心懼，幾乎就沒敢正眼看他。

強大的壓力之下，林冠同樣感覺到巨大的驚喜，連三合會的老大都來為他撐腰了，他還怕什麼？日後他不知會因為今天多出多少臉面。

林冠等著戚宸發話，給他撐腰報仇。

戚宸果然開了口，卻是針對那個舉槍的領頭人。

「你們接到誰的命令出動的？」

領頭人不敢不答，躬身道：「林少讓我們來的。」

「他是三合會的人嗎？」戚宸問。

領頭人一愣，趕緊回答：「左相大爺說要幫林少找仇家，仇家找到，兄弟們便過來了。」

「請示過坐堂？」戚宸又問。

領頭人再愣，「左相大爺去澳洲了，還沒回來。」

他這話的意思就是沒請示過林別翰了。

戚宸點點頭，手上不知何時多了把手槍，抬手就朝領頭人的頭開槍，領頭人當場斃命。

林冠懵了，展若南懵了，在場的所有人都懵了。

「跟著一個非幫會的人出來，說明你們已經不是三合會的人了。」戚宸笑了笑，那笑容讓人不寒而慄，「執堂費心培養的人，就這麼跟了別人。說吧，想怎麼死？」

「……大哥。」跟著林冠出來的人這才反應過來，紛紛驚懼地看著戚宸。

「斃了。」戚宸一聲令下，身為刑堂大爺的洪廣跟著傳令，刑堂的人立刻開槍，地上瞬間多了幾十具屍體。

刑堂的人動手太快，周圍的人都嚇得呆住。

正當眾人震驚的時候，遠處開來一輛大車，車門打開，屍體全被抬上車，沒一會兒功夫，地上除了血跡，什麼都沒有。

戚宸看向林冠，林冠渾身發冷。

事情跟他想的不一樣，因為他把三合會的人帶出來，所以戚宸發火了。

他不是來給他撐腰的嗎？為什麼會這樣？

林冠還沒想出所以然來，便有人掐住他的後脖頸。他的脖子上圍著頸托，那隻大手沒有直接捏住他的脖子，他卻有種窒息的感覺。

戚宸站在他身後，俯下身，在他耳旁說道：「你讓我損失這麼多人，說，打算怎麼辦？」

林冠懵了。

他讓他損失了這麼多人？那些人……明明是他自己下令殺的。

「你不但讓我損失了人，我還得給這些人發安葬費。」戚宸在笑，眼中卻沒有笑意。

林冠忍不住發顫，要付安葬費也是因為……你把人殺了。

戚宸直起身，說道：「你犯了我的忌諱，我這個人最討厭參加喪禮。」

林冠聲音抖得斷斷續續，「戚戚戚先生，你誤會了，我我我找到了害我的人……」

「哦？」

林冠以為戚宸肯聽他說了，趕忙指著徐天胤，「就是這個臭小子，他差點殺了我！」彷彿怕戚宸不信，林冠還指向展若南身後，「是阿南的人告訴我的，消息絕對可靠！」

林冠覺得，自己怎麼樣也是林別翰的獨生子，戚宸沒立刻殺他就是證明。只要他解釋清楚為什麼會把三合會的人帶出來，戚宸應該會看在林別翰的面子上放過他。

展若南和刺頭幫都是一驚，霍然轉頭看向阿麗。

阿麗臉色煞白，慌忙道：「南姊……」

展若南見她驚慌的模樣就什麼都明白了，當下一巴掌甩過去，「妳吃裡扒外？」

賭妹、阿敏、阿芳等人也很驚訝，怎麼也沒想到阿麗會幹出這種事來。

「是不是哪裡弄錯了？」阿敏試探著問道。

阿芳冷冷地看著阿麗，「妳通風報信，背叛南姊？」

「我沒有，我怎麼敢背叛南姊？」阿麗捂著腫脹的臉頰，一個勁兒搖頭，「我沒有！」

「沒有？沒有別人為什麼會指妳？為什麼不是阿敏不是阿芳不是賭妹？」展若南喝道。

賭妹不可思議地問道：「為什麼？妳沒背叛南姊，可妳對芍姊不利。她曾經在妳鬼上身的時候救過妳。道上最恨恩將仇報，要還一條命的，妳難道不知道？」

面對同伴的質疑，阿麗除了驚慌便是否認，但賭妹一開口，她臉色大變，懊惱屈辱湧了上來，「別人都有資格說我，就你媽的賤貨沒資格！搶姊妹的男人，妳怎麼不去死！」

「操！誰搶妳男人了？我他媽都解釋多少遍了，是那個賤男人對我圖謀不軌！我還沒說妳看上這種賤貨，你他媽倒一心認定是我搶妳男人了！那種男人，老娘才他媽看不上！」賭妹一聽阿麗又舊事重提，頓時憤怒了。

「看不上妳賣什麼騷，當婊子想立牌坊是吧？再說，老娘背叛誰跟妳沒關係，少在這裡給我裝清高，我根本就沒背叛她！」阿麗怒視夏芍，又指向徐天胤，「我只不過是想給這個賤男人一點教訓而已！」

徐天胤像是沒聽見阿麗的話，目光只盯著對面的戚宸。

夏芍手臂一揮，一道氣勁震出，阿麗「啊」一聲被搧飛了出去。

夏芍根本沒接觸到阿麗，居然能把她打飛，四周的人看得驚疑不定。

阿麗摔到地上，吐出一口血和兩顆牙齒，但她竟還不收斂，癲狂地大罵：「我說錯了嗎？天下的男人沒一個好貨！看女人胸大屁股大，眼睛就拔不出來！老娘身材一樣不輸人，憑什麼男人被人搶？憑什麼看都不看老娘一眼？我差在哪兒了？」

「操！你他媽就因為這種理由？」展若南大怒，其他人也覺得不可思議。

阿麗繼續指著徐天胤，「從來沒見過這麼會裝的男人，一樣是賤……」

賤字還沒出口，夏芍忽然從徐天胤身旁離開，還未到阿麗跟前，又是甩了她一巴掌。

阿麗再次跌了出去，這一次指著徐天胤的那根手指不自然地扭曲，阿麗卻連疼都沒喊出來，只是張著嘴，下巴竟是脫臼了。

她痛得冒冷汗，躺在地上，驚恐地看著夏芍。

夏芍目光冰冷，徐天胤則跟那天一樣，看也沒看一眼地上的她，哪怕她罵得再難聽，他也不曾給過她一個眼神，他始終溫柔地看著夏芍。

徐天胤什麼話也不說，默默把夏芍牽回賓士車後，把她藏在三合會的人的視線外。

夏芍搖搖頭笑了笑，「沒事。既然已經這樣了，我倒要看看對方怎麼收場。」

阿麗眼睛一紅，流下淚來。

為什麼？為什麼這樣的男人，這樣的感情，她從來都遇不到？

她不要求對方有多帥，甚至不要求他多麼有本事，多麼有錢，她只想要一個能從頭到尾愛著自己的男人，可為什麼每次換來的都是欺騙和背叛？

圍觀的人全都沒想到戚宸會出現，還處決了自己的人，看起來不像是為那個坐輪椅的人撐腰，倒像是為幫會人員私自出動而震怒。

那麼，夏芍呢？

她打了三合會的人，戚宸是不是會……

學生和家長們越退越遠，打算一有突發狀況就逃跑。

夏芍自看到戚宸現實，臉色就沒好看。她看戚宸，與看林冠帶來的人沒兩樣。

而戚宸下車以來，也不曾看過夏芍。他先看見的是自己人手上的槍，他處決了違反幫規的人，林冠的話並沒能讓他的目光跟著展若南那邊的人移動，他只看著徐天胤。

這個男人沒戴面具，這張臉與在余家看到的不一樣，但他不會認錯他的氣質。

他見過這張臉，在跟夏芍有關的那疊資料裡。

原來他就是徐天胤。

怪不得唐老也不透露他的身分。哼。省軍區司令，家世背景即便是三合會，不到萬不得已的時候，也不會選擇與其碰撞。

戚宸冷哼一聲，視線落到徐天胤牽著夏芍的手上，「對你下殺手的人是他？」

林冠見戚宸總算理自己了，趕忙說道：「對對對，就是這個不知死活的小子！」

戚宸露出嘲諷的笑容，也不知是在笑什麼，只聽他對林冠道：「他要殺你，你有本事就去殺他，為什麼要動她？」

林冠好一會兒才反應過來戚宸指的是夏芍。他頓時愣了，什麼意思？這個女人跟那個男人是一夥兒的，動她很正常吧？而且，他沒想要她的命，他只是想把她綁回去好好地……

不過，戚宸問這話是什麼意思？

夏芍被徐天胤拉到車後去，看得不是很清楚。

戚宸卻在此時往前走了兩步，站到林冠身旁，負手望著夏芍，皺眉道：「躲什麼躲？之前的臉不能看，現在的臉能見人了，還躲？」

他的語氣很臭，但傻子都聽得出來，兩人似乎很熟稔？

徐天胤拉著夏芍，不許她去跟戚宸搭話。

夏芍笑笑，「師兄先去車裡發動車子，一會兒就可以走了，你還得幫我挑禮服呢！」

她的笑容征服了男人，徐天胤深深地看了她一眼，回到車子發動引擎。

夏芍繞到副駕駛座外面，看向了戚宸。

戚宸見著徐天胤的車陷在三合會的包圍圈，沒有理會，看到夏芍走出來，目光鎖住了她。

她穿著英倫學院風的制服，氣質仍是清雅，而且眉眼恬靜，肌膚如玉，還是美人。

除了眼神冷了些。

戚宸皺眉，「好不容易臉能看了，態度還沒以前好。我欠妳的？笑一下會死？」

夏芍果真笑了，卻是冷笑，「我欠你們三合會的？不找我的麻煩會死？」

戚宸這麼說，明顯就是發現夏芍的身分了。夏芍有些意外，但不在乎。對她來說，他發現了，今天的事更好解決。免得見面不相識，還得再打一架，她可沒時間。

夏芍的態度，讓在場的人都呆住。

最先僵了的人是林冠，他不可思議地看向夏芍——她她她她她……她跟戚宸認識？

這個認知令所有人驚呼。

夏芍這個大陸來的轉學生，怎麼認識戚宸？還對戚宸很不客氣。

對他這麼說話的人，下場只有一個。

戚宸的反應，卻又讓大家驚掉了下巴。

戚宸咧嘴笑了起來，點頭道：「對，妳欠我的。妳忘了妳在余家欠我一回。」

他他他他他……他笑了，他真的笑了！

林冠的下巴快要掉到頸托上，心裡有不祥的預感。

今天戚宸到底是為什麼來聖耶女中的？

站在林冠身旁的劉思菱已經捂住嘴巴，不會說話了。

唯一反應過來的人是展若南，她刷地轉頭盯著夏芍：「妳認識宸哥？」

夏芍不理她，只看著戚宸，「我不認為我有欠你。」

「是嗎？」戚宸挑眉，瞥了眼地上的血跡，「這次妳可不是救我的人，而是打了我的人，難道不是欠我的嗎？」

展若南繼續問夏芍：「喂，什麼余家？」

夏芍目光一冷，看向林冠，「戚當家的邏輯真令人著急，他們若不是在校門口堵我，叫囂打死無妨，我會反擊嗎？他上禮拜若不是開車挑釁，害我差點受傷，會引來殺身之禍？一切事情皆有因果，我欠你的？從何說起？」
戚宸斂起笑意，也看向林冠。
林冠真的懵了。
「現在不是我欠你的，而是你欠我的。」夏芍怒瞪戚宸，「你的人被莫名其妙的帶出來，拿槍指著我。你們三合會幫規不嚴，現在你這個當家在此，正好給我一個交代。」
她的聲音很冷，又把大家驚住。
她在訓斥戚宸，要戚宸給她一個交代。
放眼香港，不，可以說放眼世界，能夠讓戚宸給交代的，也就那麼幾個黑道大佬，而敢訓斥戚宸的，除了他家老爺子，還有別人嗎……
好多人都以為自己的眼睛耳朵出了問題。
這個大陸來的轉學生，到底有什麼背景？沒有背景倚仗的人，是不敢這麼做的。
夏芍一點也不在意別人怎麼想，她對戚宸道：「算了，現在不必給我交代，我今晚有事，沒空理你們。週末帶著你們三合會的坐堂一起上門，給我解釋今天的事。」
夏芍態度很不客氣，點名戚宸，還要求三合會的坐堂一起上門向她道歉。
戚宸黑了臉，夏芍卻又看向林冠。
「再告訴你一件事，他的命只有三天，想不想要他這條命，看他老子的。」
夏芍撂完話，伸出手，掌心朝前，射出一道氣勁。
轟一聲，一輛黑色林肯車被震得翻到一邊。
戚宸的表情更黑，林冠則是臉色慘白，不明白自己為什麼只剩三天的命。

夏芍打開車門上車，車子在各種詭異的目光中揚長而去。

校門口一片死寂，沒人敢看戚宸的臉，也沒人敢說話。

戚宸猛然轉身，一腳踹在在林冠的輪椅上。

林冠剛被宣布只剩三天的命，戚宸卻好像恨他不立刻去死，這一腳踹得可不輕。林冠再次被踹翻，輪椅的輪子都飛了出去。

林冠先前被夏芍打翻過一回，早已傷上加傷，現在又挨了戚宸一腳，當下昏死過去。

劉思菱嚇得跌坐在地上，捂著嘴，不敢發出一點聲音，就怕戚宸看她不爽，也一腳踹了，或者給她一槍。這些人殺人不眨眼，她今天算是見識到了。

戚宸並沒有把她放在眼裡，他的視線掃過跟著他來的人，他們全都低著頭。

展若皓、洪廣和韓飛也沒出聲，直到戚宸怒喝：「愣著幹什麼？去查她今晚有什麼事！」

「是，大哥。」展若皓和洪廣高聲應道。韓飛看戚宸吃癟，一臉笑咪咪的。

展若皓轉身看到展若南跨上機車，準備逃跑，立刻大叫：「展若南，妳敢逃！」

展若皓寒著臉大步走過來，伸手提起她的領子，把她丟到自己的車裡。

車門鎖上，展若南在車裡大罵：「操！展若皓，你還讓不讓老娘在學校混了？」

「要臉就給我閉嘴，再罵一句，我讓妳休學。」

「靠！展若皓，你要不要這麼獨裁？」

「我獨裁？好，明天妳就給我休學，直到妳的頭髮長出來為止。」

「操！這是老娘的頭，憑什麼聽你的？」

「憑我是妳大哥。」

「大哥了不起啊？」

「對。」

「靠！」

兄妹兩人隔著車窗互吼，戚宸寒著臉，遠遠望著夏芍的車子揚長而去的方向。

別人是什麼心思，夏芍不想管，此刻她正在百貨公司裡挑禮服。

陳夫人沒邀請徐天胤，徐天胤不好出席，夏芍只能一人赴宴。徐天胤負責把她送去，晚宴結束再去接她。因而，只要挑夏芍的禮服就好。

以前夏芍在青省出席舞會和發布會穿的旗袍都是設計師量身訂做的，如今她在香港，還沒來得及聯繫設計師，只能在百貨公司挑了。

對夏芍來說，與徐天胤逛街是一種樂趣。她見還有些時間，便故意試穿各種款式的禮服，短裙、長裙，各類顏色、各種款式，只要是看得上眼的，她都試了不少，但無論是選哪種顏色哪種款式，只要是短裙，徐天胤第一眼一定是落在她的腿上，死死盯著，像有仇似的。而她若是穿長裙，他的視線便會聚焦在她的領口或後背。

夏芍忍著笑，直到快沒時間，才趕緊挑了件銀灰色連身長裙。與在胡嘉怡生日宴上穿的不同，這件明顯更精緻。裙襬曳地，裙身鑲嵌著白水晶，低調而高貴。

她從試衣間走出來，連店員都屏住呼吸了。

徐天胤則盯著她深V的領口。

店員很有經驗，一看便懂了徐天胤的意思，立刻笑道：「小姐，這款禮服是委託義大利設計師設計的，只做了三件，同系列不同款式。您身上穿的這件，還有另一款圓領的、一款斜肩的，您要不要再試穿那兩件？」

夏芍正笑話徐天胤，聽店員這麼一說，覺得看看也好。圓領的那件更低調，胸口是遮住了，後背卻是深V的，斜肩的那件後背也是深V，好在有絲紗半遮半掩，不算太暴露。

徐天胤在看過後，果斷把斜肩的那件遞給夏芍。

夏芍抿唇笑著，轉身進了試衣間。

斜肩的禮服依舊是鑲嵌白水晶的設計，比夏芍最先試穿的那款更加合身，曼妙的曲線一覽無遺，單肩、曳地裙襬，一走出來便自成一道風景，尤其背部曲線細緻，珠潤的肌膚在燈光下讓人看得窒息。

徐天胤對這款式本應是滿意的，但目光不知為何變暗。

夏芍直覺地往後退，笑著瞪徐天胤。

店員讚道：「小姐，您真是太美了。氣質好，皮膚也好，這款禮服真的是太適合您了！」

夏芍含蓄一笑。

店員眼珠一轉，又問：「您是要去參加晚宴吧？我們店裡就有化妝師跟造型師，他們會根據您的氣質幫您化妝，請問您有需要嗎？」

夏芍笑著點頭。這樣最好，省得她到處跑了。

等到上完妝，徐天胤付了錢，兩人這才回到車上。

一上車，徐天胤便想擁抱她。夏芍笑著躲開，拿出手機，「也不看看時間，還要去陳夫人那兒呢！」說完，她打電話給陳達，問明地址。回頭的時候，見徐天胤還看著自己。

徐天胤認真地道：「好，不在這時候。」

夏芍一愣，半晌才反應過來他在說什麼，頓時臉頰微紅，嗔道：「開車！」

夏芍去的是陳夫人的娘家主宅，一幢看起來有些歷史的豪華別墅。

下車前，夏芍說道：「現在才七點，師兄別在這兒等了，還不知什麼時候散席。散席我再打電話給你，你先回去吃飯。」

「嗯。」徐天胤點頭。

夏芍這才跟著前來迎接的傭人進了宅子。

夏芍原以為陳夫人會在陳家或她自己的房子擺宴，沒想到是在她娘家。那日陳達他說他妻子娘家勢大，夏芍回去查了查，這一查，當真是意外收穫。怪不得陳達說他妻子娘家都是政商名流，何止是名流這麼簡單？

陳夫人的外祖父曾經曾任香港總督，卸任後歸國，受封男爵爵位。她父親經商，母親是英國人，總督的千金。陳夫人的伯父和叔叔都從政，分別是政務司和律政司的司長。而陳夫人的兩名哥哥都經商，繼承父親的生意，在歐洲經營珠寶和出口貿易，陳夫人本人自己則是一家上市服裝公司的老闆。

陳達當年一介以破產商人的兒子的身分，娶了這樣一位妻子，莫怪乎他這些年一直覺得抬不起頭了。家大勢大，難免壓人。

「夏大師來了？歡迎歡迎！」

一名約莫四十來歲的女子，熱情地迎了上來。她穿著白色禮服，頭髮高綰，端莊高雅。雖不年輕，但保養得很好，看起來約莫三十多歲，但眼角的魚尾紋能看出些歲月的痕跡。

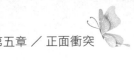

夏芍知道這便是陳夫人了。

陳夫人看著夏芍，目露驚豔之色，笑道：「真搞不懂了，這麼漂亮的臉蛋，別人肯定恨不得天天給人看，妳怎麼還遮起來？」

夏芍垂眸一笑，顯然陳達跟他的夫人說過了。

主人熱情，她這個客人自然不能扭扭捏捏，夏芍當即笑道：「這不是不遮不掩地來了？」

陳夫人笑著攬住夏芍的手臂，「不遮不掩好。我這人爽快，就愛不遮不掩，夏大師的性子倒是對我的脾氣。」

「既然爽快，那就別叫我大師了，我叫做夏芍。」

「好，芍妹。我本姓羅，羅月娥。」

「羅姊。」夏芍笑著點頭。

兩人竟然姊妹相稱了，這讓跟著過來迎夏芍的陳達看得有些傻眼。

羅月娥見丈夫傻愣愣的，笑著挑刺兒，「怎麼？覺得彆扭？是不是覺得我老了，跟這麼年輕的小姑娘姊妹相稱，瞧著可笑？」

陳達壓根兒沒開口，劈頭就挨了一頓，不由苦笑。

他還沒解釋，羅月娥轉頭便對夏芍道：「我可不是占妳便宜，不是有種交情叫忘年交嗎？我看咱倆這就是。走，去裡面坐，不理那些煞風景的人了。」

夏芍看了陳達一眼，見他苦笑著跟過來，便心裡有數了。

想來陳達是看明了自己對妻子的感情，現在想要和好，而羅月娥正拿喬呢！

來到客廳的沙發處坐下，羅月娥叫傭人上茶。夏芍一看是碧螺春，會心一笑。她那天見陳達，點的就是碧螺春。應是羅月娥問過陳達，知道了夏芍的喜好，這才事先準備。

這樣的細心，果真與夏芍當初的推斷沒錯，羅月娥此人，熱情爽朗，內心細膩。

待坐下喝茶閒聊了幾句，夏芍發現除了陳達和羅月娥，以及幾名傭人，並沒有其他人。

羅月娥很會察言觀色，一看便猜到她心中的疑惑，當下解釋道：「這房子是我爸媽住著的，他們已經退休，正在國外度假。我伯父、叔父都在外頭各有房子，兩個哥哥也在國外，這房子這段時間便空著。我想著今天請貴客，不能怠慢，索性就徵用了。」

夏芍噗哧一笑。

好一個徵用！羅月娥的性子倒有點意思。

陳達笑了笑，「月娥的性子直爽，說話幽默，夏大師習慣就好，別往他處想。她今晚為了請妳來，可是親自下廚做菜。」

夏芍注意到陳達說這話時神態語氣很溫和，奈何羅月娥不領情。

她看向丈夫，眼神帶刺，話也帶刺，「我自己不會說啊？要你幫我說？你搶了我的話，接下來我說什麼？還有，我怎麼不記得我直爽幽默？我記得我是吵吵鬧鬧，不可理喻來著。」

陳達擺手嘆氣，「好好好，妳說什麼就是什麼，我不跟妳吵。」

「你以為我愛跟你吵！」羅月娥板起臉來，直到把丈夫說得不吭聲了，這才轉頭對夏芍笑道：「我是下廚做了些菜，不過我擅長做西餐，看妳喜歡喝茶，想必喜歡吃中式料理，所以我就做了一些，不知道能不能入口。」

夏芍開玩笑道：「我這人不挑剔。羅姊敢做，我就敢吃。」

羅月娥掩嘴笑了起來，「看來咱們真合得來。走，咱們去餐廳練練膽量！」

兩人挽著手臂，笑著往餐廳走。陳達跟著起身，走在後面。

傭人忽然來報：「小姐、姑爺，三合集團的總裁戚宸先生過來拜訪。」

陳達和羅月娥愣住。

夏芍呆了呆，隨即垂眸，暗道：戚宸這傢伙……

這必然不是趕巧，羅月娥此人做事面面俱到，不可能在請了她的同時還請別人。這一點，看陳達和羅月娥夫妻的表情就能看出來。

戚宸突然到訪，不合禮數，但他這人本來就不是講禮的人，羅家也不能不讓他進。

羅月娥只是愣了一下，便笑道：「不請自來也是客，快請。」

話音落下，戚宸已大步邁了進來，進別人家就跟進自己家沒兩樣。

戚宸一進來，第一眼看的人就是夏芍。

她今晚並未穿旗袍，而是穿了一襲銀色曳地長裙，香肩半露，白水晶的光芒襯得肌膚越發細膩，整個人如玉般俏立，還是一樣讓人一眼便移不開眼睛。

戚宸索性大方地看著夏芍，站在她面前，挑眉一笑，「出席晚宴也不帶男伴，一點規矩也不懂。好在我來了，勉強給妳搭個伴吧。」

夏芍氣也不是，笑也不是，很是無語。

戚宸見她臉色比下午在校門口時好看些，便哼道：「哪裡找我這麼好說話的人？被人罵了一頓，還特意來給人家當男伴。還不快笑一下謝謝我？這次總算是妳欠我了吧？」

夏芍笑得出來才怪。

這人就為了這個才來羅家？他邏輯是怎麼養成的？他確定他跟展若南不是兄妹？

戚宸的話令陳達相當驚訝。他不驚訝戚宸跟夏芍認識，夏芍是唐宗伯的嫡傳弟子，戚宸跟她相識不奇怪。只是，看這樣子，這位聞名遐邇的黑道當家人，對夏芍上心了？

他話中那句「被人罵了一頓」是什麼意思？

夏大師罵戚宸了？

羅月娥比陳達鎮定多了，她視線在兩人身上來回轉，了然地翹起嘴角，打趣地看向戚宸，「敢情戚老大來我們羅家，不是衝著羅家主人來的？那我可不可以讓傭人把你打出去？」

戚宸一聽這話倒笑了，「羅姊，沒人能把我打出去，你就當我私闖民宅好了，反正我是闖了。沒準備我的飯吧？出去吃，我請客。」

羅月娥一點也不生氣，反而笑道：「行了，到哪兒都是這麼霸道，我們羅家還能缺你這一張嘴？放心吧，菜我都做好了，再多一人也吃得飽，一起進餐廳吧。」

兩人是熟識，夏芍不意外。以羅家的背景，戚宸跟這些人認識很正常，尋常人哪敢說要把戚宸打出去的話？

上了餐桌，不出所料，羅月娥與丈夫陳達坐一邊，夏芍和戚宸被安排坐另一邊。

羅月娥笑道：「來來來，嘗嘗我做的菜。我呀，今晚跟芍妹一見如故。她可是說了，我敢做，她就敢吃。戚老大，吃這個看看，就算毒死人你也得給我嚥下去，可別吐出來。」

夏芍笑了。戚宸看著她，也笑了，「那妳可要失望了，羅姊的手藝不錯。」

羅月娥瞪戚宸一眼，「又是個多嘴的！誰叫你告訴她的？我想嚇嚇她的！」

戚宸哈哈一笑，「那羅姊也要失望了，她的膽子很大。」

「看出來了。」羅月娥揶揄道，似是在笑他進門時那句「被人罵了一頓」的話，但她很有分寸地沒有探問。

羅月娥很會掌控氣氛，與戚宸說說笑笑的，而夏芍和陳達則比較安靜。陳達是說一句就被羅月娥堵一句，後來乾脆閉嘴，夏芍則是心裡有盤算。

她今晚來羅家，本意是談談酬勞和艾達地產的事。艾達地產的事是主要的，但戚宸不請自來，顯然這話便不適合在明處說。

三合集團也經營房地產，夏芍沒有在同行面前說這些的道理。

羅月娥知道夏芍是風水師，知她幫人看相指點風水都是要酬勞的，因此不問相關的事，話題多是天南地北地閒聊。令羅月娥意外的是，無論她說什麼，夏芍都能接上幾句，且觀點獨特。以她的年紀來說，當真是很有見識。

戚宸也是時時關注著夏芍，除了吃飯，目光就沒從她身上移開過，但夏芍不太搭理他，只是跟羅月娥聊得歡。

用完餐，羅月娥笑道：「今天跟芍妹真是相見恨晚，可惜我大伯和二叔不在。其實我沒告訴他們我今晚請妳，總想著自己先見見妳。他們要知道我見了妳沒告訴他們，肯定會生氣。呵呵，下回再約個時間，我把他們都叫來，還有我那兩個哥哥，我的事可叫他們都想見見妳呢！」

羅月娥對丈夫對自己回心轉意很驚訝，因而很想見夏芍。確認她真的名副其實，她才會介紹給自己的家人認識。

夏芍心中有數，覺得這個女人頗精明。

「我家這不爭氣的男人，還真是有勞芍妹了，我該怎麼謝妳？」羅月娥總算問到正題。

夏芍笑笑，「這事涉及我們這一行的規矩，我需要跟陳先生和羅姊單獨談談。」

這明顯就是說戚宸礙事，戚宸挑了挑眉，卻沒說什麼。

夏芍的理由很正當，陳達當即站了起來。

「夏大師，我們樓上客房談？」

「要談也是我談，你有什麼好談的？夏大師的酬勞，是你能付得起的？」羅月娥這話說得算是很不給丈夫面子，陳達卻沒生氣，這與他當初跟夏芍提起妻子時的憤慨大相徑庭。

羅月娥向戚宸道了歉，帶著夏芍上樓。

夏芍知道羅月娥不讓陳達上來，是有話想單獨跟她說。

到了客房，門一關上，羅月娥安靜了下來。她指了指沙發，與夏芍面對面坐下。沉默了一會兒，羅月娥自嘲一笑，「我跟妳一見如故，妳可不許誆我。我想聽實話，妳看我這人說話是不是真的就那麼討人厭？」

夏芍笑了起來，笑容有深意，「我想羅姊的強勢是家族環境練就的，妳習慣了高位，凡事喜歡掌控，不過，妳在陳先生面前的強勢與此不同。以前是怎樣的原因，我不了解，但今晚妳是故意的，妳在怪他？」

「我不是在怪他？」羅月娥深吸一口氣，「他來跟我道歉，還跟我提我出軌的事。妳會看相，妳倒是看看，我像是那種會外遇的人嗎？」

夏芍搖搖頭，「沒有。羅姊雙眼之間並無黑線，奸門色正，並無出軌之相。當年，妳是故意氣他的，對嗎？」

羅月娥轉頭看向窗外，「他就是個呆子，腦子不會轉彎。」

夏芍垂眸不語。羅月娥為什麼騙陳達說自己出軌，原因不說也清楚。她定是覺得丈夫不在乎自己，故意說話氣他。

羅月娥是個要強的人，在外人面前從不露出軟弱的一面，或許是跟夏芍一見如故，或許是因為她是風水師，會看相算命，許多事瞞不過她，因此便沒有壓力地緩緩說起了當年與丈夫之間的恩恩怨怨。

「我第一次見到他，是在他大學的畢業典禮上。學校請了企業家出席，他是學生代表，在典禮上代表致詞。致詞結束的時候，他朗誦了一首自己寫的詩。」羅月娥淡然笑著，「我從小就愛詩，心情不好的時候，我會坐在花園裡讀詩，想著自己在那個世界裡，就什麼煩惱也沒有了。那段時間，我英國的外婆去世，我很難過。外婆把我帶大，我們之間的感情很好，她的離世對我來說打擊很大。我困在這種情緒裡，很長一段時間走不出來，甚至無心打理公司。」

「那個公司是我一手創立的，對我來說，它就像我的孩子，可是我想結束它。我知道，這不應該是我的作風。我非但對不起我的心血，也對不起跟隨我的員工。只是我什麼心思也沒有，只想回英國去陪伴我的外婆……我的家人都勸不了我，而我心意已決。」

「那場大學的畢業典禮，實際上是我最後一次出席這種活動，可就是那一天改變了我。」

羅月娥平靜地看著夏芍，自嘲地笑道：「妳覺得很可笑吧？就因為一首詩。」

夏芍搖頭。世間緣分是說不清的，有時候，一個眼神、一個微笑，就能成就一段緣分。

羅月娥笑了笑，又轉頭望向窗外，目光落在花圃上。紫色的花瓣，在花園暖黃燈光的照耀下，美麗而迷人，一如當年她的心情。

「那首詩他是寫給自己的，詩裡有很悲傷的情緒，就像我失去了外婆一般，但是妳知道嗎？詩裡除了悲傷，我竟然聽見了昂揚的鬥志。」羅月娥好笑地說：「我很少在傷春悲秋的詩裡發現這種心情，我是因為悲傷而悲傷，放棄我得到的，去緬懷故去的，而他卻將那些逝去的放在了心裡，想要去爭取，希望能重拾幸福。」

「我像被人打了一巴掌，幡然醒悟。我意識到我的決定是多麼的愚蠢，我為什麼要特意去緬懷外婆？難道我不去英國，她就會從我心裡被抹去？」

羅月娥搖搖頭，「外婆永遠在我心裡，我想著她，她就一直都在。而我不能讓更多還在這世上的美好從我身邊消失，我應該珍惜眼前。」

「真的很好笑，就因為我聽見了這首詩，所以我改變了當時的決定，也改變了我後來的近二十年……」羅月娥深吸一口氣，努力從當時的情緒裡抽離。

「後來，我託人一查才發現，他父親生意失敗，遭人逼債。我偷偷去過他家裡，那天他家被人砸了，父親被逼得上吊自殺。他當時不在家，他母親跑出來喊人幫忙，鄰居不敢，打電話給親戚也沒人來，最後還是我幫忙叫了救護車。他回來看見我，還以為我只是路過，好心幫忙。他把他父親送上救護車，安撫他癱倒的母親，應付冷言冷語的親戚……他忙著應付這些事，卻依舊沒有忘記跟我道謝。」

「我到現在也忘不了他道謝時的真誠笑容。那天他家沒有一樣完好的東西，連落腳的地方都沒有，他站在一片狼藉裡對我道謝，眼睛很亮，眼底有堅定、不服輸，好像有他在，不管發生什麼事，家都不會垮……」

羅月娥露出微笑，有那麼一瞬，她的眼裡全是一個女人遇上心儀男人時的美好，「我從來就不愁找不到人嫁，可我偏偏看中了他。我家不是沒人反對，可我就要這個男人。在我看來，那些家世背景能跟羅家門當戶對的男人，都不能跟他比。要是家道中落，那些人未必受得住打擊，他們未必有陳達的笑容。我要的從來不是一個家世背景能跟我匹配的男人，而是一個在遇到風雨的時候，可以為我撐起一片天的男人。我覺得我找到了，可是……」

羅月娥搖了搖頭，「可是他的堅持，他的不服輸，結婚之後全都用到了我身上。沒辦法，誰叫我比他大七歲，是個老女人呢？」

羅月娥自嘲地笑著，眼睛卻紅了，「三十歲也不算老吧？我雖然需要交際應酬，但不代表我私生活很亂。相反的，我受父親的影響，非常保守。除了年紀比他大些，我哪裡配不上他？我這輩子沒在什麼事上打過退堂鼓，唯獨這件事……我想嫁給他，卻怕他覺得我老，所以提起婚事的時候我沒露面。我請兩個哥哥去說親，我哥哥們性情直爽，從小就護著我。我知道他們覺得陳達配不上我，我千叮嚀萬囑咐，在談婚事的時候別為難他。」

「可我知道他們一定是會為難他的，但我那時安慰自己，不要緊，他家道中落，什麼人情冷暖沒嘗過？那天那麼亂他還能笑出來，這點事他一定不會在意。」

「我想著他對我的第一印象很好，要是知道我就是羅家小姐，應該在婚後會對我很好。不怕妳笑話，我那時甚至覺得不露面也好，等結婚的時候他發現新娘是我，不知道會不會一下子就心情好起來？」

羅月娥苦笑一聲，「那時的我很傻，期待新郎在見到新娘的一刻，心情豁然開朗，從此幸福快樂，可是我錯了。很多時候，錯誤是破滅的開始。」

「他見到是我之後，非但不高興，還覺得我別有用心。他罵我，說我心機重，他說我這輩子也不會得到他的感情。」

羅月娥說到此處，悲從中來，落下了淚，「我一直期待著跟他結婚，他卻說這樣的話。這世上有幾個女人能忍受得了新婚之夜，新郎說這樣的話？我不明白，就算我用的方法不對，可我幫他家裡還債，也救過他父親，就算我做錯了，總能換來一聲謝謝吧？」

「可是沒有。他自尊心太強，我傾心於他的堅韌、他的不服輸，卻被他的堅韌、他的不服輸傷害了十多年。他覺得羅家人看他就像招贅的女婿，可……婚姻是我們兩個人的事，別人怎麼看，真的那麼重要嗎？我要是想招贅，多少男人排隊等著進羅家的門，我為什麼就偏偏看上了他？在我心裡，他從來都是我一心一意想嫁的男人，他為什麼不明白呢？」

羅月娥說得泣不成聲，門忽然被砰一聲打開。

羅月娥呆住，夏芍卻沒什麼反應。

她知道陳達在外面，但她沒出聲提醒羅月娥。看得出來，這對夫妻自尊心都很強。羅月娥覺得她對陳達有恩，陳達覺得羅月娥傷害了他身為男人的自尊。他們在一起時都高高昂著頭，誰也不肯低下。想必結婚這麼多年來，這些話陳達從未聽羅月娥說過吧？

夏芍還記得在開導陳達的時候，問他為什麼羅月娥這些年來不肯跟他離婚？他的回答是不知道，他甚至不知道當初妻子為什麼看上了他。既然如此，今天就叫他自己聽聽吧。

陳達顯然很受震動，當年的那些事浮上心頭，他終於恍然大悟，可還是皺著眉頭，「既然這樣，為什麼當年我在外面買房子，想我們搬出羅家住，可以有自己的家庭，妳卻不肯？」

羅月娥沒想到陳達在外面聽牆角，她本該因為這件事發火，但在聽見丈夫的質問後，她哭訴道：「你那天是用什麼態度跟我說的話？你有說是想要跟我出去過我們自己的生活嗎？你明明就是用通知的語氣，限期要我搬出羅家。這是我自己的娘家，我為什麼要聽你的？」

陳達愣住，他們在一起時，從來沒有好聲好氣說過話，一見面就是冷言冷語。他習慣了對這個女人這樣說話，他哪裡知道妻子會是這樣的感受。

而他因為妻子不肯跟他搬走，便覺得她是嫌棄外面的房子小，不配她的身分。天！他們之間到底有多少這樣的誤解？

這些年又錯過了什麼？

「你沒話說了？」羅月娥控訴道：「我嫁給你的這些年，你哪一天叫我消停過？你就是嫌我老，嫌我比你大，嫌我保養得好也是個老太婆了，不然你怎麼會在外面找女人？」

這件事是她心中的一根刺。

「我以為是妳先背叛我的，而且妳還在外面買了別墅，養男人不是一年兩年了。我跟妳提出過離婚，我想著離婚以後再尋找新的感情，可是妳不同意。我那天心情不好，去酒吧喝酒，才會……」陳達的話戛然而止，沒再往下說。

他一直覺得自己是受害者，在妻子出軌的許多年裡，他們雖然感情不好，但他沒有過外遇。他想離婚再投入新的感情，可是她沒同意。那天兩人大吵，他一步走錯，索性破罐子破摔，覺得反正是妻子先背叛自己的，不如這輩子就這樣吧。

他哪裡想得到，那些都是她為了氣他，演戲騙他的？

他是真的相信了，還相信了好多年。

「我們結婚這麼多年，你一點也不了解我。你但凡了解我一點，知道我的驕傲，你會相信我外遇嗎？」羅月娥眼淚止不住，「那棟別墅是空的，這幾年我一個人住在那裡，我每天晚上都想著，哪怕是捉姦也好，你能來看看我，可是你一次都沒來過。」

陳達有自己的理由，「我以為妳在那裡養男人，怎麼會去看妳？有哪個男人會專程去看自己的妻子跟別的男人上床？」

「反正你就是漠視我，你對待陌生人都比對我好！」羅月娥堅持認為是陳達的錯。

她很少哭，應該說，結婚這麼多年，他從沒見過她哭。

她在他心目中是強勢的女人，在外有公司，在家裡對他從來不笑，總是說話帶刺，但她今天哭得很傷心，那是她從不曾在他面前展現的軟弱，一下子便讓陳達把要出口的話吞了回去。

兩人結婚這麼多年，他第一次在這些問題上讓步，「好，是我的錯。」

「本來就是你的錯！」羅月娥得理不饒人地怒道。

「好好好，本來就是我的錯。」陳達走過去，第一次嘗試著安撫妻子，「月娥，別哭了，都是我的錯，行嗎？」

「不行，你走開！」羅月娥伸手推她，「告訴你，我的婚姻就這樣了。我們已經吵了十七年了，我不怕再吵下去。我嫁給你的時候就已經是老女人了，現在更是老太婆，我已經不期待婚姻了。吵吧，接著吵，大不了，我死的時候墓碑上刻的是這個人是吵架吵死的。」

陳達忍不住笑了出來，這一笑，叫羅月娥愣住。

陳達笑道：「好，妳想吵的話，我陪妳吵。大不了，我死的時候，墓碑放在妳旁邊，也刻上這個人是陪老婆吵架吵死的。」

「滾！」羅月娥罵道：「誰讓你把墓碑安在我旁邊？你死了還想不讓我安寧？我告訴你，下輩子我絕對不要再遇到你！」

陳達點頭，「好，下輩子別遇到我了。」

羅月娥癟嘴，委屈得直掉眼淚，陳達把妻子擁到懷裡。

夏芍悄聲退了出去，輕輕帶上房門。

她微笑地靠在門邊，隔著房門還能聽見陳達哄羅月娥的聲音。聽了一會兒，放下心來，這才轉身要往樓下走。走沒幾步，就看見戚宸。

夏芍當作沒看見，從他身邊走過。

戚宸開口道：「我真這麼招妳煩？」

他說話的時候，伸手想去抓夏芍的手，夏芍敏捷地閃開。

「有話就說，別動手動腳。」

戚宸皺著眉頭，「看著我說話會死嗎？妳白天當著那麼多人的面罵我，我還沒跟妳算帳，妳真以為我戚宸是給女人呼來喝去的？」

換了別人，早不知死多少回了。

夏芍卻不領情，「不想被人呼來喝去，你今晚可以不來。」

戚宸氣得臉色一黑，瞪著退到牆邊的女人。

他瞇起眼睛，好像明白她為什麼對他這麼冷淡。他轉過身去，一拳打在牆上，他的拳頭瞬間滲出血來，大聲說道：「對，我找人暗殺過妳！我不解釋，那就是我做的！妳想報仇就來找我，想要我戚宸的命，我隨時還給妳！」

夏芍挑眉。師兄幫她報過仇了，戚宸沒殺得了她，師兄殺他也讓他躲過去了，他們算是兩清了。不過，她確實是因為這件事對戚宸的印象不太好。再者，她先認識龔沐雲的，既然龔沐雲是她的朋友，那對於戚宸，她從心理上就想離他遠一點。再者，三合會這些天也確實惹到她了。戚宸是三合會的老大，難不成她還得笑臉迎人？

夏芍還沒說什麼，陳達和羅月娥就從房裡走出來了。或許是聽見了外面的動靜，也或許是覺得夫妻倆的事，不好讓夏芍在外面久等，因此房門一打開，羅月娥就笑道：「芍妹，妳來這裡做客，我反倒招待不周。快進來，我們談正事。」

陳達的目光落在戚宸的手上，見他手受傷，趕緊叫傭人拿醫藥箱來。戚宸卻沉著臉說沒事，直接把手放插進褲袋裡。

夏芍與羅月娥重回客房，羅月娥的眼睛還是腫的。

她不好意思地說道：「芍妹，我的事不知道要怎麼謝妳才好……我知道，感情的事不在你們風水師的工作範圍內，但是妳還是幫了他，也幫了我。我不知該怎麼感謝妳……提錢有些傷感情，可我還是想說，我不會虧待妳。妳說個數，多少我都給。」

陳達進來了，他坐在羅月娥身旁，開始說正事。

陳達道：「大師，我也不知道該怎麼謝妳，妳幫我化解了這次官災，還幫我看清了這些年我一直沒看清的事。這十七年我錯過了太多，這些不是錢能彌補的。我雖然沒什麼本事，但好歹還有些人脈，只要大師有用得到我的地方，只要說一句，我絕不推辭。」

羅月娥在丈夫說自己沒本事的時候，橫了他一眼，但沒說什麼，也是看向夏芍。

夏芍笑了笑，「陳署長，老實說，這次我還真是有事想請你幫忙。」

陳達和羅月娥都是一愣，沒想到夏芍真有事要他們幫忙。

夏芍直截了當地說出來意，卻叫陳達和羅月娥又是一愣。

「艾達地產？」羅月娥沒聽過這家公司，她轉頭看向丈夫，因為他是地政總署的署長，地產公司自然是跟他們部門有聯繫。

陳達也沒印象，這幾天他根本無心工作，而且每天要來地政總署的人很多，審批的事自有底下的科員去做，用不著事事都他報告。

夏芍說道：「艾達地產是半個月前才在香港註冊的新公司，它的總部在內地，資產只有十多億。前些日子看上了永嘉社區，已經拿到社區居民的同意書，只差地政署的審批。但是在審批上出了問題，地政署以永嘉社區地段繁華，內地公司無法勝任開發為由，拒絕了批覆。我認為這個拒絕理由很荒唐，不知陳署長怎麼看？」

「內地公司？」陳達很驚訝。說起公事，他與在妻子面前時的氣度不一樣，可以感覺到他的權威，「大師既然問我，我就不跟妳打官腔了。以無法勝任的理由拒絕審批申請，在地政總署每天都會發生。同樣的地標，我們當然是希望有能力的公司來承擔。有的公司同一時期會進行幾個專案的開發，卻根本負荷不了。資金運作一旦不足，很容易出現斷層。便是向銀行借貸，也還是有破產的例子。專案爛尾，政府便需要重新招標，這樣不僅費時費力，對政府的形象也不好，所以大公司的審查確實容易些，畢竟涉及香港的城市地貌，別說旺區有工程中斷，即便是住宅區，一旦有市民不滿，地政總署就會收到很多投訴。投訴多了，對政府形象有損。」

投訴多了，說明市民滿意度低，也就牽扯到政績。

夏芍怎會不懂這些事，她笑道：「陳署長，艾達地產在內地有兩年的運營經驗了，雖然還是年輕的公司，但流程方面都是懂的。為了打消地政署的顧慮，資料準備得很齊全，包括如今在內地正在開發的專案、資金分流狀況、舊專案的運營情況，以及能在永嘉社區投入的資金證明。所有的資料都已提交，但回覆還是如此，我們認為地政署有敷衍的嫌疑。」

夏芍這話說得不太客氣，她知道定是世紀地產從中作梗。

「我們？」羅月娥從中聽出了些話外音來。

陳達也聽出來了，「大師，妳對艾達地產好像很了解，方便告訴我為什麼要幫他們嗎？」

夏芍一笑，「因為艾達地產的幕後老闆是我。」

為了以後好辦事，這件事夏芍就不隱瞞陳達了。

陳達和羅月娥都很驚訝。

「芍妹，這資產十多億的公司是妳的？」羅月娥問道。

「夏大師，您沒開玩笑吧？」陳達也問。這可是十多億啊！她剛才說是小公司，但那是放在地產業裡，實際上單獨把這資產拿出來說，誰敢說小？

羅家這麼有錢，也不敢說不把這十多億放在眼裡，更何況是普通人？

「艾達地產是我的公司，只是很少有人知道我才是老闆。這家公司是兩年前在內地青省那邊做市區工程時註冊的，幸好這兩年它漲勢不錯。」夏芍笑道。

陳達張著嘴，他知道風水師的人脈很驚人，但凡有名望的大師，身家都很豐厚，卻沒想到夏芍竟然這麼有錢。這即便是不當風水師，只是經商，也稱得上是富商了。

羅月娥笑了起來，目露讚賞，「看不出芍妹還有這一手，咱們果真是姊妹。我手上的服裝公司也是我不靠家裡，自己一手經營起來的。可我那時候都二十三歲了，妳才多大？敢情強中自有強中手，妳可比我強太多了。」

夏芍笑了，「羅姊，妳可別埋汰我了。妳那是上市公司，艾達地產還沒上市呢！」

華夏集團倒是上市兩年了，只是這件事她沒說。

「心不小嘛，還想著上市！」羅月娥笑笑，「別說我倚老賣老，我建議還是看看發展形勢再說，但有這心總是好的。」

她說完拍了陳達一下，「聽見沒，這是我妹子的公司。我不管你有什麼政績上的考量，不就是怕內地公司做不好，拍屁股走人不管嗎？告訴你，我幫我妹子擔保，她要是資金周轉不靈，從我這裡出。就是銀行貸款，我們羅家也有的是人脈。你明天就重新批覆去，把永嘉社區給我妹子。要是你不去，我就親自找發展局的高局長。等發展局那邊親自下了批示，你們地政總署可就臉上無光了。」

陳達苦笑道：「明天是星期六，我上哪兒批覆去？」

他這麼一說，就表示同意了。

夏芍點頭笑了笑，羅月娥倒是愣住了。這話要是以前她說，丈夫准得跟她吵起來，定要說她對他的公事指手畫腳，但其實她只是說說，並不會真的付諸行動，她自己也明白有的時候她是說話太衝。剛才她意識到說這話不妥，卻還是想試探他。

沒想到他沒跟她吵。

羅月娥嘴角牽起，笑容有些苦澀。

她等這一天等多久了？

「陳署長放心，艾達地產絕不會讓地政署難做的。」夏芍保證。

陳達點頭。不必妻子說，他也是打算答應的。這無關人情，就說以唐老的人脈，艾達地產要真是資金周轉出問題，不知多少人等著幫忙填補，壓根兒不用擔心。而且，夏芍年紀雖小，但為人處事沉穩，他相信這個公司是她的。

夏芍客氣地道：「陳署長，可別怪我精打細算。一碼事歸一碼事，這次幫你化解官災的酬勞我還是要收的，日後艾達地產也會跟地政署的規章辦事。」

夏芍這麼做也是在安陳達的心，表示她不會以這次的人情讓他一直通融她。從政的人最忌諱有還不清的人情，更忌諱有把柄捏在別人手中。酬勞一清，人情也兩清。

陳達讚許地微笑，他已不是當年剛畢業的小夥子了，一點就通。

夏芍要了紙筆，寫下一個帳號，說道：「兩百萬。」

兩百萬對於羅家來說真的不算什麼，尤其夏芍還幫忙改善夫妻兩人的關係，這很超值。

羅月娥當即就說夏芍收少了，夏芍卻覺得差不多了。

夏芍今晚來這一趟，對結果很滿意。看了看時間，便起身提出告辭。

陳達和羅月娥起身相送，羅月娥更是拉著夏芍的手，說道：「芍妹還在念書？週末有空就來坐坐。我父母哥哥還有大伯二叔，下回介紹給妳認識。」

她這也是投桃報李，羅家的這些人脈，對夏芍的公司很有幫助。

夏芍笑著點頭，到了樓下才發現戚宸不在，管家說他已經走了。

戚宸這人向來我行我素，羅月娥也不意外，只笑罵一句，便將夏芍送出大門。

夏芍打電話給徐天胤，站在羅家別墅花園前面等。沒想到剛踏出別墅，便有車燈打來。

夏芍轉頭見一輛黑色的勞斯萊斯開了過來，停在她身邊。

戚宸打開車門，坐在裡看著夏芍，「上車。」

夏芍不動。

戚宸語氣煩躁，「送妳回去，又不會吃了妳！」

夏芍這才搖頭，「不用了，謝謝，師兄會來接我。」

「那他人呢？」戚宸的語氣不是很好。

「一會兒就到。」夏芍望向車子會開來的方向。

戚宸冷笑一聲，「一會兒就到？這麼冷的天，讓妳穿成這樣在外面吹冷風？上車！」

夏芍不理他。

「上車！」戚宸又重複一遍。

夏芍還是不理。

戚宸煩躁得直喘粗氣，「上車等行了吧？不比妳在外面吹冷風強嗎？」

夏芍看向戚宸，明顯不相信他。上車等？等徐天胤來？這不是戚宸的作風。她倒是覺得，她只要一上車，他就會命令司機開車。

夏芍這麼想著，戚宸忽然下車，砰一聲關上車門，還把一件外套丟過來。

她下意識接住，入手還帶著戚宸的體溫。

戚宸走過來，她立刻把外套遞還回去，「謝謝，我不冷。」

「不冷？穿這麼少怎麼會不冷？」戚宸瞪著夏芍，「妳一定要這麼拒人於千里之外嗎？」

夏芍伸著手，沒說話。

戚宸來回走了幾步，又說道：「我也可以對女人很好，做我的女人不吃虧。」

夏芍愣住，好半天沒反應過來。

剛剛不是在討論上車和外套的問題嗎？

戚宸這是在向她表白？

她沒記錯的話，他們根本沒見過幾次，每次都還不太愉快。

這人……

夏芍有點鬱悶，又有點好笑。她真不覺得戚宸喜歡自己，他是不是從來沒在別的女人手上吃癟過，所以分不清好奇跟喜歡的區別？

夏芍笑著搖了搖頭，「對不起，華夏集團沒有招贅的打算。」

戚宸活了二十幾年，從來沒跟女人說過這種噁心巴拉的話，也不知道自己怎麼張口就說出來了。反正，他是想說就說了，但說完馬上皺眉頭，覺得這不像自己會說的話。

聽了夏芍的話，他瞪著夏芍，「招贅？妳可真敢說。堂堂三合會的當家，入贅到華夏集團？妳胃口真不小。」

夏芍翻白眼，懶得接這話。華夏集團現在是跟三合集團沒法比，但它會有那一天的。她見戚宸不接他的外套，乾脆拿著他的外套走到車前，想把衣服丟進窗戶裡。

戚宸卻在後面問道：「那徐天胤呢？妳也敢要他入贅？他可是徐家的嫡孫。」

夏芍轉身反問：「你是不是弄錯什麼事了？」

戚宸見她把他的外套丟進車裡，就想生氣，但聽夏芍這麼說，倒是挑了挑眉。

夏芍看著遠方的夜色，溫柔地笑道：「師兄，我的嫁。」

這時，不遠處亮起車燈，一輛車緩緩駛了過來。

夏芍朝那輛車快步走了過去，戚宸下意識伸手去抓她，入手的卻是一截銀紗。那紗從他指縫間溜出去，飄向遠方。

車子停下，徐天胤拿著一件外套下車。

夏芍奔過來，他把外套披到她身上，她則乖巧地對他笑。

戚宸瞇起眼看著前方，徐天胤也轉頭看過來。兩人的目光相觸，閃現火苗。

徐天胤開車過來的時候，必是看見夏芍站在戚宸車邊了。夏芍倒不怕徐天胤誤會，他們兩人之間，這點信任還是有的，她只怕這兩人在羅家門前打起來。

夏芍趕緊說道：「師兄，時間不早了，我們回去吧。」

徐天胤卻沒動，依然盯著戚宸。

戚宸忽然一笑，大步走過來，在徐天胤身前三步站定，「徐司令，下回接女人可以再晚點，我的外套可以借她多披一會兒。」

夏芍輕輕蹙眉。

這傢伙真是唯恐天下不亂！

她根本就沒披他的外套，戚宸明顯是在指責徐天胤來晚了，讓她吹了冷風。這不怪徐天胤，是她要他先回去的，而且她本來就沒提前打電話。

從師父的宅院到羅家有段距離，他來得其實已經很快了。

不對，她跟戚宸在門口沒等多久，約莫也就十分鐘吧，師兄怎麼來這麼快？

而且……

她的視線落在披著的黑色外套上。這外套沒有他的氣息，她也不曾見過，是新買的嗎？

「師兄？」夏芍詢問地看向徐天胤。

徐天胤卻突然對戚宸出手。

夏芍一驚，萬分懊惱。剛才分了神，竟一時沒留意他們的神情。徐天胤的修為跟她一樣，戚宸的拳法剛烈，卻是在明勁上，完全不是徐天胤的對手。

徐天胤對戚宸動手，不可能手下留情。

戚宸是戚老爺子的獨孫，戚老跟師父是拜把子的交情，就衝這一點，戚宸若是在徐天胤手上有個什麼事，師父可不好交代。

所幸她發現徐天胤並沒有使上暗勁，他用的是完完全全的明勁。

徐天胤一拳打向戚宸，雖說用的是明勁，卻帶著剛猛的拳風，戚宸正面接下。

戚宸的手在羅家受傷了，他卻不管不顧，同樣對徐天胤出拳，結果傷口裂開了。

戚宸臉色不變，抬腳往徐天胤膝蓋上踹去。這一腳也是力道很猛，若真踹在徐天胤的膝上，這條腿肯定得廢了。

徐天胤也不避讓，抬腿跟戚宸對上。又是砰一聲，徐天胤立刻反手一拳掃向戚宸右臉。

戚宸腿腳剛落地，結結實實挨了徐天胤一拳。他下盤功夫也算穩當，竟是硬撐著沒摔倒，但嘴角淌下血絲來，右臉頃刻間腫了。

「大哥！」戚宸車裡除了司機，只帶了兩個人，他們衝下車拔了槍，對準徐天胤。

夏芍目光一寒，拉住徐天胤，把他往身後扯，看向戚宸道：「今天這一架可是你自找的，這件事你週末的時候一起解釋吧。」

她說完，拉著徐天胤上車，踩著油門駛離這裡，這才鬆了那兩人身上的陰煞。

「大哥？」那兩人很驚異，但看戚宸的臉腫起來，趕緊上前查看。

戚宸擺擺手，盯著徐天胤的車子開遠，直到看不見，才吐出一口血，一瘸一拐走回車上。

那兩人跟著回車上，卻不敢說話，只見戚宸望著前方，全然不管手上淌著的血，眉眼融在黑暗裡，冷冷地道：「開車！」

第六章　二存其一

「停車。」夏芍看著徐天胤，說道。

徐天胤看她一眼，見她沉著臉，便把車停到路邊，然後轉頭看她。

夏芍把身上披著的外套拿下來，見上面還帶著標籤，便問道：「師兄，老實交代，你是不是根本就沒有回去？」

徐天胤拿過外套，又給她披上。車裡開著空調，其實很暖和，但他還是堅持要她披著。

他不說話，等於是默認了。

夏芍蹙起眉來，「那吃飯了沒有？」

羅家離師父的宅邸有些路程，她要他先回去，也是為了讓他回去吃晚飯，但眼下看來，他肯定沒有吃飯，而是跑去買外套了……

他壓根兒就沒回去，才能那麼快到羅家。

夏芍很心疼，「餓了嗎？」

徐天胤搖搖頭，見她依舊有些怨怪，便伸手把她擁進懷裡拍了拍。

夏芍苦笑，「行了，去超市吧。我們買點菜回去，我做宵夜給你吃。」

徐天胤拍打她的動作一頓，接著「嗯」了一聲，手臂微微收緊。

「行了，別再這兒磨蹭了，買了菜早些回去。太晚了，師父會擔心了。」

「嗯。」

買了新鮮的菜，兩人才返回唐宗伯的宅邸。

夏芍打算進屋就去跟師父打聲招呼，今天傍晚跟三合會的衝突也得跟師父報備，免得週末三合會來人，他會搞不清楚狀況。

林冠身上的符煞是夏芍所下，只要她催動，便能不聲不響要了林冠的命。她當時因憤怒動了殺心，因此不僅下了符煞，那一掌打得也不輕。林冠本就是受了重傷，那一掌再震了他的五臟六腑，以他的虛弱狀況，絕對無法撐得住符煞的侵蝕。

從外表看不出什麼，但林冠絕對活不過三天。

他的命能不能保住，取決於林冠是不是會保證日後絕對不會找她麻煩。事實上，夏芍對見林別翰沒什麼興趣。如果林冠只惹惱她，她不會這麼大費周章，非得要人家的父親上門道歉。問題是，他們不該招惹徐天胤。

當初在余家徐天胤跟戚宸動手，師父事後去戚家拜訪道歉，這次三合會惹了徐天胤，夏芍不會就這麼算了，怎麼也要叫戚宸這個當家人親自過來解釋。

誰知夏芍回房脫下外套，準備換完衣服去師父的房間時，就見徐天胤的目光落在她的背上，接著她將她抱起來，往大床走去。

「師兄？」夏芍被驚到，「我們回來了，要去跟師父說一聲。」

「我去。」徐天胤話是這麼說，卻抱著夏芍來到床邊，讓她側坐在他腿上，也不嫌她禮服上鑲嵌著的水晶硌人，緊緊抱住她，頭埋在她頸窩深嗅，像是在尋找她的香氣，聊以慰藉，以壓制想吞掉她的慾望。

夏芍不敢動，感覺著男人灼熱的鼻息，聽著他在自己的頸間喘息，她開始輕顫。

今晚試衣服的時候，她就知道某人又動了心思，見她很少穿禮服，定是想嘗鮮了。既然他說了要去師父那裡，她只好等著。等他平息下來，她再換衣服去前院。

結果，夏芍等了許久，徐天胤的氣息非但沒平復下來，反而越來越粗。漸漸的，流連變成了舔吻，他從她的脖頸吻到香肩，大手撩開她背後的銀紗，在她珠玉般光潔的背上摩挲。

徐天胤的指尖微涼，吻卻是燙人。這一冷一熱，讓夏芍彷彿被冰與火夾在中間，有種難以言說的快感。她忍著男人在她身上撩撥的難耐，說道：「師兄，還要去師父那裡。」

「嗯。」徐天胤含糊應一聲，索取卻不停。

「嗯什麼？快去。」夏芍咬著唇，鎖骨忽然痛了一下。

「嗯。」徐天胤還是這麼一句。

夏芍在他胸口捶一拳，只覺他胸口滾燙，心跳沉如鼓。她的粉拳綿軟，更叫男人悶哼一聲，索性抓住她的手按在胸口。

夏芍想抽手抽不回來，怒瞪徐天胤一眼，「你剛才說你去的。你什麼時候去？別晚了。」

「等一下。」徐天胤聲音低沉沙啞。

「……」鬼才信他的等一下。

夏芍氣也不是，笑也不是，更兼男人在她身上煽風點火，她的氣息已有些亂，卻還要強忍著，當真是要多難受有多難受。

「不行，現在就……啊！」夏芍剛想說現在就去，她的身子忽然被推倒。

徐天胤把她按到床上，夏芍的腿搭在他的腳上，姿勢怪異。

這只是夏芍覺得，此刻在徐天胤眼裡，月光照在少女細緻的肌膚上，銀色曳地長裙裹著她圓潤的臀和纖細的美腿，看起來就像一條剛出水的美人魚。

他大掌一撩，撥開她柔軟的髮絲，俯身吻了下去，開始狠狠掠奪。

她的背脊很美，肌膚緊實，煉神還虛後更如嬰兒般柔嫩。他的大手按壓在她的腰上，看著她因他的掠奪肌膚微微綻出粉紅，眼神漸漸變得血腥。

她的呼吸已亂，眼神迷離，卻還是試著跟他說話，「師兄……現在就去……」

「晚了……師父就睡了……」

「我們買了菜回來，宵夜還沒……」

「……師兄，宵夜。」

夏芍的聲音迷離，異常的動聽。男人卻在她還想說什麼的時候，堵住了她喋喋不休的唇，狠狠啃噬，直到把她的抗議和嚶嚀全數吞沒……

夏芍覺得她的菜白買了，這個男人根本就不需要吃飯，她才是他的餐點。

事畢，夏芍迷迷糊糊看見徐天胤起身，穿上衣服走出去。

最後她是深深地後悔。

都已經這麼晚了，師父肯定睡了，去了還不如不去。

去了說什麼？師父知道師兄是從後院過去的，而她沒到，怎會想不到發生了什麼事？

早知道她剛才就不堅持要他去跟師父報備了，這簡直就是……自作自受。

夏芍在無盡的悔恨中入睡，夢裡都是這丟臉的事，因此睡得不是很安穩。但睡夢裡，她只要動一動，身後的人便會把她往懷裡抱，然後檢查被子。

早上起床的時候，夏芍睡在徐天胤的臂彎裡。他躺在她身後，攬著她的腰，下巴擱在她肩頭，她輕輕一動，他便醒來了。

徐天胤在軍區一個人的時候是不是會乖乖睡床，夏芍不知道，但跟她在一起，他便會在床上睡，而且記得她說穿衣服睡不舒服的話，每晚都會脫衣服。

夏芍本能地又往男人懷裡靠。隨即她下半身頂到了一樣硬物……

夏芍反應過來，霎時清醒。

但已經晚了，徐天胤看到她醒來，翻身便把她壓在了身下。

夏芍發出似嚶嚀的嗚咽聲，一大早醒來便被當成了早餐……

完事後，夏芍軟趴趴地窩在被子裡瞪人，而被瞪的人不明白為什麼被瞪。

難道剛才他做得不夠好？

如果夏芍知道徐天胤在想什麼，一定會吐血，好在她先開口：「昨晚去師父那兒了？」

夏芍之所以這麼問，是因為她還抱著僥倖心理，希望師父睡著了，然後徐天胤就回來了。

「嗯。」徐天胤答得一貫簡潔。

「師父睡了吧？」夏芍試探地問。

「嗯。」徐天胤答。

夏芍鬆了一口氣，又擔心起來，「所以，師兄就回來了吧？」

徐天胤沒立刻就答，見她一臉緊張，他才點頭，「嗯。」

夏芍險些以為自己聽錯了，但反應過來後，鬆了一口氣。雖然昨晚回來沒跟師父打招呼有些不對，但總比丟臉強，晚一點再去跟師父說三合會的事吧。

正當夏芍這樣想著，卻聽徐天胤又道：「跟師父說了一聲就回來了。」

夏芍呆愣許久，頓時嚶嚀一聲，她想揍人。

她錯了。她不該堅持讓他去找師父。

夏芍連起床的力氣都沒了，她不知道要怎麼去跟師父請安，索性在屋裡躲了一天，連早餐和午餐都在房裡用。她讓徐天胤去代為問早，說自己忙著複習功課，晚上再去陪師父吃飯。

於是，夏芍這天確實是在念書，只是早起後打了電話給艾米麗，告訴她下禮拜一去地政總署那邊重新遞交申請，然後等批覆就可以了。

夏芍這麼快就把事情搞定，讓艾米麗相當意外。她覺得自己跟隨的董事長簡直就是女超人，很難想像她是怎麼把學業和公司的事兼顧好，有時間還幫人看風水。

這簡直太不可思議了！

夏芍在房裡看書到傍晚，這一天都沒去前院看師父，她很過意不去，因此決定晚上親自下廚，做一桌子好菜陪師父吃飯。

住在不遠處別墅裡的張氏一脈的弟子們也過來了，夏芍這還是頭一回在這裡做菜。一群人盯著桌上色香味俱全的大餐，張中先笑了，「哎呀，中國菜！香港雖然也有中式餐廳，但是道地的中國家常菜可是很多年沒吃了，我先嘗嘗！」說完，也不管唐宗伯還沒動筷子，便往糖醋魚的盤子裡夾。

溫燁的左看看右看看，說道：「能吃嗎？沒毒吧？顏色好看的東西都有毒。」

溫燁愛擠兌夏芍，弟子們早就習慣了，反正他從小就這麼個性子，夏芍也不怪他，反而每次兩人對上都有好戲看。

夏芍笑著夾了一個茄汁魚丸放到溫燁的碗裡，慢悠悠地道：「沒事，再毒的東西到了你的嘴巴裡，也都不是毒了。」

所有人過了一會兒才反應過來，夏芍是在拐著彎罵溫燁嘴巴毒。

溫燁一時半刻沒轉過彎來，直到大家都噗哧笑出來，溫燁才怒瞪夏芍，用筷子戳起魚丸，狠狠塞進嘴裡大力地嚼，像是在嚼某人的肉。

夏芍的母親李娟廚藝很好，夏芍也能做一手可口的家常菜。

在場的人很久沒吃過家常菜了，全都吃得津津有味。

張中先說道：「我們那年代過得苦，哪吃過這麼好的菜？想不到芍丫頭還有這一手。這丫頭真是深藏不露，以後週末的飯菜就交給妳了。」

夏芍笑了笑，準備這一桌菜，要花不少時間，但既然張老開口了，她自不會拒絕。

只是，夏芍剛想點頭，唐宗伯就擺擺手，「小芍子要忙課業，你就別浪費她的時間了。」

唐宗伯說完張中先，就去念夏芍，「年輕人身子骨再好，也要適當休息，別太累了。」

夏芍被念得一張小臉漲得通紅，她暗地裡掐了一把徐天胤的腰，趕緊轉移話題。

「師父，明天戚宸和三合會的坐堂可能會來拜訪您，您就先別去風水堂那邊了。」

「嗯？」唐宗伯果然疑惑。

夏芍這才把昨天校門口發生的事複述一遍。

唐宗伯嘆道：「林別翰這個人重義，身手也不錯，可惜虎父無犬子。我早年見他就跟他說他命中有私生子，若不好好教養，必成一害。他當時與他妻子感情很好，便特別注意。沒想到註定的事還是沒辦法改，而他兒子最後竟然是犯在小芍子手上。」

相對於唐宗伯的感慨，張中先則怒哼一聲，「做的對，就該叫戚家小子跟那小子的爹來道歉！上回掌門師兄可是親自去戚家道歉，這回該輪到他們了。玄門和三合會，哪個也不差，他們的命是命，咱們的就不是了？這歉必須得道。」

雖然夏芍說她和徐天胤被三合會的人用槍指著，但以兩人的本事，對方的槍傷不到他們，唐宗心裡有數。可徐天胤是他的大弟子，他把他當兒子看待，林冠揚言要打死他，唐宗伯自然不會無動於衷，甚至對夏芍向普通人下符煞也隻字不提。

夏芍了解師父的性子，他常教她不可妄欺凡人，但對於對方欺負到頭上的事，他向來是極為護短的。因此，見師父的表情她便知道，明天他會留在宅子裡，替師兄討個公道回來。

隔天唐宗伯沒去老風水堂，一大早果然有人敲響了他的府邸大門。

出人意料的是，來的不是兩個人，而是四個人。

戚宸、林冠，另外兩人夏芍不認識。

其中一人推著林冠的輪椅，他的眉眼與林冠有些像，年約五旬，身材精實，目光如炬，握著輪椅的手其指節粗大，一看就是長年練就硬氣功的練家子。

夏芍並未親自來開門，今天她特意留了名張氏一脈的弟子在宅子裡，有人敲門便讓弟子去開門，而她難得端出掌門嫡傳弟子的架子，陪著師父和師兄在堂上喝茶。

四人由弟子領著來到待客的廳堂時，夏芍只是抬頭看了一眼。

她一眼便斷定那名推輪椅的人，便是林冠的父親林別翰。

夏芍無視林冠看見她之後一臉驚恐的表情。

戚宸的臉昨晚受了傷，今天嘴角還腫著，卻是看起來一點事也沒有，走路依舊邁著大步，態度囂張，一進來就先看夏芍。

夏芍的目光則是落在戚宸身邊的老人身上。老人約莫七十歲，頭髮花白，但身體硬朗，走路不用拐杖，眼神如鷹隼般銳利，看起來頗為威嚴。

不必想，這人定是戚宸的爺爺。

果然，戚老爺子一進廳堂，唐宗伯便放下茶杯，笑著說道：「還以為今天就世侄和別翰過來，大哥怎麼也來了？咦？世侄的臉怎麼了？」

戚宸的臉是被徐天胤揍的，因為涉及私事，夏芍沒跟師父說，沒想到師父倒問起來了。

戚老爺子擺擺手，中氣十足地道：「沒什麼，跟人打架打輸了，就變成這樣了。」

戚宸的功夫不弱，而且在香港誰敢動他這個三合會的老大？

唐宗伯一聽戚老爺子的話，便猜到與夏芍和徐天胤有關。他看向兩人，戚老爺子又是擺手，「在黑道上混，動刀動槍是常事，打個架而已，沒什麼稀奇的。況且，技不如人就得搭上命去。對方只是打了他一拳，不值得大驚小怪。」

戚老爺子看了徐天胤一眼，目光銳利，但並未說什麼，便又看向夏芍。他看夏芍的時間反而久了點，像是要將她看穿一般，從頭到腳打量了一遍，這才又對唐宗伯說道：「今天來不是為了宸兒的事，為的是阿翰兒子的事。」

林別翰看向夏芍。

夏芍見林別翰看過來，卻沒理他，而是與徐天胤一同起身。

「戚老。」夏芍向戚老爺子行了個晚輩禮，「請上座。」

「嗯。」戚老爺子頷首。也不用戚宸扶，逕自走到上首，坐在唐宗伯旁邊。弟子進來上了茶，戚宸向唐宗伯行禮，坐到他爺爺下首的椅子裡上，看著夏芍。

夏芍見戚老爺子坐下，才跟著徐天胤坐下，自始至終，她沒理會過林別翰。

林別翰的臉色不怎麼好看，但礙於江湖輩分，他先與唐宗伯打招呼，「唐老，您回香港，晚輩第一次登門拜訪，卻是為了犬子衝撞令徒的事，實在汗顏。」

唐宗伯喝著茶，也不說讓林別翰坐，只是不冷不熱地道：「別翰啊，你年輕時我曾提醒過你，你命裡有個私生子。你不在意就罷了，疏於管教便是你的錯了，養不教父之過啊！」

林別翰低著頭，聽著唐宗伯訓話，神色有些複雜。

他當初並不是沒有聽唐宗伯的，相反的，他很信服唐宗伯。應酬時女人他一直很謹慎，不料還是出了差池。出事後他愧對妻子，更對設計他的女人恨之入骨。要不是那個女人跟李家有些親戚關係，他早就解決了她，林冠也不會出生。

他不想承認這個兒子，看見他，就想起那個設計他，跑去他妻子面前說三道四的女人。想到這孩子身上流著那女人的血，他就很反感，而且看到他，他更是對不起自己的妻子。

他原本不想管他們母子，沒想到妻子卻瞞著他，以他的名義每個月付他們母子贍養費，許多年後才被他發現。

妻子與他是青梅竹馬，他還沒有加入三合會之前，沒什麼本事，憑著自幼練就的武藝在街頭賣藝為生。當時得罪了一個地痞，他派人上門尋仇，妻子懷孕三個月，那些畜生想侮辱她，她受驚躲避而流產，自此不孕。他的妻子心地善良，在他們最艱難的歲月，默默支持著他。

他發達了以後，第一件事就是給妻子過好生活，可她有個心病，就是沒辦法為林家延續香火。妻子相當內疚，臨死前的遺願是希望他能讓林冠認祖歸宗。

妻子是他唯一愛的女人，他遵照妻子的遺願，對外承認林冠是他的兒子。

他認了林冠，卻沒有認李氏，但他們母子藉著他在黑道的名聲得了不少好處。他認下林冠的時候，他已長大，打架鬧事，不學無術。

林別翰雖然身在黑道，卻最恨街頭的混混，故而對兒子很是不喜。他不是沒訓斥過他，可他表面聽從，背過身就自去胡鬧，他便懶得再管。

而他懶得管的結果就是，黑白兩道的人都願意給林冠一點面子，林冠從以前的小混混變成了公子哥兒，又染上了紈絝子弟的習性。

林別翰雖是惱怒，對林冠卻是眼不見為淨，只要他不惹出什麼事來，他就睜一隻眼閉一隻眼。反正這小子渾歸渾，也不是不機靈。他知道誰可以惹，誰惹不得。

然而，還是出了大事，他惹到了唐大師的徒弟，還一惹就是兩個。

林別翰恨不得把兒子綁起來送過來賠罪，但他傷得很重，再次被送進醫院，昏迷了一天一夜。今早他有些好轉，他二話不說把他帶了過來。

他不喜這兒子，但想留著他的命。不為別的，只為他對妻子的承諾。這也是之前他聽說兒子出車禍險些遇害，才放出話去要找出凶手的原因。

不料，他的一句話，讓幫裡損失了幾十名兄弟。

這是他的錯，他不僅要向唐老賠罪，還要給幫裡一個交代。

林別翰看向兒子，只見林冠病懨懨的，渾身包著繃帶紗布，從醫院出來的時候還睜不開眼，到了唐老的宅子，精神反倒好些。不知是因為這裡的空氣新鮮，還是因為看見唐老的兩名徒弟驚嚇所致。

事實上，這兩個原因都有。

唐宗伯的宅院裡佈了太極聚氣陣的，可以補養人的元氣，無形中緩解了符煞對林冠身體元陽的侵蝕，令他覺得舒服。其次，林冠看見夏芍和徐天胤時，確實驚得清醒不少。

他昏迷很久，今早才醒，接著便被父親綁在輪椅上帶到這裡。

在車上被父親訓斥，他才知道自己闖了大禍。

他喊打喊殺的那兩個人，竟然是第一風水大師唐宗伯的嫡傳弟子。

林冠不知道他們為什麼跟媒體報導上的容貌不一樣，但父親沒有必要騙他。怪不得，怪不得這個女人跟戚宸認識，怪不得戚宸對她那麼客氣，原來她是唐大師的徒弟。論江湖輩分，她比他父親的輩分還高，因此此時她坐在那裡連眼也不抬，而他們父子卻只能站在堂上，好不尷尬。

林冠想死的心都有了。那天戚宸根本不是來為他撐腰的，而是他闖了禍，惹到不該惹的人，把戚宸驚動了。他驚懼地看著夏芍，她說他只有三天可活，那今天不就是最後一天嗎？

林冠再不敢去懷疑夏芍這話的真實性，聽說風水師的手段神鬼莫測。他想起那天夏芍來到自己面前時，曾經畫了個詭異的圖案，他被詛咒了嗎？

林冠想轉頭看父親，希望林別翰救他，但他的脖子動不了。

林別翰開口說道：「你自己惹的事，自己解決。」

林冠知道父親不可能真的叫他自己解決，不然當初不會說要幫他找出凶手，今天也不會陪著他來。他很快反應過來，父親這麼說要他道歉，有戚老在，不看僧面看佛面，他就有救了。

林冠顧不得身上的疼痛，趕緊對夏芍道：「夏小姐，我錯了！我有眼不識泰山，狗眼看人低，妳留我一條命吧！我發誓，我再也不敢了！」

見兒子這貪生怕死的樣子，林別翰臉色難看，握著輪椅的指節都凸起了。

夏芍沒理他，依然神情冷淡。

林冠趕緊又道：「夏小姐，我真的不知道那晚車裡的人是妳，我要是知道，借我一百個膽子也不敢啊！妳說，要怎樣才肯饒了我，我照做，一定照做！」

夏芍還是沒看他，卻淡淡地說道：「你找錯道歉對象了。」

林冠一愣，這才看向徐天胤。他坐在夏芍身邊，不時幫她添茶，其他時間則冷冷地看著坐在對面的戚宸。林冠原以為這件事是夏芍說了算……他連忙對著徐天胤，把剛才向夏芍求饒的話又重複了一遍。

林別翰越聽臉色越難看，他堂堂三合會坐堂，怎麼就生出這麼一個軟骨頭的兒子？

戚宸看也不看林冠，戚老爺子同樣沉得住氣，不像是來當說客的，倒像是來喝茶敘舊的。

唐宗伯更是由著夏芍，什麼話也沒說。

林冠急得冒汗，他以為他道歉，別人就會為他打圓場，怎麼大家都不說話？

這時，夏芍終於看向林冠，問道：「你今天是來道歉的，想要我和師兄饒了你？」

林冠吶吶地嗯了一聲。他剛才說的那些，不就是道歉的話嗎？她是沒聽見還是……

他正這麼想，夏芍目光一寒，他頓時打了個冷顫，慌忙收起其他心思，不敢再想。

夏芍又問：「你險些傷了我，我師兄也傷了你，這帳算不算兩清？」

兩清？林冠臉色發苦，他根本就沒傷到她，自始至終受傷的都是他好不好？

但他不敢辯解，忙道：「清了！清了！」

夏芍繼續問：「那你帶人尋仇，我們打了你的人，兩清嗎？」

林冠臉色更苦，明明都是夏芍和徐天胤在打人，他的人哪裡動得了他們一根指頭？

「兩清！兩清！」林冠不敢說這話，只得又道。

砰！夏芍把茶杯往桌上一放，震得林冠的心肝都跟著一顫，「那你揚言要打死我師兄，我打死你的人了嗎？」

林冠咕咚嚥下一口唾沫，那些人……確實被打死了，不過，是被戚宸打死的。

「沒、沒有……」林冠不知道夏芍要說什麼，只好順著她的話說，希望她快撒完氣，然後饒了他的小命。

「那這帳怎麼清？」

林冠愣住，戚宸也看向夏芍。

認識她不久，但知道她不輕易動怒，除了漁村小島上被她罵過一回，事情起因略有不同外，她動怒似乎都與身邊的男人有關。

『師兄，我的嫁。』

腦海裡突然夏芍說這話時的笑容，戚宸的臉色不太好看。他瞇眼看向徐天胤，徐天胤也看著他，兩人對視，廳堂裡的空氣像是烈焰遇上了冰霜。

在這樣的氣氛下，林別翰開了口：「夏小姐，犬子莽撞，衝撞之處還望見諒。他是沒有那個本事傷害徐先生的，而且三合會的那幾十名兄弟也已處決，幾十條命還抵不上徐先生的完好無損嗎？這帳怎麼看都是清了吧？」

林別翰對夏芍是有些意見的，論輩分，夏芍在他之上，但論年紀，他怎麼也比她年長許多。從進來到現在，她連讓他坐的話都沒有，更是看也沒看他一眼。他混了到如今的地位，憑的是自己的雙手，他尊重江湖地位，卻更吃實力和資歷那套。

夏芍的資歷比他差得遠，她這倔傲的態度讓他不喜。

夏芍冷聲道：「我做事，向來是冤有頭債有主，那幾十個人不過是聽命行事，我從未想過要他們的命。他們是被戚當家處決的，犯的是你們三合會的幫規，死也是因為你們三合會的幫規而死，與我何干？這帳算在我頭上，好大的一頂帽子。想要打死我師兄的，是你的好兒子，他才是我要算帳的人。這帳，依林坐堂看，清是沒清？」

這話把林別翰說懵了。

戚宸看了林別翰一眼，哼了一聲。辯也沒用，論口才，他都說不過她。

林別翰反應過來，繼續爭辯：「夏小姐，這帳妳再好好算算，當真沒清嗎？犬子揚言要殺徐先生，他叫人動了手，而夏小姐也揚言犬子活不過三日，夏小姐也動了手，這帳沒清嗎？」

夏芍笑了，笑得諷刺，「清了。所以你們父子今天是來做什麼的？」

林別翰和林冠都呆住。

林冠本還激動，險些為父親拍手叫好，想著這樣下去，他是不是就可以不用死了？可聽見夏芍這話，他臉色頓時慘白。

什麼意思？是說帳清了，他可以不必來道歉，回去……等死就行了？

林別翰臉色漲紅，明明是夏芍要他們上門道歉的，現在歉也道了，她卻來這麼些話？

「夏小姐，妳別忘了，犬子沒能殺得了徐先生，而他的命在妳手上卻只剩一天。」

徐天胤一根汗毛都沒少，林冠還得搭上一條命，這是哪門子的帳？

夏芍淡然道：「他殺不了我師兄，是因為他沒本事。我殺得了他，是因為我有能力。」

林冠若是有殺了徐天胤的本事，他早就殺成了，還用等到今天來上門道歉？他也就是遇上了夏芍和徐天胤，才踢到了鐵板。若是普通人，那人還有命坐在這裡等他道歉？笑話！

林別翰氣得臉色發黑，卻又被逼得無話可說，「好好好，我知道夏小姐的意思了。父債子償，今天反過來，我用自己的命換我兒子一條命。」

他掏出手槍，指向自己的左肩。

戚老爺子、戚宸和唐宗伯不約而同看過來。

林冠呆了，還沒反應過來，槍聲便響了。

砰一聲，鮮血四濺，槍聲震得堂上人的耳膜隱隱作痛。

林冠忘了自己的手臂有傷，忙轉動輪椅靠過去，「爸？」

林別翰臉色發白，左肩染血，卻硬氣地站著，一聲不吭，問道：「夏小姐解氣了嗎？」

林別翰開槍很快，沒人來得及阻止。

夏芍笑了笑，神情冷淡，「不是以命抵命嗎？」

「妳——」林別翰瞪眼。

林別翰這一槍打在自己的左肩上，子彈穿透肩胛骨，這地方對練武的人來說傷不得。若是養不好，這條手臂再使不出力，廢了都有可能。這比要了他的命更厲害，他認為他這麼做已經很有誠意，夏芍執意要他以命抵命，實在是咄咄逼人。

戚宸皺眉，林別翰是他的啟蒙師父，又是三合會坐堂，今天親自為他兒子來道歉，哪怕是羞辱、逼迫，他都得忍，只是難道真得要他的命嗎？

戚宸又看向徐天胤，只為了這個男人嗎？

戚老爺子則是看向夏芍，一股壓力沉沉地撲向夏芍。

夏芍彷彿無所覺，淡定地喝茶。

唐宗伯沒表態，徐天胤就更不可能有什麼表情了。

師徒三人這般模樣，讓林冠大為著急。

戚老爺子和戚宸都陪著林別翰上門道歉了，難不成唐大師他們還真的會不看情面？真的要他父親去死，用他的命來抵，他才能活？

林冠看著林別翰左肩汩汩滲出的鮮血，死死握著拳頭，臉色慘白。夏芍毫無反應，像是在等著他父親自殺似的。

林別翰怒極反笑，「好！沒想到我林別翰在道上混了這麼多年，多少仇家沒要了我的命，最後會死在自己槍口下，也好！」

林別翰看向自己的兒子，他膽小懦弱，欺軟怕硬，除了闖禍，一無是處。這樣的人，除去血緣關係，向來是他最看不上的，今天卻要為了他把這條命搭上。

他這輩子做過的最錯的一件事，就是跟姓李的女人有過一夜，而這兒子就是那一夜的結果。他從來都不曾因有這麼個兒子歡喜過，妻子偏偏想留住他。留住這點血脈，是她唯一的遺願。他答應過要遵從，哪怕是搭上命。

林別翰目光決然，舉槍前看向戚老爺子，他並沒有求情，只是深深看了一眼，鞠了一躬，「老爺子，我林別翰因為有您的知遇之恩，才有今天。本想著這條命死也要留給戚家，沒想到今天要交代在這裡。老爺子，我林別翰對不住您。這條命算我欠戚家的，要是有下輩子，我還是做戚家的下人。」

戚老爺子還沒說話，林別翰接著看向戚宸，同樣鞠了一躬。

「當家的，我走後，幫會的事不能幫您了，我對不住您。我看著您長大，幫會的事您當著家，這些年我都看在眼裡，也覺得沒什麼可以教您的了。就是您的性子，我得多說兩句。我知道，您從小到大就沒哪天心裡爽快過，可是人總不能一直這麼過。我真心希望能有個人讓您的日子快活些，可惜我看不到了。不過，也不遺憾。看著您長大，也值了。」

戚宸有些動容，也不說話，只是瞇著眼望向夏芍。

夏芍依然誰也不看，慢悠悠喝茶。

林別翰再次將槍舉起，這一次，指向了自己的太陽穴。

林冠震驚了，他爸真的會死！

他一直覺得他不會死，他是三合會的坐堂，除了三合會的龍頭老大，他父親最有權勢，任誰都會忌憚三分。他的父親不是幫會底層的小混混，而是整個三合會的大管家。說句話，黑道都會震一震的左相大爺。

誰有本事要他的命？誰敢要他的命？

「不不不不不……」林冠伸手去抓林別翰的手，驚恐地道：「爸，爸，你不能死！」

他一邊拽著林別翰，一邊不顧脖子扭動的疼痛，轉頭求戚老爺子和戚宸，「戚老，戚老，您幫我爸求求情，拜託您了！」

「戚先生，我爸是您的師父啊，您不能見死不救！」林冠死抓著林別翰的手。

林別翰左肩的槍傷還流著血，這一會兒功夫，流了不少血。失血過多加上傷的是肩胛骨，讓他比以往受傷時看起來更虛弱，一時竟是被兒子拽得右手對不準太陽穴，但看他向戚家人求情，林別翰面露怒色，使力掙脫，把林冠連人帶輪椅往遠旁邊推。

「求什麼情？我林別翰怎麼生出你這麼個兒子？孽債！」林別翰怒瞪林冠，「告訴你，我死後沒人再給你當靠山，我不求戚老和當家護著你。我打拚半輩子，家產夠你吃喝幾輩子。我不管你以後拿來幹什麼，你是吃喝嫖賭也好，拿去做生意也好，總之，坐吃山空也沒人救你，惹了禍有人尋仇也沒人救你。至少，沒人拿命救你。」

「不要……」林冠拚命轉動輪椅上前，人還沒到就去抓林別翰的手，「爸！爸！」

林別翰一腳踹開他的輪椅，看著他狼狽的模樣，恨鐵不成鋼，「你不什麼？不讓我死？我死了，就沒人給你當靠山，供你胡作非為了是不是？」

林冠拚命搖頭，脖子的疼痛叫他冷汗直冒，他卻好像感覺不到一般，淚流滿面。他被父親一腳踢去遠處，離著夏芍很近，登時轉著輪椅朝夏芍挪去，伸手便要抱她的大腿。

徐天胤登時釋出一道氣勁朝林冠射去。

夏芍同時也放出氣勁，卻是消去徐天胤的氣勁。林冠被遠遠推出去，沒有被傷到。

林冠又被推去他父親那裡，他見識過剛才父親一槍射在肩膀時的果決，怕他這一回再果斷地扣動扳機，便不敢再亂跑。他抓著父親的手，去看夏芍，臉上涕淚橫流，聲音含糊不清。

「夏小姐，我求求妳，別讓我爸死！妳要我怎麼做，我都聽妳的，求妳別讓我爸死……」

夏芍垂下眼簾，「他不死，誰死？我只管我的帳。要我師兄死的人，這帳必須要還。」

「徐先生他沒死，可我爸就要死了啊！」林冠眼淚流得凶，把臉上纏著的紗布都染濕了，「夏小姐，我知道妳恨我，要不……要不，妳等我傷好了，等我好了，妳再打我一頓！哪怕把我打得半死不活，等我出院了，妳要是不解氣，妳再接著打我……」

這話叫人啼笑皆非，夏芍無動於衷，「打你？我多費氣力？反正你只有這一日的命了。要你的命，就得拿你爸的命來抵。」

林冠呆住。

這是……二選一？

可是……可是，他不想死。

「我不想死……」林冠抱著僥倖心理，苦求夏芍，「夏小姐，妳饒了我，饒了我爸吧！」

夏芍眼底掠過冷意，不說話了。

林別翰見兒子這般懦弱怕死，臉都氣白了。他死了也好，至少不用再看見兒子的窩囊樣。

林別翰看向夏芍，「夏小姐，我不怕死。刀口舔血地過了半輩子，鬼門關外不知走過多少回。只要開一槍，我就什麼都不知道了，但你們幹風水這一行的，想必相信在天之靈。我要是在天有靈，只希望妳能說話算話，饒我兒子一條命。」

夏芍點頭，允諾道：「今天的事，戚老和戚當家都在場，我若是食言，怕他們也不肯。」

「好！」林別翰再次舉起槍，指向了自己。

就在這時，因為林別翰最後一句話懵住的林冠，忽然大叫一聲。

「我死！」

他這一喊，喊得林別翰都愣了。

林別翰愣神的功夫，林冠竟不知哪來的力氣，一把奪去他手中的槍。

「我死！我死！」他把槍搶下來，退得遠遠的，蜷縮著身子把槍抱在了懷裡，低著頭，眼淚啪嗒啪嗒地掉，「我死……我死……別殺我爸……別殺我爸……」

夏芍挑眉，「你死？你不是不想死？」

「我不想死……我剛過上好日子……」林冠抱著槍，頭也不抬起來，就只聽他呢喃道：

「我剛有爸爸沒多久……」

他是知道自己有父親，還是一位黑道上赫赫有名的父親，但他從小寄人籬下，生活在李家，從來就沒見過父親。童年的玩伴，表面上懼他跟李家連著親，背地裡都叫他野種。他是見不得光的私生子，一出生就決定了這樣的命運。他小時候只在雜誌上見過父親的模樣，記憶裡最深刻的就是母親拿著雜誌指給他看，告訴他這個人就是他的父親。

他覺得父親很威風，能在雜誌上露臉，被所有人看見，被所有人畏懼與稱讚。不像他，見不得光。所以，不知道從什麼時候開始，他開始想像父親一樣有名氣，可他不知道該怎麼做。他成績不好，也沒什麼本事。他想出名，就做壞事，跟人打架，經常做點壞事好能上報。

他想著這也是一種出名，想著總有一天父親會在報紙上看見他，就像他在雜誌上看見他一樣，但他的想法太天真了，有的路一旦走了，就越走越遠，很難再回頭。漸漸的，他變成一個小有名氣的混混，始終走不到父親的高度。

他以為這輩子都見不到父親了，沒想到那一年父親竟然來了家裡，說要讓他認祖歸宗。

他狂喜，立刻就答應了。

在那之後，他有人撐腰，人人都叫他一聲林少，給他三分薄面。他從見不得光的野種，變成了光鮮亮麗的三合會坐堂的獨生子。無論他做了什麼，都有人幫他收拾爛攤子。他以為這是父親愛護他的方式，卻漸漸發現，他在他闖禍的時候，只是打電話叫人善後。他很少見他，即便是見了，也從來沒有過笑面，除了訓斥，便是失望和厭煩的表情。

他不明白，父親既然承認了他，為什麼又厭煩他？

他知道他沒什麼本事，打架不行，鬥狠卻又惜命，一無是處。他不知道該從哪裡改變自己，便從外表包裝自己，跟著那些上流圈子的公子哥兒出去，任誰看見他，都看不出他是以前的野種。任誰都會說，這是誰家的闊少？

他以為至少外表上是優秀的，總能獲得父親的青睞，可父親對待自己的態度從來沒改變過，直到他不知道自己該做什麼，索性就這麼著了。

直到他闖下了今天的大禍，得罪了不該得罪的人。

他沒想到對方這麼堅決，非要他們父子其中一人的命來抵。他是怕死的，覺得現在的生活要風得風要雨得雨，除了父親討厭他，一切都很好。

可是……剛才父親說在天有靈，也希望自己活著……

這是父親第一次說這種話。

唯一的一次。

「我死！我惹的禍，不能叫我爸死……」林冠顫抖地舉起槍，對準了自己的頭。

林別翰懵住了，不可思議地看著林冠。

在他眼裡，這個兒子是不成器的，是扶不起的阿斗，身上流著他的血，卻未得他的骨。他貪生怕死，又不學無術……

這些年他一直漠視他，覺得這兒子沒救了，索性懶得管教，任由他去。他們從來沒有像父子那般相處過，他對這個兒子的了解不多，不曾想他會說出這樣的話來。

「我爸……我爸他半生威名，他……他不能死在自己槍下！我……我可以，我本來就是小混混，呵呵！」林冠拿著槍的手拚命抖，他從來沒有開過槍，但父親剛才開過一槍，保險栓已經打開，他知道只要扣下扳機，他就可以結束這渾渾噩噩的一生了。

林冠咧嘴，擠出一個難看的笑容，緩緩閉上了眼。

到頭來他還是沒有得到父親的認可，但他好歹知道了，父親也不是完全不在意他這個兒子。這樣挺好的。

就這樣吧。

林冠的手指哆哆嗦嗦往扳機上按。

然而，他的頭沒痛，手先痛。

林冠一呆，槍已不在他手中，而是到了他父親手中。

林別翰拿著槍，站在林冠身前。自從知道有這麼個兒子以來，他是第一次用認真的目光審視他，雖然這時候的他已經被繃帶包得看不出原樣，但……林別翰笑了笑。

林冠愣愣地看著父親的笑容，這是他第一次看見父親對他笑。

但他哪裡知道，林別翰是在苦笑。

父子債，父子債。常言道，兒女都是父母上輩子欠下的債。或許是他上輩子欠了這孩子什麼，這輩子才用命來護他一命。

罷了，終究是自己的兒子。他這般不成器，他也有責任。

「我這半輩子的積蓄都是你的，以後拿著做點生意，要走正道，別整天遊手好閒。身為林家子孫，要有出息……」林別翰說到此處，頗為感慨。

這是他第一次對兒子有要求，林冠點點頭，但馬上反應過來，又開始搖頭。他的反應很激烈，瘋狂地開始抓撓林別翰的手，想從他手上搶下槍來。殊不知，就他那點身手，平時十個也不夠林別翰解決，更別說他此時有傷在身。

林冠眼睜睜看著父親在他面前舉槍，他怎麼也接受不了他腦袋上會多個血洞，就像那天三合會當街處決幫會人員的時候那樣……

林冠越是抓不住父親的手，越是急切。他本就受重傷，又中了符煞，此時急火攻心，竟是一口血噴了出來。

吐完血，他的胸口發悶，呼吸急促，像要窒息般難受。

林冠捂著胸口拚命喘氣，表情相當痛苦，臉色漸漸發青，而林別翰一見兒子如此，再不遲疑，他知道自己早死一分鐘，兒子就能早一分鐘得救。

於是，他舉槍往自己的太陽穴上對準，果斷地扣下扳機。

戚老爺子死死盯著林別翰，戚宸則死死盯著夏芍。

就在林別翰欲開槍、林冠符煞發作之際，兩人忽然感覺到有一道莫名的氣勁傳來。

夏芍手中一道氣勁，彈在林別翰手上，震得他手腕一痛，槍啪一聲掉在了地上。接著，夏芍又走到林冠身前，虛空畫了道符，往林冠頭頂的百會穴拍去，他臉上的青氣登時褪去。

林別翰呆呆地看向夏芍，她不是要他們父子死其一嗎？怎麼現在又……

戚老爺子和戚宸也看著夏芍。

夏芍淡淡地對林冠道：「還有孝心，說明你也不是無藥可救。既然這樣，這帳就算清了，清了？

林別翰父子不敢相信地瞪著夏芍，不知道她葫蘆裡賣的是什麼藥。

夏芍說道：「不必這麼看我，現在想起你之前的作為，我仍然有種不殺你不解氣的心情。你們父子回去吧。」

以後你要是再犯在我手上，我就不是今天這麼好說話了。」

好說話？

她好說話嗎？

林冠一點都不這麼認為，可是他知道，他們父子都不用死了。

「林坐堂。」夏芍看向林別翰，「常言道，養不教父之過。父母和子女的緣分是天註定的，世上有些事提早知道了能避過，有些事避不過。當年本就是你犯錯在先，卻不該遷怒一個與你有父子緣分的孩子。雖然他已經不是孩子，但人之初性本善的道理，你應該明白。」

夏芍頓了一下，又補了句：「把你兒子帶回去好好管教吧，你肩上的傷就當是應得的。」

被一名少女教訓，本該臉上無光，林別翰卻是深深看了夏芍一眼，心中不再有之前對她的憤怒，反而有複雜的感激之情。

唐老和戚老是結拜兄弟，他的徒弟不太可能不給戚老面子。林別翰早該想到這一點，他不知道她是不是為了出氣，才設計了這麼一齣戲，但他還是得感謝她。

沒有今天的事，他不會知道兒子對他這個父親有這麼深的孺慕之情。

「夏小姐，多謝。」林別翰不是矯情的人，向來恩怨分明，故而誠心致謝。

林冠也趕緊跟著說道：「夏小姐，謝謝……謝謝！」

「不必謝我，我現在看到你，還是想要揍你，希望以後別再讓我看見你。」夏芍轉身走回椅子上坐下，低頭繼續喝她的茶。

從一開始夏芍就沒有打算要林別翰的命，但是對於林冠，她是真的動了殺心。要不是他最後寧願自己死也不讓父親沒命，她根本就不會出手。

只能說，是林冠自己救了自己，與她無關。

林別翰和林冠都受了傷，治療要緊，兩人當即便先告辭。只是，臨走前，林別翰說傷癒之後會再次登門道謝。夏芍沒說什麼，讓弟子帶著林氏父子離開。

戚宸深深地看著夏芍，眼神有些複雜。林別翰是他的啟蒙師父，待他如子，如果她剛才真的讓他死，那麼……他們兩人從此以後就是敵人了。

幸好不是。

戚宸慢慢笑了起來。

唐宗伯笑道：「這丫頭從小就這樣，惹著她了，雖不至於要人性命，但怎麼也得給點教訓，剛才沒嚇著你們吧？」

戚老爺子笑笑，「別看我老了，眼睛還算好使，這丫頭從一開始就沒打算要別翰的命。」

不過，別翰的兒子就不一定了。

戚老爺子將夏芍又打量了一遍，微微點頭。

林別翰拿槍指著自己的時候，他真以為夏芍會來不及阻止。

他正要起身阻止，這丫頭竟敢對他出招，讓他動彈不得。

「丫頭，妳膽子不小啊！」戚老爺子哼了一聲，「我是妳師父的結拜大哥，論輩分，妳該叫我一聲伯父。妳師父可從沒對我動過奇術，妳居然敢動手。」

「對您動手的結果是林氏父子完好無損。」夏芍氣定神閒地道。

「哼！妳的意思是，我出手阻止，他們父子就會死了不成？」戚老爺子瞪夏芍。

夏芍不慌不忙地道：「我本就不打算要林別翰的命，可您要是出手，我就拿不定主意林冠是留還是不留了。」

夏芍這是在說，今天留林冠，完全是出於他的表現，與戚家的人在不在場沒有關係。如果今天她認定林冠不值得留，即便是林別翰是三合會的坐堂，即便有戚老爺子和戚宸從旁說情，她也是不會留的。

戚老爺子一聽，露出怒色，「小丫頭不識好歹！今天我要是說一句放了林家小子，妳還能不給我這個面子嗎？」

夏芍似看不見戚老爺子的怒氣，慢悠悠地道：「您老的面子是要給的，可我的公道誰來給？我是受害人，留不留林冠，除了我，還有別人更有資格說了算嗎？」

「混帳！妳在說我沒資格？」戚老爺子大怒，一掌拍在桌上，桌子被拍得震斷了桌角。斷掉的桌角滾到夏芍腳邊，夏芍動也不動，倒是伸手按住了徐天胤。

她並非不敬老，戚老若是以師父的結拜兄弟身分來此，她自是要敬著，但若是以三合會老當家的身分跟她說話，那就另當別論了。

徐天胤盯住戚老爺子，若非夏芍按著他，他早就有所動作。

戚宸看了眼夏芍按住徐天胤的手，接著看向徐天胤。

在這樣緊張的氣氛裡，唐宗伯淡定地喝茶，對眼前的形勢視而不見。

戚老爺子忽然嘴角揚起，哈哈大笑。

「好，有膽量，宸兒的眼光果然不錯！」

夏芍蹙眉，繼續按著蠢蠢欲動的徐天胤。

戚老爺子轉頭指著戚宸道：「從小只有這小子敢跟我對著幹，丫頭跟我叫板還是頭一遭，好好好，很好！」

唐宗伯回道：「膽子大不一定是好事，要是成天跟我們這些老傢伙作對，有得氣受。」

戚老爺子不甚贊同，「我就喜歡膽子大的，做黑道主母，膽子小可做不了。宗伯啊，你這徒弟收得好。依我看，嫁進戚家也算不錯。」

唐宗伯一愣，夏芍也沒想到戚老爺子說話竟是這麼直接。

「她不嫁！」徐天胤忽然說道。

他被夏芍按住，並非不能動，只是不願意震開她。

戚老爺子自進了門，不是沒看見徐天胤，相反的，他一直沒忽略坐在夏芍身旁的他。戚家已經知道他的身分，縱然他曾經對戚宸動過手，三合會也不會明著跟他交惡。

但現在這事……

戚老爺子說道：「哼！徐小子，她嫁不嫁，你說了算嗎？我是在跟你師父說話。」

徐天胤冷冷地道：「我的。」

戚老爺子笑了，「你的？你們結婚了？」

「我的！」徐天胤還是這句。

「男未婚女未嫁，怎麼就成了你的？」戚老爺子嗤笑。

徐天胤不理他，站起身來，牽起夏芍的手，拉著她往外走。

「師兄？」夏芍不知道他拉著她要去哪裡。

徐天胤大步往前走，說道：「結婚。」

夏芍呆了呆。

「噗！」唐宗伯一口茶噴了出來，嗆得咳了好幾聲。

夏芍和徐天胤連忙回頭趕到唐宗伯身邊。

夏芍幫師父順氣，徐天胤則導氣於掌，幫他理順元氣。

戚老爺子也沒想到徐天胤會如此反應，一時說不出話來。

戚宸哼笑一聲，「結婚？你說結就結？徐司令不會這麼天真吧？以徐家的家世，只怕她要進你徐家的門很困難。就算她是華夏集團的董事長，但在當官的人眼裡，商人就是輕賤。我們三合會就不一樣了，沒那麼多規矩。我說哪個女人可以做我戚宸的妻子，她就可以。徐司令在徐家，有這權力嗎？你說讓她嫁進徐家，她就能嫁進徐家，不被人輕視嗎？」

「這不勞戚當家費心。」不等徐天胤回答，夏芍便張口堵了回去。

戚宸頓時沉下臉，「妳這女人怎麼這麼不識好歹？我說的這些事，妳就沒想過？妳要是跟了我，我不會看輕妳。妳進徐家的門，可就不一定了。」

「那也是我的事。」夏芍伸手在輪椅後握住徐天胤的手，輕輕柔柔地安撫他。

戚宸氣得別開頭，看起來很暴躁。

夏芍繼續說道：「別的事且不談，戚當家不如先考慮眼前的事。」

戚宸又轉回頭看她。

「別忘了，戚當家今天來此，是要對在校門口的事給我一個交代的。」夏芍提醒道。林冠雖然是帶人來尋仇，但那些三合會的人違反幫規，跟著一個非幫會人員出來，戚宸身為當家人，是要給她一個交代的。

戚宸狂傲地哼了一聲，「我還以為是什麼事，原來是這件事。妳說吧，想讓我怎麼給妳交代，我絕對不討價還價。」

夏芍挑眉，「我沒聽錯吧？戚當家難道沒想過怎麼給我交代？你都來了，才要我想？」

戚宸瞪夏芍一眼，好像覺得她腦子有問題。

「我想好了啊，我讓妳做三合會的主母，不就沒人敢再惹妳了？」戚宸故意攤手，「是妳自己不同意的。」

夏芍用看白癡的目光看戚宸。為什麼她最近總遇到腦子異於常人的人？

她嘲諷一笑，「每一個三合會對不住的人，戚當家都用娶進門的方式給交代的話，你的後院豈不是早就妻妾成群了？」

「妳想得美！那麼多嘰嘰喳喳的女人，我嫌吵，我巴不得娶個啞巴。看妳文文靜靜的，還以為話少，結果牙尖嘴利，得理不饒人。」戚宸沒好氣地道：「我挑人的眼光可真差！」

「還有，」戚宸嚴肅起來，「妳以為是個人就敢得罪三合會嗎？得罪三合會的人都死了。沒死的，就剩下妳和該死的龔沐雲了。要我向妳道歉？妳的胃口比他還大。」

夏芍不聽他這些歪理，只問道：「戚當家的意思是，你的人拿槍指著我就算白指了？你今天來這裡就只是為了看戲？現在林別翰父子沒事，那大的事，戚當家就不打算提了，是嗎？」

「提，怎麼不提？誰叫我運氣不好，遇上妳這種女人呢？」戚宸眼神又變得複雜，「不管怎麼說，林叔是我的啟蒙師父，對我有恩。今天妳沒要林叔的命，這事我得謝妳。回去以後，我會在幫裡下一道黑道令，以後三合會把妳奉若上賓，任何人不許再惹妳，這總成了吧？」

夏芍挑眉，黑道令？

這不就跟當初安親會的黑道令差不多？

有些意外，但沒什麼不好。她在香港要忙的事多著，像林冠這種找碴的人，她真心希望以後不會再有，所以這個「交代」挺好的。

見夏芍不說話，戚宸瞪著她，「這下滿意了？妳可真有本事，三合會只發出過兩次黑道令，妳是第二次。」

兩次？

夏芍看向戚宸，戚老爺子卻哈哈一笑，指向唐宗伯，「還有一次，是妳師父。我跟妳師父不打不相識，壓根兒不知道他是玄門的人，還為他發了黑道令。後來知道他是玄門的人，我後悔死了，真是白白浪費了。」

唐宗伯成為玄門的掌門，自然不需要這種黑道令，但夏芍卻是需要的。她行事本就低調，真容也還沒有曝光，為了暫時不惹麻煩，有黑道令護身非常有必要。

戚宸忽然拿出一樣東西拋給夏芍，「拿著。」

夏芍下意識接過，攤在手上一看，見是一塊鎏金木牌。木牌古樸，一看就是有些年頭了。她是賣古董起家的，只是一眼，便知道這木牌少說是清代中期的物件。

戚老爺子臉色一變，嚴肅地看向孫子。

戚宸卻不看他爺爺，只道：「拿著這東西，三合會傳下來的，以後不管是在國內，還是國外的三合會地盤，只要拿出這東西，沒人敢動妳。」

不等夏芍回答，戚宸起身扶起戚老爺子，對唐宗伯說了聲告辭，便往外走去。

「妳這女人就是倔，以後在徐家碰壁，妳就知道三合會對妳開出的條件有多好了。」戚宸說這話時頭也沒回，走到門口卻停下腳步，轉頭看向徐天胤，「我戚宸看上的人，不跟我不要緊，我可以搶，搶到為止，你可要把她看好了。」

夏芍沒把戚宸離開前說的話放在心上，她覺得戚宸對她就像是小孩子對待搶不到的玩具，千方百計想要弄到手，根本可以不必理會。

她的心在師兄這裡，誰也搶不走。

然而，夏芍不在意，徐天胤卻是盯著她手裡的東西不放。

夏芍知道，師兄定是又吃醋了。

她自然看得出這牌子對三合會來說意義不同，這與龔沐雲當初送的耳環和熏香掛件不同，問過師父之後，她才知道，這木牌是三合會草創時龍頭老大的權杖。本是當江湖召集令用的，後來慢慢演變成了當家人隨身帶著的信物。在講究傳承的古老門派來說，信物象徵著傳承地位，這權杖對三合會而言，等同於玄門的羅盤。

只是，三合會與玄門不同，玄門的羅盤不僅是傳承之物，還是歷代掌門以元氣蘊養而出的法器。掌門帶著此物在身上，不僅象徵身分，也是一大助力。而三合會的權杖就不同了，它只是個象徵的物件。戚宸不帶在身上，他也依舊是三合會的老大，沒人敢不承認他。

夏芍一聽，當即就把權杖給了師父，請師父改日幫她還回去。

戚宸向來任性妄為，這東西就這麼丟給她，他覺得無所謂，她拿在手上卻是受之不妥。有三合會的黑道令足矣，這權杖她拿著燙手，早早還了才是上策。

戚家人和林氏父子這一上門道歉，就占去了夏芍一個上午的時間，她傍晚還要回學校報到，所以吃過午飯就回書房，打算複習功課去。

剛走進院子，還沒進屋，徐天胤便從後面握住夏芍的手。

夏芍疑惑的時候，被擁到了一個寬闊的懷抱裡。

她笑了。

師兄這是擔心戚宸搶走她？

夏芍本想逗他，可自從知道他小時候的經歷，她就不願意拿他失去她的事開玩笑，故而伸手抱住他的腰，臉靠在他的胸膛上。

她還沒說話，便聽徐天胤道：「畢業後，結婚。」

夏芍一愣。畢業？哪個畢業？

高中畢業？

她頓時哭笑不得。這怎麼可能？徐家那邊她先不考慮，自己父母就首先不會同意。且不說，父母不知道她和師兄的事，她現在戀愛都算太早，莫說結婚了。

「師兄，沒有什麼事會把我們分開。」夏芍安撫地道。

婚是要結的，但得慢慢來，怎麼也得等她大學畢業再說。

徐天胤的手臂僵了僵，悶悶地道：「那些人，我處理。」

夏芍想了想，才明白他說的應該是徐家的某些人。

她笑道：「師兄覺得我會被人欺負嗎？我可是風水師。」

徐天胤搖搖頭，「不會。」

夏芍一笑，「那不就結了？」

徐天胤卻道：「不會讓他們欺負妳。」

夏芍聽得心裡一陣柔軟，「嗯。」

兩人相擁了許久，夏芍安撫好了徐天胤，卻發現從此打消不了他想結婚的念頭。

夏芍在書房複習了一下午的功課，但這一下午對她來說不太好過。她本是邊複習邊逗徐天胤，把課本都推給他，要他陪她複習，但她去發現徐天胤總是看著她，看得目不轉睛。

她笑問：「師兄，看什麼？」

他答：「結婚。」

夏芍哭笑不得，乾脆轉頭不理他。

到了傍晚，吃過晚飯，徐天胤開車送夏芍去學校。到了校門口，他並不幫她解開安全帶，也不放她下車，而是盯著她看。

夏芍這一下午已經熟悉徐天胤這種目光了，她咬著唇笑，「幹麼？又是結婚啊？」

「嗯。」徐天胤點頭。

夏芍笑著捶他一拳，自己去解安全帶。徐天胤伸過手來，夏芍以為他要阻止她，結果他卻是幫她解開安全帶，並打開了車門。自從上回差點被林冠的車子擦撞到，徐天胤便不允許她再碰車門把手，堅持幫她開門。

夏芍回身給了他一個擁抱，這才下車。

她這週回學校的時間很早，不像前兩週。一次是展若南綁了曲冉，她去了鬼小學，一次則是曲冉家出事，也是很晚才回學校，而此時才下午六點，天色還不黑，夏芍一路走進校園，回頭率之高，令人咋舌。

週五傍晚的事果然是在學校裡傳開了。

夏芍打了三合會的人，還罵了三合會的當家戚宸，最後揚長而去。

三合會當街處決幫眾，除了當天在場的人看見，媒體沒有任何報導，更沒有看到警方介入調查，可見三合會在香港的勢力有多大。

然而，也正是因為這種勢力，夏芍週五那天傍晚的所作所為才越發顯得驚世駭俗。她打了三合會的人，罵了戚宸，結果她沒事，今天還回學校上課了。所有學生都驚疑不解，這個大陸來的轉學生到底有什麼背景？

夏芍回到宿舍後，卻是被曲冉盤問一番。

曲冉擔心母親獨自在家，週五放學後比夏芍還早離校，所以沒看見校門口發生的事。但她跟夏芍的關係好，一回學校，有好奇的女生向曲冉打聽夏芍的背景，曲冉才知道出了什麼事。

「小芍，聽說三合會在學校門口殺了人，真的假的？」曲冉擔心地打量夏芍。

「聽說戚宸都來了，真的假的？」

「聽說妳罵了戚宸，真的假的？」

她一通聽說和一通真的假的，把夏芍繞得有些想笑。

「我這不是沒事嗎？」夏芍笑道。

曲冉鬆了一口氣，「沒事就好。她們跟我說的時候，我嚇到了。出了這麼大的事，妳怎麼也不打個電話給我？」

「我沒事，打電話給妳做什麼？白叫妳擔心而已。」

曲冉說道：「妳不知道，學校現在的傳言可多了，我都聽到好多版本了。有人說妳家是大陸那邊的黑道，所以身手才那麼好，才敢跟三合會對著幹。還有人說，說妳是……」

夏芍笑問：「說我是什麼？」

「算了，那話不好聽，說出來氣人，妳還是不知道的好。」曲冉皺皺鼻子。

她不說，夏芍也大約猜得出來，定然是說她和戚宸有什麼關係。

這些流言夏芍不放在心上，曲冉怕她生氣，不告訴她，她索性不問，坐回桌前念書。

夏芍晚上看書向來是看到宿舍熄燈，但今晚直到宿舍熄燈，也沒看到劉思菱來學校。今晚查寢的還是學生會風紀部，但部長董芷文不在其中。那些學生會的人見了夏芍，雖說也有怕她的，但夏芍打敗了校霸展若南之後，展若南意外地很少再欺負別人，故而有些人對夏芍的印象還是不錯的。即便也不乏好事的，但也懼於夏芍的身手和她神祕的家世背景，連這些學生會的人，都不敢給她臉色看。

劉思菱沒回學校，沒人知道原因。

這週開學，沒來學校的不僅是劉思菱，展若南也沒有來。

賭妹一大早上課前來跟夏芍打了個招呼，說是展若南被她大哥禁足在家，出不了門。夏芍聽了一笑，展若南不來學校，她可以清靜幾天了，不然，她准是會追問她為什麼認識戚宸。

夏芍注意到賭妹一群人裡並沒有阿麗的身影，她們幾個人的神色也有些落寞，夏芍心中有數，但這是刺頭幫的事，她也不好過問，便索性不問，只謝過賭妹等人，便去上課了。

下課時間，夏芍去了一趟校長室。

儘管週六那天上午，夏芍已經打過電話給校長，說過校門口衝突的事，但發生了這麼大的事，她覺得她還是需要露面一下，畢竟當時死了不少人。

走到校長室門口的時候，夏芍聽見了裡面傳來爭執的聲音。

「黎校長，聖耶女中是名校，我們董家就是看重學校的名聲才讓女兒來這裡讀書，現在校門口發生這種惡性事件，我們女兒回家後便嚇得病了。我女兒從小連隻死兔子都沒見過，她哪裡見得了死人？這件事學校打算怎麼給我們董家一個說法？」

說話的是女人，夏芍在門外一聽她說董家，便猜測是董氏船業的夫人，而她所說的生病的女兒，指的是董芷文？

夏芍腦海中立刻浮現出一張娃娃臉的女生，她本打算開天眼看看，但考慮到這樣對黎校長有些不太尊重，終究作罷。

她沒敲門，只在走廊上站了一會兒，聽校長室裡董夫人將黎校長劈頭蓋臉地罵了一頓，並揚言董家保留追究此事的權利，然後踩著高跟鞋過來開了門。

門一開，一名衣著華貴的中年女人走了出來。她下巴尖、顴骨高，跟董芷姝長得有七分像。這種面相的女人，且不說是否剋夫，就性子而已，一看便是尖酸刻薄之人。

董夫人被站在外門的夏芍嚇了一跳，怒道：「大白天杵在這兒，嚇唬誰啊？」

夏芍挑眉，不是為了董夫人尖酸刻薄的話，而是為了她面相上的一些訊息。董夫人此時淚堂深陷，右眼肚微枯，主損女。

董芷文是被嚇病的，難不成有性命之憂？

夏芍垂下眸，指尖動了動，接著若無其事般敲了敲校長室的門，推門進去。

坐在書桌後的黎博書，正發著愁。

黎博書見夏芍來了，便斂起愁容，笑著請她坐下。具體事由夏芍已在電話裡講清楚了，林冠為了尋仇帶三合會的人堵在校門口，夏芍要麼被乖乖帶走，要麼打架自衛。只是沒想到最後戚宸會來，還當街處決了幫會人員。

當然，問題也就出在了這裡。校門口死了幾十人，學校又都是女學生，對死人害怕得很，學校已經受到了許多家長的埋怨，這對學校的聲譽必然有很大的影響。

夏芍看出黎校長的顧慮，也覺得這件事情與自己有一定的關聯，心中過意不去，便說道：「不知黎校長可信風水？」

黎博書有些莫名其妙，卻還是笑了笑，保持禮貌地答道：「我聽說內地人對風水不太信服，認為那是迷信，我倒不認為是迷信。香港人很相信風水，妳是不是不太習慣？」

夏芍笑了笑，又問：「黎校長在聖耶女中成績斐然，但麻煩也不少，可是這樣？」

黎博書微愣，很明顯，她說對了。

黎博書來聖耶女中上任，展若南便來了學校。現在夏芍來了，也出了事。不過，成績效斐然，卻只有黎博書自己知道。他在教育界是很有名，做了不少事，卻也有麻煩。兩廂相抵，這兩三年便有白忙之感。他都覺得再這樣下去，他在聖耶女中待不久了。

「黎校長，您這辦公室裡的擺設有些問題，我建議您調整一下。」夏芍微微一笑。這事她從來學校報到時就看出來了，只不過那時第一天來就說這些頗唐突，也不知黎校長是否相信風水，便沒有貿然開口。今天她對校門口的事有些過意不去，這才開口指點。

「辦公室的擺設？」黎博書笑著擺手，「夏董，我這裡的擺設，已經請風水堂那邊的大師來看過的，絕對沒有問題。而且，在我上任之前，東西一直是這麼擺的，從來沒出過問題。」

「問題就是出在是您上任前這麼擺的。」夏芍解釋道：「前一任校長或許適合這種擺設，但未必適合您。恕我直言，您年命屬火，辦公桌後面是木頭書櫃。火木相生，助旺您的運勢，所以我才斷定您成績斐然，但後牆上還掛了一幅山水畫。山水畫確實適合掛在辦公室，有山便是有靠，有水便是聚財。只是，您本命屬火，水火相剋，這幅山水畫裡的瀑布，氣勢磅礡，對您而言便是衝撞。非但不聚財，反而散財。如果我沒說錯，您來到聖耶之後，雖然聖耶是名校，經費不成問題，學校的財政卻一直很困難，是不是？」

有山便是有靠，有水便是聚財，這話夏芍只是籠統來說。其實山水畫也是很有講究的，山形山勢，水流的方向，都各有講究。

黎博書聽她這樣說，更加懵愣，甚至震驚。

夏芍說的沒有錯，學校的經費每每一撥下來，總會為了各種事情用掉，沒有餘裕。最初，黎博書只是覺得是聖耶女中事情多，沒往風水上想，如今……難道真有問題？

「今年是火年，您本就是火命，今年極旺，背後卻又以木生火，更加助漲旺勢。殊不知，物極必反，反而大事不斷。」夏芍繼續說道。

辦公室或居家風水，雖有通用的擺設原則，但也要看主人的八字命理。

黎博書忍不住從椅子上站了起來，神情不自覺變得鄭重，問道：「那該怎麼擺？」

「這倒也簡單，書櫃移去金位，克制其勢。牆後的山水畫可換成一幅山勢巍峨、山多水少的，或者把畫拿掉，改放一塊鎮山石或一架山巒屏風，寓意背後有靠，藉以增強安穩威嚴的氣場和貴人運，那麼，這次校門口的事，自有貴人幫你化解。」

事實上，辦公室的擺設與房屋建造選址異曲同工，皆需背山向水。古代衙門或宮廷、公堂上後頭的畫總是旭日東昇，山巒疊起，便是有「靠山」之意。背後有靠，坐得安穩。

夏芍提供的擺設方法要實行很容易，黎博書當即點頭，準備照辦。

「夏董怎麼知道我是火命？」黎博書確實是火命，可他的八字並沒有給夏芍看過，她是怎麼看出來的？

夏芍一笑，「您臉色活紅，五官筋骨明顯，聲音洪亮，體型健壯，發達較早，在在都體現出你是火命的特徵。加上你目前所遇之事，便很容易推斷。」

黎博書聽了，非但沒有釋然，反而越發震驚，「夏董真的懂這些？」

黎博書很不解，她才多大年紀？白手起家，創立華夏集團已令人匪夷所思，怎麼連風水之道也有所鑽研？

「另外，我剛才看見董夫人出門，她的女兒確實不太妙。我看學校還是去慰問一下，看看情況比較好。」夏芍提醒道。她對董家人沒什麼好感，但對董芷文印象不錯。

黎博書一聽，表臉嚴肅，「學校會派學生會去慰問，夏董想去嗎？」

夏芍垂眸，「若是這樣，我跟著去看看也行。」

「那好，我儘快安排。」黎博書道。

夏芍點頭，「儘量快，越快越好。」

她這麼說，一來是人命不等人，二來是最好不要拖到週末，因為這週永嘉社區的審核必然會批覆下來，而艾達地產週末可能要安排新聞發布會，到時候她有事要忙。

兩人說完話，黎博書鄭重地把夏芍送出校長室，關於校門口的事，卻是一點也沒有責怪她，反而回來就叫人把辦公室的擺設按照她的指點換掉。

而夏芍出了校長室後，便接到了艾米麗打來的電話。

艾達地產對永嘉社區的開發申請已經批覆下來了，就連前陣子遞交的鬼小學那塊地皮的開發申請，也一併批覆了下來。

鬼小學那塊地的價碼很低，完全達到艾達地產之前提的範疇，而且這次地政署的工作人員，態度比之前不知好了多少，簡直是天上地下。

艾米麗讚嘆，「董事長，真的什麼都被您說中了。」

今早艾達地產將永嘉社區的開發申請遞交上去時，壓根兒沒提鬼小學那塊地。她拿著批覆走出地政署的時候，後頭才有兩人追了上來。兩人滿臉笑容，客客氣氣地將艾米麗請了回去，談的是鬼小學地皮的事。兩人當即表示，之前艾達地產提出的價碼完全合適，審查批覆已經下來。

對方的態度前倨而後恭，短短幾天，轉變之快，令跟著艾米麗一起去的兩名公司高層嘖嘖稱奇，不知艾米麗是用什麼方法說服人家的。

艾米麗只道：「我們有一位優秀的掌舵者。」

兩位高層都是一愣。優秀的掌舵者？艾達地產的掌舵者不是艾米麗嗎？

艾米麗這是在誇自己？可依她的行事作風看起來，她不像是個喜歡自誇的人。

艾米麗彙報完這些事，夏芍說道：「把鬼小學要開發的事散播出去。」

「好。」這些事夏芍早已交代過，艾米麗也早就準備妥當。

而永嘉社區的開發申請批覆一下來，世紀地產也得到了消息。當得知是地政署長陳達親自過問的時候，瞿濤也愣了。

「哼，真沒想到，她竟然攀上陳達了！」瞿濤瞇起眼來，表情深沉難測。

站在辦公室裡的幾名主管都沒敢開口說話。過了一會兒，前兩天幫瞿濤約地政寧主任見面的人說道：「董事長，前兩天陳署長還在接受廉政署調查，聽說是與外遇有關。您說……這個艾米麗會不會是用這種方法攀上陳達的？」

瞿濤看他一眼，「哼，淺見！她才來香港幾天？如果她是陳達的情人，陳達才沒那麼傻，會為她大開方便之門。他老婆是出了名的醋罈子，你以為，陳達外遇的事沒有解決，他現在會安然無恙地坐在署長的位置上？」

瞿濤忽然摸著下巴，緩緩笑了，「外遇？這倒是有趣。」

在場的人都看著瞿濤。

「散布消息出去，就說艾達地產利用手段進行不正當競爭。」瞿濤道。

「不正當競爭？董事長的意思是，對外說艾達地產的總裁與地政總署的陳署長有不正當關係，以此來打擊艾達地產的形象？可有陳署長的夫人在，羅家不會坐視這種對家族名聲有損的緋聞。如果知道是我們放出的消息，會不會對我們……」

「我只是說艾達地產不正當競爭，有說具體怎麼不正當嗎？」瞿濤一笑，「我們只需要說一句，至於媒體如何延伸，那就是媒體的事了。民眾有自己的解讀，跟我們有什麼關係？」

眾人互看一眼，瞿濤又道：「幫我約港媒週刊的齊總，我請他吃頓飯。」

港媒週刊是香港發行量最大的報業集團，旗下有早報、晚報、娛樂、商業、民生等九份報刊，並掌控著三家出版社，是集報刊、廣告、電視和發行於一體的綜合性媒體集團。

港媒週刊的齊總與瞿濤私交不錯，瞿濤約他見面，便是想通過媒體給艾達地產壓力。

其實，一個永嘉社區對於瞿濤來說，即便是丟了，對集團也沒有多大影響，但他向來利字當頭，在地產業這幾年，除了與三合集團和嘉輝集團的競爭有吃過虧，底下的小地產公司向來只有仰望他的份。

果然，消息兩天後就放了出去。

港媒週刊旗下的商業報刊，對進軍香港的新地產公司艾達地產進行了諸多猜測，暗指其從世紀地產手中得到永嘉社區，或許有不正當競爭的因素存在。不然，一介小公司，如何能從地產巨頭的手上搶到開發工程？

而這個不正當競爭的敏感詞彙，果然便經由一些小媒體散播了開來。這些八卦週刊，向來喜歡捕風捉影，兩天就傳成了艾達地產的總裁艾米麗藉由地政總署的高官上位。

這名高官是誰，沒有週刊敢指名道姓，但民眾自然有自己的猜測。

陳達對這些事不做回應，每天下班後與妻子出雙入對，看起來頗為親密恩愛，但陳達和羅月娥的婚姻，在香港早就是家喻戶曉的事，當年媒體就聲稱陳達是落魄小子入贅豪門，之後夫妻感情又經常傳出破裂的傳聞，人人都知道陳達和羅月娥早就貌合神離，婚姻名存實亡。只不過是為了維護羅家的聲譽，兩人才沒有離婚罷了。

陳達和羅月娥這時候出雙入對，很多人是覺得兩人有故意炒作的嫌疑。因此，陳達和艾米麗的緋聞反而越傳越盛。

事實上，陳達和羅月娥是真的復合。兩人自從被夏芍點醒，竟像是年輕人初談戀愛一般，嘗試著交往和約會。感情一天天地在磨合，日子漸漸滋潤。

兩人對外界的八卦傳聞都不做回應，陳達的地政署長位置坐得牢牢的，甚至傳出有升遷的苗頭。而羅月娥的公司也沒有因這些八卦受到什麼影響。

反倒是艾達地產，託瞿濤的福，受到了不少的關注。雖然是負面新聞，但也不得不說，艾達地產的名字，一夜間被許多人知道。只是艾米麗的照片被刊登出來，進出公司被人認出來，難免被人在背後指指點點。但她並不在意，艾達地產的員工原以為總裁會因此發怒，誰也沒想到艾米麗一切如常，並未受影響。

艾達地產在香港的員工都是新招收進來的，這些員工自然知道總公司在內地，也知道公司的發展歷程。只是對於艾米麗這麼個德裔總裁，隻身闖蕩外國商界，還在內地闖出名頭，短短兩年積累十幾億身家的經歷，員工們都還是很好奇的。

女人再強，也是女人。剛到香港發展，就遇到這種對名譽有損的事，是個人都會有情緒。艾米麗表現得越與平時無異，員工們越是覺得她像個女超人。驚奇之餘，也有些佩服。

更讓員工們佩服的是，艾米麗在謠言滿天飛的第二天，公開宣稱達才小學的地皮被艾達地產收購，不日將蓋私人會館。

這個消息一出，民眾的視線立刻轉向。

什麼地產老總跟地政高官不得不說的二三事，立刻就被拋到了腦後。

這些風花雪月的花邊緋聞，香港民眾畢竟是看得多了，真真假假，也不過是茶餘飯後的談資，而同樣是談資，艾達地產宣布的事卻勁爆不知多少。

達才小學？那不是有名的鬼小學嗎？

那所鬼小學是當初日軍占領香港後的刑場，聽風水師說，在刑場上蓋學校，可以以童男童女的生氣壓制刑場的煞氣。誰知蓋了學校後一直出事，早幾十年前就一場大火燒死了全部的學生，第一任校長還曾經穿著紅衣服自殺。有很多人在那附近遇到過鬼打牆，還有進來探險的人看見過紅衣女鬼。聽附近村民說，有人在晚上看見穿著藍衣服的小孩子在附近的山路上遊蕩，而那時候的學校制服就是藍色的。

達才小學鬧鬼都已經幾十年了，就連以前有開發商打算建墓地，都沒有人願意去買。這些年來，早就荒廢。聽說以前有拍電影的去那裡取景，演員還出過事，後來就徹底沒人去了。

這種人盡皆知的鬼地方，居然有人買下來要開發？

開發這種地方，賣得出去？會賠死吧？

艾達地產會不會賠死沒人知道，但艾達地產卻實實在在因為這件事，以及前兩天與地政高官緋聞的事，一夜成名。

一家內地來到香港成立的小地產公司，竟然名氣不亞於三大地產的巨頭。

這是許多人沒能想到的，也是瞿濤沒有想到的，卻正是夏芍想要的結果。

她要艾達地產在最短的時間內打出名氣。

瞿濤沒想到艾米麗會看上鬼小學那塊地，但聯想起她在內地進軍地產業的發家史，才發現之前艾達地產也是購買了一塊因鬧鬼傳聞而爛尾的工程，結果大賺一筆，成功打入地產業。

瞿濤冷笑一聲，「原來是想故技重施？」

「可他們想故技重施，也得有肯買那處工程的買家才行。在香港只怕沒人會要那裡，那買下這塊地來，即便是再便宜，也是賠錢不是？」一世紀地產的一名主管道。

「去查。艾米麗行事嚴謹，不會做這麼冒險的事。她一定是有所依仗，或者說，她已經找好了買家。」瞿濤吩咐道。

不得不說，瞿濤經驗老道，一下就看出了問題所在。可他還沒找人去查，艾達地產便對外公布，達才小學的那塊地不是用來建墓地，也不是建住宅宅，而是要用來蓋私人會館。

私人會館？

這是哪家私人會館把位址選在這裡？

正當香港民眾們議論紛紛的時候，瞿濤卻是想起來，艾達地產在內地第一次買下的爛尾工程，就是改造成了私人會館。

艾達地產果然又發布了消息，稱那家私人會館是內地的養生會館，開放給政商兩界的名流，而隨後公布出來的會費之高，令人咋舌。

這樣高的會費，在頂級俱樂部雲集的香港來說，也是很少見的。

究竟是什麼樣的私人會館，敢買鬧鬼的地段來蓋，成為了人們猜測談論的焦點。

艾達地產彷彿是要保持香港民眾的關注熱度，每天只發出一點消息。在隨後的消息裡，艾達地產果然公布了這家私人會館的名字：華苑。

華苑？

香港人並沒有聽過，但港媒週刊卻是有本事聯繫到了內地的人脈，了解其背景。

這一打聽，不由大吃一驚。

華苑私人會館隸屬華夏集團旗下。

華夏集團是成立於三年前的集拍賣公司、古董店、陶瓷行為一體的集團，旗下資產百億，其掌舵者是一名年紀只有十來歲的少女。

華夏集團並不為香港民眾所深知，但香港上流圈子對華夏集團的某一樣東西卻是如雷貫耳的，那便是印有「大華夏製」底款的粉彩瓷。

一年多前，這種高仿清康雍乾年間的粉彩瓷問世，一問世，立刻入了不少愛瓷人士的眼。許多人都以為是真得不能再真的古董，一看底款才知道是仿製的。

這件事海內外的專家學者都曾進行過一番熱烈的討論，香港的週刊自然也沒有放過當時那一陣的熱潮。更令人記住華夏集團的還有一件事，那便是其在陶瓷業上是與香港嘉輝國際集團合作，兩個集團是合作關係。

這一點很能引起香港上流社會的興趣，而且，這一年多以來，華夏集團的高檔瓷器已成為海內外上流圈子的寵兒，有價無市。

沒想到，一個名不見經傳的艾達地產，因為開發鬼小學的工程，竟把華夏集團給引出來。一時間，艾達地產、華夏集團、華苑私人會館，全都在香港出了風頭，而艾米麗與陳達的緋聞，早就被人們忘到了腦後。

眾人在對內地有這樣一家堪稱傳奇的集團嘖嘖稱奇的時候，也對鬼小學的事指指點點。那地方鬧鬼，把私人會館蓋在那裡，信奉風水的香港名流，只怕是沒人會去。在內地混得風生水起的年輕集團，只怕會在香港栽個跟頭。

正當大家這樣想的時候，三合集團大廈的董事長辦公室裡，戚宸挑眉盯著面前這幾天的報紙，笑道：「誰說沒人去？我去。對外放出消息，讓那個女人把第一個名額留給我。要是敢給別人，給誰，我宰誰。」

韓飛笑咪咪舉手，「我跟著老大，我要第二個名額。」

「乾脆我們三合會全包了。」洪廣道。

展若皓看了兩人一眼，什麼話也不說，轉身去辦事。

正是這天，與三合集團總部同樣坐落在皇后大道上的嘉輝國際大廈，助理拿了一疊卷宗走進總裁辦公室，對坐在辦公桌後埋首的男人說道：「總裁，有件事需要問您的意思。」

「說。」李卿宇頭也沒抬，淡淡地道。

助理將卷宗放到辦公桌上，恭敬地道：「這兩天外面的週刊都在說華苑會館要在香港開辦分館，用的是艾達地產買下來的達才小學的那塊地。華苑會館隸書華夏集團，華夏集團跟我們集團有合作。昨天董事長曾提過一句，希望您入會。」

李卿宇這才抬起頭，他記得華夏集團，也明白李伯元讓他入會，必是為了人情往來，因此他只一點頭，便又埋首桌案，看也沒看桌上的文件一眼，只道：「好。」

李卿宇就這麼答應下來，助理反倒愣了，覺得他可能聽錯了重點，於是提醒道：「總裁，華苑會館是建在達才小學的地段，聽說那地方……鬧鬼。」

李卿宇拿著鋼筆簽名的手果然微微一頓。

助理趕緊道：「要不然，跟董事長說說？」

人情沒必要非得這麼做，那地方鬧鬼，也怪不得他們總裁不去。

助理邊說邊注意著李卿宇的神色，他看起來神態如常，叫人看不出喜怒。

助理很少見到李卿宇出神，以為他要拒絕的時候，卻見他又開始繼續在卷宗上簽名，就像沒有過剛才的出神，「不必。去。」

去？

去華苑私人會館？

助理一愣，隨即會過意來，但見李卿宇已專心在看卷宗，便識趣地退出了辦公室。

門一關上，李卿宇的目光落在桌上的文件上，半晌沒動。

過了許久，他才低頭捏了捏眉心，深吸一口氣，往椅背靠去，然後仰起頭閉上眼。

半晌，他睜開眼睛，伸手從襯衫的領口裡慢慢捏出一條紅線。

那條紅線上懸掛著一塊白玉羅漢。

她不見了。事情結束之後，再沒有她的消息。她就像是當初成為他的私人保鏢的時候，毫無預兆地來了，事後又毫無預兆地走了。留給他的，只有這個法器。

夜深人靜時，如果不是她住過的房間依舊保留原貌，他甚至懷疑有沒有這樣一個人來過。

過去二十幾年的人生，記憶裡都是父母的爭吵、爺爺的養育，家族、榮譽、利益、集團。他的生活圍繞著這些詞，沒有覺得厭煩過。那就是他的人生，他理所當然的責任。他接受這種人生，接受坐在少有人能及的位置，終日對著會議、文件，終日在世界各地飛來飛去。他接受生活像齒輪般轉不停，直到人生遲暮，直到生命終結。

生活若是一直沿著這條軌道行走，他不會覺得有任何問題，奈何齒輪轉了個方向，將他帶進了一個從未遇到過的世界，帶給他一段從未有過的經歷。

化劫、小鬼、降頭、法陣、鬥法……

這對他來說是全然陌生的世界，卻又實實在在的存在。

然而，她來了又走，無聲無息。

兩個月雖短，卻改變了他的生活。

大伯父李正譽辭去了公司職務，安心在德國靜養。堂哥李卿懷也辭去了職務，去創立屬於自己的公司。二伯父李正泰還擔任著歐洲區副總裁的職務，二伯母舒敏近來剛被娘家送回來，看起來不再像以前那麼會算計，而李卿馳在公司裡也安分了不少，沒再時常跟他對著幹。

至於自己的父母……他們在李家大宅的後院住著，一開始天天吵，他們從結婚到如今從沒有這樣長時間的朝夕相對過。他給他們時間爭吵埋怨謾罵，他們便爭吵埋怨謾罵，但現在誰也吵不動了……

爺爺的身體如她所說，靜養著便無大礙。

而他，從家族爭奪繼承人的暗戰裡活下來，然後繼承公司，奉養爺爺。

她來到他的人生裡，雖然來去匆匆，卻改變了他太多的生活。

有時他會懷疑她有沒有真的來過，但每天一睜開眼，看見如今安靜的生活，他就會想起她，明白地體會到她真的來過。

可她已經離他遠去。他有去過老風水堂看望唐老，可唐老未曾透露她的行蹤，而傑諾也沒有查出她進入南非軍事資源公司的管道。這一點令傑諾抓狂，也同樣在宣告他找不到她了。

除非，她主動現身。

他知道她還會出現在他面前，當初的薪酬她還沒有向李家提。他希望她是像當初表現出來的那麼財迷，這樣她才一定會出現。

可她什麼時候會來，他不知道。她留給他的，只有等待。

那段日子已經離他遠去，他早已接受生活回歸正軌，卻從來沒想到過，今天在他的生活裡，還會再聽見「鬧鬼」的事。

鬧鬼。

這兩個字一下子將他的思緒拉回先前的那段日子。

與華夏集團的人情往來雖是必須的，但他不一定非得入會。只是聽見鬧鬼這兩個字，他竟有種強烈想入會的衝動。

鬧鬼？這不是很好嗎？

在那樣的地方，應該會感覺離她近一些吧？

李卿宇的目光落在掌心，輕輕撫了撫玉羅漢，然後撥通內線電話，接到剛才進來的助理辦公室，「跟華夏集團華苑私人會館的負責人說，預留一間貴賓室給我。他們初到香港，如果在私人會館的工程上遇到難事，可以說一聲。另外，把我預訂貴賓室的事傳出去，就說我希望華苑早日完工。」

第七章　雷霆一擊

華苑私人會館還沒開始動工，便有兩位商界鉅子預訂，事情一傳出去，引起一片譁然。

這兩位商界鉅子的分量都不輕。李卿宇是香港嘉輝國際集團的總裁，華夏集團跟李家有合作關係，可就算有人情往來，也不用往鬧鬼的地方鑽吧？這是不要命了？

還有，三合集團的董事長戚宸為什麼也來湊這熱鬧？三合集團與華夏集團可沒有什麼關係。他為什麼也往那鬧鬼的地方鑽？而且，戚宸預訂華苑的貴賓名額，指明要第一個，誰也不許跟他搶。這就更人看不懂了，內地的這個家年輕的集團，到底有什麼魅力？

華夏集團跟嘉輝集團和三合集團有什麼事在其中，所有人都琢磨不透。有一點卻是肯定的，那就是艾達地產開發達才小學的地段，不僅不愁賣，還找對了買主。

戚宸和李卿宇的對外表態，讓香港上流社會的人紛紛側目，當即便有些想要攀附兩個集團的名流，也向華苑私人會館提出了入會意向。

一處鬧鬼的地段，平時絕對沒人去買，如今竟搶著預訂，簡直就是怪哉。

不僅香港的民眾看不透，就連瞿濤也看不透。

他先前散播消息出去，說艾達地產不正當競爭。輿論如他所料一般，指向了艾米麗和陳達的不正常關係。這件事他自己知道是子虛烏有，也知道可能會引起羅家的不滿，但瞿濤不是剛在生意場上混的毛頭小子，世紀地產發展至今，也不是任人捏圓搓扁的。羅家雖然地位極高，卻不會因為世紀地產一句「不正當競爭」的話而遷怒他。

世紀地產在地產業所占的分量和地位，即便是羅家也不敢輕動。世紀地產若有動盪，整個香港經濟都會出現動盪。經濟的動盪代表著什麼，羅家身在政壇，自然明白。

但羅家聲譽受損，對外界回不回應是一回事，內心不可能不窩火。就羅月娥的性子來說，她不找世紀地產的麻煩，也一定不會放過艾達地產。

艾達地產不過是內地來港的小地產公司，才剛剛開始在香港拓展業務，還沒有建立穩固的人脈。即便是倒了，也沒有什麼影響，更不會牽扯出什麼利益集團，引起什麼連鎖反應。以羅家的勢力，整倒艾達地產只不過是動動手指頭的事。

借刀殺人，一直是瞿濤所推崇的商戰境界。

他對這一招胸有成竹。試想一下，一句話而已，不費吹灰之力就能借他人之手滅了競爭對手。這豈不絕佳手段？

然而，正當瞿濤打算品嘗戰果的時候，風不再他的預想那般吹了吹之後就停止。

羅月娥和陳達出雙入對，對艾達地產一點手段也沒使。

艾達地產卻藉著這股風浪在香港一夜成名，打開了知名度，而且，艾米麗竟然聯繫上了在內地最初的主顧華夏集團，將私人會館開到了香港。

這華夏集團也是有兩把刷子，會館蓋在達才小學的地段上，也能引來香港兩大巨頭的關注，這幾天更是引得香港上流人士預訂不斷。還沒開工，就有一種要預訂爆滿的勢頭。

瞿濤雖然看不透這裡面到底有些什麼關聯，但以他多年的經驗，他隱隱感覺到不安。

好像有什麼他不知道的事正在發生。

瞿濤並不知道這種不妙的感覺從何而來，從實力上來看，艾達地產對自己根本就構不成威脅，可他就是有種不安的感覺。

這種感覺還沒理順的時候，公司的主管又跟他說了一件事。

「董事長，剛收到消息，艾達地產打算在這個週末召開新聞發布會。」

艾達地產要召開新聞發布會，內容暫時沒有公布，但是備受關注。無論是一線或二三線的媒體全都接到了邀請，時間定在週末上午。

這家新進軍香港地產業的公司，才到來這麼短的時間，就在香港出了名。一時間，所有人的目光都聚集在了週末。

週五這天，夏芍還在學校上課。

她提醒校長要去董家看看，但黎博書還沒派人去，三天後董芷文就回學校上課了。她看起來沒什麼大礙，只是在校門口被三合會死人給嚇到了，回去後就發燒，住在醫院兩天，又在家裡養了一天就沒事了。

夏芍看人面相向來極準。董夫人有兩個女兒，董芷文沒事，那就表示是董芷姝有事。董芷姝有事，那就跟夏芍沒什麼關係了，她對那個女人沒什麼好感。如果是董芷文，她還會想去看看她，董芷姝就沒必要了。她身體不好可以看醫生，家裡風水不好可以請風水師，總之，董家不缺人脈不缺錢，用不著夏芍操心。

讓夏芍沒想到的是，董芷文在回來學校的當天晚上，竟然到宿舍找她。

「嗨，還記得我嗎？」走廊上的燈光柔和，董芷文的臉色還有點蒼白，看夏芍的眼神從那晚的好奇，變得怯怯的。

「記得。」夏芍也知自己在校門口與人打架大概是狠了些，嚇到這位富家千金了，於是口氣和緩了些，還露出點笑意。

董芷文頓時鬆了口氣，「還好還好，我還以為妳會說忘記了。我就說嘛，妳認識我姊，應該會記得我的。」

夏芍但笑不語，等著她說正題。

董芷文見夏芍不說話，也不尷尬，只是笑道：「呃，其實……我來找妳，是有一件事想要請妳幫忙的。」

「我？」夏芍挑眉。

「嗯。」董芷文咬了咬唇，掙扎了一會兒，忽然大聲道：「我想學功夫，妳教教我吧！」

夏芍：「……」

什麼？

「我知道很突然，但是我是真的想學功夫。我不要求能厲害到把黑幫那麼多人都打倒，我只想把我家請的那些保鏢打倒的程度就好了。」董芷文看著夏芍，眼神純真。

夏芍哭笑不得。

「妳現在在學校裡，又沒有保鏢跟著。」

董芷文皺起眉頭，苦惱地解釋道：「妳不知道，我一出學校就有司機來接，不管去哪裡都有保鏢跟著。我媽總覺得別人會綁架我似的，我已經十八歲了，沒一個人逛過街，什麼都是設計師上門量身設計……我從來沒有自由過。我馬上就要過十八歲的生日了，我不想在家裡開那些名義上是為了我，其實是很商業的派對。我就想一個人出去走走，去我想去的地方……但是我甩不掉我家的保鏢。我看妳功夫很厲害，妳教我兩招吧，管用的就行。」

夏芍挑眉，為了甩掉家裡的保鏢而想學武？這理由看起來有些小題大做。或許董芷文的生活真是這樣，如她所說，被家裡保護得太過，就像養在籠裡的金絲雀，生活無憂卻沒有自由。

她沒有經歷過這樣的生活，無權置喙這種想法對不對，她只是搖頭，「想要實現願望，有很多種方法。學武在我看來不太適合妳，說實話，妳的年紀有些晚了。」

「我不要求太厲害，我只想把我家保鏢撂倒。」董芷文水靈的大眼睛裡全是期待。

夏芍苦笑著搖了搖頭，「妳應該聽過欲速則不達，天底下沒有什麼事是可以走捷徑的，習武講究基礎和經年累月的苦練。」

「我不怕苦練，我能吃苦！」董芷文拍胸脯保證，但聲線綿軟，沒有多大的說服力。

「再能吃苦，妳練一天，也比不過別人練一年。妳剛才說妳的生日就快到了。」夏芍不但覺得董芷文練武不合適，就是合適，她也沒教導的時間。

董芷文低下頭，絞著手指咬著唇，垂頭喪氣，但她只是失落了一會兒，便眼中又升起希望，「那我生日那天雇妳怎麼樣？」

夏芍一愣，自然明白董芷文想雇她做什麼。老實說，她對這種幫千金小姐蹺家的事實在不感興趣，對招惹董家也沒興趣。以董母對女兒的保護程度，要是知道是她從中幫忙，指不定惹出什麼麻煩事來。這位千金小姐的事，她還是不插手為好。

夏芍婉言拒絕，董芷文看起來很失落，但她不是輕易放棄的人，又道：「我知道很突然，所以還是請妳考慮考慮。我的生日在下個月，我真的只是想去逛逛街而已，拜託妳了。」

董芷文深深鞠了一躬，然後跑走了。

這一幕看得曲冉嘖嘖稱奇，她在寢室裡也聽到了兩人的對話，這才對夏芍說道：「其實董部長人不錯，沒其他富家千金那麼驕傲，待人和善。她曾經把學校裡的兩隻流浪貓偷偷養在宿舍前頭林蔭道旁的草叢裡，後來那兩隻貓跑出了學校，她找不到，還蹲在那裡哭。那天晚上我剛好路過，聽見有人哭還嚇了一跳，我還以為撞鬼了。」

曲冉吐了吐舌頭，夏芍噗哧一笑。

站在她的立場上，她是不想幫董芷文蹺家，畢竟兩人現在也稱不上朋友。

夏芍對此事沒再發表什麼意見，只是繼續複習功課。而這件事夏芍也只當是平時校園生活中的一個小插曲，沒有太放在心上，很快就將精力放在了艾達地產的新聞發布會上。

週末上午九點，維多利亞港灣的飯店門口，眾多媒體記者齊聚。

發布會十點才開始，記者們早早就到了，有些人在飯店門口做著現場報導，有些人則憑著邀請函進入飯店。

這一場新聞發布會，香港社會對其關注度很大，原因自然是這段時間圍繞艾達地產發生的一系列新聞。

艾米麗才二十七歲就已有十幾億資產，是不折不扣的女強人。她的創業史、與華夏集團的關係、與陳達的關係、與世紀地產會不會有矛盾，這些事都將是發布會上記者們詢問的焦點。

有些記者一大早就來到門口，想等著艾米麗到來，先做第一手的採訪資料。卻不知，艾米麗早在頭一天晚上就到達了飯店。

此刻，飯店的商務套房裡，艾米麗拿著一疊資料對夏芍道：「董事長，您交代的事我早就背熟了。發布會還有一會兒才開始，您是在房間裡休息，還是下去看看？」

夏芍笑著起身，「下去看看。」

夏芍今天並不會公開身分，她讓艾米麗幫她準備了一張艾達地產員工的工作證，可以自由出入發布會大廳。現在離發布會開始還不到一個小時，料想媒體記者應該都陸續過來了。

夏芍的目光落在落地窗前的沙發上坐著的男人，笑道：「師兄，我們出去看熱鬧。」

徐天胤站了起來。

夏芍在他胸前也掛上一張艾達地產的員工證，笑咪咪欣賞了一下，轉頭對艾米麗開起了玩笑，「總裁，今兒艾達地產多了兩名新員工，月底記得發薪水。」

艾米麗難得也開玩笑道：「抱歉，艾達地產不需要在工作時間看熱鬧的員工。」

夏芍噗哧一笑，艾米麗比剛來華夏集團的時候風趣多了。

發布會還沒有正式開始，艾米麗暫且不現身，夏芍和徐天胤身上掛著員工證，大搖大擺地出了飯店房間，往樓下的發布會大廳走去。

如同夏芍所料，剛走到大廳前的走廊上，便見到媒體記者們來得很多，全都在大廳門口遞交邀請函，依次入場。而艾達地產的員工進進出出地準備著發布會開場前的準備工作。

沒有人注意到夏芍和徐天胤這兩個陌生的面孔，兩人沿著走廊相攜走來，忽然注意到大廳門口前似乎有點小爭執。

他們遠遠望去，當看見其中一人時，夏芍輕輕挑眉，露出意味頗深的笑容。

本以為要進了發布會大廳才能看到好戲，沒想到這就開鑼了。

大廳門口，要入場的記者都拿著邀請函，身前也都別著工作證，攝影器材、麥克風以及身上都貼著哪家報社週刊的標識。

來的記者比較多，表面上看起來眾人是排著隊，但實際上，哪行哪業都有競爭。艾達地產在邀請媒體時，不僅邀請了一線大媒體，連二三線的小週刊也都請到了。這些人聚在大廳門口，說是排隊，但大媒體自然是蠻橫地走在前頭，而後頭的小週刊記者則有的陪著笑臉，有的皮笑肉不笑地不情不願往後退讓。

其中只有一家週刊的人堅決站在前頭，就不讓位。

這家週刊的創始人姓劉，曾是香港媒體界的大哥，後來敗給了港媒週刊的齊氏，被擠下龍頭的位置，在三線混跡了七八年，最近剛剛躍居二線。

這人不是別人，正是劉板旺。

劉板旺的週刊自從幾個月前揭露余九志的事開始便備受關注，在香港風水界風雨雷動的那段時間，週刊銷量猛增，積攢了不少關注度和家底。

之後夏芍雖然沒再出現過，但他還是憑著這些家底東山再起，又憑著在媒體業界多年的經驗，將週刊維持在了二線上。

但是這並不容易。

一個人白手起家難，起家後被人踩下去，想要再爬起來更難。

昔日在一線的仇家，如今在二線的競爭對手，全都虎視眈眈。劉板旺又招收了些人手，在招人方面也是謹慎，就怕招進來競爭對手的奸細，竊取週刊的獨家新聞。他之前只有五名心腹，維持起來確實比較辛苦，再加上昔日仇家打壓，劉板旺在到了二線之後處處碰壁，處處受到掣肘，表面上許多人恭賀他東山再起，實際上他這幾個月倍嘗艱辛。

就像此時，不過是進新聞發布會的場子，便有人來給他難堪。

對方正是現今香港發行量最大的報業集團齊氏旗下的報刊記者，他們旗下九家報刊，是一起來的，但因為之前在飯店門口進行現場報導，所以上來晚了點。這些人向來是很有優越感，來得晚了也不怕，反正會有人讓路給他們。

他們一眼就看見了劉板旺的週刊站在前頭，等著艾達地產的工作人員驗明邀請函，這些人張口就笑道：「哎喲，這不是劉哥嗎？」

「劉哥？哪個劉哥？」有人故作不知，笑拍同事的肩膀，「淨胡扯！需要我們叫哥的人，還用親自來發布會現場採訪？那都是坐辦公室的人。」

「你那是什麼眼神？往前看看，那不是劉哥來了嗎？」那名攝影師也拍一把同事，指了指前面的劉板旺。

那名港媒週刊的記者這才看見了劉板旺，接著故作一愣，接著一副見到大人物的模樣趕忙上前，要跟劉板旺握手，「哎呀，劉哥，真是劉哥啊！」

劉板旺一看是港媒週刊的人，便沒什麼好臉色，但見對方伸過手來，出於禮貌，便也想伸手。但手剛伸出來，對方的手就擦著他的手而過，拍在了他的肩膀上。

「劉哥，你看你，一場發布會而已，讓手底下的人來就行了，您怎麼還親自到場了呢？真是辛苦啊！」那名記者拍著劉板旺的肩膀，笑談間好似兄弟一般。

劉板旺狠狠握了握伸出的手，然後收了回去。

跟著他一起來的人相當憤怒，揮開那人的手，怒道：「把手拿開！劉哥也是你叫的？」

那名記者手被打開，臉色沉了下來，接著冷笑一聲，「怎麼？劉哥現在發達了，我們這些小記者，連打個招呼都不配了？」

他這話明顯是嘲諷，港媒旗下九家報刊的人一起笑了起來。

「可不是不配？人家是誰？劉哥啊！」

「就是！在劉哥面前，我們可不就是些不值一提的小記者嗎？」

「當初媒體界的大哥，如今幹我們這些小記者才幹的活兒，怎麼？大人物的飯碗搶不了，就來搶我們這些小人物的飯碗？」

「你就往自己臉上貼金吧！你那飯碗劉哥看不上，人家盯著的是咱們齊總手裡的飯碗！」

「喲，咱們齊總可是在港媒大廈的辦公室裡坐著呢，劉哥這是在哪兒呢？」

一群人互相擠眉弄眼，哈哈大笑。

劉板旺拳頭緊握著，卻是咬牙不說話。他這些年再大的屈辱都忍了，這些當眾羞辱的話也聽了不少。逞意氣之爭對他來說沒有什麼好處，業績和銷量才是實實在在的。

劉板旺當即按下想要上前揍人的下屬，讓他們把邀請函遞給艾達地產的工作人員，驗證入場，沒想到他們的邀請函剛遞上前，艾達地產的員工還沒接到手上，便有一張邀請函橫空遞來，壓在了他們的邀請函上方。

「我們是港媒週刊旗下商業週刊的人，這是邀請函，請查核一下，我們好入場。」遞過來邀請函的是一名身材高壯的攝影師。

艾達地產的工作人員一愣，看向那名攝影師，又看了劉板旺的人一眼。

劉板旺臉色一沉，「這是做什麼？我們先到的，插隊也不用這麼明顯吧？」

劉板旺身旁的人也冷笑道：「還港媒週刊呢，這麼多同行都在，看看你們這素質！要不要我拍一張照明天刊登出去，讓全港民眾都看看？」

那人說話快做事也快，當即舉起相機，喀嚓一聲，當真拍了一張照片。

這一拍不要緊，那名攝影師被閃光燈晃了下眼，等反應過來的時候，氣得伸手就去搶劉板旺手下記者的相機，「你幹什麼？」

港媒週刊的記者見這情況，也都開始叫囂。他們九家報刊的人都在門口，自然是人多勢眾，呼啦一聲就將劉板旺等三個人給圍了起來，然後不管三七二十一，上來就搶相機。

飯店這一層維護秩序的保全看到，忙上來把人都拉開，「按照我們飯店的安全規定，鬧事的人，我們是有權請他離開。」

這話算是起到了些作用，今天艾達地產的發布會很受關注，誰也不願意因為這種事被請離。丟面子是小事，挖不到新聞，回去可就飯碗不保。

劉板旺帶著的那名記者死死地弓著身子，將相機護住。港媒週刊的那名攝影師當即冷笑一聲，看向劉板旺，「劉哥，何必呢？你也知道，進場只是個程序。進去以後，各家週刊的座位早就被安排好了。我們港媒週刊一定是被安排在前的，你這時候搶在我們前頭進去，有什麼意義？到時候還不是排在我們後頭？」

「那我們也要先進，誰叫你們來得晚？憑什麼要讓你們？」劉板旺帶著人吼道。

那名攝影師臉色也不好看，見發布會開場還剩半個小時，進去後還有些別的準備工作，確實是不能再耽誤時間了，便懶得再跟劉板旺的人爭執，但他必須要壓劉板旺一頭，若是被他們比港媒週刊早進場，回去以後齊總指不定會怎麼指著他們的鼻子罵。

因此，那名攝影師轉頭就對艾達地產的工作人員說道：「時間快到了，門口排了這麼多人，別管那麼多，趕緊讓大家進場吧，免得耽誤了你們的發布會。」

工作人員一聽，也是怕耽誤了公司的新聞發布會，這才點點頭，也不管誰先誰後了，接過港媒週刊的邀請函看了看，就宣布讓他們入場。

港媒週刊的人眉眼都飛揚起來，斜著眼笑看劉板旺一眼，一副「最後還不是我們先進了去」的小人得志表情。

劉板旺氣得嘴唇發抖，怒看艾達地產的員工一眼，「你們怎麼能這樣？你們這是助長他們的氣焰！你們公司的負責人在哪裡？我要求見你們的負責人！」

艾達地產的員工愣了。

夏芍笑著走了過來。

「我是負責人，有事可以跟我說。」

夏芍聲音一出，在場排隊的所有人都看向了她。

只見迎面走來一名少女，穿著白襯衫、牛仔褲，長髮披肩，眉眼含笑，神情泰然自若。

少女長得很美，看起來還是學生。

可是，她剛才說她是艾達地產這次發布會的負責人？

看見夏芍的人都呆了呆，頭腦中最先掠過這個疑問。

劉板旺正在氣頭上，一看見夏芍胸前掛著的工作證，二話不說質問道：「妳是負責人？正好，門口的事妳看見了沒？你們公司召開記者會，雖然座位是早就安排好的，但是進場的順序事先沒抽，總要講究個先來後到吧？你們的工作人員讓這些後來的人先進，我們這些先到的人怎麼辦？既然妳是負責人，我要求給我個說法。」

「可以，這邊請。」夏芍氣定神閒地一笑，轉身便旁邊門上貼著休息室字樣的房間走去。

劉板旺愣了愣，他沒想到夏芍這麼好說話。

他身邊的那名護著相機的記者卻是附耳過來，小聲道：「總編，發布會快開始了，咱們還得進去準備。進場要緊，沒時間跟她進休息室磨嘰。她要真心想道歉，叫她給咱們安排到前排。」

那人話說得很小聲，夏芍嘴角微揚，顯然是聽見了，卻裝作沒聽見，且看劉板旺怎麼辦。

劉板旺皺了皺眉頭，看向夏芍，「我也不要求別的，就要求個公正。先來後到，我們先到的，讓我們的人先進場就行。」

「總編！」那名記者急道。

劉板旺一眼掃過去，目光帶著不容質疑的威嚴，那名記者只得乖乖閉嘴。

劉板旺怎會不想要前排，但這要求不實際。歷來採訪或者發布會，一線的媒體在前頭，這是大家心照不宣的。料想艾達地產也不會無視這個規矩，得罪這些媒體人。再者，座位是早就排好了的，他要是現在要求前排，座位勢必要進行變動，發布會就快開始了，別說時間來不及，就是來得及，也沒人願意換位置。

前排都是港媒週刊的，他們願意到後排？開玩笑！到頭來，只是讓艾達地產難為而已。對劉板旺來說，同行間的競爭打壓已經讓他壓力繁重，萬萬沒有再得罪艾達地產的道理。這件事他跟艾達地產要個說法，是因為他占了理。得理不饒人沒什麼好處，不如差不多就得了，給人個方便，將來自己就多條路子。

夏芍暗暗點頭，笑道：「好，先來後到，時間快到了，請各位媒體朋友配合一下，排隊入場。座位裡面已經安排好了，一會兒我們總裁就會到場，請入場準備吧。」

夏芍一說艾米麗快到了，成功轉移了眾人的注意力，讓眾人都把焦點放在了即將開始的發布會上。雖說港媒週刊的記者們還想爭著先進去，但他們也不敢耽誤採訪，便臉色難看地看著劉板旺帶著人往裡走。尤其當劉板旺帶著的那名記者也學著他們剛才眉眼飛揚的樣子，朝他們飛來一眼的時候，一群人臉都青了。

「劉總編。」夏芍忽然叫住了劉板旺，「讓你的人進去就好了，你可以跟我到休息室來一趟嗎？不會占用你太多時間。」

劉板旺愣愣地看著他，在場的記者們也都很困惑，不知道艾達地產的人找劉板旺幹什麼。艾達地產查驗邀請函的那名員工，卻是盯著夏芍看了很久，不記得公司有這樣一位主管。

她說她是負責人，可她不是啊！

這次發布會的負責人另有其人，他們的主管就在發布會的大廳裡。

「這位……呃……」那名員工試著喚住夏芍，話一出口便噎了回去。

夏芍一眼看過來，眼中似笑非笑的冷意令人心驚。

那名員工當即不敢再說什麼，夏芍便帶著劉板旺要往休息室走。

「怎麼回事？」有個穿著套裝的女人從發布會大廳裡走了出來。

那名員工一看見她，趕緊說道：「主管，這位小姐說她是這次發布會的負責人。」

「負責人？」女主管一聽，上下打量夏芍，見她不過十七八歲的年紀，頓時把臉拉了下來，「妳是從哪兒混進來的？工作證從哪裡來的？妳的主管是誰？」

女主管抬手就想將夏芍胸前掛著的工作證扯下來看看，但她的手剛抬起來，還沒碰上夏芍，便悚然一驚，打了一個冷顫。

徐天胤從旁邊走過來，冷冷地盯著那個女主管，嚇得她不敢動彈。

還沒進大廳的媒體記者們也都愣住了，紛紛看向夏芍。

她不是艾達地產的員工？

那她找劉板旺做什麼？

劉板旺也很懷疑。

夏芍拿出手機，撥打了艾米麗的號碼，對那頭說了兩句，接著把手機遞給那個女主管。

女主管伸手接過，聽著手機裡的話，臉色變了幾變，接著震驚地看向夏芍，然後連連點頭。掛斷電話後，恭敬地把手機還給夏芍。

「現在我可以走了？」夏芍問道。

艾米麗顯然不會把夏芍的真實身分告訴這名主管，但她不知道跟她說了什麼，這名女主管當即點頭，「您請。」

周圍的人看得一頭霧水，但敏銳的嗅覺告訴他們，夏芍的身分定然不凡。只是他們都沒有問什麼，夏芍已經對劉板旺道：「劉總編，請吧。」

劉板旺也看出夏芍大有來頭，他當然不會拒絕，直接跟著夏芍走向了休息室。

其他人圍上來詢問那名女主管，女主管卻說道：「抱歉，公司內部的事，無可奉告。」

離艾達地產的新聞發布會還有半個小時，劉板旺和夏芍面對面坐在休息室的沙發上。

徐天胤坐在夏芍身邊，伸手倒水給她。

劉板旺的視線在徐天胤和夏芍身上轉過，露出疑惑的表情。不知道為什麼，他覺得這氣氛似乎在哪裡遇過，可一時半會兒還真想不起來。

「劉總編，好久不見，還記得我嗎？」

劉板旺好生將夏芍打量了一陣兒，總覺得似曾相識，就是想不起來。他不由笑了笑，有些尷尬地道：「這位小姐，我們應該是在哪裡見過吧？但是……呵呵，妳知道，我年紀大了，記性有點不太好了。」

夏芍喝了一口茶，笑道：「劉總編，你還未到知天命之年，就說自己年紀大了，待到真的年紀大了，又該怎麼說？」

劉板旺一愣，他確實是不到五十歲，但這些年在底層奔波，妻子跑了，女兒要他獨自撫養。到了他這個年紀，家裡老人又都接連身體有恙需要照顧。這些年，他是事業、家事兩邊操勞，頭上早已生了白髮。他若說自己六十歲，想必也是有人信的。可眼前這名少女一語就點破他的年紀，想必是對他有些了解的。

她到底是誰？

夏芍繼續說道：「劉總編，媒體可是個拚體力又拚腦力的行業。年紀大了，就不適合在外頭跑新聞了，有沒有想過換辦公室坐坐？」

劉板旺驚疑地望著夏芍。

換辦公室坐坐？是說……他？

「你有沒有想過，看看新的天地？」

她……不是艾達地產的人嗎？讓他換辦公室坐坐，難不成是艾達地產想挖他過來？

劉板旺笑了，自己都覺得有點可笑。不是覺得艾達地產可笑，而是覺得他們看上自己很可笑。他從年輕的時候就做媒體這行了，要他換個行業，他完全是門外漢，根本什麼也不懂。

「這位小姐，妳的好意我心領了，可我確實只會做記者，除此之外，什麼也不懂。」劉板旺笑著無奈攤手。

夏芍搖頭道：「我何時說要劉總編轉行了？我只是說，劉總編可有想過，就媒體這行向外拓展一下，或許能看見新的天地？」

劉板旺皺眉，「拓展？」

「劉總編在媒體界這麼多年，應該看得出來，這幾年競爭越來越大。大家確實還有讀報章雜誌的習慣，但不可否認，每年都有新的雜誌冒出來，爭獨家、爭人氣、爭發行量。報刊這個行業，從上世紀初到現在，歷經百年，已經發展到了成熟的階段。佛家有云：盛者必衰。任何事物到了鼎盛時期，接著，要麼走下坡路，要麼尋求突破。」

夏芍轉著杯子，問道：「我與劉總編談的是突破，不知道劉總編是敢於突破的人，還是躊躇不前的人？」

劉板旺算是看出來了，她說這話是認真的，不是在跟他開玩笑。

現實的確如她所說，新的雜誌每年都如雨後春筍般冒出來，每年又都有很多雜誌消失在人們的視野裡。他在這行幹了二十年，可謂深有體會。

誰不想尋求突破？但說起來容易，做起來卻是困難重重。

且不說從哪裡突破，就說即便找到了路子，資金從哪裡來？團隊從哪裡來？能不能實現，實現了以後是賺還是虧，這都是要考慮的問題。

突破是有風險的，成功了還好，失敗了誰來承擔？本來就是混口飯吃，要是失敗了，豈不是連飯都吃不上了？

因此，有些事情想一想罷了，真要去執行，不是每個人都能豁得出去的。

更何況，從哪裡突破還是個問題。

劉板旺看著夏芍，夏芍看起來今天就是來談這件事的，因此她不賣關子，直入主題道：「劉總編既然從事這行，近幾年對電腦和網路應該不陌生吧？」

眼下是千禧年，電腦和網路在國內出現的初期是在九五到九七年。歷經幾年的發展，即便是現如今，電腦對於普通家庭來說也還不是那麼普遍。街上有網吧，年輕人去玩遊戲，學校裡上著電腦課，但大多數人對於網路的認識度還沒有那麼高。

劉板旺點了點頭，他們每天入稿和拍回來的照片都需要存入電腦裡，很多工作都是在這裡面完成的，但他不明白夏芍問這個做什麼。

「劉總編有沒有想過，利用網路來發展，經營網路傳媒？」夏芍笑著問道。

網路傳媒？

劉板旺琢磨著這幾個字，起初還有點懵，接著一點就通，恍然大悟，「妳的意思是，把報刊雜誌的內容搬到網路上發展？」

夏芍微微一笑，「可以這麼理解，但這只是籠統的說法。如果說報紙是以刊載新聞和時事評論為主，定期向公眾發行消息的載體，那麼網路傳媒就是通過網路來充當媒介，同樣能起到引導社會輿論的功能。」

劉板旺聽得愣愣的，回過神來卻道：「可是……」

「不必擔心有多少用戶的問題，相信我，不出幾年，網路會成為人們生活中的一部分。」

夏芍瞬間看穿劉板旺的疑慮。

劉板旺還是有疑問，「那又怎麼樣？這位小姐，妳別嫌我說話太直。妳的想法是很超前，可是盈利從哪裡來？免費向公眾提供新聞？大家都尋求網路了，報紙和雜誌怎麼生存？」

夏芍看他一眼，「電視不就是免費向公眾提供新聞和娛樂劇嗎？你說盈利從哪裡來？」

劉板旺一驚，險些拍腦門。

廣告！

「我剛才說了，盛者必衰。網路是新生力量，發展和鼎盛是必然的趨勢，你阻止不了。早晚會有人發現這塊可行之道，早晚有人會去吃這塊大餅。你要麼做開拓者，要麼等別人去開拓，跟在後頭分一杯殘羹。」

「不用擔心報紙和雜誌怎麼生存，任何媒介的發展，都代替不了人們對於實體書的追求和閱讀享受。或許銷量會有所影響，但它絕不會被取代。」

「我從未說，做網路傳媒就要放棄傳統的傳播方式，我們可以兩手並進。」

「我也從未說，網路傳媒就只是刊載實事和新聞評論，可以做的事太多。影視、音訊、視頻、圖片、文本、廣告等等，只要是以網路為載體，太多的事可以做。繼報紙、廣播和電視之後，相信我，網路會成為第四大媒體。劉總編有興趣跟我一起成為這個行業的先鋒嗎？」

劉板旺看著坐在對面的少女，她的一番話說得他心潮澎湃。

「妳……妳到底是什麼人？」劉板旺總算問出這句話。

夏芍喝了一口水，發現水有些冷，眉頭輕蹙。徐天胤伸過手來摸了摸杯子，隨後接過去，重新又倒了溫熱的回來給她。

夏芍窩心地笑著捧過來，這才看向劉板旺，「劉總編當真是貴人多忘事。我們幾個月前才見過，怎麼這麼快就忘了？」

「……幾個月前？」劉板旺喃喃自語，他真的沒有印象。按理說，她這容貌氣質，但凡見過一次，他絕對不會忘，可是他對她並沒印象。

夏芍見著劉板旺想不起來，便道：「劉總編，我看你眼下發黑，這幾天除了熬夜之外，只怕運勢受阻，常碰壁吧？而且，鼻頭見血絲，前不久必有破財之事，我說的可對？」

「妳怎麼知道？」劉板旺瞪大眼睛，猛然道：「妳……妳是？」

「還想不起來？劉總編碰到過幾個像我這樣能告訴你余家的事的人？」

劉板旺張著嘴，驚得愣愣的。

他怎麼會忘記？

如果不是遇到那名少女，如果不是她告訴他當時香港第一風水大師余九志的獨家消息，他不可能這麼快翻身，躋身二線的行列。

他沒有一天忘記過她，但她和余九志鬥法之後，就再也沒在他面前出現過。那天之後，他才知道她的身分竟是唐大師的嫡傳弟子，回到香港的目的是為了給唐大師報仇，所以她才能傷得了余九志，才能知道余九志那麼多的祕密。

在那之後，他不是沒有想過找她，畢竟她那時候在香港的名氣大盛，正好她對風水運程這些事預測得很準，他還想找到她，說服她，讓她在自己的雜誌上專門開一個風水運程的專欄。

可惜的是，她消失了。

他去老風水堂那邊打聽過。以他的身分地位，要見唐大師一面很困難，他便想跟風水堂裡坐堂的風水師打聽，結果大家都說師叔祖不在。

後來，劉板旺又找到了張中先。張大師如今要見一面也不容易，但好歹當初他跟余家不和的時候他曾幫過他，兩人算是有點交情，只是張大師也說那丫頭不在。

劉板旺這才想起來，當初夏芍說過，她是內地的風水師，所以，他曾想過莫不是她幫唐大師報仇之後，就回內地去了？

劉板旺越想越覺得有可能，很是惋惜。當時她幫了他一把，他都還沒跟她道過謝。

惋惜歸惋惜，劉板旺還有自己的雜誌社要經營，經過幾個月的廝殺，他的雜誌穩定維持在了二線，想要更進一步卻受阻不少。這段時間他確實過得很不順利，每天派很多人出去找新聞，自己為了節省開銷也是省吃儉用。三天前，他為了省錢改搭公車，在車上被人偷了錢包。艾達地產的新聞發布會，發了邀請函給他們，劉板旺覺得這是個大新聞，才決定親自出馬。沒想到會跟港媒週刊的人發生爭執，更沒想到會遇到這名少女。

他怎麼也想不到，她請他來休息室裡，竟是跟他說這番具有開拓意義的話。他正疑惑她的身分，她出口便是相面之事，還鐵口直斷他曾破財。不僅如此，她還說出前段時間余家的事。

劉板旺打量著夏芍，他終於明白為什麼會覺得她似曾相識了。

她和她身旁的男人，其氣質可不就是跟去他雜誌社的兩人極為相似嗎？

「妳跟那位夏大師是……」同一個人？

劉板旺不敢斷定，畢竟這太不可思議了，這兩個人長得完全不一樣。

「對，是同一個人。」夏芍笑道：「我那時候來香港為師父報仇，為了不被仇家察覺，不便以真容示人，如今倒是無所謂了。」

「這……」劉板旺險些要將夏芍的臉上看出朵花來，怎麼也想像不出她是用什麼辦法易容。看了好一會兒，劉板旺才又不確定地問道：「妳……真的是夏大師？」

夏芍笑著伸出手，「我叫夏芍。」

劉板旺吶吶地伸出手，與夏芍握了一下，「夏大師，妳一直在香港？」

「我在香港讀書。我聽張老說你去找過我，但我最近課業，是我讓他們保密的。」

劉板旺這才點頭，隨即又覺得不對，「那夏大師今天是……」

那今天找他說這些做什麼？她不是風水師嗎？怎麼說起這些經商的事來頭頭是道？

劉板旺有點無奈，他覺得繞來繞去，好不容易弄明白了夏芍的身分，但是到頭來他的疑問一點也沒有少。

「夏大師，我真的沒想到今天會在這裡遇見妳。不知道妳今天中午有沒有時間，我雜誌社的事，我真的想好好謝謝妳。不過……」劉板旺表情嚴肅起來，「妳把我叫來這裡，剛才說的那些話，我想問一句，妳是不是認真的？妳是想要讓我跟妳一起經營網路傳媒？可是預計要多少資金？錢從哪裡來？」

像她這樣的風水大師應該不缺錢，但她現在還在讀書，應該沒有那麼多資金吧？

夏芍笑笑，「如果我說，艾達地產是我的公司呢？」

什麼？

劉板旺瞪大眼睛，差點從沙發上跳起來。

「艾達地產不是艾米麗小姐的公司嗎？」

劉板旺的目光落在夏芍胸前的員工證上。他想起剛才進休息室之前，夏芍明明不是這場發布會的負責人，年紀上也不是艾達地產的員工，但是她打過一通電話之後，那名女主管便對她態度恭敬起來。剛才覺得疑惑，現在才陡然明白過來。

難不成是因為她才是艾達地產的老闆？

可她才多大？

「艾米麗是公司的總裁，兩年前這家公司在內地創辦。我因為還在讀書和一些原因，沒有對外公布這件事。」夏芍解釋。既然她打算招攬劉板旺到麾下，這些事就不對他隱瞞了。當然，這是在她有把握他會答應的前提下。

這件事對於劉板旺來說，無疑是個大八卦。即使他今天不答應夏芍，把這個八卦爆出去，也稱得上是猛料了。但他當然不會這麼笨，一次猛料如何能跟一個成功的未來相提並論？

劉板旺是震驚的，外頭傳言艾達地產有十幾億的資產。十幾億的資產掌握在一名十八歲的少女手中，那可真是讓人匪夷所思。

劉板旺想通關鍵點，立刻又提出疑問：「夏大師的意思是，妳想讓我跟著妳開發網站，資金由艾達地產提供？」

夏芍笑著點頭。

「可我還是那句話，別怪我說話直，我覺得艾達地產的未來未必就是那麼一帆風順。你們在達才小學的那塊工程，雖然還沒動工就有很多要加入會員，可那是因為你們買家選對了。華苑私人會館是華夏集團旗下的，華夏集團可能是有什麼背景，這才能有今天的好局面。但你們既然是地產公司，就不可能只做這個工程吧？因為永嘉社區，你們已經得罪世紀地產了，世紀地產的資產有你十個艾達地產不止。瞿濤那個人是出了名的狠辣，你們得罪他，他不會就這麼算了的。妳以為前段時間艾達地產不正當競爭的傳聞是怎麼來的？港媒週刊的齊賀和瞿濤私底下交情很好，這就是借輿論打壓你們艾達地產。」

「我說了這麼多，其實意思就是艾達地產這次沒事，瞿濤一定不會善罷甘休。你們要想在香港地產行業立足，早晚要跟瞿濤有場惡戰。而你們的資產跟瞿濤真的沒有辦法比，拿什麼去跟他打這一場惡戰？到時候，艾達地產的資金恐怕都要嚴重不足。夏董，妳能拿什麼閒錢出來經營網站？」

劉板旺已對夏芍改了稱呼，既然是談生意，那就公事公辦，「再說，網站做起來之後，一旦風聲傳出去，被幾家有實力的報業集團得知，例如港媒週刊，他們也插一腳進來的可能性是很大的。他們是一線媒體，號召力高，資金也足，到時候跟他們難免有利益之爭。」

說來說去，還是錢的問題。

倘若拚不過同行，雖然是比別人先走了一步，也不過是給人提了個醒，打開了一扇門，到頭來先走進去了，也得被人從這扇門裡擠出來，何苦來哉？

劉板旺跟齊賀本來就有仇怨，才不想為他做這個嫁衣。

劉板旺深吸一口氣，語氣緩了緩，「夏董，我沒有潑妳冷水的意思。以妳的年紀，妳已經很成功了，但妳選的對手都太強大了。」

劉板旺已經做好了夏芍會不高興的準備，沒想到她只是靜靜聽著，最後還點頭。能在這麼短的時間裡考慮到這麼多事，劉板旺做她手下大將的資格是夠了。

夏芍笑笑，「那如果我說艾達地產的背後是整個華夏集團呢？」

劉板旺看著夏芍，還沒反應過來。

「艾達地產是華夏集團旗下的公司，只不過，這件事也沒對外公布。」

聽完，劉板旺像是被定身一般。

艾達地產是華夏集團的？

可……可艾達地產如果是華夏集團的，那、那……

「我是華夏集團的董事長。」夏芍不等他問，主動解開他的疑惑。

劉板旺這次真的從沙發上跳起來了。

她是華夏集團的老闆？

這段時間，因為嘉輝集團的總裁李卿宇和三合集團的總裁戚宸放話預訂華苑會所的貴賓名額，讓華夏集團引起很多人的好奇。華夏集團本就與李氏有合作，但這個內地集團沒有在香港出現過，所以香港人對它還是很陌生。

只知道這個內地集團的老闆是一名十來歲的少女。

而她現在就在他面前坐著，而且他們在幾個月前就已經見過面了。

「劉總編，現在我說要經營網路傳媒，你沒有意見了吧？」夏芍笑問。

劉板旺連忙搖頭，「意見？沒有沒有！啊……不對，有……」

劉板旺有點語無倫次。百億資產啊，竟然握在這麼一個少女手中。當年他最風光的時候，也就上億的資產。

「夏董，我聽說華夏集團資產百億，但是世紀地產的資產，可比整個華夏集團還要多。」劉板旺又開始算錢了，想要提醒夏芍。

夏芍笑道：「這你不用管。如何對付世紀地產，如何對付港媒週刊，那是我的事。我只告訴你，經營網站我勢在必行。你只說跟我，還是不跟？」

劉板旺一愣，接著苦笑。

她什麼都告訴他了，他能說什麼？

現在外界都不知道艾達地產是華夏集團旗下的，也不知道華夏集團的董事長就在香港讀書，而且還是唐大師的嫡傳弟子。包括她想進軍的網路傳媒，這些都是機密。他現在什麼都知道了，他敢說不跟嗎？

他敢說個不字，她旁邊坐著的這個男人會把他滅口吧？

劉板旺笑了笑，「夏董，我只想知道妳為什麼選擇我？」

她為什麼選擇劉板旺？其實也並不是非要劉板旺不可。遇到他只是偶然，因為他幫過張老，也曾在當年的事中受害不淺，張老對他有愧疚感，她才會想到去找他。

她對劉板旺的印象是，他憋了口氣在心裡，一直想著翻身。這樣的人很有野心。他有這樣的心思，不磨一磨他，她是不敢用的。所以，這段時間她沒有急著找劉板旺，而是任由他自己去拚，讓他碰壁，讓他看清現實。他想返回一線沒有那麼容易，曾經踩過他的人都盯著他，怎麼會輕易讓他東山再起？

她要讓劉板旺明白，僅憑他自己的能力，他是無法辦到的，而她不僅可以助他返回一線，還可以讓他踏入新的領域，成為開拓者，享受以前鼎盛時期也沒有過的風光。

但這一切是有條件。

那就是他得跟隨她，得收斂他的野心。

日後他功成名就，他依舊是媒體界的大亨，但他必須接受他的背後還有霸主。

如果他無法接受，她是不會扶持他的，那無異於給自己找麻煩。

劉板旺不是傻子，很快就明白她的用意。

他總算知道眼前這個女孩子為什麼會是華夏集團的老闆了。她有遠見，有魄力，還善於體察人心。她的成功，絕對不是偶然。

與夏芍猜的差不多，劉板旺有野心。這些年他和女兒過得有多辛苦，他想爬到高處的心情就有多強烈。他一直在等機會，只是時機未到，只要一有機會，他一定有辦法爬上去。

可是，時機他等到了。藉著揭發余家的事，他打出了名氣，殺回二線。他以為藉著這股勢頭，他可以衝去一線，但現實是殘酷的，很多人都在打壓他。

劉板旺明白了，他想要回到以前的高度，還需要等待，等待一個更大的機會。

沒想到僅僅隔了幾個月，這個機會就擺在了面前。

但對方不是慈善家，而是商人。

商人不會不求回報。

劉板旺笑道：「夏董，這麼說吧，我也算是年少有成，別人連工作還沒有著落的時候，我已經在媒體這行很有名氣。都說三十而立，我而立之年就已經是媒體業的大哥，從來沒有想到我會有跌下來的一天。我想回去，我心裡就憋著這一口氣，但是年紀、際遇會改變一個人很多。這麼多年來，我對東山再起的渴望沒有一天淡過，可如果退回十年，我還是三十幾歲的人，我會想要獨霸，如今我快五十了，我的女兒長大了，我的父母也老了。他們跟著我過了太多動盪不安的日子，我現在只想叫我的父母病了有錢住院，讓我的女兒在嫁人的時候多點嫁妝。當然，如果我還能返回以前的高度，一償夙願，我這輩子也就算圓滿了。」

夏芍點頭，「好，但願你日後超越以前的高度的時候，還記得這番話。」

「當然。」劉板旺堅定地朝夏芍伸出手。

夏芍也握了握他的手，說道：「歡迎加入華夏集團。我的要求很簡單，只要你不背叛我，華夏集團不倒，你就不會倒。」

劉板旺搖頭，「妳不會倒。妳跟我年輕的時候不一樣，我那時候自負，不可一世，樹敵不少，招人怨恨，但妳比我那時候成熟多了，更何況妳還是風水大師。老實說，瞿濤自稱商人中的第一風水師，風水師裡的第一商人，可他碰上妳，大概要讓位了。」

夏芍輕笑出聲。

說起瞿濤，兩人這才想起艾達地產還有發布會。

一看牆上的時間，發布會早就開始了。

三人馬上前往會場，而此時發布會大廳裡，閃光燈劈啪閃。

眾人盯著臺上的艾米麗，不敢相信自己聽到的。

她看起來才不像是會誣衊誹謗競爭對手的人，可是她說的話卻讓大家震驚了。

港媒週刊的記者最先反應過來，一名記者站了起來，問道：「艾米麗總裁，請問妳剛才說的話有證據嗎？如果沒有證據，世紀地產的瞿董事長是可以告妳誹謗的。」

艾米麗嚴肅地說道：「我們艾達地產在香港成立不久，這些都是我們來了之後，永嘉社區發生的意外事故的資料。我們不介意向大眾公布，至於是誹謗還是事實，看過之後自有公論。」

工作人員走上臺，關掉大廳的燈，開始播放影片。

第一個畫面放出來，將在場的人都嚇了一跳。

老公寓昏暗的樓梯間的牆壁、地面，甚至天花板，布滿了紅油漆，猶如鮮血四處飛濺。不明真相的人陡然看到，會以為像是到了凶殺案現場。

牆面上還畫著帶血的刀，以及恐嚇要殺人全家的話語。

有的人家大門還被潑上了紅油漆，留下血紅色的「殺」字，相當觸目驚心。

艾米麗解釋道：「根據心理學，色彩能夠通過視覺神經傳遞到大腦的神經細胞，居住環境中的色調會對人的心理產生暗示作用。永嘉社區樓梯間的情況，已經足以對人的情緒構成影響，讓人心慌心悸、精神恍惚、頭痛失眠、多疑暴躁，甚至會導致發生意外。」

「據我們所知，永嘉社區的居民在與我們公司簽署同意書後的短短半個月，有兩位老人因身體不適被送往醫院，居民走樓梯發生事故四次，有兩人摔斷了手臂。社區裡鬥毆事件兩次，起因都是因為瑣事，而爭吵事件幾乎每天都有。短短半個月，就發生這麼多事，絕非偶然。」

「永嘉社區的事情，在心理學上可以找到解釋，但在風水學上也可以找到解釋。從風水上來講，永嘉社區是犯了血煞。聽社區居民說，在樓梯間潑紅油漆的是一些小混混，而這些小混混正是受雇於世紀地產。聽聞世紀地產的瞿董事長深諳風水之道，我們有理由懷疑，瞿董利用風水之便，在永嘉社區設風水局為己牟利。」

大家都知道瞿濤懂風水，世紀地產的開發專案，一直以風水作為賣點宣傳。曾有記者採訪過瞿濤，問其風水是師從哪位大師，他笑稱是家傳之學。雖然瞿濤的風評不怎麼好，但世紀地產開發的地方，以風水的角度來看還是不錯的，不然他也不會被稱為商人中的風水師。

只是，瞿濤真的像艾米麗說的這樣，在永嘉社區設下血煞的風水局，擾亂居民生活？

瞿濤唯利是圖，很多人相信有這個可能，畢竟世紀地產打壓開發地段的賠償金，雇小混混擾民，這些事都算不上什麼新聞了。以瞿濤的作風，他利用風水之便，達到某些斂財的目的，也不是沒有可能。

坐在最前頭的港媒週刊的記者，臉色都不太好。

他們齊總和瞿濤的關係很好，港媒週刊經常為世紀地產做輿論造勢，如果今天的事報導出來，可想而知，世紀地產受到民眾責難的同時，港媒週刊又會面臨怎樣的輿論壓力。

「艾米麗總裁，聽說妳是德國人，德國人也懂風水嗎？」當即有港媒週刊的記者發難。

「老社區裡牆上有塗鴉的多的是，難不成都犯了煞？話可不能亂說，艾達地產召開記者會，所說的話是要對公眾負責的，引起恐慌就不好了。」

「香港人是信風水，可也不是誰的話都信，艾達地產是請哪位大師看永嘉社區的風水？」

港媒週刊記者的一連串質疑，讓在場的記者們都看向了艾米麗。

香港人最信的風水大師都在老風水堂，而那裡的大師可不是說請就能請得到的，連政商名流都得預約排隊，而艾達地產剛到香港，去哪兒請大師看風水？

誰都知道港媒週刊這是在給艾達地產難堪，他們為世紀地產輿論造勢太多，自然是幫著世紀地產說話。

艾達地產一來香港就惹上了地產界的巨頭和香港發行量最大的媒體週刊，勢頭不妙啊……

很多記者看艾米麗的眼神裡都多了同情。

艾米麗忽然朝門口走進來的一名少女點頭微笑，可是燈沒打開，大家什麼也沒看見。

夏芍和徐天胤以及劉板旺在後面的椅子上坐下。

艾米麗繼續說道：「沒錯，我們艾達地產是請了一位大師看過永嘉社區的風水。」

港媒週刊的記者臉色變了，隨即追問道：「請問是哪一位大師？」

艾米麗少見地又笑了，「我們請的是唐大師的嫡傳弟子。」

整個發布會大廳一靜。

在所有人驚愣的時候，港媒週刊的記者又問：「哪位唐大師？」

「香港還有幾位唐大師？自然是唐宗伯唐老先生。」艾米麗目光平靜，「我們請的是唐老先生的嫡傳女弟子夏大師。」

「夏大師？」記者們一片譁然。

這怎麼可能？

說起唐宗伯的這名女弟子，現在香港可是沒人不知道她。

只是，到現在也沒人知道她的名字，只知道她姓夏。

怎麼？難道她還在香港？

有人頓時想起來，艾達地產的總公司在內地，夏大師也是內地人。

她們是不是在內地認識的？

這個可能性，讓大廳裡的氣氛變得暗潮洶湧。

問題如潮水般湧向艾米麗。

「艾米麗總裁，請問夏大師如今在香港嗎？」

「聽說她回內地了，現在又回來香港了？」

「聽說夏大師是內地人，艾達地產也是內地的公司，請問艾米麗總裁，您跟夏大師是在內地認識的嗎？妳們是好朋友嗎？」

艾米麗一直等到記者們都問得差不多了，才點頭道：「夏大師是在香港。」

她這一句確定的話，讓眾人又是一陣騷動。

艾米麗接著道：「我們請夏大師看過永嘉社區的風水，夏大師的結論是，永嘉社區犯的不只是血煞，而是風水上很凶的格局，叫做血盆照鏡局。」

血盆照鏡局？

記者們面面相覷，沒人聽說過。

艾米麗示意正在播放影片的員工，將畫面調到永嘉社區對面的一棟大廈上。

「這棟大廈外面是鏡牆，據夏大師所言，陽光反射到對面的永嘉社區，讓永嘉社區犯了光煞。加上樓梯間裡的血煞，兩者呼應，便形成了血盆照鏡局。尤其對面大廈的鏡牆採用的是三角形鏡面，南方屬火，三角形在五行中也屬火，無形中加重了此局的凶性。住在此局中的人，小則傷筋動骨，重則性命不保。而據我們所知，永嘉社區在艾達地產來到香港之後，僅電梯下墜的事故就發生了三起，傷及九人，所幸未有人命傷亡。」

艾米麗不懂風水學，如果不是風水師指點過，普通人是絕對說不出這些話來的。

「我們不知道世紀地產的瞿董知不知道永嘉社區之前存在光煞的問題，我們只知道，永嘉社區的血煞與瞿董脫不了關係。」艾米麗臉色沉了下來，表情顯得有些嚴厲。

「我們艾達地產公司在資產上是無法與世紀地產相提並論，但我們絕對不做無德之事。我知道中國有句話叫做『水能載舟，亦能覆舟』。世紀地產如此坑害民眾，勢必會承受民眾的怒火。夏大師有句話，讓我代為轉達。」

記者們聽她這麼一說，紛紛屏氣凝神。

艾米麗學著夏芍的語氣說道：「連人都做不好，不配為商。為商害人，更不配為人。」

這話罵得港媒週刊的記者的臉面都快掛不住了。

要是瞿濤聽見，臉肯定得黑上幾天。

艾米麗語調鏗鏘地道：「我們艾達地產在此宣布，日後將聘任夏大師為風水顧問，打造真正的風水住宅。我們是商人，我們追求利益，但我們絕對不做奸商。」

劉板旺猛然看向夏芍。

他跟這些記者不一樣，他已經知道艾達地產是這名少女的公司，所以他的震驚是在場的記者們體會不到的。

世紀地產在瞿濤手上之所以能十年之內成為香港地產業的巨頭，與瞿濤狠辣和唯利是圖的作風雖然脫不開關係，但他那家傳的風水手段也是很重要的因素。

香港人相信風水，而瞿濤以風水為賣點，正切中了民眾的需求，而他在風水上必然是有些真才實學的，不然也不會有這麼多人買他的帳。

不是沒有人想過跟瞿濤一樣用這種賣點招攬顧客，但不懂風水的人必須聘請風水顧問，而香港人見慣了風水大師，對一般的風水師並不買帳，可要聘請老風水堂裡的風水大師，酬勞絕對很可觀。

不是每個地產公司都能賺得這麼豐厚的利潤，不在乎給風水大師的那些酬勞，而且，看住宅的風水，並不是真的去佈什麼風水局，就只是看看地段，不要發生門沖、路沖這些最基本的忌諱，再看看住宅的格局，不要出現穿堂局、火燒心這些基本要注意的格局就可以。

說到底，所謂的風水住宅只是賣點，不會真有風水師去為每一戶的住宅佈旺局，而只是指點基本注意事項。這樣的話，對一些小地產公司來說，請大師就有划不來了。

瞿濤的風水本事是家學，自然沒有這方面的糾結，所以世紀地產一路猛進。據說瞿濤還會幫一些有需要的客戶家佈風水局，當然，收費不低。

在香港也就只有瞿濤的地產公司能做到這一點，現在又多了一個人。

這個人跟瞿濤不一樣，應該說，瞿濤的造詣跟她沒法比。她是唐大師的親傳徒弟，以唐大師的人脈威望，以她前段時間在香港風水界掀起的風雨、闖下的名氣，艾達地產的未來值得期待。

劉板旺見識過夏芍的算計，今天這場發布會必然也是她事先安排好的，看來明天開始，香港地產業的風暴就要來了。

世紀地產聲譽受損都是輕的，搞不好會招惹廣大民怨。而夏芍在香港因前段時間風水界的事，聲名大盛，有她在的艾達地產勢必會受到關注，生意便也就不愁了。

怪不得她會說對付世紀地產的事不需要他過問。他剛才還在疑惑她要怎麼對付資產比華夏集團雄厚的世紀地產，沒想到才短短幾分鐘，他就看到了這樣的謀略。

劉板旺的猜測沒有錯，第二天香港地產業的暴風雨來臨了。

就算港媒週刊的人在發布會一結束，就將消息轉告給瞿濤，但時間實在太短，瞿濤根本就來不及想好怎麼應對。

對方如果是香港名不見經傳的小風水師，瞿濤也許不會放在眼裡，頂多受點質疑，與對方在媒體上打打口水仗，用些煙霧彈迷惑一下民眾，事情就會漸漸平息了。

可對方不是什麼沒有名氣的小風水師，相反的，是太有名氣了。

論名氣，除了她師父唐宗伯，香港沒有風水師敢跟她比，連張中先都不能。

當初與余九志鬥法解籤的事早就在香港被傳得神乎其神，連余九志在玄學上的造詣都不及她，她說永嘉社區犯了血煞，應了血盆照鏡局，誰會不信？

世紀地產爆出風水醜聞，香港社會的反應之強烈，可想而知。

儘管瞿濤當天召開記者會，對此事做出解釋，稱自己因看出永嘉社區犯了光煞，而低價收購社區，無奈價碼方面一直談不攏，便將此事交給下屬，讓公司人員去與居民協商。瞿濤表示，他並不知員工雇了小混混去鬧事，也不知道他們潑了紅油漆，更是當場解雇了一名高層主管，公開向永嘉社區的居民道歉，並表示會派人將樓梯間裡的紅油漆清理乾淨。

瞿濤這一聲明剛發表，艾達地產緊接著發表聲明，聲稱艾達地產早就將牆壁重新粉刷了，在記者會上的那些照片都是之前拍的，社區的血煞早就解了。

瞿濤像是被人打了一巴掌，不僅顏面盡失，連召開記者會解釋和道歉也不奏效。

沒有人相信瞿濤不知情。

瞿濤素行不良，但買房子的人都看在風水好這點上忍過去，卻沒想到爆出了醜聞。用風水害人，可謂是殺人不用刀。

對風水相當推崇的香港人一時間群情激憤。

永嘉社區的居民不買帳瞿濤的帳，不僅他們不買帳，這些年以來，被世紀地產收購過的一些社區居民紛紛向媒體爆料，稱當年自己的社區也是有小混混來潑漆、恐嚇，最後不堪其擾，被迫以低價賣出房子，另搬新居。當初自己也是出現過精神不濟、心慌氣短等症狀，如今看起來，是受了風水凶局的影響。

憤怒的居民聯合起來，一狀將世紀地產告上了法院。

一時間，世紀地產官司纏身。

香港媒體從一線到三線，集體炒作這個醜聞。艾達地產新聞發布會的第二天，天未亮，各家報紙週刊就將連夜印刷出來的報刊擺上書報亭。

民眾還處在震驚和憤怒中，沒有人注意到這次的事件如此突然，輿論力度如此之大，全是因為前一天艾達地產的新聞發布會請了香港所有媒體的原因。而艾達地產的新聞發布會，之所以收到邀請函的媒體全都去捧場，又是源於前段時間艾達地產收購鬼小學的地段，引起了一系列關注的原因。

冥冥之中有一隻看不見的手在操控著輿論的走向。

爆出風水醜聞當天，世紀地產的股價開始下跌。

艾達地產召開新聞發布會的第二天，除了港媒週刊之外，二三線媒體齊齊出動，搜羅以往世紀地產騷擾居民的事證，甚至不斷有民眾曝光當年社區疑似被人佈了血煞局的事。

第三天，世紀地產的股價持續下跌。

第四天，世紀地產接到律師函，稱其被永嘉社區的居民告上法庭，要求民事賠償。

第五天，世紀地產的股價出現第一次跌停。

第六天，世紀地產繼續接到律師函，以前懷疑自己社區也被下了血煞的居民紛紛聯合起來，到法院狀告世紀地產。

對世紀地產來說，這簡直是黑色的一週。輿論的抨擊、民眾的憤怒，讓瞿濤措手不及。而對艾達地產來說，卻是風頭大盛的一週。艾米麗揭露世紀地產的風水醜聞，並著手為永嘉社區解除風水凶局的影響，甚至報導中永嘉社區對面的大廈也趕緊換了牆面，並聲明願意為無心之過賠償永嘉社區的居民。

血盆照鏡局一週之內解除，艾達地產和那家勇於提出賠償的大廈受到民眾的好評。至於夏芍回到香港，並接受艾達地產的聘請，日後為艾達地產指點風水之事，在香港就算是另外一場震動和風波了。

夏芍銷聲匿跡了兩個月，如今又現身了，一現身便帶來一場地產界的風波。不得不說，她低調的時候就像人間蒸發，高調的時候卻又萬眾矚目。

只是這場萬眾矚目的風波裡，只聞她的名字，不見她的身影。

有的人也覺得奇怪，為什麼每次她一出現就有事情發生？

很多人看不透，看透了的人卻是心情不一。

三合集團的董事長辦公室裡，傳出男人狂妄的大笑聲。

「瞿濤要倒楣了，得罪這個女人，運氣真不好。」

笑過之後，戚宸盯著報紙上艾米麗的照片，皺起了眉頭。

「這個艾米麗手段有這麼高明嗎？要真有這麼高明，倒是個對手。」

戚宸摸著下巴，「這年頭，聰明的女人扎堆了？」隨即他叨念起了夏芍，「這個女人閒得沒事幹，給艾達地產當什麼風水顧問？這麼缺錢，不如給我們當顧問……」

戚宸眼忽然瞇眼，下令道：「給我查，把艾達地產的底細給我查清楚。」

至於與三合集團毗鄰的香港嘉輝國際集團的總裁辦公室裡，李卿宇的銳利的眼眸掩在鏡片後，看不出情緒。他的胸膛起伏，捏住報紙的手指微微發白。

她回來了！

她在香港！

李卿宇捏著報紙，目光越過醒目的標題、醒目的照片，落在密密麻麻的段落裡三個不起眼的小字上。許久，突然按下內線電話，接通助理辦公室。

「給我安排一下，推掉今晚的行程。」

助理愣了愣，趕緊道：「總裁，今晚您跟德國來的客戶有約，不能推。」

「那就明天。」

「明天起您要到德國去出席展銷會，那邊有合約需要您簽署。」

李卿宇在電話前坐了許久都沒出聲，助理覺得奇怪，等了許久也不見他說話，更聽不見掛電話的聲音，忍不住出聲：「總裁？」

「我什麼時候有時間？」李卿宇問。

助理馬上翻看行程表，說道：「您在德國的行程是六天，週末回香港。」

「那下週末的行程幫我排開，我只要那一天。」

助理覺得總裁今天很不正常，卻還是點頭道：「好的，下週末您的行程都不重要，但是要推開的話，怎麼跟客戶說？」

「我休息。」電話裡傳來李卿宇果斷的聲音，助理聽得嘴角抽了抽。

休息？總裁剛才說他……休息？

怪事！他們總裁是出了名的工作狂，每天除了公司、家裡，就是應酬，從沒有過為了私事而推掉公事的例子，今天到底是怎麼了？

助理不敢問，李卿宇已經掛了電話。

然而，世上有些事就是這麼湊巧，也是這麼不巧。

週末這天，夏芍不在風水堂，而是去了世紀地產的大廈。因為瞿濤有請。

山風呼嘯，林木蔥鬱，陰沉的天氣平添了幾分蕭瑟。

一輛黑色的勞斯萊斯行駛在山路上，豪華寬敞的後座裡坐著一名穿著深灰西裝的男人。他的面容沉靜，雙手自然地交疊放在腿上，輕輕仰著頭，靠在椅背上。

與此同時，一輛黑色賓士從山頂上駛下來，與勞斯萊斯擦肩而過……

賓士車裡，夏芍盯著手中薄如蟬翼的面具，說道：「這面具戴的時候不太舒服，有陣子不戴，反而怪想的。」

這面具正是她前陣子經常戴的，因為怕日後還有其他用處，就一直收著沒丟，沒想到還真的又派上用場了。

瞿濤通過老風水堂的弟子傳話給夏芍，說是想與她見一面。

瞿濤想見夏芍，自然是與世紀地產的事脫不了干係。最近這段日子，世紀地產惹了民怨，官司纏身不說，股價下跌，形勢相當嚴峻。

如今媒體一面倒地抨擊世紀地產，以往一直幫世紀地產輿論造勢的港媒週刊，背後也沒少被人戳脊樑骨。一開始港媒週刊還幫著瞿濤說辯解，宣稱他不知情，但這種文章一發表，立刻招來更多的罵聲。

不是每家媒體都畏於港媒週刊的地位，至少劉板旺就不怕。

他帶頭抨擊港媒週刊，甚至將其以前幫世紀地產造勢的文章一夕之間都找了出來，逐一批判，把港媒週刊的老總齊賀氣得牙癢。他知道劉板旺等這一天等很久了，他好不容易抓著港媒週刊犯錯的時候，絕不會輕易放過。

齊賀卻不知道，這個時候的劉板旺對攻擊他已經不抱有太強烈的想法了。他想回到當初的地位，卻不是靠這種見縫插針的方法。他抨擊港媒週刊只是輿論造勢，也是煙霧彈。

眾家了解當年兩人恩怨的媒體都認為，劉板旺會趁著這個時機向港媒週刊報復，就算拉不下其媒體龍頭的地位，最起碼也讓其傷傷元氣。

齊賀是這樣認為的，所有人都是這樣的認為的。

而實際上，劉板旺確實也是這麼做的。

但這只是表象。

在表象之下，有一個團隊在悄然形成，網路傳媒的建設隱藏在這次風暴之下。當人們的注意力都在地產界的動盪之時，當眾家媒體都在趁此時拚發行量拚曝光率的時候，沒人想到會有人藉著這次亂象當掩護，悄悄在做著別的事。

面對四面圍堵的態勢，港媒週刊也感覺到了壓力。無奈之下，只得為了保住自己，把槍口也對準了世紀地產。這讓瞿濤在輿論上孤立無援，十分頭痛。

媒體對於輿論是有很大的導向作用的，近來群情激憤，世紀地產的股價大跌，樓房的成交量在下降，形勢之嚴峻是世紀地產這十年來少有的。

瞿濤想到了夏芍，雖然夏芍一時還拿不準他找自己做什麼。

這次地產業的風波雖然與艾達地產有關係，但其中的關鍵人物卻是夏芍。事情鬧這麼大，她在風水界的地位和名聲起到了關鍵作用。即便她在香港風水界幾乎沒幫政商要員指點過風水運程，但架不住她是唐宗伯的親傳弟子，之前還打敗過余九志。

這些都讓夏芍在香港民眾心裡有著大師級的地位。

因為她為永嘉社區看過風水，才有那麼多人相信勘輿的結果，才會引發民眾對世紀地產風水醜聞的憤怒。

但夏芍還是想不出來，瞿濤找她幹什麼。

事情已經發生了，他應該想辦法補救才是，無論他想什麼方法補救，都不應該想到自己身上來。

她想不通自己有什麼可以幫瞿濤的，但對方想見她，她還是一口答應下來。

難得能去對方的大本營走走，何樂而不為？

夏芍翻出了前段時間她戴著的面具來，畢竟當時香港媒體曝光她時的相貌與她的真容不同。而既然是見瞿濤，夏芍更不會露出自己的真容，免得他查出什麼來，那就不好玩了。

世紀地產的總部頗為氣派，瞿濤應是早就知會了大廈的保全人員，徐天胤順利停到專用停車位，兩人由一位女員工引著進入了世紀地產的大廈。

夏芍下車時看了世紀地產一眼，然後露出意味深長的笑意。

聽說瞿濤在風水一道上是家學淵源，果然確實有兩把刷子。

這大廈裡是佈了風水局的，可惜氣運將盡。

夏芍不動聲色地跟著女員工進入大廳，想要看看佈的到底是什麼風水局，卻在這時聽到招呼聲：「夏大師，久仰大名。」

世紀地產的女員工趕緊退到一旁。只見一個看起來頗精明威嚴的男人快步走了過來。

夏芍早在商業週刊上見過瞿濤的採訪，因此他一走來，她便認出了他。

瞿濤看起來很熱情，全然看不出與夏芍有過節一般。人還沒來到夏芍面前，便熱情地伸出手，「夏大師，歡迎歡迎。」

夏芍出於禮貌，也伸出了手。

就在兩人的手碰上的瞬間，夏芍眼神陡然變得犀利。

並非瞿濤手裡有什麼東西，而是她感覺到有個人正盯著自己。

不是瞿濤的，也不是旁邊的女員工的，而是另外一個人。

這個人不在明處。

夏芍開了天眼，往大廳一掃，而徐天胤早已盯準了盡頭拐角處。

有個人偷偷摸摸蹲在地上，手裡拿著架相機。被徐天胤這麼一看，那人悚然一驚，跌坐在地上，爬起來就跑，但他的速度怎敵得過徐天胤？

沒跑出去幾步，便被徐天胤追上，整個人被他壓到牆上。那人只覺得後背撞得疼痛，五臟六腑都震翻了，不由兩眼發黑，接著手上傳來喀嚓聲，那人便痛得昏了過去。

大廳裡來往的員工尖叫著散開，徐天胤提著那人，像丟東西似的把人丟給了瞿濤，而與人一起砸過來的還有一架摔破的相機。

夏芍看了看相機，又看向瞿濤，淡淡地道：「瞿董，這是什麼意思？」

瞿濤還沒從這人的慘狀上回過神來，聽見夏芍的話，臉色很難看，「這是怎麼回事？」他一眼看向大廳裡的保全，怒問：「這人是怎麼混進來的？」

兩名保全面面相覷，表情茫然。

這人看起來像是偷拍的狗仔，可這人是怎麼進來的，他們也不知道。

「你們兩個明天不用來上班了！」瞿濤怒道。

兩名保全臉色刷白，「董事長……」

「行了，不用再說了。」瞿濤擺擺手，明顯沒有商量的餘地，這才對夏芍道：「夏大師，妳看這事鬧得……真是抱歉。妳也知道，最近我們公司有些麻煩，這些狗仔無孔不入，現在居然還混進這裡來，我真是沒想到。不管怎麼說，這是我們工作人員的失誤，我向夏大師道個歉，希望夏大師別怪罪。」

夏芍笑了笑，笑意微嘲。

瞿濤不知道？鬼才信！

她還在想這人請她到底有什麼事，沒想到在這裡安排了一個釘子。剛才她正跟瞿濤握手，這照片要是拍了發出去，誰知世紀地產會拿著做什麼文章？

夏芍沒當場說破，她總覺得瞿濤請她來，必定不只是為了這點把戲。就讓她看看，他還想幹什麼。而且，世紀地產裡的風水局有點不同尋常，她還打算看看。現在鬧翻了臉離去，她參觀對手公司的機會就這麼沒了，不如暫且壓下這事。

「希望是我誤會瞿董了。瞿董今天請我來有什麼事，還是上去說吧。」

瞿濤笑了一聲，也沒有提徐天胤在他公司打人的事，只是請夏芍和徐天胤進貴賓專用的電梯，上了頂樓的會客室。至於那個昏過去的狗仔，瞿濤連提都沒提，反正會有人叫救護車。

夏芍剛才開了天眼，便一直未收回，一路順著電梯將世紀地產的格局看了個透徹。待跟著瞿濤走進會客室的時候，她已收回天眼，眼中有著深深的笑意。

怪不得世紀地產這十年來日進斗金。

這局要真是瞿濤自己佈的，他也算是有術數方面的造詣了，只不過卻是旁門左道。

到了會客室裡，夏芍和徐天胤在沙發上坐下，瞿濤熱情地問兩人喝茶還是喝咖啡，然後讓祕書送了壺大紅袍來，自己則要了咖啡。

三人面對面坐下，瞿濤先看了看徐天胤。他對徐天胤是有印象的，應該說他近來在香港媒體上的出鏡率比夏芍高的多。香港社會都以為夏芍回了內地，而徐天胤卻是跟在唐宗伯身邊，他去見一些老朋友的時候，徐天胤都跟著，因此出現在週刊上是常事。

然而，香港媒體一直不知道徐天胤和夏芍的名字，只知道兩人姓什麼。對唐老這兩名徒弟的神祕，民眾一直都很感興趣。

瞿濤哪裡知道，夏芍和徐天胤在媒體前的容貌都不是真容，兩人今天來都是易容過的。瞿濤只是沒想到徐天胤的身手會這麼好，他是怎麼發現有人藏在那裡，這一點讓瞿濤匪夷所思，但他見徐天胤一副生人勿近的態度，便識趣地沒有跟他搭話。

「沒想到今天請夏大師來，還能同時見到唐老的另一位高徒。瞿某自幼承襲家學，對風水頗有興趣，可惜家學散落，只習得了其中一部分，實在不成材。瞿某對玄學界的泰斗唐大師景仰已久，奈何平時忙碌，沒有時間去拜訪，今天能見到唐老的兩位高徒，甚感榮幸。」

夏芍淡然一笑，她沒時間跟瞿濤寒暄，便開門見山道：「瞿董，場面話可以不用說了。既然我已經坐在這裡，你可以說說請我來的用意了。」

瞿濤也不尷尬，笑了起來，「爽快，我就喜歡跟夏大師這樣的爽快人說話。那我就直說了，想必夏大師也猜得出來，我請夏大師來，自然是為了前段時間永嘉社區風水上的事。」

瞿濤見夏芍喝茶不語，表現得並不意外，這才接著說道：「這些年，香港人都以為瞿某是風水師，實在是高看我了。瞿某的風水之道是家傳，從我往上數，三代以前確實有些名氣。我曾祖父曾獨創一派，家裡最鼎盛的時候，也是門徒不少。可惜到了我父親那一輩，社會動盪，家中在輾轉逃難的時候，傳下來的書籍丟失了一部分。我父親去世得早，對家傳風水之學並沒能教我多少。只是我有些感興趣，沒事翻著看看，自學了一些。生意上的朋友抬舉，稱我一聲風水師，其實瞿某所學實在微末，跟夏大師得唐老親傳的造詣是不能比的。」

夏芍依然不語。

瞿濤見她沒有反應，繼續說道：「夏大師今天給瞿某面子，前來相見，我也就跟大師說句實話。永嘉社區的事，那些小混混確實是我派去的。我是商人，看出永嘉社區受對面的光煞影響，壓低賠償價碼。我認為作為商人來說，我並沒有什麼錯。當然，我派人去騷擾居民，確實是陰損了些，但我的本意只是想讓居民早點與世紀地產簽約。我知道那些小混混為了達到目的，一定什麼手段都會用上，但我確實是不知道潑紅油漆在風水上有血煞的說法，更不知道兩局相應，會形成血盆照鏡的凶局。瞿某所學微末，現在大家都在說我做風水凶局，殺人不用刀，我實在有些冤枉。」

「不見得吧？」夏芍這時才出聲，她別有深意地一笑，「我倒是覺得，瞿董無師自通，自學成才，相當有天賦。你的家學丟了多少我是不知道，但剩下的瞿董只怕吃得很透，不然，也佈不來這五鬼運財局。」

瞿濤頓時愣住。

夏芍又喝了口茶，說道：「世紀地產的大門開在西北乾位，五行屬金。大廳的服務檯設在東北的艮卦方位，其位在吉。按照商業大廈的佈局，本不該有小門存在，瞿董卻叫人在西南方位坤卦處開了一個小門。這小門看起來不倫不類，卻是這棟大廈的關鍵所在。因為以大廈的坐向來看，坤卦正中五鬼方位。大廈的生氣由大門西北處進入，再由西南五鬼的小門處出去，構成五鬼運財格局，瞿董這十年來事業極旺，此局吸納財氣的助力不小。」

五鬼運財局，在風水學上是一種高階的旺財佈局法門，是一套吸納生氣，凶猛地助旺宅氣場的風水局。

所謂五鬼，不是指真的有五隻鬼，與民間所說的鬼沒有半點關係。五鬼，指的是廉貞星。廉貞星屬星象學範疇，五行屬木，北斗第五星，為官主祿，取象為偏財。一些想要發橫財偏財的人，最愛五鬼運財局。因廉貞在北斗第五星上，故而稱「五鬼」。而鬼者，鬼道也，身在暗處，不太能見光。

「五鬼運財局，取的是偏財，本質不過是催旺七星中最凶的廉貞星，在廉貞位開門，使水龍巨門位有水，凶星吉用。」夏芍笑了笑，目光微嘲，「佈此局須在此宅當旺的時局佈下，需要主人命理與局中之象相匹配，但廉貞既為凶星，自有其凶性。廉貞開門，好比勇士駕馭烈馬，獵手降伏猛虎，可不太好應付。且此局雖可短時間內最大限度催旺氣場，終不是長久之計，須時時翻卦，查吉凶之數，隨時調整。瞿董佈此局十年，深厚的造詣可見一斑。區區血盆照鏡局，你會看不出來？」

瞿濤心中驚駭，臉色都變了，不為別的，就為她竟看出自己所佈的風水局來。夏芍是唐宗伯的弟子，她能看出他佈的局不叫他驚訝，但他驚訝的是她知道自己公司開了處小門。

任何的風水大師，就算是把唐宗伯請來，也得把世紀地產的大廈走遍，才能斷定是什麼風水局，而他根本就沒帶著夏芍到處逛，且那處小門開得很隱祕，平時員工都不從那裡走。他只是帶著夏芍穿過大廳，坐上電梯就來到了會客室，她不該看出大廈裡佈著五鬼運財局才是。

她是怎麼辦到的？

瞿濤匪夷所思地盯著夏芍，他雖然從來沒有看輕過眼前這名其貌不揚的少女，至少在風水方面沒有看輕過她。她是唐宗伯的弟子，贏過余九志，所以他明白她在風水方面的造詣一定是極高的。可他今天把夏芍請來，卻很有把握她什麼也看不出來，她一沒帶羅盤，二沒到處參觀，憑什麼斷得了局？

再厲害的風水大師也辦不到。

但夏芍卻做到了。

除非她以前來過世紀地產，先摸過大廈的底細。

只是，瞿濤自己都覺得這個想法可笑，且不說夏芍不是公司員工，她不可能進得來，就說她進來做什麼？為的是看看世紀地產大廈裡是否有佈風水局？這跟她有什麼關係？她跟世紀地產並沒有仇怨，只是可能在內地的時候認識了艾達地產的總裁艾米麗，受其邀請看過永嘉社區的風水，並受聘成為艾達地產的風水顧問，實在沒有必要沒事跑來看世紀地產的風水。

瞿濤想來想去，儘管想不通夏芍是怎麼看出自己佈下的五鬼運財局的，但眼下的情況他卻是要應對的。他反應也算快的，怔愣過後便笑了，讚嘆道：「不愧是唐大師的弟子，沒有特意看過就能看出我佈的局來。沒錯，這棟大廈裡的五鬼運財局是我佈的，但大師恐怕有點誤會。我因為做生意的關係，對能招來財運的風水局都很感興趣，因此對這方面有專攻。大師要問運財局，我必能娓娓道來，要是問別的，我可真說不出來了。血盆照鏡局，我確實沒有聽說過。」

言下之意，瞿濤還是不承認永嘉社區的風水凶局是他有心所為。

夏芍也不跟他辯，只問：「那瞿董今天請我來此，說這些話的用意是什麼？」

瞿濤沒先回答，而是起身走去書桌邊拿了一份文件來，遞給夏芍，「大師先看看再說。」

夏芍接過文件一看，目光微微閃動，有些好笑。

文件上是世紀地產百分之一的股份贈與協議，另外還附有有兩棟豪華別墅。協議上的名字一欄還是空的，看來正等著人簽名。

夏芍忍著沒笑出來，問瞿濤：「這是什麼意思？」

瞿濤笑道：「夏大師是明白人，我想妳應該明白。艾達地產的總資產不過十幾億，他們能給大師的酬勞跟我是不能比的。世紀地產近來是麻煩纏身，但哪個公司沒個起伏的時候？這些都會過去。艾達地產跟世紀地產互相爭鬥是沒有好處的，要對付艾達地產，我有的是辦法，只是聽說大師受雇艾達地產做風水顧問，我本身雖然懂一點風水，但跟大師不能比。我們世紀地產也願意聘請大師為風水顧問，目前大師手上的只是贈與，到時的佈局指點，酬勞更豐厚的。不知道夏大師以為如何？」

夏芍忍住笑。

原來他是為了招攬她？

說得好聽是招攬，其實是瞿濤對她有所忌憚吧？

要知道，艾達地產聘請夏芍做風水顧問，一旦瞿濤對艾達地產動手，艾達地產要是讓夏芍對世紀地產的風水動點什麼手腳，瞿濤就吃不了兜著走，那可是真正的殺人不用刀。

瞿濤不得不怕這一點，他研究風水多年，奇門術數之詭讓他身受其利，才更怕深受其害。

如果能將夏芍招攬到世紀地產，將來請她佈局，自是如虎添翼。瞿濤對占算問卜和相術命理都不精通，但夏芍在這方面比他厲害得多。到時候他流年順與不順，她提前就會占算出來，像今年世紀地產遇到的大劫，以後可能還會有。

瞿濤這些想法，夏芍自然看得透，她只是覺得好笑。

百分之一的股份，說來也不少。

世紀地產就外界推算，資產有三五百億之巨。就算近來股份下跌縮水，少說也有個三百億的資產，百分之一就是三億。

外界傳聞瞿濤此人視財如命，這個人連收購住宅區時都恨不得把價碼壓到底線，讓他一出手就是三億，外加兩棟別墅，這也是破天荒了。

夏芍幫人指點風水運程，這些年來雖說錢都給了父親作為慈善基金，但加起來也沒有三億。這個價碼就算是風水大師，也不是輕易就能賺到的，瞿濤出手確實大方。

但是……

天下竟有給對手送股份的事？要是瞿濤知道她才是艾達地產的當家人，不知臉色會怎樣？

而且，她現在看上的可是整個世紀地產啊……

她佈局這麼久，可不是為了這百分之一的股份。

夏芍不動聲色地把文件推回，淡淡一笑，「瞿董，你的好意我心領了。有件事，我想你會錯了意。我之所以幫艾米麗總裁，並非僅僅是因為我們兩人之間的交情，而是因為相比起瞿董來，我更欣賞艾米麗總裁的為商之道。」

瞿濤在夏芍把協議退回時就變了臉色，聽到夏芍理由，不由笑了，笑容嘲諷，「為商之道？世紀地產的資產是艾達地產的十倍不止，夏大師認為艾米麗總裁的為商之道在我之上？」

夏芍搖頭一笑，「瞿董果然如外界傳言一般，把錢看得比什麼都重要。商場詭祕，爾虞我詐，這點我自是知道。只是，既然為商，大家各憑心智計謀，成王敗寇，願賭服輸，但求用的都是正道。瞿董這數百億資產怎麼來的，你想必比我清楚。且不言風水局在偏財上對你的助力，只說你用風水的手段，影響收購社區居民的精神和健康狀況，逼其不得不同意你的價碼賣出房子，僅這手段，只怕你十年裡沒少用。我看瞿董的面相，你年幼時吃苦，少年時期開始轉運，中年時期運勢強勁，按理說，老年也是富貴的面相。可你地閣色澤發暗，並不光鮮，顯示的是晚運不濟。這與你的面相是不符的，我只能說，這是你這十年來損德太多的業報。」

「業報？」瞿濤又笑了，聽夏芍說他晚運不濟，他一點害怕也無，反頗狂妄，「大師，我忘記跟妳說了。我相信風水，是因為家學淵源，我知道它對我有助。而命理一說，我卻是不信的。我要是信命，絕不會有今天的成就。我只信我自己，我命由我不由天。」

夏芍不知道瞿濤兒時經歷過什麼，但他說這話時眼神發狠，看起來竟像是有對命運宣戰和報復的快感。

夏芍搖搖頭，「我也信我命由我不由天，可是天道輪迴，終有因果。種善因才能得善果，由我不由天的意思，並非指無法無天。法或者是天，你總得遵行一樣。你一樣也不遵，只怕到時候一樣逃不過。瞿董不明白這個道理，那我也沒什麼好說的了。」

夏芍站起身來，這便要告辭。

「等一下！」瞿濤見夏芍要走，連忙出聲道：「夏大師，妳可考慮好了？我是商人，不懂文人那些客套話。話可以說得明白些，我手裡這份東西可不是小數目，風水師也是要吃飯的。」

夏芍挑眉，「瞿董的意思，好像是我離了這筆贈與協議，就會餓死街頭似的。」

「那倒不是。以夏大師的名氣和造詣，想來也不缺錢。不過，人往高處走，誰會嫌錢多？」瞿濤把文件往她面前遞去。

夏芍搖搖頭，笑道：「瞿董應該聽過，君子愛財，取之有道。所謂道不同不相為謀，我想我們沒什麼好說的了。不過，走之前我有句話奉勸瞿董。五鬼運財局佈下時須宅運當旺的時間，眼下正值下元七運，就年限來說，再有三年，這棟大廈的運勢就走到頭了。大限將至，瞿董還是先考慮考慮怎麼辦吧。」

元運源自古代曆法，有三元九運之說。

一元就是一甲子，一運就是二十年。

三元九運，就是指三個甲子，一共一百八十年。這一百八十年裡，每二十年是一個運勢週期，總共九運。

古代先輩為何要定三元九運，已無證可考，只知三元九運的說法與天文學吻合，是非常有科學性的。木星二十年自轉一次，土星是三十年，兩者的公倍數就是六十年，也就是一甲子。而七大行星成一直線一百八十年才出現一次，是以對地球場氣方面的來說，三元九運與天文學是非常吻合的。

古代占星學家認為，每二十年會有不同的星運，影響到人事運程。沒有一個風水局能助人一生，因為運程每二十年一變。風水輪流轉，典故就是出自此處。

瞿濤佈下這五鬼運財的風水局，自然也受地運影響。這棟大廈的坐向二十年內很符合當下的元運，但下元七運的週期是從八三年到零三年，眼看就時運到頭了。

風水局的助力在減弱，世紀地產如今又麻煩纏身，瞿濤怎能不急？

夏芍的話叫瞿濤瞇起眼來，他看了夏芍許久，才哼笑一聲，「那就多謝大師的指點。君子愛財，取之有道，想必艾米麗總裁的經商之道也在此。那世紀地產與艾達地產就各憑本事了，希望到時候我們的對決，大師不要插手才好。」

瞿濤把話說得明白，他就是怕到時候夏芍幫艾達地產佈局，以風水之法助艾達地產。

夏芍冷淡地看向瞿濤，「瞿董放心，只要瞿董不做局，艾達地產就不會做局。要是真能各憑本事那是最好的。只盼瞿董說過的話，你自己能記著才好。」

華夏集團成立至今，夏芍從未為自己的公司佈過風水局。孫長德倒是在華夏拍賣公司開分公司時，把公司的平面圖及附近的街道圖發給夏芍看。夏芍僅令其避開犯沖煞之地，選取商業旺街安頓公司。至於風水局，她從來就沒在公司裡佈過。

給對手設局的事，她只在與王道林的盛興集團競爭時稍稍動用過，但那也是因為對方請了閆老三在胡嘉怡生日宴上取她性命，她才一怒之下動的手。

這幾年華夏集團跟同行也有過競爭的事，但都是陳滿貫和孫長德自己解決的，夏芍不曾用風水局幫過忙。這次她雖是看上了世紀地產，但只要對方不動用邪門歪道，她也決計不會用風水術害人。

瞿濤這麼說，實在是有些小人之心了。不過，把話說開了也好，希望他真能憑本事較量。

夏芍點點頭，當即告辭。

「我送夏大師。」瞿濤出聲道。

夏芍看了他一眼，「瞿董不用客氣了，我們自己出去就好。」

瞿濤笑了笑，笑容看起來一點也看不出剛才的不愉快，「那怎麼好意思？夏大師是我請來的，既然大師都給我面子來了，臨走時我怎麼也得送送。」

瞿濤比了個請的手勢，夏芍看著他，兩人相視，各自一笑。一路由瞿濤領著乘電梯到了大廳，親自送去了世紀地產門口。

夏芍一路目不斜視，只覺瞿濤的目光時不時在自己身上看來一眼，審視探究頗多。

夏芍不動聲色，心裡知道應是自己看出大廈風水局的時候，惹了瞿濤懷疑，所以他才會親自送自己下來，真是個謹慎的人。

但瞿濤越是謹慎，夏芍眼中深意越重。她走到大廳門口的時候，仍是目不斜視，餘光卻往大廳牆角上安裝的攝影鏡瞄了一眼，接著沒說什麼就走了出去。

瞿濤看著夏芍和徐天胤上了車，直到車子開走不見了影兒，臉色才沉了下來。

他回到自己的辦公室，按下助理辦公室的內線電話。

沒一會兒，助理敲門進來，遞來拷貝好的光碟，「董事長，這是您要的監控錄影。」

瞿濤沉著臉沒接，「送去給港媒週刊，告訴齊總，他們的人太沒用了。現在我給的錄影都在這裡了，要是他再做不好……哼！」

助理卻沒馬上走，而是說道：「董事長，夏大師不識抬舉，這麼豐厚的條件拉攏她，她都不肯給您這個面子，也怪不得您。不過，現在就得罪她，是不是不太好？她可是唐大師的弟子，在香港，黑白兩道老一輩的人跟唐大師都有交情，咱們現在是不是不適合得罪夏大師？」

「有什麼不適合的？哼，我可沒用風水術，我沒食言。」瞿濤挑眉，「這張光碟是底牌，送去給港媒週刊。用還是不用，看形勢再說。」

助理這才點頭道：「也對，區區艾達地產，以為記者會上出了這麼一招就能打倒我們？世紀地產哪有這麼容易倒？就他們那點資產，如果不靠風水大師，還不夠叫我們看一眼。」

瞿濤神態有些不屑，「這次還真被那個德國女人擺了一道，不過，也只有這一回了。惹了我的人，通常都撐不了太久。這張光碟送給齊總，叫他好好保管，我們也留一份。」

港媒週刊近來也是四面圍城，很是受了些譴責，但齊賀跟瞿濤交情久了，兩人早就是一條船上的人。儘管港媒週刊這些天也把矛頭指向了世紀地產，但民眾並不買帳，劉板旺的週刊更是帶頭指其惺惺作態。

夏芍跟瞿濤見面的事，對港媒週刊來說也是一次反擊的機會。

助理走後，瞿濤站起身來，自落地窗前眺望夏芍離開的方向，嗤笑一聲。

第八章　仇人回歸

夏芍和徐天胤開車離開世紀地產後，夏芍的目光還是望著世紀地產的方向。

如果不是瞿濤找狗仔躲在世紀地產的大廈裡偷拍，她還不會想這麼多，但瞿濤既然都找人偷拍了，他的用意必然是想拿兩人見面的照片登報，消除一些對世紀地產不良的影響。照片雖沒拍成，大廈裡卻還有錄影監視器。

瞿濤的謹慎令夏芍覺得他很有可能會把監視器的畫面拿來用，果然，一切都沒有逃過夏芍的天眼。她雖然不知道他在說什麼，但那張光碟明顯很可疑。

徐天胤開著車，轉頭看夏芍一眼，道：「大廈裡有監視器。」

夏芍收回天眼，笑咪咪地道：「是啊，有監視器，所以……師兄，我們去飯店吧。」

徐天胤目光微頓，接著漸漸變深，點頭道：「好。」

夏芍臉一紅，瞪他一眼，「想什麼呢？」

徐天胤卻不說話了，方向盤一轉，就近去了飯店。

一進飯店的房間，夏芍便直奔電腦，身後卻伸來一隻大手，將她攔腰抱起來往床邊走。

夏芍氣得發笑，捶了一下徐天胤的胸口，瞪眼道：「師兄，電腦！」

「好，電腦。」徐天胤點頭，抱著夏芍調頭往電腦走去。

夏芍瞬間明白他話裡的意思，臉色爆紅，又去捶他，「誰說要去電腦旁做……我說的是……電腦，懂不懂？」

「懂。」徐天胤點頭。

夏芍嘴裡發苦，很懷疑這男人是不是真的懂，她覺得兩人說的不是同一件事。

徐天胤嘴角輕輕揚起，抱著她來到電腦前坐下。他坐在椅子上，將夏芍抱到腿上，手臂攬著她的腰身，另一隻手打開電腦。

不用夏芍說，徐天胤像是知道她要做什麼。

夏芍好奇地看著螢幕，她知道徐天胤是在侵入世紀地產的網路，但她不懂駭客技術，看不懂螢幕上那些叫人眼花繚亂的指令，就見他劈里啪啦敲打著鍵盤。

夏芍看得有些入迷，她不懂駭客技術，前世沒接觸過這方面的知識。現在倒覺得好用，很是有心想學學，但是她想學的太多了，可時間就這麼多，如今又要顧及功課，實在沒那麼多的精力和時間。

不過，夏芍倒是想起一件始終放在心裡的事，那就是她想學唇語。

自從她的修為進境到煉神還虛之後，便開了天眼通。這能力好用是好用，可惜她只有天眼通，沒有天耳通。有時用天眼看見了什麼事，卻不知對方說什麼，實在很不方便。要是能學會唇語，以後大有幫助。

可惜唇語不是那麼好學的，也不知道找誰學。

夏芍心思轉了轉，忽然看向徐天胤，卻見徐天胤將一張光碟交給她，說道：「好了。」

「好了？這麼快？」夏芍一愣。

「不難。」

夏芍拿著光碟，看著徐天胤。他說不難，她當然不會真的以為不難。只是她不知道，當年他連院子都不願意出，因為師母的臨終遺言才走出去，返回京城，並接受國家的訓練，到國外去執行任務。他這性子只怕很少跟人交流，這些事他是怎麼學會的？

「這些是當初師父請專人教師兄的嗎？」夏芍問道。他以前的事，她聽師父說過一些，那些事都是他很難面對的。她打算慢慢為他撫平傷口，至於其他的事，她想聽他親口說。

「沒有。」徐天胤道。他說話向來簡潔，但因為是夏芍問的，他便又多說了一句：「後來訓練的時候學的。」

果然如此。

夏芍很心疼，她圈住他的脖子，靠在他的肩膀上，問道：「訓練是不是很辛苦？」

「不苦。」徐天胤的聲音與平時無異，但見她靠過來，便伸手解開她腰間的風衣帶子，把她的外套往兩旁撥，臉埋進她頸下的鎖骨裡，用鼻尖輕輕摩挲。

夏芍由著他，聲音輕柔地道：「要學的東西是不是很多？」

「不多。」徐天胤答得還是很簡潔，隨後又補充：「格鬥、槍法、駭客、偽裝。」

夏芍點點頭，感覺鎖骨處一片濕濡，而且熱了起來。

他的手掌已經開始不安分地在她腰身上遊走。

夏芍臉頰微紅，但沒阻止，只是苦笑。徐天胤對新奇地點的好奇一直在持續，果然，他沒有抱她去床上，而是就著電腦桌，沒一會兒就化身成凶猛的野獸，將她吃乾抹淨。

直到許久之後，她趴在他精健的胸膛上喘氣，兩條纖細的手臂圈住他的脖頸，身上虛虛蓋著一件淺白色的風衣，香肩半露，脊背上滲出細密的香汗，柔嫩的肌膚透著淺淺的粉紅色，看起來猶如暖玉生香一般。

徐天胤的大手落在她的腰身上，壓住虛蓋在她身上的風衣，不讓她著涼，只聽她微喘著聲音在他耳旁說話。

「師兄，你會唇語嗎？」

她的聲音柔軟，又是微喘，在他耳旁如搔癢似的，讓他的眼神瞬間又暗了下去。

「會。」他答道，聲音沙啞。

「真的？」夏芍很驚喜，完全沒有聽出他聲音裡的不對勁，反而直起身來，剛才的疲累像是一掃而空，神采奕奕的，「師兄教我？我想學！」

「好。」凡是她的要求，他都不會拒絕，但他此時的目光卻往下移去，看她因為從他腿上坐起而敞露的美好風光。

夏芍後知後覺地伸手去擋，想抓過背後的風衣遮蓋，卻發現風衣被他壓在她腰上，她扯不動，窘迫之下，只好視線往別處飄，轉移話題，「那個……唇語好像不好學……」

徐天胤的目光鎖著她，眼中只有她嬌俏的容顏。

「好學。」他道。

徐天胤的手扶著她的後腦杓，唇狠狠壓了下來。

夏芍愣愣地睜著眼感受著他肆意的索取，腦中一片空白。

過了許久，直到她被抱去床上再一次吃乾抹淨，她才悲憤地怒瞪徐天胤。

她說的唇語不是指這個。

接收到她怒氣騰騰的目光，徐天胤把她往懷裡擁，親了親，又拍了拍後背。

夏芍哭笑不得。她今天跟徐天胤一早就從師父那裡出來，半路因為世紀地產的事來到飯店，看來這一天怕是要待在外頭了。

夏芍不是不記掛公司的事，但眼看著就是十二月了，徐天胤是請假來香港的，假期快結束了，她怎麼樣都想多陪陪他。

兩人中午便在飯店吃飯，用餐的時候，夏芍看徐天胤的目光還有點怨念，嘴上卻問：「師兄打算什麼時候回軍區？」

徐天胤深深凝視著她，像是要將她刻進眼裡一樣，「聖誕節過後。」

那就是連一個月的相處時間也沒有了……

「那好，我還能陪師兄過聖誕節。」夏芍沒露出失落的表情，只是柔柔地笑了笑，夾了個蝦球給徐天胤。他不常吃海鮮，嫌剝起來麻煩，處理好的，他倒是能吃一些。

徐天胤把夏芍夾給他的菜都吃掉。他吃飯快，但跟她在一起的時候會刻意吃慢一點。

夏芍想起另一件事來。她明年考試，勢必是要報考京城大學，但徐天胤卻是在青省軍區工作，這樣一來，她去京城讀書，他在青省軍區，兩人見面的時間豈不是又很少？

雖然知道徐家要把徐天胤調回京城很容易，可夏芍沒有提過這件事。徐天胤在省軍區三年，如果不到調離的時候，想必徐家不會將他調離。開國元勳的家庭，徐老爺子德高望重，共和國僅剩的老人，不知道多少人看著他，他應當不會濫用職權。

再者，徐天胤如今的軍銜地位，全是他以前為國效勞應得的，夏芍不願他蒙上任何污點，所以哪怕是兩人在一起的時間短了些，夏芍也不願徐天胤為她做出有損前途的事。

只能走一步算一步了。

吃完午飯，夏芍索性下午也陪著徐天胤。兩人沒回師父那裡，而是在飯店依偎著休息。直到傍晚吃過晚飯，徐天胤才開車送夏芍去學校。臨走前，夏芍拿起桌上的光碟，微微一笑。

瞿濤最好是不要拿今天她去世紀地產的事來做文章，不然的話，吃虧的只會是他。

她不知道的是，這時有輛黑色的勞斯萊斯從淺水灣不遠處的半山腰上駛了下來。

車裡光線昏暗，李卿宇望著窗外的霞光，面容依舊沉靜得看不出心緒。司機透過後視鏡看了他一眼，感覺到他臉上似有疲憊之色。

總裁很少排開所有行程去別人家中做客，今天一早剛下飛機，他連衣服都是在飯店換的，李家大宅也沒回去，就直接來了唐老這裡。今天他看起來是來看望唐老的，但一坐就是一天，時間未免長了點，而且，不知道為什麼，打道回府的時候，他似乎有著淡淡的失落。

他今天到底是來看誰的？

而同樣是這個時間，世紀地產的員工準備下班，一名年輕的女子卻走進了世紀地產。來人約莫二十六七歲，穿著黑色風衣，塗著鮮豔的口紅。

她一踏進地產大廈，便被保全攔住，「這位小姐，請問您是？」

女子笑容嫵媚，看了保全一眼，保安只覺魂兒都被勾去了一半，她的聲音更是魅惑酥軟，「我找你們董事長。」

保全費了好大的勁兒才回過神來，「請問您有預約嗎？」

女子伸出手指挑了挑保全的下巴，尖利的指甲指著保全的喉嚨，聲音冰冷，「去告訴你們董事長，我是風水師，他會見我的。」

過了片刻，瞿濤和女子面對面坐著。

她長得不算美，但很性感，眼波流轉間透著勾人的魅惑，倒也是個尤物。

瞿濤這些天都住在董事長辦公室的休息室裡，根本沒有回家。他沒有妻子，早在十年前他創立世紀地產前就跟前妻離了婚，前妻跟他沒有生孩子，後來他功成名就，她便想要復合，他沒有同意。之後的十年裡，他雖包養不少當紅女星，但他不允許這些女人為他生兒育女。

很多女明星想要母憑子貴，嫁入豪門，瞿濤卻不喜歡女人威脅他，對子女的事看得很淡，所以離婚之後他一直未再娶，這些年過著風流的快活日子。

當然，如果有必要，他會再娶，可目前沒到商業聯姻的時候。

瞿濤從來沒想過會有個女人來找他。

他的女人都知道他的忌諱，不管他有多寵她們，都不允許她們恃寵而驕，來公司擺出一副瞿太太的姿態找他。誰要是妄圖綁住他，下場不是被他一腳踢開那麼簡單，而是連演藝圈也別想再混了。

不是沒有不聽明的女人犯過他的忌諱，但處理過幾個人之後，後來被他看上的女人就不敢再犯他的忌諱了。今天聽說有女人來找他，他的第一反應是又有哪個女人開始作死了？

聽到來找他的女人自稱是風水師後，瞿濤便叫人把對方請上來。

兩人一見面，瞿濤覺得她有點眼熟。

能讓他覺得眼熟的人，勢必是個人物，但他一時還真想不起來。

瞿濤客氣地問道：「這位大師，這個時間來訪，不知有何指教？」

女子饒富興味地問道：「瞿董不先問問我是誰，就敢聽我的指教？不怕我是什麼不入流的江湖術士，為了騙錢而來？」

瞿濤笑了笑，「大師氣質不凡，不入流的江湖術士哪有這樣的氣質？再者，瞿某雖一時不知大師尊姓大名，卻看著大師十分眼熟。能讓瞿某眼熟的人，必定來歷不凡。」

「瞿董真會說話，無怪乎桃花旺，十分討女人喜歡。」女子嫵媚地笑了起來，但語氣聽不出來是稱讚還是嘲諷。

瞿濤也不介意，只是看著她。

女子遞過來一張名片，然後瞧著瞿濤不說話了。

瞿濤看著手中的名片上，臉色頓時一變。

美國百慧諮詢公司，吳百慧。

吳百慧這名字他聽說過，怪不得會覺得眼熟。

瞿濤再打量吳百慧幾眼，這才慢慢與雜誌上看過的女人的樣貌對上。

吳百慧經常出現在雜誌週刊上，只不過化妝起來跟真容有些區別，而吳百慧本不是貌美的女人，只是氣質特別，但化妝過後的她，看起來還是比此時多幾分姿色，這才叫瞿濤見了之後只覺得眼熟，卻沒能一眼認出來。

吳百慧的容貌暫且不說，她的名聲可是在華爾街響噹噹的。

她是原香港第一風水大師余九志的三弟子，三年前去了美國，短短三年就闖出名號，有不少華爾街大佬是她的客戶。

雜誌上介紹她在玄學上的造詣很全面，看相占算、風水佈局都很靈驗，做事講究商業操作，是個很有頭腦的女人。加上她本身長得嫵媚，被她看著，很容易失了魂，因此吳百慧在華爾街一時風頭無兩，很受追捧。

老風水堂出來的大師到海外發展的人不少，吳百慧無疑是其中比較成功的人。

但瞿濤此時除了驚訝於她的名字外，更令他震驚的是，她是余九志的徒弟。

風水界的風波才過去沒幾個月，她就敢回來了。

那麼，現在她回來是為了給師父報仇？

「原來是吳大師，久仰大名。」瞿濤笑著跟吳百慧握了握手，問道：「吳大師回國來找瞿某，是個什麼用意？不妨明說吧。」

「瞿董以為我是回來的用意是什麼？給我師父師妹報仇？呵，姑且就當我是報仇吧。不過，瞿董不覺得，我們的敵人是同一個人，很值得合作嗎？」吳百慧性感地一笑。

「姑且？」瞿濤挑眉，「吳大師的師父有可能是被人所害，吳大師說姑且當作是報仇？」要談合作，瞿濤從來不跟不放心的人談。他在打滾這麼多年，合作的人不少，不是每個人都了解，但總要弄清楚對方求什麼。瞿濤不怕對方有所求，就怕對方求的東西不是他能給的。那麼，對方找他合作，就必然大有問題。

吳百慧哼笑一聲，「我是不是想為師父報仇，這不重要，重要的是，瞿董要知道，香港現在是唐氏的天下，我是個欺師滅祖、殘害同門之輩的弟子，香港沒有我的容身之地。而海外，若是唐老想，也早晚沒有我的容身之地。我與其等著別人上門清理門戶，為什麼不先出手，為保住自己跟一些人鬥鬥法？」

瞿濤一瞬不瞬地盯著吳百慧，彷彿要看出她說的是不是出自真心。

「瞿董也是一樣，你現在也是麻煩纏身，我們正好有共同的敵人，聯手豈不是更好？」吳百慧和瞿濤對視，目光也不避讓。

瞿濤忽然說道：「吳大師，世紀地產跟夏大師之間的衝突不大，說起來，只是世紀地產與艾達地產的競爭。吳大師與夏大師同門的仇怨，何必要把瞿某牽扯進來？」

「呵，瞿董，你就別在這兒賣關子試探了，原以為你會是個爽快的人，沒想到這麼膽小。」吳百慧笑看著瞿濤，笑容中有嘲諷之意，「瞿董眉尾鬆弛逆生，眉宇間印堂處有深紋，必是心思深沉、有仇必報且手段狠辣之人。我就不信，這次世紀地產的風波由你口中的夏大師而起，你會不想報仇？」

瞿濤對於吳百慧觀察他面相的話沒有流露出半分喜怒，對她的挑釁也沒有反應，只是依舊笑道：「想報仇是一回事，但唐大師的人脈，即便是瞿某也有所忌憚。」

「那又怎麼樣？瞿董不想對付她，難道連艾達地產也要放過？她現在可是艾達地產的風水顧問。做我們這行的，給人當了風水顧問，要是連老闆的公司都保不住，那名聲自然也就一落千丈，日後還談什麼受人尊敬的大師？」吳百慧哼笑一聲，「要不，瞿董就放過艾達地產。要不，就對艾達地產動手。可你要是動手，對我們風水師來說，就是敵人了。」

瞿濤目光一變，看來這點倒是不曾想到過。

「瞿董不會以為我能從你面相上看出你的心性為人來，你口中的夏大師會看不出來吧？哼！她可是唐老的親傳弟子，看出你的心思，加上你要動她的老闆，你覺得她會坐視不理？」

瞿濤冷笑一聲，「這也正是我要問的。夏大師是唐老的徒弟，傳言她打敗過余大師。吳大師是余大師的徒弟，有本事跟夏大師鬥嗎？」

「鬥也要看怎麼鬥。以前香港是我師父的天下，他不也被個黃毛丫頭給端了老巢嗎？一切就看瞿董敢不敢跟我合作了。」

瞿濤看了吳百慧好一會兒，這才慢慢笑了，「吳大師想怎麼合作？」

他這麼問就是有合作的意思了，但還是沒有明確表態，而是想聽聽吳百慧想怎麼合作。

吳百慧暗罵瞿濤狡猾，臉上卻沒表現出來，只掃了眼瞿濤的會客室，問：「瞿董這棟辦公大樓裡佈著風水局吧？」

瞿濤沒否認，問道：「吳大師果然好眼力，大師看得出是什麼局嗎？」

「風水師看局需要羅盤測向，看過大廈的布置才知道。不過，我不用。我在華爾街的客戶都是商人，商人求的不過就是財。瞿董這棟大廈裡所佈的局，一定與招財有關，但我感覺得出局中氣場漸弱，想必是佈在大廈正當旺運之時，而對佈局條件要求苛刻的求財之局，高階點的就是五鬼運財局了。」吳百慧很有自信地道。

不得不說，吳百慧果然是有兩把刷子。她也沒有看過世紀地產的格局，沒有用羅盤測過，卻也說出了大廈裡佈的是五鬼運財局。

難不成那人也是這麼推斷出來的？

不，不對！

她說出了大門的坐向和小門的位置，看起來像是早知道世紀地產大廈裡的格局。

瞿濤還是想不明白，她到底是怎麼得知世紀地產大廈的格局，除非她先進來看過，否則……對方的本事可比眼前這女人還要高。

「呵呵，果然是余大師的高徒！」瞿濤不動聲色地讚嘆道。

吳百慧一笑，彷彿這點推論不值一提，「既是五鬼運財局，此局便已運勢將盡。最多三年，便會破了。既然如此，那我幫瞿董再佈一局吧。」

「哦？吳大師想幫我佈什麼局？」雖然瞿濤也懂風水術，但五鬼運財局是他從家學裡學到的最高深的風水局了，而他這些年因此局也確實得利不少。

「五鬼運財局。」吳百慧笑得讓人看不懂。

瞿濤懷疑自己的耳朵出了問題。

「吳大師，妳在說笑吧？我這大廈裡佈的已經是五鬼運財局了，妳還要再幫我佈個五鬼運財局？大廈氣運將盡，吳大師就是佈十個也沒有用。」

吳百慧哼了哼，自信中又帶點嘲弄，「我說的五鬼運財局，跟瞿董大廈裡布的五鬼運財局，不是一回事。」

「哦？」瞿濤瞇眼，「有什麼不同？」

「瞿董的大廈裡佈的五鬼運財局，不過是商業上的風水局，而我說的五鬼運財局，是法術上的。瞿董會嗎？」吳百慧自然聽說了瞿濤會點風水的事，但他那點本事她不放在眼裡。

「法術上的？」瞿濤皺眉。

這事他聽說過。

風水局說起來其實就是一種納氣場的學問，世間萬物，一花一草都有其氣場，運用得當，便能為己所用。說起來，風水局是有法可依，有科學上的道理說得通的。只是，有些事就說不通了，比如法術上的事。

法術說起來就是一些方術之士用畫符、念咒的方法呼風喚雨、驅邪除病的手段。現在大多數時候提起作法，就會想起農村跳大神的神婆仙姑一類的人來，多以騙財為主。

不過，越是深研周易之道，越是能明白萬事的奧妙，絕不是現代科學能解釋得全的。

「瞿董以為老風水堂的那些風水師跟廟街上那些神棍一樣嗎？我們門派之古老，說起來外人是很難相信的。從唐朝李淳風時期傳承至今，道法有多精妙，試過就知道了。」

吳百慧看著不像是在開玩笑，瞿濤問道：「那大師開壇作法需要準備什麼？」

「這不勞瞿董過問，東西我自會準備。我只是要告訴你，五鬼運財法威力強大，與五鬼運財局在廉貞位開門，凶星吉星不同，此法術供奉的是東西南北中五位鬼神，一旦法成，不受地運限制，財源滾滾，但作法跟佈局不同，需要時間。作法的時間是七七四十九天，在這四十九天裡，瞿董只管做自己的事，放手去做，四十九天一過，五鬼運財局便是你的助力。」

吳百慧把話說得很滿，瞿濤又問道：「吳大師的話聽來很有吸引力，但這件事對我有這麼多的好處，為什麼我看不到幫我對大師有什麼好處？」

「你這樣的男人真不討人喜歡，別人的目的一定要刨根問底。」吳百慧哼了一聲，「瞿董放心好了，我剛才說了，身為風水師，要是連老闆的公司都保不住，名聲就一落千丈了。我師父死了，消息傳到美國，可知我的名聲受了多少影響？這一趟，不為我師父，為我自己，我也要跟她討還討還，我要讓她嘗嘗身敗名裂的滋味。」

吳百慧笑得陰沉，「我要讓艾達地產破產，我要讓她這位在艾達地產背後的風水大師身敗名裂。至於我跟老風水堂那些人的恩怨，瞿董不必擔心。佈局的人是我，又不是你，你怕什麼？我只是借你的手除去她的東家，這對你也有利。舉手之勞而已，你應還是不應，給句痛快話。」

瞿濤緩緩笑了，親自倒了杯茶給吳百慧，「吳大師把話說得這麼明白了，瞿某怎能不應？那就祝願我們旗開得勝吧！」

吳百慧看也沒看那杯茶，「我不喝茶，只喝藍山咖啡。」

瞿濤一聽，立刻就有叫人去煮的意思。

吳百慧擺擺手，站了起來，「不用了。瞿董只需要剪五根頭髮給我，找張紙，寫下你的姓名、住址、生辰八字。」

瞿濤雖對別人要他的生辰八字有所顧忌，最終還是依言照辦。

吳百慧把東西放進口袋，說道：「四十九天後我再來，這段期間就等瞿董的好消息了。」

世紀地產麻煩纏身的這些日子，艾達地產在達才小學地段的工程已經開始動工，對永嘉社區居民的補償金也已經發放，居民們陸續搬離。

達才小學的地段蓋的是私人會館，比居民社區的工程小很多，資金跟得上的話，明年三月就能建好。而永嘉社區雖是老社區，面積也不小，工程分為三期，也得兩三年才能完工。地產業不比其他行業，雖然利潤豐厚，週期也長。

不過，艾達地產因這段時間揭露世紀地產風水醜聞的事，風頭正盛，且記者會上又爆料出夏芍出任公司風水顧問的事，因此工程剛準備動工，便已被業界看好。劉板旺的週刊做過民意調查，艾達地產給永嘉社區居民的補償款算是很厚道，公司的口碑相當不錯，再加上夏芍是風水顧問，這會兒就有購買意願的人還真不少。

說起購買意願，華苑私人會館的貴賓預約也不少。這地段鬧鬼，有戚宸和李卿宇先後放出話來預約，許多想攀附上流人士的不顧傳聞，也先掏腰包預約名，人數已經達到四十人。

私人會館與住宅區不同，會費高得驚人，入會的都是有身家的人，要求的也不是數量。主要是把這一地區上流社會的人聚集在此，把人脈都聚來，調養的時候有什麼風水方面的諮詢也不用東奔西跑，有會館的工作人員代為轉達，極為方便。

香港上流社會有身家的人何止四十人？剩下的人都在觀望，還是對鬧鬼有些忌諱。

夏芍的目標自然也不只在這幾個人身上，她打電話給艾米麗，要她將早就準備好的文件給了劉板旺。那些都是達才小學的資料，夏芍早就叫徐天胤查好了備下。

夏芍回到學校的第二天，劉板旺的週刊上發表了一篇《鬼小學風水之誤：玉池蓮花風水寶地》的文章，頓時又在香港引起了不小的震動。

週刊上寫道：「鬼小學原為日本占後的刑場，後在一九三一年建校，名為達才小學。建校後兩年，一場大火燒死了全部的學生，校長上吊身亡，後便視為凶地，荒廢至今。本週刊找到了當年學校建校時拍攝到的一張珍貴照片，照片上學校確實是建在刑場之上。風水有云，刑場煞氣凶厲，以童男女之陽氣可鎮，因此自古刑場之上建學的例子數不勝數，但並非每所學校都會出事，達才小學的凶事與其建校之地的風水有很大的關係。」

「照片上可以看出，當時學校建址的地方背靠山勢皮毛焦硬，乾燥不滋，龍神凶敗，正犯了風水十大凶局中的天枯之局。反天枯者，子孫夭絕。且學校建址之處因刑場的緣故，地勢不平，呈三角火型，犯火災實屬必然。」

「但很少有人知道，當年鬼小學出事之後，當地居民因恐懼刑場凶煞和學生鬼魂之說，曾請一位老風水堂的大師去看過風水。這位大師早已過世，卻是風水界的鎮山泰斗唐老的師父，原老風水堂的當家人祖學山老先生。」

「祖老先生指點了鬼小學的風水佈局，因此地曾是刑場，凶煞非常，風水也是大凶。老先生為附近百姓康泰平安，少見地教當地村民改了風水局。可祖老先生當時稱，自然風水不比陽宅居家風水，山林之變遷需經年累月，一時一日不能成。當地村民按照老先生的指點，人為植木造林，到如今已過半個多世紀。」

「本週刊拍攝了鬼小學現今的山水地勢照片，供讀者查驗，嘆祖老先生當年之功。照片上可以看出，鬼小學如今背後山形見龍，龍由南至北一路環繞，兩邊更有原來的山脈迎送纏護。左右各起一個扶手，將鬼小學的環抱住，如一把椅子穩坐其中。堂局前峰巒簇擁而聚，眾水環繞，層層圍繞九重，而居民村落隱在這九重山水裡，好似蓮花朵朵盛開，氣象爽麗萬千。這是人為改造的玉池蓮花風水寶地，凡居於此地者，多出德高望重的長者學者，風水祥瑞。」

「祖老先生當年佈下此局，為的正是以玉池蓮花的祥瑞氣場改善刑場的凶煞。此地經半個多世紀的滋養和改善，凶煞之氣早已慢慢化去。而歷經太久的時間，當年經歷這些事的老人大多已不在世，因此如今很少有人知道鬼小學的風水改造舊事了。」

「本週刊是採訪唐老先生的高徒夏大師，才得知當年的舊事。祖老先生指點天枯凶地為寶地的功力令人讚嘆，以半個多世紀的歲月去改造一處風水凶地的功德，更令人景仰。但本週刊同時也感慨鬼小學的際遇，當年的鬼小學如今早已不是鬼小學，卻還是令人望而生畏，荒廢多年無人問津。幸得夏大師偶然間到此，才發現了其中奧妙，才得以令鬼小學的風水之謎大白於天下。」

鬼小學如今早就不是鬼小學，而是玉池蓮花的風水寶地。

這一篇文章在香港掀起了一番熱議。

民間的風水愛好者裡也有些有學識的，當即比對照片中的山形水勢，越看越是心驚。週刊上所說的並不是虛話，當年的事是怎麼樣的，老人們都過世了，已經不太清楚，但照片卻是騙不了人的。鬼小學地段的山水變遷看得清清楚楚，現在已是如層層疊疊的蓮花一般，確實是大吉的風水。

但為什麼到今天才有人發現鬼小學的地段風水已養好了？

這事其實也不難理解，鬼小學原是刑場，很多人想起這段歷史便對那裡有懼，平時去的人很少，連居民也遠遠躲開。後山林木蔥鬱，卻從來沒有居民用來種田。人們對那裡懼怕久了，就成了一種習慣，漸漸敬而遠之了。

而當年附近的老人雖然知道祖學山教他們改風水的事，但連祖學山也說，改造自然山形水勢要經年累月。至於要多久，附近居民也不知道，誰知道是半個世紀還是一個世紀？

時間久了，原來的老人相繼去世，居民也有不少搬走了，這裡的住民不多了，儘管有幾個人聽老輩人說過風水改造的事，但誰也不是風水大師，哪裡看得出改好了還是沒好？

請風水師來看是要花錢的，普通人家又沒這閒錢，也不是哪位風水大師都像當年祖老先生那樣，見村民窮苦，分文未收，只當做了功德。

然而，艾達地產開發這裡，讓鬼小學又火了一把。現在劉板旺的週刊上又發表文章，說這裡的風水早就成了吉地，頓時讓鬼小學更熱門了。

有媒體趕緊趁勢去老風水堂採訪唐宗伯。唐宗伯自從回來香港，便沒有再接受媒體訪問，不過看得出來他想幫徒弟一把，便接受了採訪。唐宗伯表示確實有當年的事，而這件往事正是他告訴夏芍的。

記者們趕緊又打聽夏芍的事，畢竟她的名字只要一出現便有話題，可她本人卻是神龍見首不見尾，只聞其名不見其人。

唐宗伯當下閉口不言了。

記者嘴裡發苦，夏大師怎麼這麼神祕呢？老風水堂從上到下，對她的事不肯透露一句，就連門下弟子也都諱莫如深。

可是，說她低調，她每次出現都能攪動風雨。說她高調，她卻始終沒有露面。鬼小學的風水之謎一經揭露，很少有人持懷疑的態度，畢竟新老照片都在，一目了然的事，而這篇報導的最直接受益者便是艾達地產和華苑私人會館。

華苑私人會館的風水一經正名，香港名流頓時趨之若鶩了。

祖老先生指點的風水，必然是寶地。玉池蓮花？聽起來就是延年益壽、休養身體的好去處，而且戚宸和李卿宇都在，為什麼不去？

於是，華苑私人會館原定一百二十名的貴賓名額，一下子全都被搶光了。

會館剛啟地基，訂金就收足了，僅訂金就夠再蓋幾座會館了，而且這還只是訂金，會費每年都要收，數目之巨，很是可觀。

華夏集團的古董店和拍賣公司雖然沒有開來香港，但僅私人會館就在建設之初把錢給賺回來，令人側目。而賺錢的雖是華夏集團，但開發建設的公司畢竟是艾達地產，所以在這件事情上，也是艾達地產的成功。

艾達地產之所以能這麼成功，夏芍在風水上的指點功不可沒。

夏芍解開了鬼小學風水之誤，雖然有幫著艾達地產的明顯用意，但風水師本就是吃這碗飯的。正因風水師能幫東家指點風水獲取利益，才有商界大鱷願意聘請風水師。

夏芍名聲更盛，艾達地產又出風頭。相較下，世紀地產仍是官司纏身、樓房成交量不高。

瞿濤的臉色不太好看。

有主管出主意道：「董事長，最近公司股價不穩，樓房成交量又走低，股東們已經不滿了，再這麼下去不好交代。要不，樓房降價？小市民就是這樣，大多貪小便宜，別看現在抱成團來攻擊我們，一旦給他們讓點利，立刻就能封了他們的嘴。等住了我們的樓房，占了我們的便宜，說話自然也就會悠著點了。」

不少人都暗暗點頭，讓利促銷是個很管用的法子，尤其是在這個時期。只是大家都知道瞿濤向來重利，最不愛聽的就是讓利。他對弱者從不低頭，更不施恩。他不施恩，也屹立不倒這麼多年，恐怕這個方案在他這裡通不過……

果然，瞿濤瞪了眼提議的人，對方打了個冷顫，趕緊低頭閉嘴。

瞿濤看了他一會兒，忽然又笑了「我們世紀地產到了讓利求生存的時候了嗎？不過就是個艾達地產，區區十幾億資產的小公司，出了一手奇招，給我們帶來了點小麻煩而已。」

在場的人面面相覷。小麻煩？這叫小麻煩？股價在跌，樓房成交量在下降，官司纏身，股東質疑，民眾罵聲不斷，這還叫小麻煩？

他們董事長的心得有多大，才會覺得這是小麻煩？

有不少人都是跟了瞿濤很多年的老員工，知道他有仇必報的性子。他說是小麻煩，但心裡指不定在想著怎麼懲罰艾達地產。

果然，瞿濤接著問道：「聽說地政署那邊有幾塊商業旺地在招標？」

「對，都是黃金地段，或者離得不遠，共有七處。競標下來蓋商業大樓或高檔住宅區，都是很不錯的。」有人答道。

瞿濤冷笑一聲，「好。艾達地產近來這麼有名氣，地政署肯定會通知他們參加競拍。你們散播點消息出去，儘量把這次競拍的事傳得越多人知道越好。他們不是剛來香港，想跟我們搶地段嗎？就給他們搶。」

眾人不知瞿濤想做什麼，但他這神情分明是算計人的時候才有的表情。

香港近來風波不斷，世紀地產、艾達地產、華苑私人會館、夏大師，這些成為了人們茶餘飯後最常討論的話題，但沒有人知道，傳聞從內地回到香港，行蹤最神祕的夏大師，此刻正在香港的名校高中聖耶女中讀書。

儘管半個月前校門口的槍擊事件仍令學生們心有餘悸，但比起校外的紛擾仍是好太多了。

夏芍每天專心念書，校外、校內的紛擾彷彿都影響不到她，但她的生活也並非就過得這麼愜意，因為展若南回來了。

砰！展若南一拳打在桌子上，震得學生餐廳裡安靜下來。

只是沒想到她一回來，就找上了夏芍。

這兩個人……不會一大清早就打起來吧？

「夏大師，妳有沒有事要跟我解釋一下？」展若南咬著牙，瞪著夏芍。

周遭的人微懵，一時沒反應過來，直覺「夏大師」這三個字聽起來很耳熟。

正喝著甜粥的夏芍，抬頭看了展若南一眼，不緊不慢開口道：「一大清早就這麼暴躁，是想來找我給妳看看有沒有毛病嗎？我記得我說過看病要診金，診金帶了嗎？」

展若南大罵道：「操！妳跟我要診金？你他媽缺錢？妳會缺錢？妳錢多……」

展若南話沒說完，一對上夏芍的眼神，猛然往後退去。

夏芍冷冷地道：「妳還是適合光頭，一長出點頭髮就來鬧事。」

展若南一聽頭髮兩個字就來氣，「靠，少來這一套！你他媽的知道老娘是用頭髮跟我哥換來的情報嗎？操！早知道不問了，越問越來氣！」

夏芍挑眉。展若南被她大哥拎回去關禁閉，而戚宸查出了她的身分，想必三合會的高層也都知道了。展若南得知她的身分，她一點也不意外，只是以為展若皓會關她關久一點，沒想到才關半個月。而展若南話裡的意思是，她用把頭髮留回來的條件，跟她大哥交換她的情報？

這對兄妹真是……

「小芍，妳們在說什麼？」坐在旁邊的曲冉一臉茫然地問道。

夏芍看向曲冉，而曲冉已經看向展若南。

「南姊、阿敏姊、阿芳姊，吃早飯了嗎？今天餐廳的甜粥熬得還成，要嘗嘗嗎？正好我和小芍吃飽了，我們倆讓地方夠妳們坐一桌。」曲冉在展若南等人那天在社區裡幫忙打跑那些小混混之後，就對刺頭幫的人親近了些，沒有以前那麼害怕了。後來展若南天天帶人來餐廳跟夏芍一起吃飯，久而久之也就熟絡起來，以致於現在曲冉看見她們，都敢正常地打招呼了。

展若南有點懵，不知道話題怎麼一下子轉到了吃食上，等她發現不對，反應過來的時候，夏芍已經慢悠悠走出了餐廳。

曲冉一看，便跟在後頭也出了餐廳。

展若南大罵：「想逃？沒那麼容易，妳給我把話說清楚！」

她帶著一群人呼嘯而來，呼嘯而去，留下周遭的人一臉困惑。

夏大師？這個稱呼好像在哪裡聽過……

南姊所說的夏大師，跟最近媒體報導的應該不是同一個人吧？
「那個人可是香港風水泰斗唐大師的親傳弟子。」
「聽說到現在媒體記者都不知道她在哪兒，很多人想見都見不到。」
「聽說那位夏大師剛回來香港不久，她是內地人。」
……
「啊！」不知是哪個女生忽然叫了一聲。
「芍姊是大陸轉學來的……」
不不不不不……不會吧？
夏芍已經走到宿舍附近的林蔭道，還有半個小時才上課，她習慣吃完飯再回宿舍拿課本去教室，但今天走到這裡，她突然停了下來，坐在路邊的長椅上。
展若南氣急敗壞地帶人追上來，曲冉呼哧呼哧地跟在後頭。
展若南很鬱悶，原來大陸妹的輩分，他媽的是跟宸哥平起平坐的。
靠！說起這事就上火！
他媽的這麼大的事，竟然瞞她這麼久。
展若南殺到夏芍跟前，瞪著她說道：「算妳識趣！不給我說清楚，我就殺到妳的教室去，讓妳別想好好上課！」
「到底怎麼回事呀？」曲冉跑過來，掐著腰喘氣。
夏芍抬頭看展若南，「妳都知道了，還要我解釋什麼？」
「解釋為什麼瞞了老娘這麼久。」展若南氣不打一處來。

夏芍一笑，打趣道：「我真的覺得妳應該是戚宸的妹子。」

「操！我小時候喜歡黏著宸哥不行啊？」展若南更加暴躁，「別扯開話題。你他媽是唐大師的徒弟，我居然被我哥逮回去了才知道。還有，那個華夏集團是怎麼回事？你們買了我的基地。我在鬼小學的老巢，被他媽艾達地產端了窩，蓋什麼鬼私人會館。那個私人會館是不是妳的？我說妳有沒有義氣，居然占我的老巢？」

展若南劈頭蓋臉一通罵，賭妹、阿敏等人一個個盯著夏芍。

「什麼意思？」曲冉看看夏芍，再看看展若南，「什麼唐大師的徒弟？什麼華夏集團？」

「妳也不知道？」展若南哼哼唧唧一笑，像是又找到了一個盟友團結起來控訴夏芍，她把曲冉拉到自己這邊，指著夏芍，「占了我老巢的那個鬼私人會館，知道嗎？」

「嗯。」曲冉愣愣地點頭。南姊的老巢說的是鬼小學吧？被艾達地產買下了，蓋的私人會館記得叫做華苑，最近可出名了。

「華夏集團，知道嗎？」展若南又問。

「嗯。」曲冉再點頭。聽說華夏集團在內地很有名氣，在香港跟嘉輝集團有合作，而華苑私人會館就是華夏集團的。

「唐大師，知道吧？」

「嗯。」唐宗伯老先生，風水界的泰斗，誰不知道？

「最近那個縮頭縮尾不敢見人的夏大師，知道吧？」

「嗯。」不過，那不是縮頭縮尾吧？她覺得人家很有神祕感……

「媽的，她就是！」展若南怒指著夏芍。

曲冉懵了，「什麼意思？」

「操！妳是有多笨？」展若南好不容易跟人解釋，結果曲冉還聽不懂，差點一巴掌拍死曲冉，「她他媽就是華夏集團的董事長，唐老親傳的那個女徒弟！」

啊？

曲冉張大嘴，呆呆地看著夏芍。

這段時間永嘉社區的居民陸續搬離，相處很多年的鄰居各奔東西，而她們家跟艾達地產簽了約，艾達地產會賠付她們新房子，所以她和母親收拾了家裡的東西就搬進不遠處的新居。新居什麼都齊全，是裝修好的現成三房一廳的公寓，這讓她和母親都不敢相信。兩個人搬來的舊家具沒有地方放，最後賣到二手市場。

雖然新居什麼都不缺，曲母還是找人把廚房重新改了一下，裝修成了比較專業的廚房，供女兒練習廚藝用。母女兩人開心之餘，商量著家裡廚房一收拾好，就找個週末把夏芍和展若南請到家裡吃頓飯。

如果沒有夏芍的提點，母女兩人當時真的是不知道怎麼辦才好。被世紀地產騙著簽約，又不敢跟艾達地產再簽，更弄不懂艾達地產為什麼會願意幫她家賠違約金。幸而有夏芍提醒，母女兩人才弄清了艾達地產的意圖，簽下了合約。

事實證明，簽下這份合約對曲冉和母親來說，簡直就像是買彩券中了大獎。不僅有了補償金，還得了一套裝修好的房子。

母女兩人現在對地產界的風波很關注，畢竟她們對世紀地產和艾達地產都不陌生，而且她們受了艾達地產的恩惠，便不希望艾達地產有事，見世紀地產在艾達地產手上吃了虧，也是高興。只是風波越來越大，逐漸牽扯出華苑私人會館和華夏集團來。

曲冉記得報紙上有介紹華夏集團，她甚至開玩笑地跟曲母說：「媽，小芍也是風水師，也姓夏。等回學校，我就拿這個稱呼跟她開玩笑。」

母親卻笑道：「可別拿這種事開玩笑。妳是覺得好玩，可要是被妳們學校的同學聽了去，引起別人的誤會，會給夏同事添麻煩。」

她哪裡知道這竟然不是玩笑。

曲冉的眼睛越瞪越圓。

小芍真的是夏大師？

而且，南姊說她是華夏集團的董事長，這是真的嗎？

那個普通家庭出身，只有十八歲的百億資產公司的老闆，跟她是朋友，是室友，是同班同學，她們還在學校形影不離了兩個月？

太不可思議了！

「操！」展若南又罵道：「這個女人是唐老的徒弟，我們以為她是內地的風水師。那天去廟街的老風水堂，還以為她是去踢館的，誰知道她是在裝模作樣，自家人教訓自家人。靠！我們一群人都被她擺了一道。我說哪來的女人這麼牛逼，連宸哥都敢教訓。宸哥到頭來還在三合會發了黑道令，嚴令三合會的人見了這女人要當成上賓。靠！結果她他媽鬧了半天是唐老的徒弟。唐老跟戚老爺子是八拜之交，三合會可不得把她當上賓？」

她聽了黑道令的事，震驚得嘴裡都能塞雞蛋了。她從小就跟在宸哥後頭跑來跑去，從來沒見他發出過黑道令。

可想而知，宸哥的這道嚴令一出，南方黑道頓時就炸了鍋，尤其在聽說對方還是個女人後，都紛紛猜測這女人會不會是未來的主母。

等展若南問明這黑道令裡的上賓是誰的時候，差點咬掉舌頭，更可惡的是，這消息還是她跟她大哥交換條件才知道的。

兩人討價還價大半天，最後她被要求頭髮至少得留到肩膀。

操！肩頭？那不還是娘娘腔？

展若皓聽了大怒，「展若南，妳本來就是女人！不娘娘腔，妳想男人婆嗎？」

「男人婆也有個婆字，就不是女人了嗎？」

「好，看來妳是不想要知道那人是誰了，那妳繼續禁足！」

她該死的獨裁的大哥居然又把她關了一個星期。

後來她坐不住，咬牙同意了大哥的條件，這才被放出生天。

可是，如果世上有「早知道」，她打死也不會同意這麼蠢的條約來交換這麼個叫人吐血的情報。那個該死的跟艾達地產合作，鏟平她的基地的華夏集團，幕後老闆居然就是夏芍。

她不只是華夏集團的董事長，還是唐老的徒弟，更是外頭傳得神龍見首不見尾的夏大師。

靠！

早知道她是玄門宗字輩的高手，她當初才不湊上去找虐。

早知道她會看上鬼小學那地方，當初她才不綁了肥妹去。

搞不好就是她看上了鬼小學那地方，才跟那個認識的艾達地產總裁說，叫她去開發那塊地的。要不哪有這麼湊巧的事？

不得不說，展若南雖然還沒真相，但接近真相了。

展若南控訴地道：「妳太不夠意思了，這麼大的事居然瞞到現在。早跟我說，我他媽還用答應我哥留那麼娘娘腔的頭髮？」

該死的大陸妹！

「我的基地被人端了，艾達地產的艾米麗是什麼人啊？我不管，反正她跟妳認識，把她叫出來，我得跟她算帳。還有，買家是妳，妳也別想沒事。說吧，打算怎麼賠我基地？」

夏芍挑眉，開口道：「妳的基地？妳是之前跟地政總署買下這塊地了？」

「沒有。老娘占了三年，所以是我的。」

夏芍無語，要是跟展若南剛認識，她一定不會喜歡她這種強盜邏輯，如今也算知道她的性子了，便也沒那麼在意了。

「那地方妳都占了三年，還沒玩夠？還打算接著綁人去玩招靈探險遊戲？那地方的凶煞之氣早被玉池蓮花局給化了，本來不該有陰人的，就是因為妳們常在那裡玩招靈遊戲，才會惹了一些陰靈過去。以後要是再去玩，出了事怎麼辦？妳也不是小孩子了，真就打算一直這麼混下去嗎？」夏芍問道。

展若南瞪眼，「要妳管！現在是妳欠我的，卻來教訓我。有能耐了不起啊？看不起我？」

夏芍笑笑，「不把妳當朋友，我才懶得說妳。」

「朋……」展若南愣住，一直以來，都是她纏著夏芍，這是她第一次說把她當朋友。

展若南彆扭了一會兒，才語氣不好地道：「朋友了不起啊？我缺朋友嗎？我缺基地。」

「妳不缺朋友，缺私人會館的貴賓卡嗎？」夏芍笑問。

展若南斜著眼望來，「嘖！老娘貴賓卡多得裝不下！」

賭妹等人盯著展若南，眼睛比她亮多了，恨不得提醒她：那是華苑私人會館的貴賓卡啊！據說只有一百二十個名額，入會的都是政商名流呀！

聽說外面都搶破頭了。

聽說三合會只有戚宸有貴賓名額，連坐堂、刑堂這些高層都沒有。

妳大哥都沒有華苑的貴賓卡，人家給妳一張，妳還彆扭個啥兒？

聽說那裡面以後會佈風水局呢！

賭妹等人聽來的都沒錯，鬼小學的風水之謎解開後，華苑私人會館的名額確實搶爆了，但是會館的佈局因為會按照風水局來佈，因此房間有限，名額有限。

對外雖說是一百二十個名額，但其實只甄選了百名，剩下的房間夏芍打算留著送人。給地政總署的署長陳達和羅月娥一間、劉板旺一間、展若南一間、曲冉一間，她自己也要留一間，再有剩的便留著以備不時之需。

若不是送，即便展若南是展若皓的妹妹，也是不夠格拿到華苑會館的貴賓卡。

「卡早就辦好了，在我包裡放著，要不要跟我去宿舍拿？」夏芍笑著又看向曲冉，「給妳的也準備好了。會館附近本就有玉池蓮花的風水局，裡面配合著此局會再佈上養生之局。妳母親多年體虛，這個房間用得上。」

曲冉受寵若驚，那麼多人搶破頭都拿不到，竟然留了一個給她。等到聽了夏芍最後那句話，眼睛瞬間就紅了，眼淚差點掉下來。

其實她根本就沒做過什麼，只是在小芍剛到學校報到的時候對她很友善，沒想到被她當作朋友，連她母親身體不好的事都放在心上。

「小芍，謝謝妳，遇到妳真是太好了……」曲冉忍不住主動上前抱了夏芍一下。

夏芍笑道：「行了，謝來謝去的，還是朋友嗎？趕緊回宿舍，不然要耽誤上課了。」

展若南哼了哼，「瞞來瞞去的，就叫朋友了？」

夏芍看她一眼，「剛認識展大小姐的時候，如果我沒記錯，咱們還不是朋友。」

「後來是了妳也沒說啊！」展若南反應一點也不慢。

夏芍這才笑道：「行了。什麼是得理不饒人，今天我算是見識了，就當我欠妳們一回，想讓我怎麼彌補由妳們說了算，這總行了吧？我們快走吧，我不想耽誤上課時間。」

其實鬼小學本來就不屬於展若南，夏芍瞞了她們，給了貴賓卡也算是補償了。

不過，艾達地產是華夏集團旗下的公司，暫時不能告訴她們，這事涉及跟世紀地產競爭，就連華夏集團的員工，除了孫長德、陳滿貫和馬顯榮這三名元老，其他人也不知道。

回了宿舍，夏芍將貴賓卡給了展若南和曲冉。展若南大咧咧往口袋裡放，連睹妹她們看一眼的機會都沒給，倒是曲冉拿出來看了看，既欣喜又感動。

華苑的貴賓卡設計得很雅致，不像一些高級會館的是鍍金或鑲鑽的樣式，看起來很普通。華苑的貴賓卡每一張的外觀都不一樣，皆是房間內雅致的一景，相當有意境。

宿舍裡現在就夏芍和曲冉兩人，劉思菱還沒回學校，曲冉向班長打聽，才知道她那天在校門口受了驚嚇，請了病假。

戚宸當眾開槍殺人，林冠就在劉思菱眼前被他踹得昏死過去，劉思菱必定是受驚不淺，估計是怕戚宸一槍也殺了她，回到家後就嚇得病了。

聽說班長週末來了幾個同學去看過她，回來說她確實是病了，不太敢見人，膽子小得受不得一點驚嚇，說話聲音大了都怕。

劉思菱家境普通，剛來聖耶讀書的時候，成績很不錯，後來被學校裡的名門千金的闊氣影響，變得越來越虛榮，到了週末就打扮出去攀高枝兒。有傳言說她週末出去援交，為此還受過學校的調查，但是沒查出什麼來，就只是警告了她，沒有勸退。

夏芍沒有心思管劉思菱的事，每個人的路都是自己選的。劉思菱選擇了這種生活方式，她就得承擔後果。

很多人倒是開始揣測起夏芍的身分，起因緣自展若南在餐廳裡那句「夏大師」。

大家不知道夏芍是風水師的事，卻一直流傳著夏芍曾經去過鬼小學的傳聞。這些事都是從刺頭幫那幾個女生口中傳出去的，因為她們以前就喜歡拿鬼神之事嚇唬同學，因此她們說的話一直被認為可信度不高。

然而，展若南對她的稱呼傳開後，這些傳言便被連結了起來。

大家都知道夏芍是從大陸轉學來的，而她轉學來的時候，香港風水界的風波剛剛過去。她在學校的這段時間，外頭又傳言唐大師的弟子從內地回來。

夏芍也姓夏，也是從內地來，學校裡還有她曾經驅鬼的傳言，這也太巧合了吧？

但巧合歸巧合，這些都不能成為證據。

很多學生看過媒體上的夏大師的照片，跟夏芍長得是不是一樣，卻是記不清了。

夏大師在香港很有名氣，但不是演藝圈的明星，也不是經常見報，別人記不得很正常。

一時間，關於夏芍的流言四起。很多人見夏芍下了課還看書，不敢打擾她，便去問曲冉。

曲冉到現在都有點不敢相信夏芍是唐宗伯的徒弟，同時還是華夏集團的董事長。

這件事夏芍沒說能公開，曲冉自然不會往外說，只道：「我不知道。妳們別來問我，更別去煩她。她很用功，別去打擾她。」

在這種情況下，夏芍還是能專心念書，曲冉相當佩服她。沉默了一會兒，她把好奇的同學趕走，堅定地也拿起課本開始複習。

她有自己的理想，但沒有什麼實現理想的辦法，唯一能想得到的法子就是好好念書，考上大學以後就能半工半讀，去飯店實習，早日成為真正的美食家。

儘管沒有夏芍的正面承認，流言還是在校園裡傳開了，每天都有人用驚奇的目光偷看夏芍，而流言沒幾天就傳到了學校高層的耳朵裡。

黎博書把夏芍請去校長室，這回不是夏芍敲門進去，而是一敲門，黎博書便親自來開門，熱情地把她迎了進去。

「原來夏董就是唐老的徒弟？妳看……這事，妳怎麼不早說呢？」黎博書熱情地跟夏芍握手，可比夏芍到學校報到那天表現得還熱切。

夏芍苦笑地搖搖頭，隨身帶著的手機忽然響了起來。

跟黎博書說了聲抱歉，她走到旁邊按下通話鍵。

電話是艾米麗打來的。

「董事長，地政署的陳署長打電話給我，說有地標要競拍。」

（未完待續）

漾小說
晴空強檔新書
享受吧！一個人的妄想
一品紅妝
10
鳳輕／著
畫措／繪
從未想過能與他相濡以沫，兩心相許，可是驀然回首，
兩人竟如此相偎相依，走過了十多個春秋……

悅讀NOVEL 005

傾城一諾 5

國家圖書館出版品預行編目資料

傾城一諾 / 鳳今著. -- 臺北市 : 晴空, 城邦文化出版 : 家庭傳媒城邦分公司發行,
2017.03
冊； 公分. --（悅讀NOVEL ; 5-）
ISBN 978-986-93830-7-3（第5冊：平裝）

857.7 106003532

城邦讀書花園
www.cite.com.tw

作　　者　鳳今
責任編輯　施雅棠
國際版權　吳玲瑋　蔡傳宜
行　　銷　艾青荷　蘇莞婷　黃家瑜
業　　務　李再星　陳玫潾　陳美燕　枡幸君
編輯總監　劉麗真
總 經 理　陳逸瑛
發 行 人　涂玉雲
出　　版　晴空
城邦文化事業股份有限公司
104台北市中山區民生東路二段141號5樓
電話：（886）2-2500-7696　傳真：（886）2-2500-1967
E-mail：bwps.service@cite.com.tw
發　　行　英屬蓋曼群島商家庭傳媒股份有限公司城邦分公司
104台北市中山區民生東路二段141號2樓
書虫客服服務專線：(886)2-2500-7718；2500-7719
24小時傳真服務：(886)2-2500-1990；2500-1991
服務時間：週一至週五09:30-12:00；13:30-17:00
郵撥帳號：19863813　戶名：書虫股份有限公司
讀者服務信箱E-mail：service@readingclub.com.tw
晴空部落格　http://sky.ryefield.com.tw
香港發行所　城邦（香港）出版集團有限公司
香港灣仔駱克道193號東超商業中心1樓
電話：852-2508-6231　傳真：852-2578-9337
E-mail：hkcite@biznetvigator.com
馬新發行所　城邦（馬新）出版集團【Cite (M) Sdn Bhd】
41, Jalan Radin Anum, Bandar Baru Sri Petaling,
57000 Kuala Lumpur, Malaysia.
電話：(603) 9057-8822　傳真：(603) 9057-6622
Email：cite@cite.com.my

美術設計　洸譜創意設計股份有限公司
印　　刷　沐春行銷創意有限公司
初版一刷　2017年03月21日
定　　價　280元
I S B N　978-986-93830-7-3